Klaus Wolf

Bayerische Literaturgeschichte

Klaus Wolf

Bayerische Literaturgeschichte

Von Tassilo bis Gerhard Polt

C.H.BECK

Mit 20 Abbildungen und 3 Karten

Satz: Fotosatz Amann, Memmingen
Druck und Bindung: CPI – Ebner & Spiegel, Ulm
Umschlaggestaltung: Kunst oder Reklame, München
Umschlagabbildung: August Macke, Landschaft am Tegernsee, 1910,
Dortmund, Museum am Ostwall; akg-images, Berlin
Gedruckt auf säurefreiem, alterungsbeständigem Papier
(hergestellt aus chlorfrei gebleichtem Zellstoff)
Printed in Germany
ISBN 978 3 406 72114 4

www.chbeck.de

Inhalt

1. Wozu eine bayerische Literaturgeschichte?

Ist im Zeitalter der Globalisierung eine bayerische Literaturgeschichte überhaupt noch zu rechtfertigen? Ja, war eine Bayerische Literaturgeschichte überhaupt irgendeinmal zeitgemäß? Jedenfalls muss ein solches literaturhistorisches Unterfangen am Beginn des 21. Jahrhunderts zumindest hinterfragt werden.

Dabei muss zunächst allgemein historisch (nicht nur literaturgeschichtlich) weiter ausgegriffen werden. Denn Bayerns Eigenstaatlichkeit seit gut anderthalb Jahrtausenden und mehr noch die unbestreitbare Tatsache, dass Bayern als Staat älter als Deutschland ist, lassen grundsätzlich eine bayerische Literaturgeschichte durchaus berechtigt erscheinen. Niemand würde überdies die Legitimität einer Literaturgeschichte Österreichs neben einer deutschen Literaturgeschichte in Frage stellen, zumal historisch betrachtet weite Teile des heutigen Österreichs wie Altbayern auf gemeinsame ethnische wie politisch-herrschaftliche (dynastische) und nicht zuletzt sprachhistorische Wurzeln zurückgehen.

Auch ermutigen entsprechende Unternehmungen in der Vergangenheit dazu, nun, am Beginn des 21. Jahrhunderts, wieder eine bayerische Literaturgeschichte zu wagen, zumal das überaus verdienstvolle und in weiten Teilen keineswegs überholte, von Albrecht Weber herausgegebene *Handbuch der Literatur in Bayern* (1987) mittlerweile auch schon rund eine Generation alt ist. Während dieses Handbuch die Beiträge vieler verschiedener Experten, die für die jeweilige Epoche oder den jeweiligen Dichter als vorzügliche Spezialisten gelten, eher lose vereinigt und daher nicht nur stilistisch, sondern auch methodisch mitunter recht vielstimmig wirkt, will der vorliegende Versuch stilistisch wie methodisch einheitlich die Literatur in Bayern von den Anfängen bis zur zweiten Jahrtausendwende überblicksartig dokumentieren. Überdies gilt es, damals im Handbuch noch methodisch und korpusbedingte blinde Flecken zu beleuchten. Neben der Fragestellung von inter- und transkultureller Literatur ist hier nicht zuletzt die

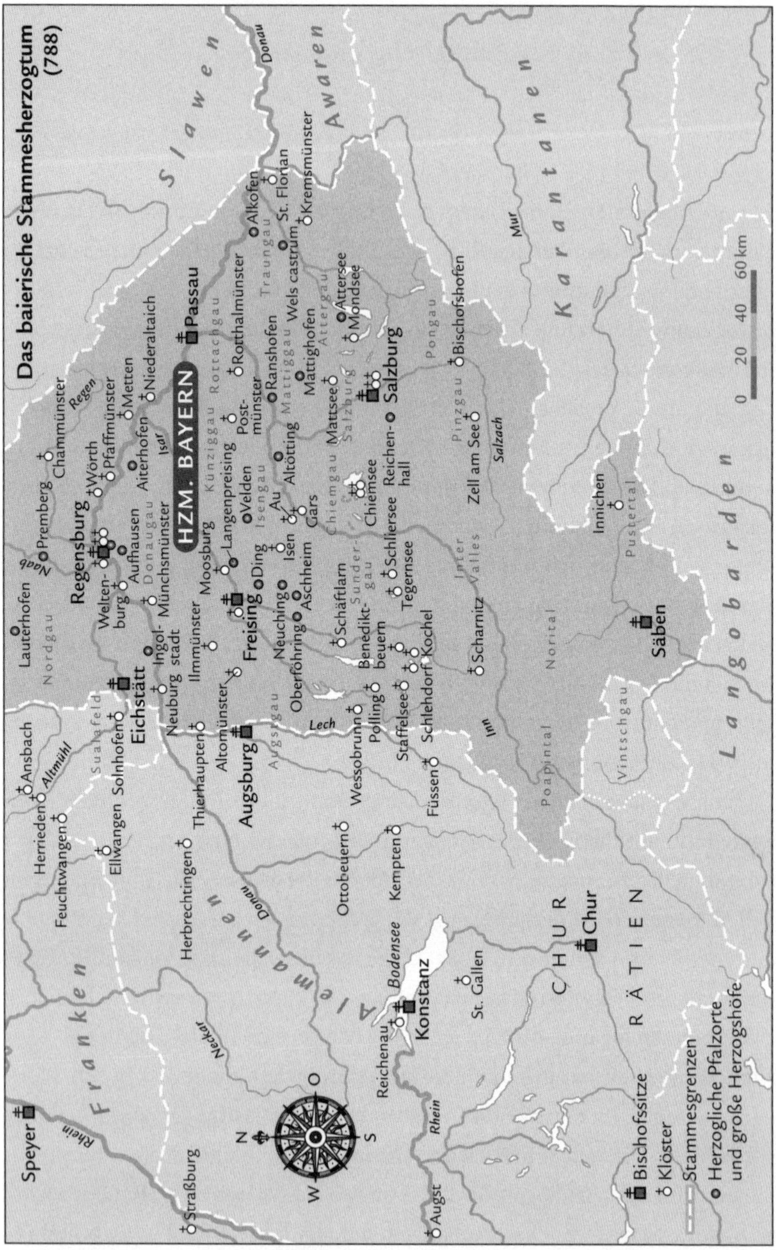

Karte 1: Das baierische Stammesherzogtum 788

energischere Dokumentation der bayerischen Schriftstellerinnen, der schreibenden Schwestern der Bavaria, heute unbedingt zeitgemäß.

Heute wie damals beim *Handbuch der Literatur in Bayern* stellen sich jedoch ebenso schwerwiegende wie grundsätzliche Fragen nach dem (1) Gegenstand und der (2) Methode:

(1) Schon die Frage nach dem Gegenstand im Sinne eines Territoriums ist unter diachroner Perspektive hochproblematisch. Denn Bayern in seiner heutigen Ausdehnung ist ein Ergebnis der napoleonischen Zeit und flächenmäßig teilweise anders beschaffen als etwa das frühmittelalterliche Stammesherzogtum der Agilolfinger am Anfang der bayerischen Eigenstaatlichkeit, das etwa die Gebiete der heutigen fränkischen Regierungsbezirke nicht umfasste, dafür aber weite Teile Österreichs.

Ist deshalb eine bayerische Literaturgeschichte, die konsequent vom Mittelalter bis zur Moderne reicht, schon aus territorialen Gründen anfechtbar und zum Scheitern verurteilt? Das Gegenargument mangelnder territorialer Kontinuität im Laufe der Jahrhunderte gilt freilich für nahezu jede Literaturgeschichte in Europa, die geographisch mehr umfasst als etwa nur eine Stadt. Auch eine deutsche Literaturgeschichte müsste sich den Vorwurf mangelnder staatlicher Kontinuität gefallen lassen, zumal es ja eine deutsche Nation im Mittelalter gar nicht gegeben hat und das Heilige Römische Reich (erst später: Deutscher Nation) durchaus ein Vielvölkerstaat war, zu dem nach heutiger ethnischer Zuordnung nicht nur Deutsche, sondern beispielsweise auch Italiener, Franzosen, Tschechen, Sorben, Polen und Balten gehörten.

Selbst Frankreich als Nationalstaat *par excellence*, als *la grande nation*, ist ein Produkt der Frühen Neuzeit, während das Königreich Frankreich im Mittelalter viel kleiner als beispielsweise die spätere Französische Republik war. Da trotz dieser territorialgeschichtlichen Fakten niemand auf die Idee käme, eine französische Literaturgeschichte vom Mittelalter bis zur Moderne abzulehnen, erscheint auch eine bayerische Literaturgeschichte durchaus legitim. Dies gilt insbesondere auch deshalb, weil der heutige Freistaat Bayern innerhalb der Europäischen Union als Mittelstaat anzusehen ist, der von seiner wirtschaftlichen Bedeutung her durchaus mit den Niederlanden, mit Belgien, der Schweiz oder mit Österreich (wo ja auch Bairisch gesprochen wird) vergleichbar ist.

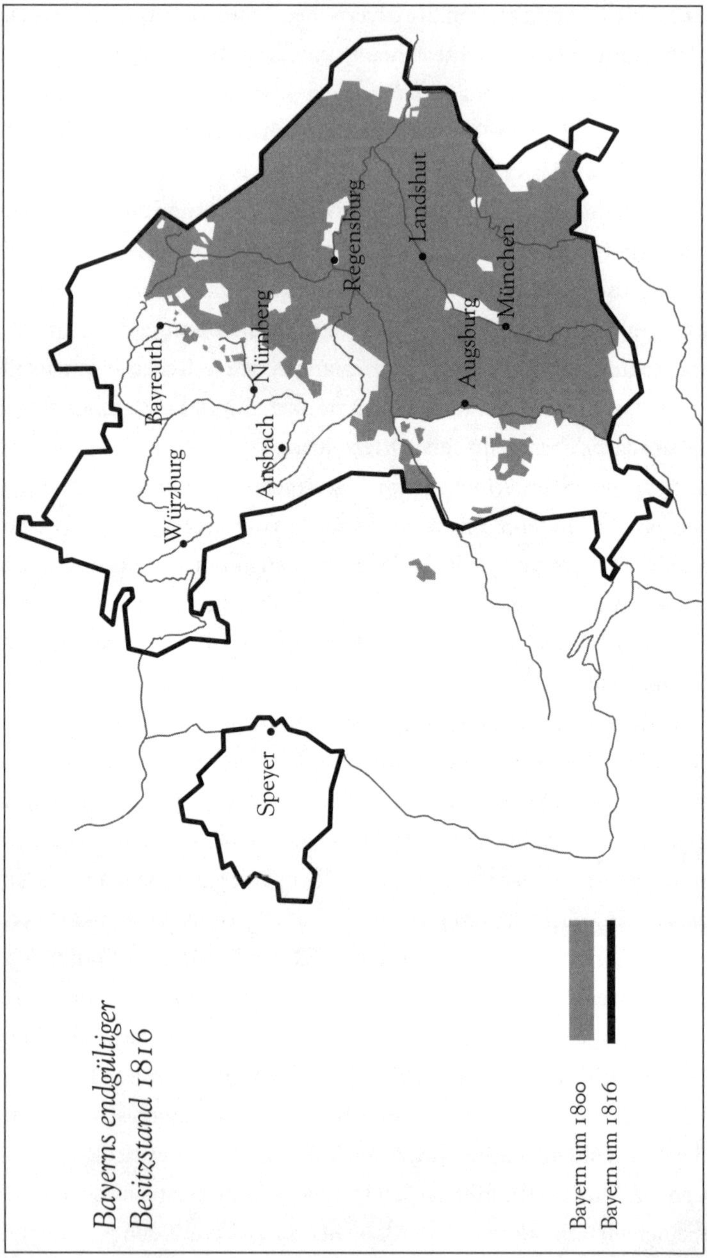

Karte 2: Bayerns endgültiger Besitzstand 1816

Auch das Konzept der Nationalliteratur etwa im Sinne einer dezidiert deutschen Literaturgeschichte verdankt sich recht eigentlich erst der Nationalstaatsidee seit den sogenannten Befreiungskriegen am Beginn des 19. Jahrhunderts (und die noch älteren Universitätsnationen des Spätmittelalters waren in sich jeweils sprachlich und ethnisch alles andere als homogen, zudem trotz Namensgleichheit, von Universität zu Universität sehr verschieden zusammengesetzt).

Parallel zur (gerade im Vergleich zu Frankreich) späten (durchaus mit Italien vergleichbaren) Entstehung eines deutschen Nationalstaats steht somit die späte Geburt der universitären Wissenschaft Germanistik aus dem Geist der Juristerei. Dabei waren zunächst nur alt- und mittelhochdeutsche Literaturdenkmäler mit Rechtstexten, später auch mit anderen Gattungen Forschungsgegenstand (und einer Literaturgeschichte würdig). Hier wären als germanistische Pioniere die vor allem mediävistisch arbeitenden Großgermanisten Jacob und Wilhelm Grimm, Karl Lachmann und für Bayern Johann Andreas Schmeller zu nennen, dessen profunde Kenntnisse der Handschriftenbestände in der Bayerischen Staatsbibliothek zu München in sein berühmtes Wörterbuch eingingen. Die Literatur des 18. und 19. Jahrhunderts fand damals eher nur feuilletonistische, weniger systematisch wissenschaftliche Behandlung als Lehrgegenstand an den Universitäten. Von daher ist auch das Konzept der wissenschaftlichen Deutschen Literaturgeschichte (von den Anfängen bis zur jeweiligen Gegenwart) beziehungsweise Literaturgeschichtsschreibung (nicht nur in der Germanistik) eine vergleichsweise junge Erscheinung.

Der vom Ansatz her eigentlich begrüßenswerte frühzeitige Versuch, seit Jahrhunderten gewachsene föderale Strukturen in eine literaturgeschichtliche Form zu gießen, endete freilich zunächst in einer Sackgasse. Denn Josef Nadlers Vorgehen in seiner *Literaturgeschichte der deutschen Stämme und Landschaften* lief letztlich auf äußerst bedenkliches bis fragwürdiges völkisches Gedankengut hinaus, beispielsweise mit der grotesken Charakterisierung Thomas Manns (wegen seiner Herkunft aus Lübeck) als literarischer (Nieder-) Sachse, obwohl der Literaturnobelpreisträger des Jahres 1929 doch Hauptwerke wie seinen *Zauberberg* in München schuf, jener Stadt, die er in seiner Erzählung *Gladius Dei* als leuchtende verewigte.

Von daher sind Gleichsetzungen von vermeintlichem Stammes- beziehungsweise Volkscharakter mit literarischen Gegebenheiten oder gar einem bestimmten Gattungsgebrauch grundsätzlich abzulehnen. In einer seriösen bayerischen Literaturgeschichte kann es nicht um Heimattümelei gehen, sie hat sich denselben Qualitätsstandards wie jede Deutsche Literaturgeschichte oder auch eine Österreichische beziehungsweise Schweizerische Literaturgeschichte zu stellen.

Und in der Tat zeigt sich im Vergleich mit der Schweiz oder Österreich: Eine bayerische Literaturgeschichte auf wissenschaftlichem Niveau, die sich gleichwohl auch an ein gebildetes Laienpublikum wendet, stellt ein Desiderat dar. Obwohl es keinen Mangel an populärwissenschaftlichen Darstellungen zur Literatur in Bayern gibt, lässt sich auch dort ein doppeltes Manko konstatieren; einerseits konzentrieren sie sich zumeist lediglich auf eine Epoche oder gar nur ein Jahrhundert; andererseits sind viele Geschichten und Anthologien bayerischer Literatur trotz ihrer großen Verdienste schon deutlich in die Jahre gekommen oder gar nur noch antiquarisch greifbar. Das bereits erwähnte sehr verdienstvolle *Handbuch der Literatur in Bayern* verbindet (wie schon angedeutet) sein hohes Niveau mit dem Nachteil, dass es in verschiedene Einzelartikel von Spezialisten zerfällt und daher gerade nicht eine stringente Literaturgeschichte darstellt. Zudem wechseln Stil, Sprachduktus und Auswahlkriterien durchaus von Epoche zu Epoche, ja von Artikel zu Artikel.

Dieses Manko einer fehlenden neueren bayerischen Literaturgeschichte verblüfft angesichts des enormen Aufschwungs, den die regionale Literaturgeschichtsschreibung in den letzten Jahren genommen hat. Beinahe beschämend ist die Tatsache, dass unser Nachbarland Österreich mit dem mehrbändigen Unternehmen von Herbert Zeman eine beeindruckende Literaturgeschichte neueren Datums aufweist, die auch aktuellere Forschungsparadigmen widerspiegelt. Diese methodische Modernität ist auch nötig, denn niemand hat ernsthaft die Absicht, zu dem fragwürdigen Unternehmen von Josef Nadler zurückzukehren.

Dabei böte das neu erwachte Interesse am literarischen Regionalismus – wobei man diese auch methodisch reflektierte Regionalisierung nicht zuletzt als Antwort auf die Globalisierung verstehen kann – einen vorzüglichen Anknüpfungspunkt für eine bayerische Literaturgeschichte. Freilich muss man sich gerade für Bayern methodisch gegen mögliche (und teilweise berechtigte) Einwände wappnen. Denn das für historisch gewachsene Literaturlandschaften und Literaturorte leistungsfähige Regionalismus-Konzept versagt zunächst, wenn die deutschsprachige Literatur im Rahmen des heutigen, erst im 19. Jahrhundert (als Königreich) geschaffenen Freistaats Bayern mit Altbayern, Schwaben und Franken dargestellt werden soll – es sei denn, man würde für Mittelalter und Frühe Neuzeit einfach drei regionale Literaturgeschichten addieren und zwischen zwei Buchdeckeln vereinigen. Dies wäre grundsätzlich zwar legitim, zugleich aber als Gesamtkonzept für das Mittelalter und die (Frühe) Neuzeit wenig befriedigend, weil es nachweislich quer durch alle Epochen einen teilweise regen Austausch zwischen diesen Regionen gab. Abgesehen davon waren im Königreich Bayern (und zuvor im konfessionellen Zeitalter) zumindest anfangs die kulturellen (Außen-)Beziehungen zwischen München und Wien durchaus enger als zwischen Berlin und München, andererseits waren die Gemeinsamkeiten auch auf literarischem Gebiet zwischen Altbayern und Österreich damals viel größer als etwa zwischen Nürnberg und München oder der Landeshauptstadt und Augsburg. Da, um bei letzteren Beispielen zu bleiben, ein literarischer Austausch innerhalb der Grenzen des heutigen Freistaats vor allem zwischen wichtigen urbanen Literaturorten stattfand, also städtischen Zentren wie Nürnberg, Augsburg oder München, könnte man diese Städte in den Mittelpunkt einer literaturgeschichtlichen Darstellung rücken. Damit würde man jedoch die vielfältige und vielgestaltige Literatur an vielen anderen und teilweise abgelegeneren Orten auch literaturhistorisch marginalisieren. Denn das sogenannte flache Land mit seinen in Mittelalter und Früher Neuzeit blühenden Klöstern als Kulturträgern ist zumindest für Altbayern und ebenso für das bayerische Schwaben (quer durch die Epochen) literaturgeschichtlich von hoher Strahlkraft. Damit ist für eine bayerische Literaturgeschichte also auch eine Fokussierung auf urbane Zentren unbefriedigend, denn dadurch würde ein reges literarisches Leben in der sogenannten Provinz nur eine Nebenrolle spielen. In diesem Zusammenhang wäre besonders nachdrücklich an die innovative Prälatenliteratur aus früh gegründeten Klöstern und Stiften zu erinnern, die im weniger urba-

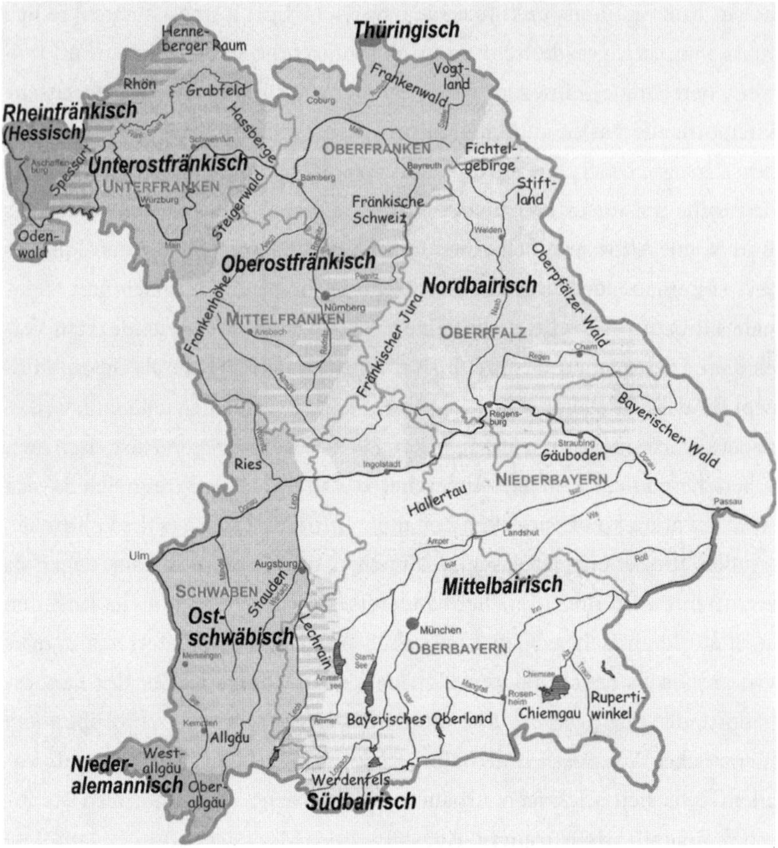

Karte 3: Bairische und nichtbairische Dialekte in Bayern

nen Altbayern des 18. Jahrhunderts der Aufklärung den Weg ebnete. Daneben wäre etwa für Schwaben in der Vormoderne auf die literarische Strahlkraft auch kleinerer Adelsresidenzen in der Frühen Neuzeit zu verweisen.

Problematisch (oder besser: vorweg unbedingt klärungsbedürftig) ist nicht zuletzt die Terminologie: «Baiern» oder «Bayern»? Die vom Griechenland-Enthusiasten König Ludwig I. eingeführte *y*-Schreibung, die freilich auch zuvor schon stellenweise als Ligatur aus *i* und *j* zu finden war, ist jung und bleibt in der Regel dem Königreich und dem Freistaat vorbehalten, während die ältere *i*-Schreibung für den Zeitraum vom ältesten Stammesherzogtum bis zum Kurfürstentum gebräuchlich ist. Entsprechendes gilt für die Adjektive «bayerisch» und «baierisch». Dagegen stehen die attributiv oder syntaktisch selbstständig gebrauchten Nomina «bairisch» und «Bairisch» für die ostoberdeutsche Mundart, den Dialekt (durchaus im Sinne einer ostoberdeutschen Schreibsprache, beispielsweise als Kanzlei- oder Urkundensprache); für jenen bairischen Dialekt also, der zwischen Lech und Wienerwald gesprochen wird, um die markanten West- und Ostgrenzen zu bezeichnen, die heute in der Dialektologie freilich mehr zu Übergangsräumen verbreitert werden. Das heutige Bayern mit dem Freistaat und schon das Königreich umfassten daneben aber beispielsweise auch ostschwäbische, niederalemannische oder ostfränkische Dialektgebiete und sogar das Hessische um Aschaffenburg.

Um all den eben skizzierten Aporien zu entgehen, böte sich eine konsequent heuristisch orientierte Alternative an: Man verzeichnet in diachroner Abfolge annalistisch alles, was in den Grenzen des heutigen Freistaats Bayern an Literatur überliefert beziehungsweise erschienen ist. Dies entspricht dem Konzept diverser durchaus erfolgreicher Literaturdatenbanken oder Online-Lexika insbesondere der Bayerischen Staatsbibliothek in München, wo mit dem *Literaturportal Bayern* oder dem (auch litereraturgeschichtlich orientierten) *Historischen Lexikon Bayerns* dynamisch wachsende und laufend aktualisierte digitale Nachschlagewerke vorliegen. Hinzuweisen ist auch auf den Digitalen Literaturatlas von Bayerisch Schwaben, der erstmals für einen ganzen Regierungsbezirk eine Kartierung der Literaturlandschaft(en) vornimmt. Durch Anklicken von Orten kann man dort auf biographische und bibliographische Angaben zu Poetinnen und Poeten vor Ort zugreifen.

Zwar ist ein derartiges digitales Vorgehen als heuristisches Hilfsmittel und Vorarbeit wichtig, ja unentbehrlich, aber mit einer konzeptionell aufgebauten und auch für den interessierten Laien lesbaren Literaturgeschichte hat ein solch mechanisches Verfahren nichts zu tun. Mehr noch: Eine solche Datenbank ohne literaturhistorischen Bezugsrahmen gleicht mit ihrer Datenflut einem virtuellen Dschungel, in dem man ohne ortskundige Literatur-Scouts verloren ist. Umso wichtiger erscheint eine bayerische Literaturgeschichte in Buchform (ob gedruckt oder digital oder beides) als handliches Vademecum zur Orientierung.

(2) Aus all diesen eben aufgeführten Aporien und Möglichkeiten scheint mir methodisch Joachim Heinzles Konzept der literarischen Interessenbildung herauszuführen, das versucht, übergreifende historisch-gesellschaftliche Interessen für die Ausbildung spezifischer Literaturtypen und Literaturtraditionen namhaft zu machen. Er selbst hat diesen Ansatz im Rahmen der von ihm herausgegebenen mehrbändigen Deutschen Literaturgeschichte im Teilband *Wandlungen und Neuansätze im 13. Jahrhundert* anerkanntermaßen fruchtbar gemacht. Das (zumindest in der Altgermanistik mittlerweile fest etablierte) Konzept der literarischen Interessenbildung hat nicht zuletzt den Vorteil, dass es mit keinem exklusiven Literaturbegriff arbeitet, also alle literarischen Texte bis hin zur Mundartdichtung und Trivialliteratur sowie bis zur Sachliteratur oder Fachprosa umfasst, ohne dabei freilich eine literarische Wertung auszuschließen.

Dies zeigt etwa die Epoche Ludwigs des Bayern, deren literarisches Profil und Innovationskraft auch im Schrifttum sich nur durch ein Ausgreifen auf ein breiteres Gattungsspektrum erschließen, während eine eher traditionelle Fokussierung auf die sogenannte Höhenkammliteratur die Charakteristika der ludovicianischen Epoche gerade verfehlt. Umgekehrt wird eine solche ludovicianische Literaturepoche nicht nur durch die Berücksichtigung von Gattungen etwa der Fachprosa sichtbar, sondern auch durch die Einbeziehung der Kunstgeschichte. Für die Rekonstruktion von literarischer Interessenbildung scheint mir daher ein interdisziplinärer Ansatz unverzichtbar, auch wenn der Literaturgeschichtsschreiber dabei der Gefahr des Dilettantismus gewärtig sein muss. Dennoch ist gerade mit dem Rückgriff auf Kunstgeschichte und Kirchengeschichte für das 14. Jahrhundert das literarische Leben um den vielfach angefochtenen Herzog, König und Kaiser Ludwig den Bayern (als Kristallisationspunkt) als das entscheidende Moment literarischer Interessenbildung auszumachen.

Solch übergreifende Themen literarischer Interessenbildung im Sinne Joachim Heinzles lassen sich im Falle Bayerns für alle Epochen leicht finden. Für das 15. Jahrhundert wäre ein Interessenschwerpunkt der Aufschwung der städtischen Literatur und des Buchdrucks (besonders mit Nürnberg und Augsburg). Für das 18. Jahrhundert, genauer die erste Jahrhunderthälfte, ließe sich sogar bayernweit die Türkenmode als kulturell prägend erweisen, für die zweite Jahrhunderthälfte wäre (ebenso bayernweit) die Aufklärung unbedingt prägend. Um 1900 «leuchtete» (Thomas Mann) nicht nur das München der sogenannten Prinzregentenzeit. Das Jahr 1945 markierte in den Augen mancher Literaturhistoriker auch literarisch weitgehend eine *Stunde Null.* Dies alles sind Möglichkeiten für Momente literarischer Interessenbildung, die für sich natürlich nicht als alternativlos zu betrachten sind. Aus der möglichen Fülle ist daher eine mehr oder weniger repräsentative Auswahl zu treffen.

Neben den Momenten literarischer Interessenbildung soll in der folgenden Darstellung für jedes Jahrhundert oder jede (traditionelle literarische) Epoche auch eine Gesamtschau wichtiger Gattungen, Werke und Autoren stehen. Selbstredend kommen neben der Literaturproduktion auch die Phänomene Distribution und Rezeption zum Tragen. Wo es sinnvoll ist, sind zusätzlich Verweise in Richtung Musik und bildender Kunst zu finden.

Konkret ist die folgende Bayerische Literaturgeschichte an den etablierten Epochenbegriffen Mittelalter und Neuzeit ausgerichtet, auch wenn im Einzelnen wiederholt Epochenbezeichnungen hinterfragt werden, weil sich beispielsweise regional zu differenzierende Ungleichzeitigkeiten sowie Anachronismen ausmachen lassen. Zeitlicher Ausgangspunkt ist der Beginn einer bis heute greifbaren Schriftlichkeit im 8. Jahrhundert, den Ziel- und Endpunkt der literaturgeschichtlichen Darstellung bildet ganz pragmatisch das Jahr 2000. Es geht in der Summe also um 13 Jahrhunderte, die aus darstellungsökonomischen Gründen in je einem Kapitel abgehandelt werden, das wiederum ein oder zwei Momente literarischer Interessenbildung und einen nach Formen und Gattungen sortierten Teil vereint.

Diese strenge Gliederung hat nicht zuletzt den Vorteil der Übersichtlichkeit. Eine solche ist angesichts der überbordenden literarischen Überlieferungsfülle in Bayern auch unbedingt nötig. Dass dabei eine rigorose Auswahl zu treffen ist und viele Autorinnen und Autoren sowie Texte gar nicht oder nicht angemessen berücksichtigt werden können, liegt in der Natur der Sache und ist aus Umfangsgründen unvermeidlich. Wenn somit auch die Bavarica-Kenner in der hier vorliegenden Literaturgeschichte vieles (namentlich mitunter ihre jeweiligen Lieblingsdichter) vermissen werden, sei mit dem Argument der Übersichtlichkeit auf den Einführungscharakter der vorliegenden Literaturgeschichte hingewiesen. Und wenn am Ende der kursorischen Lektüre meiner Monographie den geneigten Leserinnen und Lesern die überaus reiche und reichhaltige Fülle bayerischer Literaturgeschichte klarer als bislang vor Augen steht, dann hat die vorliegende Darstellung ihr Ziel erreicht.

2. Die Literatur des 8. Jahrhunderts

2.1. Literaturpolitik der Agilolfinger

Baierns ältestes Herrschergeschlecht markiert zugleich die Anfänge baierischer Eigenstaatlichkeit. Diese dürfte sich aus der Gemengelage von endendem (West-) Römischem Reich, spätantikem Übergang im Zuge der Völkerwanderung und frühmittelalterlichen Anfängen – gleichsam auferstanden aus römischen Ruinen – herausgebildet haben. Um den Kern des römischen Rätien und der Provinz Noricum entwickelte sich auf der Grundlage einer kelto-römischen Bevölkerung und einer germanischen Zuwanderung ein neues Gebilde, das als Stammesherzogtum unter der Dynastie der Agilolfinger firmierte.

Das vorliegende Kapitel fragt nach einer Literaturpolitik eben dieser Agilolfingerdynastie im Stammesherzogtum Baiern (bis zu ihrer Entmachtung im Jahre 788), die sich zumindest in Ansätzen mit entsprechenden Impulsen der Karolinger vergleichen lässt, welche in deutschen Literaturgeschichten prominent als Auftraggeber von Literatur genannt werden. Hier wie dort ist von Pfalzen wie Klöstern als zentralen Literaturorten auszugehen. Dabei entsprechen den karolingischen Königspfalzen als Residenzorten die Herzogspfalzen der Agilolfinger, was für das frühe Baiern literaturgeschichtlich bislang aber kaum fruchtbar gemacht wurde.

Im Folgenden konzentriere ich mich zeitlich (auch wegen der handschriftlichen Überlieferungsverhältnisse) auf die beiden letzten Herzöge aus dem Geschlecht der Agilolfinger: Odilo und Tassilo III. Als Hauptresidenzen dieser beiden Herrscher gelten Salzburg, Regensburg und Freising. Diese drei Herzogspfalzen stellten gegenüber den (unter anderem als Gerichtsorten dienenden) *villae publicae* allein schon baulich herausgehobene Hauptorte der Landesherrschaft dar. Sie besaßen nämlich militärisch mächtige Befestigungen (wie die ursprünglich römische Festung Hohensalzburg) und bedeutende Kirchenbauten, die zugleich als Bischofssitze fungierten. Mit wertvollen Reliquien ausgestattet, waren sie Ausdruck der agilolfingischen

Kirchenpolitik, die eine feste und nur Rom unterstellte, vom Frankenreich unabhängige Bistumsstruktur zu etablieren suchte. Durch diese Verknüpfung von Herzogs- und (seit Römerzeiten festen, städtischen) Bischofssitzen wurde die Einrichtung der Wanderbischöfe wieder zurückgedrängt und wurden dem (gleichwohl mobilen) Herrscher feste Verwaltungssitze zur Verfügung gestellt; entsprechend finden sich in diesen Pfalzorten bischöfliche Schreibschulen ebenso wie herzogliche Kanzleien. Das Nebeneinander dieser beiden Institutionen führt automatisch zu der Frage, ob es an diesen agilolfingischen Residenzen ein vergleichbares literarisches Leben wie später an der vielgerühmten sogenannten Hofakademie Karls des Großen in Aachen gab.

Die Frage ist deswegen nicht willkürlich, weil die Geschlechter der Karolinger und der Agilolfinger in einem latenten Konkurrenzverhältnis standen, das 788 in der Absetzung Tassilos III. kulminierte. Vor diesem Hintergrund erscheint es sinnvoll, die Residenzen der letzten Agilolfinger unter zwei Aspekten näher in den Blick zu nehmen: Wurde dort Literatur zum Nutzen der Agilolfinger hergestellt? Und stand dahinter eine herzogliche Literaturpolitik?

In Salzburg kommt der für die Karolinger provokative königgleiche Anspruch der Agilolfinger am deutlichsten zum Ausdruck: Er manifestiert sich weniger in der auf spätantike Wurzeln zurückgehenden gewaltigen Festungsanlage, sondern in einem für eine gewöhnliche Bischofskirche dieser Zeit viel zu großen Kirchenbau. Der Virgil-Dom verfügte nämlich nach dem Urteil der Architekturhistoriker über Ausmaße, welche die *capella regia* der Karolinger zu übertreffen suchten: Saint Denis hatte damit in Salzburg einen ebenbürtigen Konkurrenten gefunden. Dieser Befund korreliert mit dem bemerkenswerten Faktum, dass der Kronprinz Tassilos III. in Rom durch den Papst höchstselbst gesalbt wurde. Eine solche Quasi-Königssalbung kam sonst nur Karolinger-Prinzen zu. Doch damit nicht genug: Der berühmte, nach dem Urteil der meisten Experten in Salzburg angefertigte Tassilokelch trägt am Fuß die Umschrift: «Tassilo dux fortis Liutpirc virga regalis». Mit «virga regalis» wird auf die königliche Herkunft der Landesmutter angespielt, die eine Tochter des letzten Langobardenkönigs Desiderius war. Dieser Langobardenkönig wiederum wurde zusammen mit dem

Abb. 1: Tassilokelch. Umschrift: Tassilo Dux fortis – Liutpirc virga regalis *(Tassilo, tapferer Herzog – Liutpirc, königlicher Spross)*

Herzogspaar sowie weiteren Agilolfingern im Salzburger Verbrüderungsbuch von Sankt Peter auf Pergament verewigt.

Bei der ältesten Genealogie der Agilolfinger im Rahmen der beurkundeten Gebetsverbrüderung deutet sich zumindest beim Salzburger Klerus, der dem Herrscherhaus in der Salzburger Pfalz – schriftlich verbürgt – durch Gebet die Ehre erwies, ein Reflex literarisierter Politik an. Augenfälliger wird dieser politische Kontext bei den Prachthandschriften mit religiösen Inhalten, in denen sich eine nach außen und zugleich auf herrscherliche Repräsentation gerichtete Frömmigkeit dokumentiert. So entstand in Salzburg zu Lebzeiten Tassilos III. der sogenannte Cutbercht-Kodex, ein Evangeliar mit wahrhaft königlichem Buchschmuck. Dass Tassilo vermutlich selbst an solch repräsentativen Handschriften interessiert war, zeigt sein (kleinformatiges) Privatexemplar der Psalmen, das er, wenn auch nicht nachweislich in Auftrag gegeben, zumindest als Geschenk des Klosters Mondsee akzeptierte: Beim (nach dem Aufbewahrungsort benannten) Psalter von Montpellier handelt es sich um Tassilos eigenes Exemplar, das die karolingische Königsdynastie nach der Absetzung des Agilolfingers keineswegs

Abb. 2: Psalter von Montpellier

verschmähte, sondern unter Heraustrennung der Lage mit Agilolfingerbezug und unter Anbindung entsprechender Pergamentblätter mit Karolingerbezug usurpierte. Der Psalter Tassilos war allerdings nicht in Salzburg, sondern – wie schon erwähnt – im Kloster Mondsee angefertigt worden. Dieses Kloster hatte jedoch Herzog Odilo gegründet. Das bedeutende Skriptorium in Mondsee beweist damit, dass zur Zeit der Agilolfinger neben den Pfalzorten auch Klöster wichtige Produktionsstätten von Literatur darstellten. Dagegen entstanden wiederum in Salzburg im Umkreis des mit Tassilo befreundeten Abtbischofs Virgil durchaus anspruchsvolle lateinische Werke, so etwa der zahlenmystische *Liber de numeris*. Die *Kosmographie* des ominösen *Aethicus Ister* wird dem Iren Virgil freilich heute nicht mehr zugeschrieben, dafür aber eine *Vita Ruperti*.

Bei all diesen Werken handelt es sich um – fallweise illuminierte – lateinische Texte. Althochdeutsche Literatur spielte zur Zeit von Herzog Tassilo (und auch davor) an seiner Residenz Salzburg offensichtlich keine Rolle.

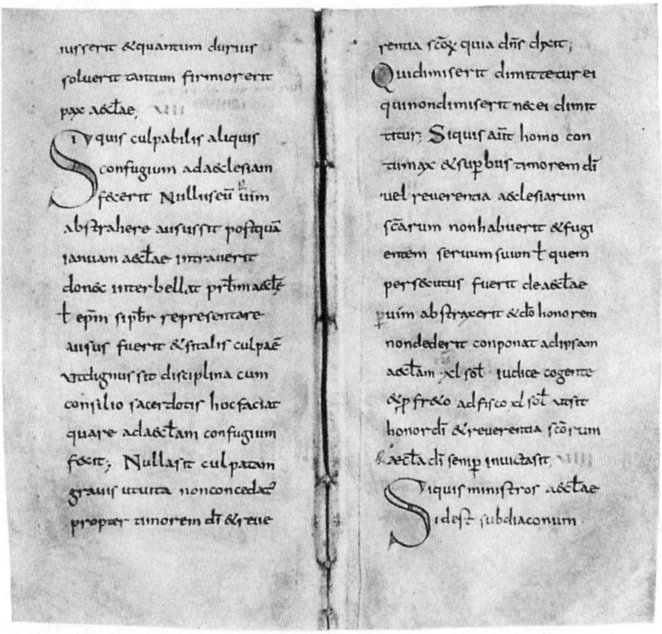
iussent & quantum dusius
soluerit tantum firmior erit
pax ecclae. VIII
SI quis culpabilis aliquis
confugium ad ecclesiam
fecerit Nullus eum
abstrahere ausus sit postquam
ianuam ecclae intrauerit
donec interpellat prbm ecclę
t epm si ptbr representare
ausus fuerit & si talis culpae
indignus sit disciplina cum
consilio sacerdotis hoc faciat
quare ad ecctam confugium
fecit; Nulla sit culpa tam
grauis ut uita non concedatur
propter timorem di & reue

rentia scor quia dns dixit;
Qui dimiserit dimittetur ei
qui non dimiserit nec ei dimit
tetur; Siquis autem homo con
tumax & superbus timorem di
uel reuerentia ecclesiarum
scarum non habuerit & fugi
entem seruum suum t quem
persecutus fuerit de ecclae
puim abstraxerit & do honorem
non dederit conponat ad ipsam
ecctam xl sol iudice cogente
& pfredo ad fisco xl sol ut iste
honor di & reuerentia scorum
ecctae di semp inuiolata sit. VIIII
SI quis minister ecclae
id est subdiaconum

Abb. 3: Lex Baioariorum, Handschrift, Anfang des 9. Jahrhunderts

Dahinter steht keineswegs eine Ignoranz der Agilolfinger gegenüber der Volkssprache. Immerhin zieht die *Lex Baiuvariorum*, welche die Agilolfinger als das angestammte und immerwährende Herzogsgeschlecht festschreibt, althochdeutsche Rechtstermini offenkundig zum Nutzen der litteraten Juristen bei. Die *Lex Baiuvariorum* (auch: *Lex Baioariorum*) wurde mit dem agilolfingischen Herzogtum übrigens so sehr identifiziert, dass die Ingolstädter Handschrift der Gesetzessammlung das mit Stolz aufbewahrte Exemplar eines baierischen Grafengeschlechts darstellte, als die Agilolfinger schon längst nicht mehr regierten. Dennoch können die deutschen Termini in der *Lex Baiuvariorum* nicht darüber hinwegtäuschen, dass Salzburg zur Zeit von Herzog Tassilo kein Hort der althochdeutschen Volkssprache war. Dieser Sachverhalt hat – von der Germanistik und auch der bayerischen Literaturgeschichtsschreibung bislang völlig übersehen – sprachliche Wurzeln: Die Salzburger Bevölkerung sprach nämlich einerseits ein althochdeutsches, andererseits aber ein romanisches Idiom, weil die alte Römerstadt Iuvavum einschließlich ihres Umlands nachweislich nicht unerheblich von Romanen bevölkert war.

Zu den Romanen in Salzburg, aber auch andernorts, ist mit Blick auf die (immer noch unzureichende) Forschungslage in der Geschichtswissenschaft wie in der Germanistik ein kleiner Exkurs angebracht: Diese weit verbreitete Volksgruppe im Herzogtum der Agilolfinger gehörte zur Ethnie der sogenannten Gallo- oder Keltoromanen, denen von den Landeshistorikern in den letzten Jahren für die baierische Ethnogenese immerhin eine zunehmend tragende Rolle zugesprochen wird. Dies gipfelt in der (mehrheitlich von den Landeshistorikern freilich abgelehnten) Behauptung, Kern der Bevölkerung Baierns seien ursprünglich Romanen gewesen, die dann durch allmähliche, vor allem alemannische Zuwanderung germanisiert worden seien. Neueren sprachhistorischen Forschungen zufolge sei zudem das älteste Alemannisch vom Bairischen kaum zu unterscheiden gewesen, was zu der These passt, dass es erst innerhalb der alten römischen Provinz Rätien zu sprachlichen Ausgleichserscheinungen zwischen den sehr heterogenen germanischen Zu- beziehungsweise Einwanderern kam.

Obwohl die dazu passende Vorstellung vom dominierenden Substrat der sogenannten Protoladiner (im Sinne einer sprachlichen Grundschicht) für die Ethnogenese der Baiern vielleicht übertrieben scheint, sollten folgende Tatsachen nicht übersehen werden: Die Romanen (und zuvor natürlich die Römer) haben in Baiern nicht nur die Kulturtechniken der Almwirtschaft und des Weinbaus vermittelt, sondern auch die entsprechenden Termini, beispielsweise «Käse», vielleicht auch «Butter» und nicht zu vergessen feineres Backwerk aus Weizenmehl wie die «Semmel». Im Klerus allgemein und im herzoglichen Kanzleiwesen spielten die Romanen zudem unter den Agilolfingern eine tragende Rolle.

Das Herrscherhaus selbst kann sich außerdem senatorischer Ahnen rühmen – im Gegensatz zu den Karolingern mit ihrer schlicht germanischen Herkunft, was aber Karl den Großen vielleicht für die alten germanischen Heldenlieder empfänglich machte, die er sammeln ließ. Das *Hildebrandslied* wird man dagegen kaum bei den Agilolfingern verorten dürfen, schon weil eine nach Baiern weisende langobardische Grundschicht des *Hildebrandslieds* nicht sicher ist. Andererseits haben die senatorischen Agilolfinger schon längst das römische Erbe in Italien als Könige der Lombardei angetreten, als die Karolinger noch als (untergeordnete) Hausmaier der Merowinger fungierten. Das mit dem langobardischen Königreich in Italien in gutem Einvernehmen stehende baierische Herrscherhaus dürfte also durchaus zu seinen (proto-)ladinisch parlierenden Untertanen ein innigeres Verhältnis gehabt haben. Vielleicht war dies mit ein Grund für Reibungsflächen zwischen den verschiedenen Ethnien innerhalb des agilolfingischen Stammesherzogtums.

Solche innerbaierischen ethnischen Konflikte lassen sich sogar auf der Ebene der im Stammesherzogtum gesprochenen Sprachen Romanisch und (bairisches) Althochdeutsch belegen, wenn man die bekannten *Glossae Cassellanae* vor dem skizzierten ethnogenetischen Hintergrund sieht, jene lateinisch-althochdeutschen Aufzeichnungen also, die im ersten Viertel des 9. Jahrhunderts wohl im baierischen Regensburg aufgezeichnet wurden (vielleicht aber weitaus ältere Verhältnisse dokumentieren, die freilich noch im 9. Jahrhundert fortwirkten, sonst hätte die im Folgenden geschilderte Neckerei nicht funktioniert). Bei diesen sogenannten *Kasseler Glossen* sind immer schon die teilweise romanischen Lemmata aufgefallen, die gut zu einem Romanen in einer baierischen Kanzlei oder Schreibschule passen. Diese Vermutung verdichtet sich mit einer Polemik im *Kasseler Gesprächsbüchlein*, das als Teil der *Glossae Cassellanae* überliefert ist. In ihm findet sich der aufschlussreiche Ausspruch: «Stulti sunt Romani, sapienti sunt Paioari. – Tole sint Uualhā, spāhe sint Peigira.» Übersetzt heißt das in etwa: ‹Die Romanen sind dumm, während die Baiern klug sind. – Verrückt sind die Welschen, weise sind die Baiern.›

In dieser ethnisch wertenden Bemerkung wird (so lässt es sich am ungezwungensten deuten) eine offenkundige Spannung zwischen der einheimischen, um nicht zu sagen altheimischen kelto-romanischen und der zugewanderten (!) germanisch-bairischen Bevölkerung im (ehemaligen) Herrschaftsgebiet der Agilolfinger sichtbar, die auf sprachlicher Ebene die deutlichen historischen Hinweise auf die beachtliche romanische Besiedlung der (urbanen) Regensburger wie Salzburger Pfalzen und ihres Umlands bestätigt. Daher ist die traditionelle Deutung der Germanistik zu korrigieren, die in dem Gesprächsbüchlein einseitig eine Art von sprachlichem

Vademecum (als Reiseführer nach Paris etwa) für Romanen außerhalb von Baiern sehen wollte. Vielmehr bieten sich im Kontext heutiger Kenntnisse zur baierischen Ethnogenese vor allem folgende Deutungsmöglichkeiten an: (1) Ein in Baiern beheimateter (protoladinisch sprechender) Romane notierte neben lebenspraktischen bairischen Anweisungen (etwa für den Barbierbesuch) auch die offenkundig sprichwörtliche Welschenfeindschaft der althochdeutsch sprechenden Bevölkerungsmehrheit. (2) Ein bairischer Muttersprachler und Schreiber, der in einer von Romanen dominierten Kanzlei (Regensburg?) sein Handwerk gelernt hatte, machte sich mit seiner Polemik über die Romanen als seine ehemaligen Lehrmeister lustig.

Beide Deutungsmöglichkeiten untermauern auf sprachgeschichtlicher Ebene die historischen Forschungen zur komplexen Ethnogenese der Baiern: Die *Glossae Cassellanae* wie das *Kasseler Gesprächsbüchlein* konservieren dann im ersten Viertel des 9. Jahrhunderts Momente des Zusammenlebens, aber auch Konflikte zwischen den romanischen und baierischen Volksgruppen im Herzogtum Baiern, wie sie auch für die Zeit der Agilolfinger vorausgesetzt werden müssen.

Hinzu kommt: Als dritte Volksgruppe mit eigener Sprache sind im agilolfingischen Herrschaftsbereich weiterhin die wohl vor allem slawischen Karantanen mit ihrem vermutlich altslowenischen Idiom zu nennen. Diese Karantanen waren zunächst noch längere Zeit mehrheitlich Heiden, und ihre Missionierung diente wohl auch als Rechtfertigung der Karantanenfeldzügc Tassilos III.

Neben Heidentum und Christentum ist zumindest für Regensburg auch die Religion des seit Römerzeiten in Rätien ansässigen Judentums (mit dem Hebräischen als Sakralsprache) zu erwähnen. Die geläufige Vorstellung von ethnischer und sprachlicher Homogenität im alten Baiern ist demnach schon für die frühesten Zeiten zu korrigieren. Es gab im agilolfingischen Baiern drei große Volksgruppen: Germanen, Slawen und (Kelto-)Romanen; daneben noch die zahlenmäßig geringer zu veranschlagenden Juden in den alten Römerstädten. Dort, zusätzlich aber im jeweiligen Umland, gab es im 8. Jahrhundert die in allen deutschen Literaturgeschichten bislang übersehenen (Kelto-)Romanen, die für die Salzburger Gegend bis ins 10. Jahrhundert gut nachweisbar sind.

Einen gewichtigen romanischen Bevölkerungsanteil wie in Salzburg nimmt man heute auch für Regensburg an. Diese alte Römerstadt war im Zeitalter der Agilolfinger und Karolinger noch mit ihrer mächtigen antiken Ummauerung versehen («urbs ex sectis lapidibus constructa»), was offenbar auch Karl den Großen veranlasste, Regensburg nach dem Sturz Tassilos III. als bevorzugten Aufenthaltsort zu wählen. Für die Agilolfinger selbst bildete Regensburg eine baulich herausragende Residenz mit der Qualität einer echten Hauptstadt (was später auch die Karolinger zu nutzen wussten). Wie Salzburg war Regensburg ein im Rahmen der agilolfingischen Kirchenpolitik ausgebauter Bischofssitz mit einer eigenen Schreibschule. Ihr entstammt etwa der repräsentativ gestaltete Münchener Kodex Clm 14 080 mit den Prophetenbüchern Jesaja und Jeremia. Die Momente der Repräsentation und die Bereitstellung eines Bibeltextes gleichen in so auffälliger Weise dem Salzburger Cutbercht-Evangeliar und Tassilos Privatpsalter, dass man auch hierbei ein politisches Motiv vermuten darf. Zumindest wird deutlich, dass man sich den lateinischen Bibeltext im Umfeld der Agilolfinger in repräsentativer Aufmachung auf europäischem Niveau gesichert hatte.

Freising stellte wie Regensburg und Salzburg ebenfalls einen architektonisch ausgezeichneten Pfalz- und Residenzort dar, obwohl hier nicht auf römische Architekturtraditionen zurückgegriffen werden konnte. Der Domhügel beherbergte gleichwohl eine mächtige Festungsanlage. Die Freisinger Herzogspfalz verfügte über eine Kanzlei, für die unter den Agilolfingern ebenfalls Romanen als Schreiber nachgewiesen sind. Daneben florierte in Freising wohl auf Initiative von Bischof Arbeo eine bedeutende Schreibschule. Ihr hohes theologisches Niveau zeigen insbesondere die vergleichsweise zahlreichen Abschriften von Texten der Kirchenlehrer, besonders die Gregors des Großen. Das auffällige Interesse am Werk dieses berühmten Papstes spiegelt nicht zuletzt das (antikarolingische) Bemühen um eine unmittelbare Unterstellung der baierischen Diözesen unter das Papsttum als zentrales Projekt der agilolfingischen Kirchenpolitik im 8. Jahrhundert wider.

In Freising entfaltete der Südtiroler Arbeo selbst eine fruchtbare Tätigkeit als Schriftsteller: Er verfasste nicht nur die *Vita* des Bistumsheiligen

Korbinian, sondern auch jene des Regensburger Heiligen Emmeram. Während die Motive Arbeos für die Korbinians-*Vita* relativ klar sind, nämlich die Heraushebung der eigenen Person als Translator der Korbiniansreliquien aus Arbeos Südtiroler Heimat in sein Freisinger Bistum, fehlt ein solches persönliches Motiv für die Abfassung der Emmerams-*Vita*. Denkbar wäre, dass ein agilolfingischer Auftrag Arbeo antrieb: Unter Herzog Tassilo III. hätten dann (aus kirchenpolitischen Gründen) alle drei Herzogspfalzen, die zugleich Bischofssitze waren, eine (lateinische) Vita des jeweiligen Bistumspatrons erhalten – die *Vita* des heiligen Rupert aus dem Virgil-Kreis für Salzburg, die *Viten* des Korbinian für Freising und des Emmeram für Regensburg aus der Feder Arbeos. Hinzuweisen wäre in diesem Kontext auch auf die *Viten* der angelsächsischen Missionare Willibald und Wynnebald aus der Feder der Heidenheimer Nonne Hugeburc, die als Wirkungsort Willibalds «vasta Baguariorum provincia» nennt und Wynnebald in «Nordfilusa» unter Herzog Odilo verortet. Darüber hinaus wird der hochberühmte Willibald in rhetorisch wohlgesetzten Worten als dem Papst (und den päpstlichen Befehlen) besonders treu ergebener Streiter Christi hervorgehoben («Tunc ille inclitus Christi anthletus Willibaldus petitionibus pontificis simulque iussionibus se sollerter subsummatim effectum seuque oboedientiam pericere promittebat [...]»). Die ambitionierte Stilistin Hugeburc darf man durchaus als Bayerns erste namentlich bekannte Autorin bezeichnen, die den Vergleich mit Arbeo von Freising nicht zu scheuen braucht.

Mit dem ambitionierten Lateiner Arbeo ist jedoch in der Germanistik die strittige Frage verbunden, ob sein Augenmerk auch auf die Pflege der althochdeutschen Sprache gerichtet war. Denn lange hatte man im Freising Arbeos die Entstehung des berühmten *Abrogans* als des ersten deutschen Buchs vermutet. Demnach wäre dieses lateinische Synonymwörterbuch aus dem langobardischen Italien mit seiner in Freising zu verortenden althochdeutschen Glossierung ein früher Glanzpunkt der baierischen Literaturgeschichte gewesen. Neuere Forschungen haben dagegen den stark hypothetischen Charakter dieser Vermutung herausgearbeitet und Arbeos Urheberschaft am *Abrogans* nachhaltig erschüttert. Für Wolfgang Haubrichs gehört der *Abrogans* sogar erst in die Zeit der karlischen Reformen; immer-

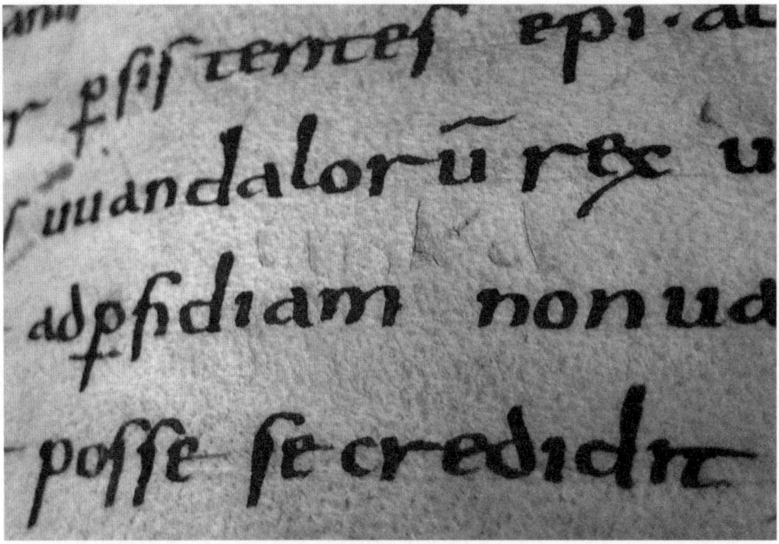

Abb. 4: Freisinger Griffelglossen

hin verweise jene Handschrift, die dem Archetyp am nächsten steht, in den Regensburger Kreis des Bischofs Baturich. Mit dem agilolfingischen Freising hat der *Abrogans* also nichts zu tun.

Ebenso ernüchternd für den Literaturort Freising bezüglich des Althochdeutschen im 8. Jahrhundert ist ein Blick auf weitere althochdeutsche Glossierungsarbeiten, insbesondere auf die bis vor kurzem in ihren Dimensionen unterschätzte Griffelglossierung, bei der mit einem Stilus oder Griffel einzelne Buchstaben in das Pergament geritzt werden, sodass sie auf den ersten Blick das schöne Schriftbild des Blattes nicht stören, aber bei günstiger Beleuchtung als erklärender Text erkennbar sind. Für sie hat Elvira Glaser überzeugend nachgewiesen, dass zwar nicht wenige lateinische Handschriften aus der Zeit Arbeos mit althochdeutschen Griffelglossen versehen wurden, aber bei diesen Glossen sei keinesfalls sicher, dass sie gleichzeitig mit dem lateinischen Basistext eingetragen wurden; vielmehr sei eine Griffelglossierung erst im 9. Jahrhundert durchaus wahrscheinlich.

Auch von der Zuschreibung weiterer althochdeutscher Texte in die Agilolfingerzeit sollte für den Schreibort Freising abgesehen werden. Das gilt vor allem für die *Altbairische Beichte*, für die man mitunter eine Entstehung in vorkarlischer Zeit postulierte, obwohl die Überlieferung erheblich jünger ist: Mit Wolfgang Haubrichs ist dieser katechetische Text um 800 im Salzburger Raum zu verorten. Daher verdankt sich die *Altbairische Beichte* wohl klerikaler Eigeninitiative im Zuge der Volkskatechese und nicht agilolfingischem Auftrag, gegen den auch die Überlieferung spricht.

Soweit erkennbar, förderte das agilolfingische Herzogshaus an seinen Residenzen nicht die Katechese seiner Untertanen in den Volkssprachen (Rätien und Noricum dürften überdies im Vergleich zu den Gebieten des Frankenreichs, die nie zum Römischen Reich gehört hatten, vor 800 weitgehend christianisiert gewesen sein). Was es an vorkarlischer katechetischer Literatur in althochdeutscher Sprache innerhalb des baierischen Agilolfingerherzogtums gegeben haben könnte, gründete wohl auf klerikaler Eigeninitiative. Im weltlichen Bereich beschränkten sich dagegen nach Lage der Überlieferung volkssprachliche Aufzeichnungen allein auf die althochdeutschen Termini in der *Lex Baiuvariorum*, was offenbar Sachzwängen in der Rechtsprechung geschuldet war.

Dominierende Sprache jener Texte, hinter denen sich ein literarisches Interesse der Agilolfinger zumindest vermuten lässt, war das Lateinische, das vom pragmatischen Verwaltungsschrifttum bis hin zum religiösen Prachtkodex reichte. Latein bildete demnach den gemeinsamen Nenner jenseits von althochdeutschem, altladinischem und altslowenischem Idiom der Untertanen. Latein sorgte hier wie auch andernorts für eine internationale Kompatibilität von Literatur, bei den Agilolfingern jedoch auf altererbter kultureller (römischer) Grundlage: An den Schreiborten der agilolfingischen Residenzen konnte so an das Schriftwesen im Frankenreich, besonders aber im Langobardenreich angeknüpft werden, mit dem auf der Grundlage dynastischer Allianzen eine überaus enge Verbindung bestand. Im Inhalt der lateinischen Texte, im paläographischen Befund und im Buchschmuck der Codices der Agilolfingerzeit hat die Forschung darum immer neben insularen, irischen und angelsächsischen, auch langobardische Einflüsse festgestellt. Die Schreibschulen in Salzburg, Regensburg und Freising vermochten zu Zeiten Tassilos III. also an das Niveau im zivilisatorisch fortgeschritteneren (langobardischen) Italien anzuschließen.

Dass dabei nicht jede Residenz unabhängig für sich reüssierte, erweist die Summe der hier zusammengetragenen Indizien, denn dahinter zeichnet sich eine Koordination ab, die sich in ihrer Stringenz nur auf das Herzogshaus beziehen lässt – es sei denn, man unterstellt Arbeo und Virgil hier die selbstständige Federführung. Daher steht hinter dem Bestreben, Bibeltexte in repräsentativer Gestalt bereitzustellen, wie sie im Salzburger Cutbercht-Evangeliar, in den Regensburger Prophetenbüchern und im Privatpsalter Tassilos vorliegen, letztlich der politische Wille der Agilolfinger. Unübersehbar manifestiert sich die Literaturpolitik der Agilolfinger in der unter Tassilo III. geradezu konzertierten Abfassung der lateinischen Viten jener Bischöfe, deren Reliquien man an den Herzogsresidenzen verehrte: Diese Viten stehen nämlich in einem vom Herzogshaus gewollten (und von den Landeshistorikern nachgewiesenen) kirchenpolitischen Kontext des nahezu hundertjährigen agilolfingischen politischen Bemühens um die Schaffung einer vom Frankenreich unabhängigen Bistumsorganisation, die nur Rom unterstellt sein sollte. Das damit einhergehende Bestreben, Salzburg zum Sitz eines Erzbischofs zu machen, sollte freilich unter Tassilo nicht mehr von Erfolg gekrönt sein. Kirchenpolitisch erfolgreicher war dagegen die Konsolidierung nach innen durch ein herzogliches Synodalwesen. Diese Synoden, denen der Landesherr vorstand und die in entsprechendem lateinischem Schrifttum mit Gesetzescharakter dokumentiert wurden, fanden vorzugsweise an residenzenähnlichen Orten, den sogenannten «villae publicae» statt, die – anders als auf dem flachen Land mit seinen hölzernen Gotteshäusern – ähnlich den Residenzorten über Steinkirchen verfügten. Steinerne Kirchen aber waren in dieser frühen Zeit des Eigenkirchenwesens auch ein Symbol für kirchenpolitischen Machtanspruch.

Nicht zuletzt in diesem Machtanspruch ist eine Hauptmotivation der agilolfingischen Politik zu sehen, zu diesem Zweck auch die (lateinische) Literatur als Medium einzusetzen. Für die Durchsetzung ihrer kirchenpolitischen Interessen war die Volkssprache – unabhängig davon, ob diese protoromanisch oder bairisch-althochdeutsch war – in dieser Zeit allerdings für die Agilolfinger vollkommen unerheblich; hier zählte allein das europaweit kompatible Latein.

Von diesen unverkennbaren Ansätzen einer agilolfingischen Literaturpolitik konnten auch die Skriptorien der Herzogsklöster profitieren, die neben den Residenzen als Literaturorte hervorzuheben sind. Dabei ist für die Zeit Tassilos besonders an Mondsee zu denken, das mit seinem Skriptorium an produktiver wie distributiver Bedeutung Tassilos Gründung Kremsmünster bei weitem übertraf. Von diesen Herzogsklöstern zu unterscheiden sind die sogenannten Adelsklöster wie Benediktbeuern und Tegernsee, denen ich deshalb auch keine agilolfingische Literaturpolitik zuschreiben möchte. Für diese Differenzierung könnte es von Bedeutung sein, dass beim Sturz Tassilos die prokarolingische Adelsopposition im Land eine gewisse Rolle gespielt haben dürfte. Dennoch hat auch der Sturz Tassilos nicht zu einem kulturellen Bruch an den ehemals agilolfingischen Herzogsresidenzen Salzburg, Regensburg und Freising geführt, wie das weitere Aufblühen der dortigen Schreibschulen zeigt. Die zu Zeiten der Agilolfinger gelegte Basis erwies sich als solide genug, dass die karolingische Reform im nunmehr baierischen Verwaltungsbezirk des Frankenreichs greifen konnte.

2.2. Gattungen und Autoren

Fragt man nach den Anfängen volkssprachiger, also letztlich (nach Durchführung der sogenannten Zweiten Lautverschiebung) deutschsprachiger Literatur auf dem Gebiet des heutigen Freistaats Bayern (Altbayern, Schwaben, Franken), also nach Literatur germanischer Provenienz schon vor dem 8. Jahrhundert – ab hier setzen erst die sicheren schriftlichen (allerdings lateinischsprachigen!) Zeugnisse ein –, so ist auf die reichhaltige Mündlichkeit zu verweisen. Diese wäre – bei aller unsicheren Nachweisbarkeit – umso wichtiger, weil mündliche Dichtung, sogenannte *oral poetry*, ein ebenso überzeitliches wie weltweites Phänomen darstellt; erinnert sei etwa an das turksprachige (im Handlungskern durchaus vorislamische) *Kitab Dede Korkut* mit seinen zumindest strukturellen wie motivlichen Parallelen zum *Nibelungenlied*, dessen schriftliche, heute greifbare Überlieferung freilich frühneuzeitlich ist, dessen Anfänge wiederum teilweise sogar in die Antike weisen (etwa mit Depegöz als archaischerem Pendant zum homerischen Polyphem). Jedenfalls gründen *Ilias, Kitab Dede Korkut* und *Nibelungenlied* auf mündlichen Frühstufen.

Was die archaische *oral poetry* auf dem Gebiet des heutigen Bayern anbelangt, so dürften mündlich weitergegebene (ursprünglich germanische) Heldenlieder noch im Spätmittelalter ein lebendiges Phänomen dargestellt haben. Die gattungsmäßigen Anfänge führen – was die germanischen Stoffe für unseren Raum anbelangt – dagegen in die Völkerwanderungszeit. Diese ebenso gewaltige wie gewalttätige Migrationswelle Richtung Römisches Reich, die letztlich von den ethnisch selbst durchaus heterogenen Hunnen ausgelöst wurde, wird mit ihren Umbrüchen und wechselnden Frontstellungen im berühmten, teilweise durchaus bairischen *Hildebrandslied* literarisch verarbeitet. Das erst in einer Aufzeichnung des 9. Jahrhunderts schriftlich auf uns gekommene Heldenlied wird allerdings im mündlichen Vortrag viel älter sein als die Aufzeichnung wohl aus Fulda, die – bei insgesamt umstrittener, gemischtsprachiger Zuordnung – nicht unwesentlich bairisch ist. Wichtiger im Kontext der Oralität bleibt hier aber die Tatsache, dass Art und Umfang des *Hildebrandslieds* wohl einem ursprünglich germanisch geprägten, an einem Vortragsabend erklungenen, stabreimenden Heldenlied entsprochen haben. Es ist somit ein in Schrift gegossenes Zeugnis älterer *oral poetry* wohl noch des 8. Jahrhunderts, vielleicht sogar älter.

Jene Germanen, die in den römischen Kern Altbayerns und Österreichs, also nach Rätien und Noricum, mitten hinein in die überlegene, weil städtisch geprägte, römische Zivilisation einwanderten, oder jene, die in den späteren fränkischen Regierungsbezirken Bayerns heimisch wurden, brachten eine Kultur des Heldenlieds im Sinne der *oral poetry* mit, in dem die Taten ursprünglich wohl realer und historischer Gestalten sagengemäß umgedeutet, verdichtet und überhöht wurden. Heldenlieder bei Franken, Alemannen, Bajuwaren (auf deren besonders komplexe Ethnogenese wurde unter 2.1. schon hingewiesen) und (mit den Agilolfingern eng verbündeten) Langobarden – die Endsilbe «-brand» im Namen Hildebrand kann man für Langobardisch halten – sind also eine eigene literarische Gattung des 8. Jahrhunderts und wohl schon weit davor (und noch lange danach). Allerdings bleiben konkrete Belege für Bayern insgesamt (wie darüber hinaus für den deutschsprachigen Raum) ebenso rar wie unsicher.

Wenn man spätere hochmittelalterliche Verschriftlichungen des Nibelungenstoffs gerade in Passau und den recht weitgehenden ostoberdeutschen

Charakter der hoch- und spätmittelalterlichen Handschriften des *Nibelungenlieds* in Rechnung stellt, dann ist davon auszugehen, dass man sich auf dem Gebiet des heutigen Freistaats Bayern (aber wohl vor allem auf dem Terrain des heutigen donauländischen Ober- und Niederbayern, partiell der Oberpfalz und besonders den Donaugegenden des heutigen Österreichs) vor allem an Heldenliedern um Siegfried und Kriemhild sowie den Schicksalen der Nibelungen delektierte. Dass von der Nibelungenforschung die historischen Hintergründe des *Nibelungenlieds* heute weitgehend in der fränkischen, genauer: merowingischen Geschichte (an den historischen Gestalten Sigibert und Brunichildis etwa) festgemacht werden, passt sowohl zum fränkischen Nordbayern wie zum agilolfingischen Stammesherzogtum, weil das altehrwürdige Herrscherhaus (trotz senatorischer Ahnen) gerade auch eine fränkisch-germanische Komponente aufwies. So wird es neben der agilolfingischen Literaturförderung lateinischer Schriftlichkeit eben auch eine orale Unterhaltungsliteratur mit germanischen Heldenliedern beim baierischen Adel gegeben haben, wie sie für die Karolinger (speziell Karl den Großen) durch Einhard (im 9. Jahrhundert als altererbt) eindeutig bezeugt ist.

Die für die Frühzeit der germanischen *oral poetry* anzusetzende Form des Stabreims hatte dabei nicht zuletzt mnemotechnische Funktion für den Sänger, der in jedem Vortrag ein neues Lied (im detaillierten Wortlaut) erschuf. Damit wird *oral poetry* – wie man aus vergleichender Feldforschung weiß – bei jedem Vortrag neu Ereignis, das heißt, jede Aufführung des gleichen Werks ist in der konkreten wortweisen Formulierung anders. Nur das Handlungsgerüst bleibt gleich. Bestimmte in der mündlichen Tradierung stabilere Wort- und Satzmuster und nicht zuletzt durch Stabreim gebundene feste Fügungen konstituieren bei jedem Vortrag die jeweilige Fassung des Heldenlieds neu. Der Sänger erzählte somit, indem er die Handlung entlang eines groben Handlungsgerüsts mit Hilfe des Stabreims in mehr oder weniger spontane Verse goss. Siegfrieds Drachenkampf oder Siegfrieds Tod konnten so Abend für Abend ähnlich, wenn auch mit im Detail neuen Worten im Heldenlied beschworen werden.

Als mündlich vorgetragene Heldenliedersujets sind neben den Nibelungen auch die Erzählungen um Dietrich von Bern (der wiederum selbst als Sagengestalt aus dem historisch für Rätien so wichtigen Ostgotenkönig Theoderich dem Großen hervorging) auf alle Fälle für das Gebiet des späteren Altbayerns südlich der Donau als wichtig anzusehen. Dafür spricht nicht nur ein ostoberdeutscher Überlieferungsschwerpunkt der später verschriftlichten Dietrichepik, sondern mehr noch der auch sprachliche Einfluss des Gotischen auf das Bairische.

Man hat diesen oft mit einer frühen arianischen (dem Nizäno-Konstantinopolitanischen Glaubensbekenntnis christologisch widersprechenden) Mission der Goten bei den Bajuwaren zu erklären versucht. Demnach wären bairische Wochentagsnamen wie (für Dienstag) «Ertag» (von *Ares dies*, der Tag des griechischen Kriegsgottes Ares) oder (für Donnerstag) «Pfinztag» (fünfter Tag der Woche vom griechischen πέντε) durch gotische Missionare eingeführt worden, und auch der oberdeutsche «Pfaffe» – noch im Mittelhochdeutschen das Normalwort für «Priester» – wäre aus dem letztlich griechischen Popen von Παπάς und eben nicht dem römisch-katholischen *pater* abzuleiten. Aufgrund der sogenannten Zweiten oder Althochdeutschen Lautverschiebung ist nämlich das Lehnwort **papa* zu *pfaffe* verschoben.

Demgegenüber bleibt jedoch festzuhalten, dass zumindest Rätien mit seinen Bischofssitzen Augsburg, Salzburg und Regensburg tendenziell durchaus seit römisch-imperialen Zeiten eine kontinuierliche, am päpstlichen Rom orientierte Bischofssukzession (und damit auch eine christliche, sogar eine im Sinne des Nizänums orthodoxe, Kulturkontinuität) hatte. Während es in Nordafrika Auseinandersetzungen zwischen arianischen Vandalen und katholischen Einheimischen gab, ist dergleichen für Rätien und Noricum nicht belegt. Zumindest die romanische Bevölkerung in und um Augsburg (mit seinem durch Venantius Fortunatus bezeugten kontinuierlichen Afra-Kult), rund um Salzburg und in Regensburg blieb christlich und die seit den Alemannenstürmen immer wieder immigrierenden Germanen (vielfältiger Ethnien) assimilierten sich wohl auch religiös rasch. Auch unter der gotischen Oberhoheit über Rätien, die sich nicht zuletzt bei Theoderich dem Großen machtpolitisch gegen das Frankenreich richtete, gab es vermutlich keinen großen Missionierungsbedarf (heidnischer Massen). Damit aber sind die gotischen Lehnwörter im Bairischen durchaus (und anders, als man bisher glaubte) nicht religiöser, sondern in erster Linie profan-verwaltungstechnischer Provenienz.

Dazu passen auch die vielzitierten gotischen Kennwörter «Dult» und «Maut» im Bairischen, die eben nicht in den religiösen, sondern in einen recht(lich) profanen Kontext von Jahrmarkt und Finanzwesen gehören. Dies mindert aber keineswegs den Einfluss der Goten auf das Bairische, auf die Provinz Rätien im Besonderen, die ja den Kern des späteren Altbayern (und Schwabens) darstellte, und nicht zuletzt auf den Literaturgeschmack. So mag man in Rätien von den Goten Heldenlieder mit Dietrich von Bern importiert haben, der eben auch im teilweise (alt-)bairischen *Hildebrandslied* verherrlicht wird, wo der gleichnamige Protagonist mit Dietrich und seinen tapferen Kriegern vor dem Zorn Odoakers gen Osten entflieht:

> forn her ostar giweit, || floh her Otachres nid,
> hina miti Theotrihhe || enti sinero degano filu.
>
> (Weit weg in den Osten floh er vor dem Hass des Odoaker, hinweg mit Dietrich und vielen seiner Krieger.)

Mehr aus dem fränkischen Norden kamen dann (wie schon erwähnt) Lieder aus dem Stoffkreis der Nibelungen; erinnert sei an die Merowingerin Brunichildis. Ganz nördlich ist der Import des Kudrun- oder besser Hilde-Stoffs zu lokalisieren. Dabei ist auffällig, dass jenes wohl im 13. Jahrhundert in Regensburg verschriftlichte, aber auf viel ältere Stoffe aus dem Nord- und Ostseeraum zurückgehende *Kudrun*-Epos erst auf baierischem Boden seine höfisch-literarische schriftliche Vollendung fand (und auch die einzig erhaltene Handschrift weist bairische Schreibart auf).

Diese nördliche oder gar nordeuropäische sowie südliche (Goten in Italien), geographisch also doppelte Befruchtung der Heldenliedtradition im ehemaligen Rätien und Noricum wurde dann vor allem im Hoch- und Spätmittelalter in der auffälligen ostoberdeutschen Überlieferungsdichte der Gattung Heldenepik als solcher manifest, wozu sich auch die unikale Überlieferung der *Kudrun* im (süd)bairischen *Ambraser Heldenbuch* bestens fügt, jene *Kudrun*, die man mit guten Gründen ebenfalls als «Donaudichtung» bezeichnet, nicht nur weil sie wohl in Regensburg erstmals aufs Pergament fand. Auch wenn der heldenepische Kern, die Hilde-Erzählung, uralt ist und etwa im *Dukus Horant* auch selbstständig literarisch gestaltet wurde, ist der eigentliche *Kudrun*-Part jung und binnenländisch, besonders jene berühmte Episode, in der die entführte Kudrun samt ihrer treuen Gefährtin am Meeresstrand als Wäscherin von ihren Befreiern entdeckt wird. Kein Küstenbewohner käme auf die Idee, Kleidung im Salzwasser zu waschen:

«Ir solt lâzen hoeren» || sprach her Ortwîn,
«wes disiu rîchiu kleider || ûf dem sande sîn
oder wem ir waschet. || Ir beide sît sô schoene:
wie tuot erz iu ze leide? || Daz in got von himele immer gehoene!

Ir sît sô rehte schoene, || ir möhtet krône tragen.
ob ez iu wol möhte || von erbe her behagen,
ir soltet landes vrouwen || sîn mit grôzer êre.
dem ir sô swache dienet, || hât er sô schoener weschen noch iht mêre?»

(Ihr sollt Auskunft darüber geben», sagte Herr Ortwin, «wem diese prächtigen Gewänder am Ufer gehören oder für wen Ihr sie wascht. Ihr beide seid so schön: Wie kann er euch das antun? Dafür soll ihn Gott im Himmel für alle Zeit verfluchen!
Ihr seid so wunderschön, dass Ihr eine Krone tragen könnt. Wenn es euch aufgrund eures Erbes gefällt, dann gebührt Euch Damen die Ehre der Landesherrschaft. Hat der, dem Ihr als so Armselige dient, nicht noch weitere schöne Wäscherinnen?»)

Dazu passt, dass auch die Sagen um den Gotenkönig Ermanerich im Bairischen fruchtbar waren. Insofern liegt es nahe, auf ältere – frühmittelalterliche – mündliche bairische Vorstufen solch heldenepischer Stoffe zu schließen.

Müssen derartige Rückschlüsse auf (volkssprachige) mündliche Dichtungen im 8. Jahrhundert und davor mangels handfester Belege notgedrungen mehr oder weniger Spekulation bleiben, betritt man mit einer ersten Schriftlichkeit in Form von Runen sichereren Boden. Gleichwohl sind derartige Zeugnisse für Bayern insgesamt rar. Immerhin zeigt sich erneut die Bedeutung Bayerns als Vermittlungsraum der Runenschrift, sollte diese tatsächlich aus italisch-etruskischen Alphabeten entstanden sein. Denn zumindest die spätere (und von der Streckenführung her viel ältere) *via Claudia Augusta* führt mitten durch das heutige Bayern, von wo aus sich die Runenschrift hätte weiter ausbreiten können. Dass Runen freilich fern von Bayern, vor allem im skandinavischen Norden gehäuft anzutreffen sind, zeigt, dass die Gebiete des heutigen Bayern wohl nur als Verkehrsachse oder Durchgangsraum dienten, zumal im römischen Rätien (wie auch in Noricum) seit jeher eine entwickelte (lateinische) Schriftkultur vorhanden war, an die sich auch einwandernde germanische Neuankömmlinge rasch gewöhnten, so dass man in Augsburg, Salzburg, Regensburg und Passau für Runen schlicht keine wirkliche Verwendung hatte. Einzelne Runenzeichen in der klerikalen (bairischen) Schriftlichkeit des 9. Jahrhunderts widersprechen diesem Befund nicht, denn sie sind nicht einheimisch-altererbt, sondern auf den jüngeren Einfluss angelsächsischer (also nichtindigener) Schriftlichkeit zurückzuführen. Im angelsächsischen Raum, so scheint es, konnte sich eine nordische Runenkultur eher gegen die römische Zivilisation behaupten.

Sucht man dagegen nach volkssprachiger (konkret: althochdeutscher) Schriftlichkeit in Pergamenthandschriften, so ist die Ausbeute für Bayern im 8. Jahrhundert schlicht dürftig. Weder Glossen (althochdeutsche Erklärungen oder Übersetzungen für lateinische Wörter) noch Vokabulare sind aus diesem Jahrhundert auf uns gekommen, wobei die (Früh-) Datierung der Glossen ohnehin heikel ist. Dies gilt sowohl für das Stammesherzogtum der Agilolfinger wie für jene nördlicheren Gebiete, die seit jeher unter der Herrschaft der Merowinger und Karolinger standen. Althochdeutsche Glossen des 8. Jahrhunderts beruhen dann auch nicht auf einheimischem Antrieb, sondern zeigen insularen beziehungsweise angelsächsischen Impetus. Zumindest auf dem Boden des einstigen *Imperium Romanum* und in den nördlich angrenzenden Regionen bestand auf dem Gebiet des heutigen Bayern für das 8. Jahrhundert (also sowohl im Herzogtum der Agilolfinger wie in jenen zum Frankenreich gehörenden Gebieten der heutigen fränkischen Regierungsbezirke) kein wirklicher Bedarf an althochdeutscher Schriftlichkeit. Dies zeigt, dass die These vom Kulturbruch der Völkerwanderungszeit und dem germanischen Neuanfang, wie er im frühen Aufblühen althochdeutscher Schriftlichkeit sichtbar wird, eher ein Mythologem des 19. Jahrhunderts denn eine überlieferungsgestützte Tatsache darstellt. Auf den Einwand, dass die christianisierten oder schon länger bekehrten Germanen im Frankenreich und bei den Agilolfingern ja irgendwelche althochdeutschen Gebete gesprochen haben werden, wäre mit dem Negativbefund der Überlieferung zu antworten. Denn althochdeutsche Vaterunser, Glaubensbekenntnisse und Taufgelöbnisse sind für das Gebiet des heutigen Freistaats Bayern erst seit dem 9. Jahrhundert eindeutig überliefert.

Was im Übrigen die lateinische Schriftlichkeit des 8. Jahrhunderts anbelangt, so ist recht deutlich ein Süd-Nord-Gefälle auszumachen, denn jenen (bereits erwähnten) Heiligen-Viten im Agilolfingerreich, also der legendären Bischöfe Emmeram, Korbinian und Rupert, hatte man nördlich des baierischen Stammesherzogtums (in den heutigen fränkischen Regierungsbezirken) nichts auf vergleichbarem Niveau entgegenzusetzen, es sei denn, man unterstellte etwa, dass die im 8. Jahrhundert entstandenen Werke Alkuins überall im Karolingerreich Verbreitung gefunden hätten.

Die lateinische Schriftlichkeit des Südens kulminiert dann in einem Zeugnis baierischer Eigenstaatlichkeit – jenseits der *Lex Baiuvariorum* – aus der Feder des gelehrten Arbeo von Freising, der sein Lob des Baiernlandes in der Emmerans-Vita nicht nur topisch geschult ausbreitet, sondern aus eigener Anschauung in einen Katalog der Superlative verfällt – eine frühe Baiernhymne in lateinischer Prosa, die das Land zwischen Donau und Alpen rühmt, und nicht zuletzt ein grundlegendes Dokument baierischer Eigenstaatlichkeit:

> Sacer dei famulus [...] prospiciens ipsam terram optimam, superficie amoenam, nemorosis locupletem, vino copiosam, ferro superfluam, auro et argento et purporis habundantem, proceros viros et robustos [...]. Cuius septentrionalem partem Danubius suo rigore contra ortum suo cursu infunditur fluenta. Regionis montana fructifera, pascuis dedita, herbis habundantia, feris saltus et frutecta cervis, alcis, bubulis, capraeis, ibicum et omnium bestiarum atque ferarum generibus ornata.
>
> (Der heilige Diener Gottes erblickte jenes wunderbare Land, mit schöner Oberfläche, reich an Hainen, wohlversehen mit Wein, mit einem Überfluss an Eisenerz, Gold und Silber sowie Purpur, seine Männer waren hochgewachsen und stark. Im Norden bespült sie (die Stadt Regensburg) die Donau, die in geradem

Strom gen Osten fließt. Das Bergland war fruchtbar, reich an Weiden und mit saftigem Gras; das Waldgebirge war mit wilden Tieren bevölkert und das Unterholz mit Hirschen, Elchen, Auerochsen, Rehen, Steinböcken und mit Tieren und Wild aller Art.)

3. Die Literatur des 9. Jahrhunderts

3.1. Karolingische Renaissance?

Die Absetzung Tassilos III. stellte keinen gewöhnlichen Machtwechsel dar. Vielmehr markierte das Jahr 788 für das Stammesherzogtum Baiern in politischer und kultureller Hinsicht eine Zeitenwende, wenn nicht gar einen Niedergang. Schon mit dem Untergang des Langobardenreichs war ja – trotz Bemühungen Tassilos III. um eine enge Rom-Bindung seiner Diözesen – die bewährte Süd-Nord-Kulturachse unterbrochen worden. Unter den Karolingern sollten sich im 9. Jahrhundert kulturelle Beziehungen zum angelsächsischen Westen Bahn brechen.

788 bedeutete somit auch kulturell eine Wende, vielleicht einen Kulturbruch. In gewisser Weise könnte man (anachronistisch) sogar von einem Rechts- bis Verfassungsbruch sprechen. Denn die *Lex Baiuvariorum* nannte das Geschlecht der Agilolfinger als das angestammte und altererbte Herzogs- und Herrscherhaus, dem andere Geschlechter wie jenes der Huosi etwa nachgeordnet seien:

> «De genelogia, qui vocantur Huosi Trozza Fagana Hahilinga Anniona: isti sunt quasi primi post Agilovingas, qui sunt de generi ducali [...] Dux vero, qui praeest in populo, ille semper de genere Agilolvingarum fuit et debet esse».
> (Über die Adelsgeschlechter, welche Huosi, Trozza, Fagana, Hahinlinga und Anniona genannt werden: Diese sind gleichsam die ersten nach dem Geschlecht der Agilolfinger, die wiederum aus herzoglichem Geschlecht stammen [...] Der Herzog jedoch, welcher dem Volke vorsteht, war immer aus dem Geschlecht der Agilolfinger und muss es auch in Zukunft sein.)

Bezeichnenderweise sollten die Huosi keine geringe Rolle bei der Ablösung der Agilolfinger (im verräterischen Bündnis mit den Karolingern) spielen. Jedenfalls bedeutete die Absetzung Tassilos III. vorläufig das Ende baierischer Eigenstaatlichkeit. Das alte Stammesherzogtum Baiern, das unter Tassilo zeitweilig königgleichen Rang erlangt hatte, war nun auf absehbare Zeit ein unselbstständigerer Teil des Frankenreichs geworden. Dabei gilt es aber, den Ausnahmecharakter der vermeintlichen Provinz zu bedenken, denn die Herrscher von karolingischen Gnaden ließen nicht selten ein *regnum bavaricum*, ein baierisches Königreich urkundlich hervorheben. Dies verweist auf baierische Eigenstaatlichkeit, und unter den vielen *regna* bei den Franken gehörte das baierische *regnum* in die Spitzengruppe. Trotz karolingischer Oberherrschaft kam somit mit der Absetzung Tassilos III. die baierische Eigenstaatlichkeit keineswegs zum Erliegen.

Vielleicht ließe sich die baierische Eigentümlichkeit auf kulturellem Gebiet für das 9. Jahrhundert im lateinischen Bereich so charakterisieren, dass die Einflüsse aus dem (langobardischen oder italischen) Süden nun von solchen aus dem westlichen Norden abgelöst wurden, konkret von einer fränkisch vermittelten eher angelsächsischen Kultur. Jedenfalls finden sich im karolingischen 9. Jahrhundert deutlich nachweisbare persönliche Verbindungen, wie etwa beim Regensburger Bischof Baturich, der mit Hrabanus Maurus befreundet war, wobei es enge Beziehungen zwischen der Kanzlei Ludwigs des Deutschen und der Schule in Sankt Emmeram gab. Fränkische Einflüsse prägten dann ebenso das Salzburger Skriptorium von Sankt Peter, wo Arn als Alkuin-Verehrer wirkte.

Neben dem rezeptiven Aspekt ist eigenständige Schriftstellerei wie etwa im Falle der Donat-Erklärung des Freisinger Grammatikers Erchanbert bemerkenswert, die in den Bereich der Klosterschule gehört. Überhaupt ließ man an den baierischen Schreiborten den *septem artes liberales* mit karolingischem Impetus sorgfältige Pflege angedeihen. Dies gilt auch für die Rechtshandschriften, wobei nicht nur die karlischen ‹Konstitutionen› erfasst wurden, sondern ausweislich der Überlieferung auch die *Lex Baiuvariorum*, worin man einen erneuten Hinweis auf das Bewusstsein baierischer Eigenstaatlichkeit auch im karolingischen Jahrhundert sehen kann.

Auf lokaler Ebene zeigt sich ein vergleichbares Bewusstsein in der Hagiographie der Ortsheiligen und Lokalpatrone, und zwar im Anschluss an die im 8. Jahrhundert begründeten Traditionen, wie etwa beim Freisinger Korbinianskult. In Tegernsee gedachte man des heiligen Quirinus und schrieb eine bairische Version des Reimgebets *Carmen ad Deum*:

«Sancte sator suffragator, legum lator, largus dator [...] – Uuiho fater, helfari, eono sprehho, milter kepo [...]».
(Heiliger Vater, Helfer, Gesetzgeber, großzügiger Spender [...])

Ebenso ist an den einzelnen Schreiborten im 9. Jahrhundert ein Aufblühen chronistischer Tätigkeit zu beobachten, etwa in Gestalt der *Conversio Bagoariorum et Carantanorum*, die nicht zuletzt ein Dokument der Salzburger Verdienste um die Karantanenmission ist. Letztere gründete schon in der Expansionspolitik Tassilos III.

Auf kulturellem und mehr noch literarischem Gebiet bedeutete dies nichtsdestotrotz, dass die ambitionierte, am Lateinischen orientierte Literaturpolitik der Agilolfinger auf Baiern insgesamt bezogen zunächst zum Stillstand kam zugunsten der folgenreichen sogenannten Karolingischen Renaissance, einem Produkt der vielfach so bezeichneten Hofakademie Karls (des Großen) um Alkuin. Mögen die letztgenannten Begriffe auch umstritten sein, so ist unbezweifelbar, dass auf karolingischem Gebiet eine verstärkte Förderung der althochdeutschen Literatur (massiv im späteren Ostfränkischen Reich) zu beobachten ist. Dabei kamen sowohl das alte Stammesherzogtum Baiern (im Bereich einstmals direkter agilolfingischer Herrschaft ebenso wie in adligen Eigenklöstern, beispielsweise Tegernsee) als auch jene Gebiete, die schon viel früher zum Frankenreich gehörten, in den Genuss einer solchen durchaus einheitlichen Literaturpolitik, die nicht zuletzt die althochdeutsche Volkssprache förderte. Man kann deshalb schon für das 9. Jahrhundert zu Recht von einer (freilich von außen oktroyierten) bayerischen Literaturgeschichte im althochdeutschen Idiom sprechen. Denn die karolingische Kultur- und Literaturpolitik betraf das gesamte Frankenreich, das eben auch das gesamte Gebiet des heutigen Freistaats umfasste.

Aber auch hier hat man wiederholt beobachtet, dass sich gerade die bairischen Zeugnisse althochdeutscher Literatur von denen aus anderen Sprachlandschaften charakteristisch abheben. Während man dies früher als uralte bairische Traditionen (etwa noch des 8. Jahrhunderts) deutete, wogegen die Überlieferung spricht, scheinen mir diese bairischen Besonderheiten (auch überlieferungsgeschichtlich naheliegend) schlicht als selbstbewusste Produkte des auch im Frankenreich weiterhin selbstständig agierenden *regnum bavaricum* (anachronistisch im Sinne eines Kulturföderalismus) erklärbar.

Nicht gering zu veranschlagen ist freilich auch im *regnum bavaricum* der insulare und angelsächsische Einfluss, wenn es um den Durchbruch der Volkssprache im Bereich der nur bei günstigen Lichtverhältnissen überhaupt sichtbaren (mit dem *stilus* oder Schreibgriffel in Pergament geritzten) althochdeutschen Griffelglossierungen und im Fall der schon mit Tinte selbstbewusst applizierten Interlinear- und Marginalglossen geht. Bei diesen althochdeutschen Einzelwörtern oder kurzen Phrasen wird die Leistungsfähigkeit der Volkssprache sichtbar, die auch für schwierigen lateinischen Fachwortschatz bairische Erklärungen findet. Dabei sollte aber nie vergessen werden, dass für die Zeitgenossen des 9. Jahrhunderts, namentlich die Klosterinsassen, die Zielsprache Latein im Vordergrund stand, während das Bairische als Volkssprache nur eine dienende, erklärende Funktion hatte. Gleichwohl ist schon die schiere Menge des Glossenwortschatzes aus altbayerischen Klöstern erstaunlich.

Dieser im 9. Jahrhundert mächtig anschwellenden althochdeutschen Welle wäre durchaus der sogenannte *Abrogans* zuzuschlagen. Das nach dem ersten lateinischen Wort so bezeichnete Vokabular oder Wörterbuch versieht eher seltene (meist biblische) Wörter mit lateinischen Synonymen und althochdeutschen Übersetzungen. Auf viel ältere (agilolfingische) Beziehungen gen Süden verweist darin allerdings die wohl langobardische ursprüngliche Provenienz der lateinischen Wortliste und der lateinischen Synonyme, während die althochdeutschen Interpretamente zeitlich eher der karolingischen Renaissance zuzuordnen sind. Jedenfalls hat man es beim *Abrogans* mit nichts weniger als dem ältesten lateinisch-deutschen (Wörter-)Buch, wenn nicht dem ältesten deutschen Buch überhaupt zu tun, wenngleich Deutsch darin nur Hilfsidiom gegenüber der Zielsprache Latein ist.

Das modern anmutende Synonymsystem samt althochdeutscher Übersetzung zeigt sich beim namengebenden ersten Eintrag: «Abrogans (dheomodi ‹demütig›) – humilis (samftmoati ‹sanftmütig›)». Faszinierend sind (literaturgeschichtlich relevante) kulturhistorische Einblicke in die im Vergleich zur Antike bescheidenere Klosterkultur, die statt Bibliotheksimmobilien nun nur noch transportable und kleine Bücherspeicher kennt: «Bibliotheca

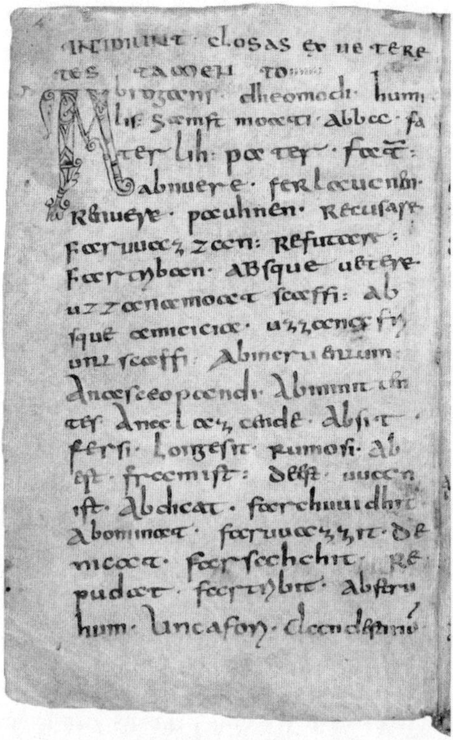

Abb. 5: ‹Abrogans› (St. Gallen, Codex Sangallensis 911)

(poahfaz ‹Bücherfass›) – ubi libri reconduntur (dar man poah pirkit ‹wo man Bücher aufbewahrt›)». Bezeichnend ist die Erinnerung an den hohen Zivilisationsgrad der einstigen langobardischen Bundesgenossen: «Hisperia (lantscaf untar alpeom anti seuui ‹Gebiet zwischen Alpen und Meer›) – Italia (lancparta daz sind rumare ‹Langobarden, das sind Römer›)».

Zeigt der *Abrogans* hier noch Reste von Langobarden-Nostalgie, so eignet der weitverbreiteten lateinisch-bairischen Wortsammlung *Samanunga* die schlichte Zweckmäßigkeit eines Wörterbuchs, wobei das Lateinische gattungsgemäß stets Zielsprache ist. Dieser angesichts der Freude über erste volkssprachige Zeugen häufig vergessene Sachverhalt gilt (wie bei den Glossen) auch für die folgenden althochdeutschen Übersetzungstexte, denen daneben (anachronistisch ausgedrückt) staatstragende Konformität im Sinne einer karolingischen Religions- und Kulturpolitik zugesprochen werden muss. Dabei ist zu beachten, dass die Verdeutschungsinitiativen der Karolinger durchaus sekundär von den Angelsachsen und ihren Missionaren übernommen wurden, also keine karolingische Erfindung waren.

Insgesamt darf nicht übersehen werden, dass die althochdeutschen Texte als Übersetzungen etwa geistlicher Literatur im Frühmittelalter stets eine dienende Funktion im Blick auf die heilige Sprache Latein ausübten. Zieltext war immer das lateinische Original in einer biblischen Sprache (der Vetus Latina und der Vulgata). Deutsch sollte erst im Spätmittelalter mit den anderen heiligen Sprachen (Hebräisch, Griechisch, Latein) satisfaktionsfähig werden. Jene auf karolingische Initiative entstandenen althochdeutschen Übersetzungen sollten somit primär dem besseren Verständnis der dogmatisch unanfechtbaren lateinischen Theologie dienen.

Hierher gehören das mehr als bloße Übersetzung bietende *Altbairische Paternoster* wie die *Altbairische Beichte*, zwei für jeden Christen in der baierischen Provinz oder besser im *regnum bavaricum* des Karolingerreichs elementare Texte. Das altbairische Vaterunser lieferte nicht nur die syntaktisch lateinnahe Übersetzung des Gebetstextes, sondern auch eine gründliche theologische Deutung. Als Leser und Benutzer des lateinisch-deutschen Mischtextes muss man sich am ehesten einen Seelsorger als Katecheten oder Prediger im Sinne eines Multiplikators vorstellen. Jedenfalls konnte so das wichtigste christliche Gebet auch den Laien (im Kloster, etwa der Schule, aber auch am Adelshof) nahegebracht werden. Schon der Beginn der Übersetzung ist unmittelbar eingängig: «Pater noster qui es in celis. – fater unser, du pist in himilum.» Die Anverwandlung an die bairischen Gläubigen erfolgt (neben der bairischen Schreibart, etwa «pist» statt «bist») nicht zuletzt im Wortschatz, wo das einheimische Wort (althochdeutsch, genauer: altbairisch) «wīh» (für ‹heilig›, heute nur noch in Ortsnamen wie Weihenstephan gebräuchlich) im volkssprachigen Gebetstext wie in der folgenden Katechese Verwendung findet:

> «Sanctificetur nomen tuum. Kauuihit si namo din. Nist uns des duruft, daz wir des dikkem, daz der sin namo kauuihit uuerda, der eo uuas uuih enti eo ist; uzzan des dikkames, daz der sin namo in uns kauuihit uuerda, enti de uuih-

nassi, de uuir in deru taufi fona imo intfengun, daz uuir de ze demu suonutakin furi inan kahaltana pringan muozin.»
(Geheiligt sei dein Name. Eigentlich ist es für uns unnötig, dass wir darum bitten, dass sein Name geheiligt werde, der ja stets war und immer sein wird; vielmehr bitten wir darum, dass sein Name in uns geheiligt werde, und wir bitten ferner darum, dass wir die Heiligung, die wir in der Taufe von ihm empfingen, am Tag des Gerichts vor ihn selbst und in Treue festgehalten bringen können.)

Der hier sichtbar werdende Gerichtsbezug führt direkt zur karolingischen Sündenkatechese, die sich neben anderen Sprachlandschaften auch in einer altbairischen Beichte Bahn bricht. Darin anzutreffende alliterierende Formeln (wie «kinist enti kinãda», ‹Heil und Gnade›) erfüllten (mit Rückgriff auf die volkssprachige Form des Stabreims) nicht zuletzt einen mnemotechnischen Zweck, denn die große Angst, eine Sünde zu übersehen, scheint den skrupulösen Katecheten wie das laikale Beichtkind gleichermaßen geplagt zu haben (man könnte auch von umfassender Kontrolle der Laien durch den Klerus sprechen): «Truhtīn, dir uuirdu ich pigihtik allero mīnero suntiōno enti missatātio, alles des ich io missasprah eddo missateta eddo missadāhta, uuorto enti uuercho enti kidancho [...]» – (Herr, dir gegenüber muss ich alle meine Sünden und Missetaten beichten, alles, das ich jemals frevelhaft sagte oder tat oder dachte, Worte und Werke und Gedanken [...]).

Ebenfalls mit den karlischen Erlassen (*Admonitio generalis*) in Zusammenhang steht die lateinisch-bairische, kolumnenmäßig angeordnete *Exhortatio ad plebem christianum*, die etwa die katechetischen Pflichten des Taufpaten entschieden einschärft: «odo uueo mak ther furi andran thera galaupa purgio sin, odo furi andran gaheizan, ther the galaupa noh imo ni uueiz?» (Oder wie etwa kann derjenige für einen anderen ein Glaubensbürge sein oder für einen anderen bekennen, der den Glauben selbst nicht kennt?). Wenigstens der Taufpate sollte Vaterunser und Glaubensbekenntnis gut kennen. Tatsächlich wurden neben diesen Gebeten gemäß dieser karlingischen Bildungspolitik oder katechetischen Offensive auch Beichtformeln in der Volkssprache in Baiern verbreitet.

Das (nach seinem letzten Aufbewahrungsort vor der Säkularisation benannte) *Wessobrunner Gebet*, das eigentlich wohl aus Regensburg stammt (weniger aus der Diözese Augsburg), wäre dementsprechend als ebenso glaubensfester wie glaubensfroher Schöpfungspreis zu lesen. Überhaupt sind die eben aufgeführten althochdeutschen Texte nicht einem Sitz im Leben der Missionierung entsprungen. Vielmehr sollte der für das 9. Jahrhundert im gesamten *regnum bavaricum* bereits bestens etablierte christliche Glaube bei den Lateinunkundigen oder Laien jenseits eines magischen Missverständnisses lateinischer Liturgie und Gebetsformeln durch die muttersprachliche Vertiefung intensiviert werden. Ob man beim *Wessobrunner Gebet* (von der Überlieferung nicht wirklich gedeckte) archaische Langzeilen samt alten (oder bewusst archaisierenden?) Stabreimen als Indizien auch für altheidnisch-germanische Vorstellungen veranschlagen soll oder ob da nicht der Germanenmythos des 19. Jahrhunderts Vater der (fragwürdigen völkischen) Gedanken war, bleibt zumindest bei diesem Text diskussionswürdig. Jedenfalls können von der Überlieferung her auch (metrisch modernere) Kurzverse angesetzt werden (im Gegensatz zur archaischen Langzeile, die für sich auch nicht automatisch Indiz für germanisches Heidentum ist, wie der altsächsische christliche *Heliand* zeigt). Mehr noch verweist der Schöpfungsgedanke in der dogmatisch korrekten *creatio ex nihilo* auf einen (letztlich religionsgeschichtlich jüdisch-) biblischen Hintergrund anstatt auf eine ohnehin schwer rekonstruierbare germanische Mythologie. Schon die Überschrift des *Wessobrunner Gebets* in der Handschrift wäre dann in der Formulierung «de poeta» mit ‹über den Schöpfer› zu übersetzen. So ist dann auch die Formulierung «do dar niuuiht ni uuas enteo ni uuenteo / do uuas der eino almahtico cot» (als es nichts gab, keinen Anfang und kein Ende, da gab es schon den einen allmächtigen Gott) ganz unverkrampft als geradezu klassische biblische Schöpfungstheologie (im Buch Genesis) zu lesen. Die Formulierung «manno miltisto» muss man ebenfalls nicht krampfhaft archaisch germanisieren, sondern als sympathische Zeichnung des biblischen Gottes als großzügigen, ja freigebigen Feudalherren oder Feldherren verstehen, eine theologische *captatio benevolentiae* also, wenn man an ein adlig-höfisches Publikum denkt.

Diesem wurde nach der Schöpfung im *Muspilli* auch das christlich gedeutete Weltende dichterisch nahegebracht. Zunächst wird in Stabreimen vom Schicksal der Seelen Verstorbener berichtet, dann folgt die Schilderung eines dramatischen Geschehens, in dem Elias mit dem Antichrist kämpft, wobei es zum Weltenbrand kommt. Diesen meint wohl der in seiner Deutung umstrittene Ausdruck *muspilli*, der in der Dichtung vorkommt und von Johann Andreas Schmeller auf das ganze Werk als Titel gemünzt wurde. Adressat war vermutlich der Hof des jungen Baiernherzogs Ludwig, des späteren Ludwigs des Deutschen als Herrscher des karolingischen Ostreichs.

Neben geistlicher Belehrung steht fromme Praxis, denn mit dem Petrus-Lied verfügen wir über eine frühe Form gesungener Liturgie in der Volkssprache:

Unsar trohtin hat farsalt || sancte petre giuualt,
daz er mac ginerian || ze imo dingenten man.
kyrie, eleyson! || christe, eleyson!

Er hapet ouh mit uuortoun || himilriches portun.
dar in mach er skerian, || den er uuili nerian.
kirie, eleyson! || christe, eleyson!

Pittemes den gotes trut || alla samant upar lut,
daz er uns firtanen || giuuerdo ginaden!
kirie, eleyson! || christe, eleison!

(Unser Herr hat überliefert || dem heiligen Petrus Gewalt,
dass er kann erretten || den zu ihm hoffenden Mann.
Herr, erbarme dich! || Christus, erbarme dich!

Er hält auch mit (seinen) Worten || des Himmelreiches Pforte,
dort hinein kann er scharen || den er will erretten.
Herr, erbarme dich! || Christus, erbarme dich!

Bitten wir den Vertrauten Gottes || allesamt überlaut,
dass er uns Verlorenen || gnädig sein werde.
Herr, erbarme dich! || Christus, erbarme dich!)

Das vermutlich im ausgehenden 9. Jahrhundert oder kurz danach in Freising aufgezeichnete, selbst aber wohl ältere *Petruslied* könnte aus Anlass einer Wallfahrt oder einer Prozession zu einer Petruskirche – Petruspatrozinien gehören zu den ältesten in Baiern – gesungen worden sein. Die binnengereimten Langzeilen in bairisch geprägter Schreibart weisen auch eine musikalische Notation auf, was für einen gottesdienstlichen Sitz im Leben als Aufführungsaspekt spricht. Vielleicht ist an einen entsprechenden Zusammenhang mit der Petruskapelle auf dem Freisinger Domberg zu denken. Auf den karolingischen Kontext verweist zudem der Kodex insgesamt, der ansonsten den Genesiskommentar des Hrabanus Maurus enthält, welcher als Petrus-Verehrer wie als belesener Berater der Karolinger bekannt war – er lebte zeitweilig auf dem Petersberg bei Fulda –, ja sogar als Vertrauter der Karolinger galt (wenngleich er in deren unschöne Erbstreitigkeiten mit hineingezogen wurde).

Zur karolingischen Literatur ist unbedingt auch das Evangelienwerk Otfrieds von Weißenburg (um 800 bis 870) zu rechnen, das bereits ganz modern in Endreimen angelegt war. Die beigegebenen Exegesen vermochten beim höfischen Publikum ein naives Bibelverständnis zu vermeiden und schöpften aus der besten gelehrt-lateinischen Literatur der Zeit. In Freising wurde wohl kurz nach ihrer Entstehung die Otfriedsche Evangelienharmonie rezipiert. Die dafür sprechende Abschrift im Auftrag des Freisinger Bischofs Waldo durch den Priester Sigihart (im Cgm 14) ist freilich erst spät (zwischen 902 und 906) aufs Pergament gelangt.

3.2. Gattungen und Autoren

Im Karolingerreich sorgte im 9. Jahrhundert eine dezidierte Kulturpolitik – hingewiesen sei auf Namen wie Alkuin, Hrabanus Maurus oder Einhard – verstärkt dafür, dass eine lateinische, sich imperial und römisch verstehende Schriftkultur vornehmlich über klösterliche Skriptorien Verbreitung fand. Karolingische Minuskel, die Weitertradierung antiker Werke und neue Gelehrsamkeit dienten letztlich dem Zweck, an das römische Erbe anzuknüpfen, was durchaus als eine «renovatio» aus dem Geist der Vergangenheit gelten kann. Dieser römisch-antike Geist wurde etwa im säulenbewehrten, phänotypisch römischen Kaiserpalast von Ingelheim manifest, in einem Pfalzbau, der unter den Kaisern Karl und Ludwig mit seinem architektonischen Erscheinungsbild so auch in Italien hätte stehen können. Ingelheim aber bedeutete mit der Absetzung Tassilos III. auf einer Versammlung der Großen des Karolingerreichs auch das Ende baierischer, nahezu unbehelligter Selbstständigkeit (788 Verurteilung Tassilos III. wegen eines Verbrechens, «quod theodisca lingua harisliz [Zerreißung des Heeres] dicitur»). Dass dessen Literaturpolitik danach im 9. Jahrhundert nicht versandete, ist auch den neuen Impulsen von außen, eben der sogenannten Hofakademie Kaiser Karls, zu verdanken. Diese Impulse trugen dann auch längerfristig Früchte, als das europäische Karolingerreich zerfiel. Im nunmehrigen Ostfrankenreich, das politisch das Territorium des gesamten heutigen Bayerns einschließlich Österreichs umfasste, konnte die im Stammesherzogtum mindestens seit dem 8. Jahrhundert angelegte lateinische Gelehrsamkeit in den Skriptorien weiter gedeihen, wobei insgesamt von einer völlig dominanten lateinischen Schriftkultur auszugehen ist, innerhalb derer das Althochdeutsche auch überlieferungsmäßig nur einen winzigen Bruchteil ausmachte.

Das ganze 9. Jahrhundert war dementsprechend von einer regen Glossierungstätigkeit im Blick auf das Textverständnis etwa der lateinisch-antiken Texte geprägt. Denn die Zielsprache Latein musste durch lateinische Synonyme und ganz allmählich auch durch volkssprachige Hilfsmittel, eben Übersetzungen, aufgeschlossen werden. Dies konnte einerseits durch einzelne Interlinearglossen geschehen, die über dem zu erklärenden Wort, also über der und zwischen den Zeilen appliziert wurden, oder eben, marginal, an den Blatträndern. Solche Marginalglossen verselbstständigten sich mitunter aus Einzelwörtern zu eigenen Texten oder kleinen Kommentaren (lateinisch und althochdeutsch).

Nächster Schritt für die Erschließung der lateinischen Zielsprache waren lateinisch-althochdeutsche Wortlisten, die sich zu ganzen Wörterbüchern ausweiteten. Dazu gehört etwa die in Regensburg im Kloster Sankt Emmeram geschriebene *Samanunga worto* (erhalten in der Bayerischen Staatsbibliothek zu München im Cgm 5153 a). Und so ist es auch nicht verwunderlich, dass mit dem lateinisch-althochdeutschen *Abrogans* nicht nur die Gattung Wörterbuch für Bayern begründet, sondern – wie in vielen Literaturgeschichten zu lesen – das erste deutsche Buch überhaupt vorgelegt wurde.

Neben der unter den schulmäßigen *septem artes liberales* letztlich zur

Grammatik gehörenden Wörterbucharbeit ist die Juristerei Urheberin von schließlich buchmäßiger Schriftlichkeit. Denn erst Verschriftlichung schuf rechtliche Verbindlichkeit, nicht zuletzt auch juristische Zuverlässigkeit und Berechenbarkeit. Hierher gehört insbesondere das Stammesrecht der Baiern, als *Lex Baiuvariorum* ein wesentliches Dokument baierischer Eigenstaatlichkeit, das zwar viel älter ist, aber im 9. Jahrhundert weiter tradiert wurde und nur so bis heute auf uns gekommen ist. Darin ist das Recht der einzelnen Stände, vom Herzog bis zum Unfreien, kodifiziert, wobei einzelne althochdeutsche Wörter den lateinischen Gesetzestext erhellen. So schaffen beispielsweise erst die althochdeutschen strafrechtlichen Rechtstermini bei allen am Prozess Beteiligten, die kein Latein verstehen, Klarheit darüber, was etwa ein «pulislac» (Beulenschlag) ist. Kein Angeklagter kann sich fortan darauf herausreden, er habe nicht gewusst, dass ein Faustschlag, der zur Beulenbildung führt, strafbar ist. Entscheidend aber ist bei der Weitergabe dieses baierischen Stammesrechts, dass es auch in Zeiten karolingischer Oberhoheit baierisches Beharrungsvermögen und einen Geist der Unabhängigkeit dokumentiert.

Ebenfalls dem juristischen Bereich gehören Urkunden im weiteren Sinne an. Dazu zählen beispielsweise rechtliche Vereinbarungen über Grundstücke, genauer: über Grundstücksgrenzen. Für Franken sind hier als wichtiger Zeuge volkssprachiger Schriftlichkeit die Würzburger Markbeschreibungen (mit der Nennung von Heidingsfeld und dem Bistumsheiligen Kilian) zu nennen, ein durchaus zentrales Zeugnis pragmatischer Schriftlichkeit:

> So sagant, daz so si Uuirziburgo marcha unte Heitingesveldono unte quedent, daz in dero marchu si ieguuedar, ioh chirihsahha sancti Kilianes ioh frono ioh friero Franchono erbi.
> (So, wird bestätigt, sei die Würzburger Mark und die Heidingsfelder, und man sagt, dass in dieser Mark sowohl Kirchengut von Sankt Kilian als auch Besitz von Franken aus dem Herren- und Freienstand liegt.)

4. Die Literatur des 10. Jahrhunderts

4.1. Literatur im Angesicht des Ungarnsturms

Die erste Hälfte des 10. Jahrhunderts ist ohne Zweifel von einem kulturellen und literarischen Niedergang geprägt, der primär nicht innerliterarisch bedingt, sondern von außen aufgezwungen war. Die wechselvollen Kriege gegen die Ungarn darf man freilich nicht einseitig im Sinne des Skythen- oder Hunnenmythos interpretieren, auch wenn dies schon mittelalterliche Geschichtsschreiber taten. Dagegen sprechen realpolitische Fakten wie die Bündnisse baierischer Adliger mit den Ungarn gegen das Reichsoberhaupt. Dennoch überwog in der Summe wohl doch die militärische Bedrückung. Die Ungarneinfälle erwiesen sich auf alle Fälle kulturell – nicht zuletzt mit Blick auf die Tradierung älterer Handschriftenbestände, wodurch auch viel Althochdeutsches unwiederbringlich verloren ging – als überaus verhängnisvoll. Bezeugt ist eine solche kulturelle Katastrophe etwa für Wessobrunn, Benediktbeuern, Ebersberg oder Weihenstephan; Freising und Regensburg waren dagegen von den Ungarnstürmen verschont geblieben, weshalb von dort nach der schwierigen Ungarnzeit kulturelle Neubelebungen erfolgen konnten.

Gleichwohl beweist etwa das historiographische *Fragmentum de Arnulfo duce Bavariae* aus Sankt Emmeram baierischen Behauptungswillen selbst in schwerer Zeit, durchaus auch im Sinne luitpoldingischer Hofhistoriographie. Und Tegernsee brachte 921 seine wichtige *Passio Sancti Quirini* hervor; gegen Ende des Jahrhunderts wirkte ebendort Froumund segensreich als Erneuerer wie als Dichter in lateinischer Sprache, der sich glücklich zu den *artes* bekannte, die er lernend und lehrend für sich zu vertiefen trachtete:

> Sunt mihi qui dicunt: cur tu nunc, ultime Froumunt,
> Ultimas exclusus, cum non sis patre reiectus?
> [...]

In primis studio placet esse sub artibus uno,
Omnia dico ut sunt nec ludicra prosequar ulla:
Discere decrevi libros aliosque docere
[...].

(Es gibt diejenigen, die zu mir sagen: Warum bist du jetzt, letzter Froumunt, zuletzt ausgeschlossen, wenn du nicht mit dem Vater abgelehnt wirst? [...] In erster Linie gefällt es, mit einem eifrigen Bemühen die Künste zu studieren, sodass sie, wie ich sage, alle wirklich sind und ich nicht irgendeinem leeren Zeitvertreib folge: ich habe beschlossen, die Bücher zu lernen und die anderen zu unterrichten.)

Derartige Anstrengungen ließen nach dem Abebben des Ungarnsturms im Gefolge der (sogenannten) Schlacht auf dem Lechfeld (955 – besser: Schlacht bei Augsburg unter entscheidender Mitwirkung des schwäbischen Adeligen und Augsburger Bischofs Ulrich) das Weiterleben und Neueinsetzen literarischer Bemühungen als möglich erscheinen. Hier wirkten die lothringische Reformbewegung sowie Bischof Wolfgang von Regensburg (972–994) segensreich. Neben den Bischofssitzen wurden so im Gefolge der Gorzer Reform die Klöster Sankt Emmeram, Tegernsee oder Niederaltaich zu wichtigen Kulturträgern. Unter den Bischöfen als Förderer der Kultur und des lateinischen Schrifttums in der zweiten Hälfte des 10. Jahrhunderts ist der (später in *Nibelungenlied* und *Nibelungenklage* unsterblich gewordene) Bischof Pilgrim von Passau (971–991) anzuführen. Hierher gehört auch der Freisinger Bischof Abraham (957–993/994), unter dem die schon von den Agilolfingern begründete Slawenmission (etwa in Kärnten) vorangetrieben wurde, was zu den ältesten Zeugnissen einer slawischen Sprache in lateinischer Schrift (in altslowenischem Idiom) führte.

Bei den literarisch tätigen Bischofssitzen ist Augsburg nicht zu vergessen, dessen Bischof Ulrich in der entscheidenden Schlacht des Jahres 955 maßgeblich zum Sieg Ottos des Großen beitrug – ein Sieg, der erst die folgende zarte literarische Blüte ermöglichte. Folgerichtig wird der überaus rasch heiliggesprochene Ulrich im ausgehenden 10. Jahrhundert selbst zum Gegenstand einer Vita aus der Feder des Augsburger Domprobstes Gerhard. Augsburger Lokalkolorit zeigt etwa die Schilderung der Palmsonntagsprozession mit den Stationen des Afraklosters, aus dem später Sankt Ulrich und Afra werden sollte, und dem noch heute so bezeichneten Perlachberg:

> [...] ad Sanctam Afram veniebat [...] et ramos palmarum diversarumque frondium benedicebat, euangelioque et crucibus et fanonibus, et cum effigie sedentis Domini super asinum, cum clericis et multitudine populi ramos palmarum in manibus portantis, et cum cantationibus ad honorem eiusdem dei compositis, et cum magno decore pergebat usque ad collem qui dicitur Perleich [...]. ([...] Er kam zur Kirche der heiligen Afra [...] und er segnete die Palmzweige und verschiedene belaubte Zweige, und mit dem Evangelium und den Kreuzen und Heiligtümern und mit der Gestalt des Herren auf einem Esel sitzend, zusammen mit den Priestern und der Volksmenge, die Palmzweige in ihren Händen trug, und unter Absingen von Lobgesängen, und in großer Pracht gelangte er bis zu dem Hügel, der Perlach genannt wird [...].)

Neben den Bischöfen mit ihren Höfen fungierten auch die baierischen Herzöge als Motoren der kulturellen Entwicklung, wie etwa Heinrich II. der Zänker und sein Sohn Heinrich IV., der als Kaiser Heinrich II. der Heilige Reformmönche aus dem baierischen Herzogtum in die Klöster Frankens und Sachsens schickte.

Was die bairische, volkssprachige Literatur anbelangt, so tritt sie nach der Blüte im 9. Jahrhundert im 10. Jahrhundert ganz in den Hintergrund. Zwar wird weiterhin Deutsch geschrieben, aber in der Summe eher marginal (im wahrsten Sinne des Wortes) bei Glossen, in Beichttexten oder in Zaubersprüchen. Bairisch als Schriftsprache, ja als Literatursprache erfährt im 10. Jahrhundert also durchaus eine schmerzliche Zäsur, um nicht zu sagen: einen Einbruch. Das herausragende Preisgedicht *De Heinrico*, das sich wohl auf Heinrich den Zänker bezieht, weist im volkssprachigen Teil der deutsch-lateinischen Mischprosa allerdings eher in das Mittelrheingebiet. Immerhin ist *expressis verbis* von einem besonders tüchtigen baierischen Herzog die Rede: «de quodam duce, themo heron Heinriche, qui cum dignitate thero Beiaro riche bewarode» (von einem gewissen Herren, dem Herren Heinrich, der mit Würde das Reich der Baiern bewahrte.)

4.2. Gattungen und Autoren

Während mit Hrotsvit von Gandersheim und ihrer innovativen mittellateinischen Dramatik oder mit dem epischen *Waltharius* – nicht zu vergessen die Hymnendichtung (Sankt Gallens) – außerhalb Altbayerns, Schwabens und Frankens in der Ungarnzeit ästhetisch ansprechende lateinische Dichtkunst florierte, führten die Ungarnstürme, die nicht nur Augsburg, sondern auch den fränkischen Hesselberg militärisch bedrohten, auf dem Gebiet des heutigen Freistaats, der im Gegensatz zu Nord- oder Westdeutschland unmittelbar im ungarischen Einfallsgebiet lag, zu einer literarisch unergiebigen Zeit. Dies bedeutete, Bibliotheken wurden zerstört, eine literarische Tätigkeit war unmöglich, und das gilt sowohl für die lateinische wie für die volkssprachige Literatur.

Dabei können im 10. Jahrhundert überlieferte Texte wie das *Petruslied* oder der bairische, nach der Bibliotheksheimat so genannte *Wiener Hundesegen* viel älter sein. Dennoch wird man nicht so weit gehen dürfen, im *Hundesegen* gleich germanischen Ursprung annehmen zu wollen:

> Christ uuart gaboren er uuolf ode diob. do uuas sancte Marti Christas hirti. Der heiligo Christ unta sancte Marti, der gauuerdo uualten hiuta dero hunto, dero zohono, daz in uuolf noh uulpa za scedin uuerdan ne megi, se uuara se geloufan uualdes ode uueges ode heido. Der heiligo Christ unta sancte Marti de fruma mir sa hiuto alla hera heim gasunta.
> (Christ wurde geboren, bevor es den Wolf oder den Dieb gab. Damals war der heilige Martin der Hirte Christi. Der heilige Christ und Sankt Martin, der möge heute über die Hunde herrschen und sie behüten, über die Hündinnen auch, damit ihnen weder Wolf noch Wölfin schaden können, wenn die Hunde auf Wald, Weg oder Wiese entlaufen wären. Der heilige Christ und Sankt Martin mögen sie mir heute alle gesund hierher nach Hause bringen.)

Dieser Segen zum Schutz von Hirtenhunden vor Wölfen oder allgemein als Beschwörung der gesunden Rückkehr entlaufener Hunde sollte nicht germanentümelnd gedeutet werden, indem Sankt Martin zum Platzhalter für den älteren Wotan gemacht wird; denn anders als bei den viel nördlicheren *Merseburger Zaubersprüchen* werden germanische Götter hier eben nicht genannt. Vielmehr liegt beim bairischen *Wiener Hundesegen* ein literarisches Schema aus dem spätantiken Mittelmeerraum in christlichem Kontext vor, wonach zuerst eine Begebenheit oder eine eher schlichte Tatsache aus dem Leben Christi oder eines Heiligen erzählt wird, die im Anschluss auf den konkreten Fall des entlaufenen Hunds oder der Hündin anzuwenden wäre. Hier korrespondiert die genaue Aufteilung der Geschlechter in Hund und Hündin («zohono») auch mit der entsprechenden, nach Geschlecht differenzierenden antik-römischen Hundeverehrung. Letztlich ist auch der Legionär Martinus ein Römer. Der *Hundesegen* ist somit sicher alt, aber weniger heidnisch-germanisch, sondern eher spätantik-römisch. Gleichwohl bediente sich der volkssprachige Autor germanischer Sprachformen, die auf Stabreimkenntnis hinweisen: «wolf noch wulpa» oder «waldes ode weges» (Reste einer auf «h» stabenden Langzeile sind rekonstruierbar: «de fruma mir sa hiuto / alla hera heim gasunta»). Durch die Stabreimform kam man ästhetischen Vorlieben der laikalen Rezipienten entgegen, so wie auch der biblische, altsächsisch stabende *Heliand* eine formale Annäherung an die germanische Heldendichtung darstellt.

In der Summe spielt jedoch die Volkssprache im 10. Jahrhundert in der gesamten deutschen Literatur, sieht man von Notker III. von Sankt Gallen, eben *Notker Teutonicus*, ab, keine tragende Rolle. Innovativ und in die Zukunft weisend ist dagegen das nun europaweit aufkommende österliche liturgische Spielen in lateinischer Sprache, konkret im Ostertropus «Quem quaeritis». Eher liturgisch ist das *Willibald-Offizium* des Reginold von Eichstätt, das freilich, ganz untypisch für die Zeit, neben Latein auch Griechisch und Hebräisch integriert.

5. Die Literatur des 11. Jahrhunderts

5.1. Tegernsee als literarisches Zentrum

Nach Tegernsee, in eines der ältesten und wichtigsten literarischen Zentren Baierns, führt die historisch wie stilistisch bedeutsame Brief- und Liedersammlung Froumunds (um 960–1008) ebenso wie der *Ruodlieb* als Vorläufer höfisch-ritterlicher Literatur des Hochmittelalters. Bei Letzterem handelt es sich um einen bemerkenswerten Hybrid.

Beinahe legendenhaft schildert der anonyme Verfasser dieses Protoromans in lateinischen Hexametern den mustergültigen Lebensweg seines anfangs namenlosen, später Ruodlieb genannten Helden. Dieser wird als mustergültiger Gefolgsmann gezeichnet, der im Krieg und auf der Jagd alles für seinen Herrn riskiert:

Saepius in mortem se pro dominis dat eisdem
Seu bello seu venatu seu quolibet actu.

(Sehr oft begab er sich für seine Herren in Todesgefahr, sei es im Krieg, auf der Jagd oder sonstwo.)

Ein vermutlich Tegernseer Kleriker entwarf diese beinahe romanhaft anmutende und damit literaturgeschichtlich durchaus avantgardistische Lebensgeschichte, in der sich lateinisch-gelehrte und heldenepische Traditionen mischen, von geläufigen Schulautoren bis hin zum *Waltharius*, aber insgesamt ein organisches Ganzes ergeben. Dabei scheinen (wie das folgende Beispiel zeigt) in einer lateinisch-mittelhochdeutschen Mischdiktion an den frühesten donauländischen Minnesang gemahnende Zitate von stabendem «liebes» und «loubes» sowie reimendem «wunna» und «minna» altheimische, höfische Liebeslyrik anzuzitieren. Man denkt an eine donauländische Botenstrophe, wenn ein Liebesgruß aus treuem Herzen ausgerichtet wird, so viel Liebe nämlich, wie der Wald Laub trägt. Freudvolle Wonne wird mit «minne» und einer idyllischen Natur aus zwitschernden Vögeln und bunten Blumen kontextualisiert, was etwa an die Natureingänge bei Dietmar von Aist erinnert:

> Dic illi nunc de me corde fideli
> Tantundem liebes, veniat quantum modo loubes,
> Et volucrem wunna quot sint, tot dic sibi minna,
> Graminis et florum quantum sit, dic et honorum.

(Erzähle jenem jetzt von mir mit treuem Herzen. So oft das Laub kommt, so oft kommt auch die Liebe, und wie häufig die Freude an den Zugvögeln ist, so häufig sei ihm die Minne versprochen, wie reichhaltig die Gräser und Blumen sind, so groß sei auch der Preis.)

Der (mangels plausibler Alternativen tatsächlich) Tegernseer Autor mutete seinem denkbaren weltlichen oder laikalen Publikum freilich reichlich viel gelehrte Bildung zu. Gleichwohl war das jetzt fragmentarische, ursprünglich wohl 4000 Verse umfassende Werk kein literarischer Sonderfall, wie die Überlieferung außerhalb Tegernsees vermuten lässt.

Offenbar pflegte man aber gerade in Tegernsee eine lateinische Dichtkunst, die weltlich-politische Themen für höfische Kreise präsentierte, wie der spätere Tegernseer *Ludus de Antichristo* nahelegt. Insofern kann man das einst vom baierischen Uradel gegründete Kloster als eine Art Denkfabrik für den baierischen Adel im Mittelalter ansehen (bis hin zur Frömmigkeitstheologie oder Mathematik des 15. Jahrhunderts). In didaktischer Absicht experimentierten die Tegernseer Mönche dabei quer durch die Jahrhunderte mit verschiedenen literarischen Formen. Ist Tegernsee seit dem Frühmittelalter als dezidiert baierisches kulturelles Zentrum anzusehen, so beruht die entsprechende Rolle Bambergs auf imperialer Grundlage.

5.2. Bamberg als literarisches Zentrum

Das von Kaiser Heinrich II. im Jahr 1007 gegründete und großzügig ausgestattete Bistum Bamberg entwickelte sich rasch zu einem wichtigen kulturellen Zentrum, nicht zuletzt dank seiner Domschule, der etwa Williram von Ebersberg entstammte. So konnte Bamberg auch zu einem Zentrum der Historiographie werden. Dies alles geschah in lateinischer Sprache, allenfalls *Bamberger Glaube und Beichte* sind unter den wenigen volkssprachigen Erträgen am Rande dieses Literaturzentrums mit Vorortfunktion im Reich zu nennen. Der darin enthaltene volkssprachige Sündenkatalog bildet eine recht differenzierte Laienkatechese für die wohl adligen Beichtkinder:

> Ich habe gisundot in uppiger guotlichi, in ruome, in unrechter anadahti, in loser ubercieride, in wattiuride, in gemeitheite, an glichesunge, in aller bitrogini, in aller losheite, in uppiger ehaldie, in sunderewa, in lobis giride, in einstritigi, in vuriwizgerni. In niugerni, in zvivalheite, in ungiwoniheite, in zoubere [...].
> (Ich habe gesündigt mit luxuriösem Besitz, mit Eigenlob, falscher Andacht, mit schamlosem und übertriebenem Kleiderschmuck, mit Kleiderluxus, mit übertriebener Lebensfreude, mit Heuchelei, mit allerlei Betrug, mit vielen Sittenlosigkeiten, mit falschem Gehorsam und falschen Privilegien, mit Eitelkeit, mit Halsstarrigkeit und Vorwitz. Mit falscher Neugier, mit Zweifel, mit unrechter Gewohnheit und Zauberei [...].)

Neben *Bamberger Glaube und Beichte* ist, vielleicht sogar vom selben Autor, *Himmel und Hölle* zu stellen. Das christliche Sujet in beiden Texten passt zum frommen Kaiserpaar. Als literarisches Zentrum wirkte Bamberg nämlich auch wegen des Nimbus der heiligen Heinrich und Kunigunde weit über die Grenzen des heutigen Bayern hinaus, wobei ein Schwerpunkt auf der lateinischen Literatur lag. Tatsächlich wurde der persönlich durchaus fromme Lebenswandel des Kaiserpaares je länger je mehr auch gattungsmäßig in lateinischer und deutscher Sprache legendär.

Bischof Gunther von Bamberg (1057–1065) zeigte dagegen ein auffälliges Interesse an weltlicher, volkssprachiger frühmittelhochdeutscher Literatur, wozu ihn sein nibelungischer Name verführt haben könnte. Beinahe legendär *ex negativo* ist sein Interesse an der Heldendichtung, was freilich (zur Ehrenrettung des Bischofssitzes) vom Bamberger Scholaster Meinhard, der einer Domschule vorstand, an welcher Williram von Ebersberg und Anno von Köln wirkten, gerügt wird:

«Semper ille Attilam, semper Amalungum et cetera id genus portare retractat» – der Bischof lasse sich durch Etzel, Dietrich von Bern aus dem Geschlecht der Amelungen und dergleichen von seinen geistlichen Aufgaben und einer für Bamberg charakteristischen niveauvollen lateinischen Gelehrtenkultur ablenken.

Dennoch fungierte Bischof Gunther auch als Auftraggeber des *Ezzoliedes*. Dessen Verfasser Ezzo war ebenso Kleriker in Bamberg wie der Komponist der (nicht erhaltenen) Melodie mit Namen Wille. Die volkssprachigen Verse spannen einen weiten Bogen von der Schöpfung über den Sündenfall bis zur Erlösung durch Jesus Christus im Sechsten Weltalter. Die adligen Adressaten werden als «iu herron» von Ezzo ebenso direkt angesprochen wie der Mäzen Gunther gebührend hervorgehoben ist:

Der guote biscoph Guntere vone Babenberch
der hiez machen ein vil guot werch:
Er hiez di sine phaphen
ein guot liet machen.
Eines liedes si begunden,
want si di buoch chunden.
Ezzo begunde scriben,
Wille vant die wise.

5.3. Gattungen und Autoren

Das Ende einer althochdeutschen Periode markieren der «in coenobio Tegrinsee» ausgebildete Otloh von Sankt Emmeram (mit einem lateinisch-deutschen Gebetstext) und Williram von Ebersberg, der allerdings in Fulda und Bamberg seine Ausbildung erfahren hatte. Seine *Expositio in Cantica Canticorum*, die Bearbeitung des alttestamentlichen Hohenliedes in einer lateinisch-deutschen Mischprosa, ist von künstlerischem Ehrgeiz geprägt, der sich in einer vergleichsweise lebhaften Überlieferung im 11. und 12. Jahrhundert niederschlägt. Dabei sind die – nicht selten nur zusammen mit dem Lateinischen verständlichen – volkssprachlichen Partien je nach Definition mehr dem Alt- oder dem Frühmittelhochdeutschen zuzuweisen. Jedenfalls empfiehlt er bei Anfechtungen weniger das Studium der Philosophen als vielmehr die Lektüre der Heiligen Schrift, was er in einer lateinisch-volkssprachigen Mischprosa wortreich umkreist:

Des nahtes an mînemo bette uorderota ich mînen uuine, ich uorderota in unte neuant sîn niet. […] noh tanne, do ich uuas in tenebris incredulitatis unt ich consentiebam carnalibus desideriis, do uuolta ich ie doh mînen sponsum bekennan per doctrinam philosophorum, Platonis, Aristotelis, Socratis, Pythagorae unte andero uuerltuuîson, die der creatorem per creaturam uuoltan bekennan. Mit iro geuuîse ne moht ih in uindan, quia stultam fecit deus sapientiam huius mundi. […] Sa dar nâh, do ich iro gescrift durch suohta, do uand ich mînen uuine.
(Nachts in meinem Bett verlangte ich nach meinem Bräutigam, ich suchte und fand ihn nicht. […] auch noch dann, als ich in der schrecklichen Finsternis war und von fleischlichen Begierden erfüllt war, da wollt ich dann doch meinen Bräutigam durch die Lehre der Philosophen Plato, Aristoteles, Sokrates und andere weltliche Gelehrte erfahren, die den Schöpfer durch die Schöpfung erkennen wollten. Mit ihrem Wissen konnte ich ihn aber nicht finden, weil Gott die Weltweisheit allein töricht machte. […] Aber später, nachdem ich die Heilige Schrift durchforstet hatte, da fand ich meinen Bräutigam.)

Zur Bibeldichtung im weiteren Sinne ist auch eine um 1060 verfasste *Genesis* eines Kärntner Klerikers zu rechnen (nach der heutigen Bibliotheksheimat *Wiener Genesis* genannt). Bibeltext und gelehrte Auslegung ergeben rund 6000 frühmittelhochdeutsche Verse. Zum außerbiblischen Gut gehört etwa die breit auserzählte Luziferlegende, wobei der abtrünnige Engel hier durchaus der Lebensweltlichkeit entsprechend «Lichtfass» genannt wird und sich der Todsünde *superbia* als «ubermuot» schuldig macht:

Do hiez er werden einen engel,
der scain uz den anderen allen.
er was anderer engele wunne,
wante ime got wol gunde
wunne in dem himele;
sines chores was ein michel menege.
ze ware sagen ich ivv daz:
er nant in liehtvaz.

er was gote uil liep,
an ime huob sich allerest ubermuot.

(Darauf befahl er die Entstehung eines Engels, der alle anderen überleuchtete. Er war die Freude der anderen Engel, denn Gott gönnte ihm durchaus die Himmelsfreuden; sein Engelchor war sehr zahlreich. Das Folgende verkünde ich euch mit Wahrheit: Er nannte ihn einen Leuchter. Gott liebte ihn sehr, an ihm begann zum allerersten Mal die Todsünde des Hochmuts.)

Geistlich sind auch die weiterhin gepflegten volkssprachigen katechetischen Gattungen (Credo, Beichte). Hierher gehört mit über 2000 Hexametern auch das Bibelepos *Planctus Evae* des Augsburger Magisters Heinrich.

Der in der Bibel vergleichsweise undramatisch und kurz geschilderte bethlehemitische Kindermord wird im *Ordo Rachelis Frisingensis* aufwändig inszeniert (ein geläufiger Dramentyp, der später bei Gerhoch von Reichersberg aufs Korn genommen wird), wobei hier ein königlicher Krieger des Herodes bühnenwirksam das Schwert zückt, das er drohend den unschuldigen Kindern verheißt:

Armiger Regi respondens et cantet:
Ecce miles ego regius;
ecce uindex regis gladius,
paratus ad omne facinus
quod iubebit noster Dominus,
qui placabit iram principis
multa strage turbe simplicis.

(Ein königlicher Krieger antwortet und singt: Schaut ich bin ein königlicher Krieger; seht das Racheschwert des Königs, zu jeder Schandtat bereit, die unser Herr befehlen wird, und die dem Fürstenzorn Genüge tut mit einem großen Blutbad am einfachen Volk.)

Naturkunde begegnet uns mit der poetischen Erdbeschreibung *Merigarto*, in der Bedeutung «vom Meer umgebenes Land», die in Regensburg um 1070 oder 1080 angesiedelt wird. Neben Flüssen und Meeren geht es auch um Länder wie Island, dessen Holzmangel zutreffend beschrieben wird. Aber auch der Orient kommt auf einer (vorerst) fiktiven Reise von Arabien nach Ägypten über das Rote Meer, dessen Sand blutrot sei, in den Blick, was als relevante Fragestellung in einer Donaustadt und Handelsmetropole durchaus Sinn macht:

Der verit fone Arabia || in Egiptiland in sînem uuerva.
der, chuît man, vara || uber daz rôta mere;
des griez sî sô rôt || als ein minig unt ein pluot.
in des unt diu erda gêt, || sô dunchit daz mere rôt.

(Der reist von Arabien nach Ägypten auf seiner Route, der, sagt man, reist über das Rote Meer; dessen Sand sei so rot wie Zinnober oder Blut. In dessen Wogen gelangt die rote Erde, so dass das Meer rot erscheint.)

Gewarnt wird jedoch vor einer Quelle, deren Wasser nach dem Genuss unkeusche Gedanken hervorruft:

Man chuît, ouh sî ein prunno, || dâ man abe prinne
fone huorgiluste, || inbîzzers sô inen durste.

(Man sagt, es gäbe auch eine Quelle, die, wenn man ihr Wasser durstig trinkt, ein Brennen nach Hurerei erzeugt.)

6. Die Literatur des 12. Jahrhunderts

6.1. Literatur im Umkreis der Welfen

Die Welfen, die als Dynastie auf europäischer Ebene agierten, begriffen Geschichtsschreibung als Memoria zum Ruhm ihres Geschlechts. Im Kleinen ist hier der in Schwaben zu situierende (und noch von Walther von der Vogelweide ob seiner Freigebigkeit gepriesene) schwäbische Graf Welf VI. zu nennen, der mit der *Historia Welforum* um 1170 eine der frühesten Dynastengeschichten überhaupt abfassen ließ.

Während es der Welfendynastie erst mit Otto IV. gelang, an die Spitze des Heiligen Römischen Reichs zu rücken, war der entsprechende Ehrgeiz dazu längst schon mit Heinrich dem Löwen, dem großen Gegenspieler Friedrich Barbarossas, entbrannt. Die *Kaiserchronik* wohl aus der Feder eines anonymen Regensburger Klerikers markiert demzufolge den selbstbewussten, um nicht zu sagen: imperialen Herrschaftsanspruch des Welfengeschlechts. Die Herrscherbiographien von Caesar bis Konrad III. nebst paralleler Papstgeschichte liefern den roten Faden für die anekdotenreiche volkssprachige Chronik. Die Darstellung des Papsttums passt wiederum zu einer antibyzantinischen Tendenz, denn der autokephale Patriarch von Konstantinopel erhob ja traditionell den Anspruch, dem Papst in Rom ebenbürtig zu sein. Die breiter auserzählten Geschehnisse um die päpstlich-kaiserlichen Paare Silvester/Konstantin und Leo/Karl fügen sich gut in diese Tendenz. Von der römischen Ausrichtung zeugt auch die Hervorhebung des bekanntermaßen papsttreuen heiligen Bernhard; dass die vielleicht zunächst vom Welfenherzog Heinrich dem Stolzen initiierte *Kaiserchronik* mit der Kreuzzugspredigt Bernhards von Clairvaux endet, passt immerhin zum späteren Jerusalemzug Heinrichs des Löwen. Von daher spricht wohl mehr für eine Lokalisierung der (in mehreren Fassungen erhaltenen) *Kaiserchronik* bei den Welfen als bei den Wittelsbachern oder Staufern, was bisweilen ebenfalls erwogen wurde (vielleicht aber in der großen Überlieferungsvarianz ein Pendant im Sinne der zeitlich versetzten

Indienststellung und Nutzbarmachung der ‹Kaiserchronik› für und durch diverse Dynastien findet). Hinzu kommt, dass neben dem Reich den Belangen des Herzogtums Baiern durchaus im Sinne von Stammesstolz und bajuwarischem Beharrungsvermögen gegen das (anvisierte staufische) Königtum sympathische Reverenz erwiesen wird, wie die breit erzählte Geschichte vom Herzog Adelger zeigt:

> Daz buoch chundet uns sus:
> daz rîche besaz dô Sevêrus.
> bî sînen zîten was ze Baiern ain herzoge,
> der was in grôzem lobe,
> gehaizen was er Adelgêr;
> vil dike getet er
> wider rômischem rîche.
> […]
>
> (Das Buch berichtet uns Folgendes: im Reich regierte Severus. Zu seinen Zeiten saß in Baiern ein Herzog, der viel gerühmt wurde und Adelger hieß; sehr häufig trotzte er dem Römischen Reich.)

Das im wahrsten Sinne des Wortes gestrenge Reichsoberhaupt findet in Herzog Adelger seinen Gegenspieler, der sich (wie es im Mittelhochdeutschen heißt) «sehr häufig» der Zentrale widersetzte. Der moderne Titel *Kaiserchronik* darf so bei aller Romtreue, die ja nicht zum geringsten Teil im Stuhl Petri (und nicht nur im Kaisertum) begründet ist, nicht über mindestens föderale Tendenzen des Gesamtwerks hinwegtäuschen, dessen Rezeption über Baiern hinaus bis ins 14. Jahrhundert durchaus lebhaft ist.

Gleichwohl konnten daneben in anderen volkssprachigen Reimwerken die historischen Taten von Herzögen, Königen und Kaisern unabhängig von der konkreten politischen Ausprägung auch als Fürstenspiegel rezipiert werden, was sicher für den *Alexander* des Pfaffen Lamprecht zutrifft. Dessen Regensburger Rezeption bezeugt deutlicher das *Rolandslied* des Pfaffen Konrad, das frühzeitig auch repräsentativ bebildert war. Der darin apostrophierte Herzog Heinrich dürfte mit Heinrich dem Löwen gleichzusetzen sein. Die im *Rolandslied* propagierte Kreuzzugsideologie findet ihr Pendant in der schon erwähnten Jerusalempilgerfahrt Heinrichs des Löwen, dem im *Rolandslied* dann gleichermaßen als Roland-Redivivus wie als potenziellem Nachfolger Karls ein literarisches Denkmal gesetzt wurde. Jedenfalls wird der Tod Rolands mit legendarischen Mitteln geradezu als Apotheose mit Lichterscheinung, Erdbeben, Blitz und Donner geschildert:

Do Ruolant uon der werlt verschît
uon himil wart ain michel liecht.
sah nach der wile
chom ain michel ertpibe,
doner unt himilzaichen
in den zwain richen
ze Karlingen unt ze Yspania.

(Als Roland aus der Welt schied, gab es eine gewaltige Lichterscheinung am Himmel. Danach kamen sofort ein großes Erdbeben, Donner und Himmelserscheinungen im Reiche Karls und im spanischen Reich.)

Erdbeben und Sonnenfinsternis waren gemäß biblischer Tradition auch schon die göttlichen Zeichen bei Christi Tod am Kreuz. Unmittelbare Quelle des *Rolandslieds* bildete allerdings keine lateinische Legende, sondern eine altfranzösische «Chanson de geste». Damit kann für den Regensburger Hof eine literaturgeschichtlich eminent zukunftsweisende literarische Orientierung in Richtung Westeuropa ausgemacht werden, denn die Rezeption der altfranzösischen Epen um Karl den Großen und Ludwig den Frommen geht im 13. Jahrhundert in Bayern mit Wolframs breitest überliefertem *Willehalm*, der auf die Geschehnisse im *Rolandslied* durchaus deutlich Bezug nimmt, und Ulrichs von Thürheim *Rennewart* weiter. Während der dem *Rolandslied* zeitlich nahestehende *Aeneas*-Roman des Heinrich von Veldeke nicht nur einem höfischen Publikum über Thüringen hinaus den Antikenroman schmackhaft machte, ja in den Worten Gottfrieds von Straßburg «daz erste rîs in tiutscher zungen» auf den Baum der deutschen Dichtung pfropfte (mittelhochdeutsch «impfete»), und während sich am südwestdeutschen Hof der Zähringer im 12. Jahrhundert der Artus-Roman mit Hartmanns *Erec und Enite* etablierte, waren es zeitgleich die Welfen in Regensburg, die für den ostoberdeutschen Raum mit dem *Rolandslied* zunächst die Gattung der altfranzösischen «Chansons de geste» heimisch werden ließen. Daraus wurde eine gattungsmäßige Erfolgsgeschichte, denn der *Willehalm* des sich selbst *Baier* nennenden Wolframs von Eschenbach als dezidierte Fortsetzung des *Rolandslieds* eroberte den gesamten hochdeutschen Raum.

Noch zukunftsweisender – und zwar längerfristig für die deutsche Literaturgeschichte insgesamt – ist die welfische Förderung der deutschen Prosa als Medium der Wissensvermittlung an Laien. Es spricht viel dafür, in Heinrich dem Löwen oder einem Mitglied seiner Familie den wohlwollenden Veranlasser einer weit über die Regensburger Quelle (*Elucidarium* des Honorius Augustodunensis) hinausgehenden Lehrbuchs über die Natur, ja Gott und die Welt, zu sehen. Beinahe enzyklopädisch wird im Lehrbuch *Lucidarius*, also in wörtlicher Übersetzung dem «Lichtbringer», das gelehrt-schulmäßige Wissen der Zeit versammelt. Nicht mehr Vers, sondern Prosa sichert die Verbindlichkeit des Präsentierten, in Analogie zur Prosa etwa der Evangelien oder gar des stoffverwandten Schöpfungsberichts. Am Welfenhof des ausgehenden 12. Jahrhunderts ist diese Etablierung der volkssprachigen Fachprosa ein überaus bedeutsamer literaturgeschichtlicher Schritt, der im 13. Jahrhundert in der Regensburger franziskanischen Prosa vielleicht nicht ganz zufällig seine Fortsetzung findet und im 14. Jahrhundert mit dem Regensburger Konrad von Megenberg und seinem bis in die Frühe Neuzeit hinein gedruckten *Naturbuch* einen Höhepunkt erreicht.

6.2. Gattungen und Autoren

Beachtenswert ist die theologische und lateinische, insgesamt reichhaltige geistlich geprägte Literatur, die in den Klöstern dieses Jahrhunderts geschaffen wird, etwa die Gedichte des Metellus von Tegernsee (mit seinen *Quirinalia*) oder (eher am Rande) eine Übersetzung der in der Mitte des Jahrhunderts im Regensburger Schottenkloster entstandenen (allerdings literaturgeschichtlich zentralen) *Visio Tnugdali* durch den Windberger Mönch

Alber um 1190. Darin wird emotionsgeladen berichtet, was nach der Trennung von Leib und Seele geschieht:

Dô die schîdunge ergie
daz diu sêle den lîp verlie,
vil grôz angest sî vant,
wand sî ir unreht erkant.
ze dem lîbe se wider wolde.
dô daz niht wesen solde,
dô wart ir angest vil grôz.
vil manegen zaher sî vergôz,
sî klagte klegelîchen.
war sî möhte entwîchen,
daz enkundes niht ervinden.
sî muose vor sorgen swinden,
nôt und angest hete sî vil.

(Nachdem die Seele den Leib verließ und von diesem getrennt wurde, wurde sie von großer Beklemmung erfasst, weil sie ihr Vergehen erkannte. Sie wollte wieder zurück zum Leib. Nachdem dies nicht geschah, wurde ihre Beklemmung noch größer. Sie vergoss viele Tränen und klagte lauthals. Sie konnte nicht herausbekommen, wohin sie fliehen sollte. Sie musste sorgenvoll vergehen und hatte viel Angst und Not.)

In Regensburg wirkte auch der (in Bayern längerfristig) vielrezipierte Honorius Augustodunensis, dessen *Elucidarium* europaweit Furore machte. Dies gilt – freilich mehr als Kirchenreformer und -politiker, weniger als Schriftsteller – auch für den bis 1169 wirkenden Baiern Gerhoch von Reichersberg. Dem strengen Kleriker erschienen letztlich sogar die sehr beliebten Krippen- oder Weihnachtsspiele anstößig, ja sie dünkten ihm geradezu als Vorzeichen des Antichrist. Besonders stießen ihm Kleriker in Frauenkleidern auf, denn in seinen Ausführungen *De Investigatione Antichristi* missbilligt er ausdrücklich das Theaterspielen im Kirchenraum («De spectaculis theatricis in ecclesia Dei exhibitis»):

Exhibent preterea imaginaliter et Salvatoris infantiae cunabula, parvuli vagitum, puerpere virginis matronalem habitum, stelle quasi sidus flammigerum, infantum necem, maternum Rachelis ploratum. Sed divinitas insuper et matura facies ecclesiae abhorret spectacula theatralia, non respicit in vanitates et insanias falsas, immo non falsas, sed iam veras insanias, in quibus viri totos se frangunt in feminas, quasi pudeat eos, quod viri sunt, clerici in milites, homines se in demonum larvas transfigurant.
(Sie stellen auch als Schauspiel ein Krippenspiel dar, mit der Jungfrau Maria als Mutter und dem strahlenden Weihnachtsstern, dem Kindermord und dem mütterlichen Klagegeschrei der Rachel. Aber die göttliche Mutter Kirche verabscheut Theaterspektakel wegen ihrer Eitelkeiten und völlig krankhaften Irrtümer, indem sich zahlreiche Männer zu ihrer Schande in Frauen verwandeln, da sie doch Männer sind, Geistliche kleiden sich als Krieger und andere Menschen setzen sich Teufelsmasken auf.)

Neben dem geistlichen Spiel literarisch bedeutsame geistliche Literatur in der Volkssprache, genauer Bibelverdeutschung, tritt uns im *Leben Jesu* der (1127 verstorbenen) Frau Ava entgegen, die wegen ihrer Rolle als wohl erste deutsche Dichterin hervorzuheben ist. In bairischer Sprache formuliert hier eine Melker Rekluse, die offenkundig die Aufführung eines Osterspiels (vielleicht auch einer lateinischen Osterfeier) vor Augen hatte:

an der iuden sampztage
die frouwen sazzen pi dem grabe.
Maria Magdalena
diu bette unze none.
dů daz osterzit fůre wart,
dů gie si an den marchet,
si choften bigmenten,
so wolten ir herren salben,
mit heizen traehen tet si daz,
uil chume gelebete si die naht.
[...]
do stunten ahtoten
frouwen die guten,
wi si den michelen stein
mahten gewelzen in ain,
daz si dannen chomen,

daz si die iuden nine säehen.
do funden si da sizen
ein engel wizen
mit liehtem gewate
[...]
der engel sprach ze den wiben:
«ir ne durfet niht zwiuelen!
den ir welt salben,
der ist hie erstanden.
ir ne sult iz niht uerdagen,
ir sult iz Peter sagen
und anderen sin iungeren,
daz si nine zwiuelen,
daz iz also ergangen ist,
so iz iu uil diche uor saget ist.»

(Am Sabbat saßen die edlen Frauen am Grab. Maria Magdalena betete bis zur Non. Als die Osterzeit vorüber war, gingen sie auf den Markt. Die Frauen kauften Specereien, sie wollten damit ihren Herrn salben. Maria Magdalena tat dies unter heißen Tränen, nachdem sie kaum die Nacht überstanden hatte. [...] Dann standen die guten Damen da und überlegten, wie sie den großen Stein vor dem Grab alleine wegwälzen sollten und wie sie dorthin kämen, ohne von den Juden bemerkt zu werden. Darauf fanden sie dort einen weißen Engel in hell leuchtendem Gewand sitzen. [...] Der Engel sagte zu den Frauen: Hört auf zu zweifeln! Derjenige, den ihr salben wolltet, ist hier auferstanden. Ihr dürft es nicht verschweigen, ihr sollt es vielmehr Petrus und den anderen Jüngern Jesu sagen, damit sie nicht daran zweifeln, dass es sich genau so zugetragen hat, wie es oft prophezeit worden war.)

Zumindest der Wortschatz legt als Sitz im Leben des Publikums eine höfisch-adlige Welt nahe, denn die Details des Osterszenars transzendieren im Wortschatz und in den Requisiten die eher schlichte biblische beziehungsweise die liturgische oder liturgienahe Quelle; zu denken wäre dabei durchaus auch an europaweit verbreitete lateinische Osterfeiern oder Osterspiele, die Frau Ava sicher aus eigener Anschauung kannte.

Die dramatische Gattung war in diesem Jahrhundert nämlich schon vollkommen ausgebildet. Das formvollendete lateinische Tegernseer Antichristspiel (*Ludus de Antichristo*, um 1160), das die angemaßte Weltherrschaft des Antichrist thematisiert und das wohl staufische Kaisertum verherrlicht, verbindet ebenso eindrucksvoll eine höfische Welt mit den letzten Dingen. Konkret geht es im *Ludus* um den Kampf des christlichen Endkaisers als Weltherrscher mit dem Antichrist, der mit seiner Anhängerschaft am Ende eindrucksvoll überwunden wird, so dass die personifizierte Kirche triumphiert:

> Statim fit sonitus super caput Antichristi et eo corruente et omnibus suis fugientibus Ecclesia cantat:
>
> Ecce homo, qui non posuit deum adiutorem suum
>
> (Sofort donnert es über dem Haupt des Antichrist und nachdem er zu Boden fällt und sein Gefolge geflohen ist, singt die personifizierte Kirche: Schaut euch den Menschen an, der sich nicht vor Gott seinem Helfer beugte)

Auch im Antichristspiel finden wir somit wie bei der Dichterin Frau Ava die Kombination aus Christentum und letztlich exklusiv standesstolzem Adelsethos. Eine ständisch gehobene Herkunft der Dichterin legen auch ihre beiden Söhne nahe, die es zu höherrangigen Priesterämtern brachten. Frau Ava vermochte wohl nicht zuletzt aufgrund ihrer adligen Abkunft und trotz ihres Laienstands als Frau («mulier taceat in ecclesia!») zur selbstbewussten Verkünderin des Wortes Gottes in der Volkssprache zu werden. Trotz ihrer österreichischen Herkunft sei sie daher hier als bairische Bibelübersetzerin ausdrücklich hervorgehoben. Gleichwohl speiste sich ihr volkssprachiges Gesamtkorpus wohl nicht nur (wie oben angedeutet) aus biblischen Quellen.

Zur Bibeldichtung ist auch die Windberger Psalmenübersetzung des ausgehenden 12. Jahrhunderts zu rechnen, die als bairische Interlinearversion eng der lateinischen Vorlage folgt. Den Übergang zur Legende markieren diverse Dichtungen über Johannes den Täufer nicht zuletzt aus der Feder der Frau Ava. Dies gilt auch für das 1172 vollendete, fast 5000 Verse umfassende Marienleben des Augsburger Priesters Wernher (*Driu liet von der maget*), das den bethlehemitischen Kindermord in die eigene zeitgenössisch-kriegerische Vorstellungswelt transportiert, und für das Ulrichsleben des Augsburgers *Albertus*.

Gibt die legendarische Schriftstellerei wie die Bibeldichtung den klösterlichen wie höfisch-adligen, im Falle Augsburgs auch gehoben-stadtbürgerlichen Rezipienten die religiöse Richtung im engeren Sinne vor, so ermöglicht Geschichtsschreibung neben heilsgeschichtlicher auch profanhistorische und politische Selbstvergewisserung, wobei bei lateinischer Chronistik stets an Kleriker als Primärrezipienten zu denken ist. Für das 12. Jahrhundert ist in diesem Zusammenhang an Otto von Freising (seit 1138 Bischof ebendort) als wichtigsten Geschichtsschreiber zu erinnern. Seine *Chronica sive Historia de duabus civitatibus* orientiert sich, wie der Titel schon zeigt, an der *Gottesstadt* des Aurelius Augustinus (*civitas* meint letztlich den antiken Stadtstaat). Als Sohn Leopolds III. von Österreich und Onkel Friedrich Barbarossas gehörte er selbst einer Schicht an, die sonst Geschichte machte.

Die sogenannte Spielmannsdichtung wird durch *König Rother* repräsentiert. Seine Zugehörigkeit nach Baiern ergibt sich aus einer bairisch-westmitteldeutschen Überlieferung, die an einen etwa in Regensburg dichtenden Rheinländer denken lässt. Inhaltliche Indizien gemahnen an Welfen und Wittelsbacher (neben Babenbergern und Staufern) als Auftraggeber, wobei sich aber die Forschung inzwischen eher auf das alte baierische Grafengeschlecht der (im Chiemgau verwurzelten) Tengelinger verlegt. Das archaische Genre der Brautwerbung samt deutlichen Parallelen zur langobardischen Geschichte – erinnert sei hier an die engen Allianzen und Sippenbeziehungen zwischen langobardischen Königen und Agilolfingern – machen die in Italien und in Konstantinopel angesiedelte Geschichte um den süditalienischen König Rother bei den seit alters italienaffinen Baiern geradezu zwingend attraktiv. Und so wird die Fahrt übers Mittelmeer von König Rother höchstselbst angeordnet:

Der kuninc do sinen hof gebot.
o, waz er vursten hete gesamenot!

zwo unde sibenzic cronen
die deneten ime schone.

(Darauf berief der König eine Versammlung seines Hofes ein. O, welch großartige Fürsten hatte er versammelt! Herrlich dienten ihm zweiundsiebzig Kronen.)

Der Hoftag mit dem prächtigen Gefolge zeigt Rother als besonders mächtigen König, denn die religiös vielfach aufgeladene Zahl 72 steht symbolisch für eine gewaltige Menge. Neben solch souveränem Gebrauch der Zahlenmystik webt der Dichter nicht ungeschickt mögliche Rezipienten, wenn nicht gar Auftraggeber, in das Werk mit ein:

Alse Rother over mere quam
do wart die vrowe lobsam
swanger einis kindis,
einis seligin barnis.
do was Emelger dot,
die lant alle verstorot
van ses margravin,
die woldin Hademaren
zo eime koninge han genomin unde gelovet.
de was ein riche herzoge
geboren von Diezen.
die Rother gehiezen
trowen biz he queme,
die werthin die crone
deme richen ervelosan man
unze Wolfhart daz swert genam
an enim schonim ringe.
Der was van Thengelinge,
des koningis Amelgeres sune.

(Als Rother über das Meer gelangte, wurde die lobenswerte Herrin mit einem Kind schwanger, dies war ein gesegneter Sprössling. Mit dem Tod Emelgers wurden alle Lande durch sechs Markgrafen in Unruhe gebracht, die Hademar als König haben wollten und dem sie auch Treue schwören wollten. Dieser war ein mächtiger Herzog aus dem Geschlecht derer von Dießen. Diejenigen, die

Rother bis zur Rückkehr die Treue gelobt hatten, verteidigten die Krone für den mächtigen Mann ohne Erbe bis Wolfhart den Ritterschlag empfangen hatte in einer feierlichen Versammlung. Er stammte aus dem Geschlecht der Tengeliner und war der Sohn des Königs Amelger.)

Der Bericht von Rothers Meerfahrt, von der Niederkunft der Königin und vom Aufruhr wird mit dem Geschlecht derer von Dießen, womit wohl die Andechs-Meranier gemeint sind, und den Tengelingern garniert, was für den Fortgang der Handlung eigentlich unerheblich wäre, aber dafür spricht, in Letzteren die Auftraggeber zu sehen. Jedenfalls zeigt die für ein so frühes Werk erstaunlich reichhaltige Überlieferung, dass es nun ein rein weltliches und durchaus umfängliches Werk schaffte, des kostbaren Pergaments für würdig erachtet zu werden, und dies noch, bevor das später erfolgreichere *Nibelungenlied* verschriftlicht wurde.

Während beim *König Rother* so das baierische Publikum ansatzweise in Einzeldynastien greifbar wird, wechseln die Zuweisungen der mit dem *König Rother* gattungsmäßig (im Sinne der früher Spielmannsdichtung genannten Gattung) verwandten Dichtung *Herzog Ernst* stark: Man dachte für die frühen Fassungen an die Welfen, aber auch an die machtpolitisch keineswegs zu unterschätzenden Andechs-Meranier. Die Spätfassungen des *Herzog Ernst* führen dagegen sogar in ein urbanes Milieu (in das wohlhabende spätmittelalterliche Augsburg des 15. Jahrhunderts). Was die frühen Fassungen anbelangt, so lässt sich eine zeitliche Orientierung durch einen im ausgehenden 12. Jahrhundert in Tegernsee überlieferten Brief geben, der das «deutsche Buch von Herzog Ernst» erwähnt: «libellum Teutonicum de Herzogen Ernesten».

Die von der Empörergeschichte in der Tradition der *Haimonskinder* literarkritisch zu unterscheidenden (freilich schon früh mit ihr verquickten) Orientfahrten im *Herzog Ernst* dürften im selben Jahrhundert, aber erst nach dem zweiten Kreuzzug auf größeres Interesse gestoßen sein, was wiederum deren Verfasser mit aktuell befeuerter Erzählfreude erfüllt haben wird. Was den *Herzog Ernst* auf jeden Fall an Baiern bindet, ist die Empörergeschichte um einen Baiernherzog, der sich (nach einer erfolgreichen perfiden Intrige und Verleumdung durch einen neidischen Pfalzgrafen) gegen den Kaiser auflehnt und daraufhin in ferne Lande fliehen muss, wobei diese Flucht wiederum den Anlass für breit erzählte Orientabenteuer gibt, die den langfristigen Erfolg des *Herzog Ernst* (gerade im Buchdruck) erklären. Die beliebten exotischen Märchenmotive sowie die geographischen und ethnologischen Orientalia wie der Magnetberg oder die Kranichschnäbler, die bis in die Frühe Neuzeit hinein den Status der Authentizität genossen, verdankten sich letztlich lateinischer Gelehrsamkeit und waren von daher über jeden Zweifel erhaben:

> ze lâtine es noch geschriben stât:
> dâ von ez âne valschen list
> ein vil wârez liet ist.
>
> (Es ist auch auf Latein niedergeschrieben, wodurch es sich ohne Zweifel um ein wahrhaftiges Werk handelt.)

Diese Wahrheitsbeteuerung erfolgt just an der Stelle, wo die Ätiologie des «Waisen» genannten Edelsteins auserzählt wird, der auffällig die Reichskrone schmückt, wie es auch bei Walther von der Vogelweide später propagandistisch im Sangspruch bezeugt wird. Am Ende der solchermaßen spektakulären, den Charakter einer höfischen Bildungsreise tragenden Orientfahrt von Herzog Ernst kommt es schließlich zur Versöhnung mit dem Kaiser, der hier Otto heißt, was manche für die Erstfassung als positive Spiegelung des Zerwürfnisses zwischen Kaiser Friedrich Barbarossa und dem verbannten Herzog Heinrich dem Löwen sehen wollen; es ist im Übrigen aber auch das seit der Agilolfingerzeit virulente Thema von baierischer Eigenstaatlichkeit in Auseinandersetzung mit einer Reichszentrale, hier eingebettet in das gesamteuropäische Motiv der Empörergeschichte. Jedenfalls wird «Ernest» als Baiernherzog *expressis verbis* eingeführt:

> Diz spriche ich allez umbe daz
> daz ir merket deste baz
> ditze liet daz ich will sagen,
> wan ich iuch niht will verdagen
> die nôt und starke arbeit,

die der herzoge Ernest leit,
do er von Beiern wart vertriben.

(Dies verkündige ich deshalb, damit ihr umso besser dieses Werk versteht, das ich euch erzählen werde, denn ich will euch nicht die Kampfesnot und große Mühe verschweigen, die Herzog Ernst litt, als er aus Baiern vertrieben wurde.)

Als historisches Vorbild kann Herzog Ernst von Schwaben (und Herzogaspirant in Baiern) im Streit mit seinem Stiefvater Konrad II. gelten. Vielleicht wäre auch an den älteren Aufstand Liudolfs gegen seinen Vater Otto den Großen zu denken. Im 12. Jahrhundert dürfte das unschwer an den Konflikt zwischen welfischen Baiernherzögen und staufischer Zentralgewalt erinnert haben, wobei es im *Herzog Ernst* am Ende zu einer (bezogen auf den staufisch-welfischen Dualismus utopischen) Aussöhnung kommt.

Diese denkbaren politischen Anspielungen erweisen die Welt des Adels als Rezeptionsorte der (älteren) Dichtungen vom *Herzog Ernst*. Ebenfalls in die exklusive Adelswelt führt die früheste höfische Liebeslyrik bairischer Sprache, zu der die Vertreter des sogenannten donauländischen Minnesangs gehören, auch wenn sie, wie im Falle des Kürenbergers oder Dietmars von Aist, wohl im heutigen Österreich beheimatet waren. Überhaupt ist festzuhalten, dass die frühesten Vertreter mittelhochdeutscher Minnelyrik ganz eindeutig als (sprachlich) bairische Dichter zu betrachten sind. Wo, wenn nicht in der Gattung Minnesang, zeigt sich eine herausragende literaturgeschichtliche Pionierrolle des deutschen Südostens, der hier mit dem alten baierischen Stammesherzogtum des Frühmittelalters übereinstimmt, auch wenn nun die beiden Dynastien der Wittelsbacher und Babenberger um die sprachlandschaftlich willkürlich geteilte Landesherrschaft streiten?

Doch andere Adelsgeschlechter und Höfe im Donautal bilden noch in viel stärkerem Maße frühe Zentren einer eigenständigen Liebeslyrik, die vom späteren, teilweise romanisch beeinflussten Hohen Minnesang inhaltlich und formal klar abzuheben ist. Auch in alten geistlichen Zentren pflegte man ja schon länger weltliche Literatur, wie etwa in Tegernsee mit dem die Minne integrierenden *Ruodlieb*. So überrascht im 12. Jahrhundert die Tegernseer lateinische Briefsammlung mit ihren berühmten mittelhochdeutschen Versen, die in einen lateinischen Liebesbrief eingebettet sind, nicht wirklich:

Du bist mîn
ich bin dîn
des solt du gewis sîn
du bist beslozzen in mînem herzen || verlorn ist das slüzzelîn
du muost immer darinne sîn.

(Du bist mein, ich bin dein, dessen sollst du gewiss sein: Du bist in meinem Herzen eingeschlossen. Der kleine Schlüssel dazu ist verloren. Du musst für immer in meinem Herzen bleiben.)

Literaturgeschichtlich erweist der weitgehend territorial baierische und sprachlich bairisch-donauländische Minnesang gerade in seiner Pionierrolle für die zentrale mittelhochdeutsche Gattung des Minnesangs insgesamt das alte baierische Stammesherzogtum als autonome Literaturlandschaft. Diese vermag sogar nach Westen auszustrahlen. Dort nimmt Meinloh von Sevelingen (Söflingen bei Ulm an der Donau, vielleicht Ministeriale der Grafen von Dillingen) trotz konservativer Form der Langzeile mit der Dienstminne schon einen moderneren Gedanken auf, der zudem nach all den fröhlichen Kürenbergerstrophen (siehe unten) auch die Minneklage im abschließend bekundeten Trauern des lyrischen Ichs kennt:

Dir enbiutet sînen dienest || dem du bist, frouwe, als der lîp.
er heizt dir sage zewâre, || du habest im elliu andriu wîp
benomen ûz sînem muote, || daz er gedanke niene hât.
nu tuoz durch dîne tugende || und enbiut im eteslîchen rât.
du hâst im nâch bekêret || beidiu sin unde leben:
er hât dur dînen willen
eine ganze fröide || gar umbe ein trûren gegeben.

(Dir bietet seine Dienste an, für den du, Herrin, so wertvoll bist wie das Leben. Er lässt dir wahrhaftig ausrichten, du hättest aus seinem Inneren den Gedanken an alle anderen Frauen geraubt, so dass er sie völlig vergessen hat. Nun handle, wie es deinen Vorzügen entspricht, und gib ihm guten Rat! Du hast ja seinen Verstand und sein Leben ganz auf dich gelenkt: Wegen dir hat er seine ganze Lebensfreude für ein Trauern preisgegeben.)

Insgesamt erscheint eine Multizentrizität des donauländischen Minnesangs mit der alten Hauptstadt Regensburg – insbesondere mit den dichtenden dortigen Burggrafen – als Epizentrum der Welle neuer Minnelyrik wahrscheinlicher als eine Genese am Wiener Hof des Babenbergers Heinrich Jasomirgott. Ja, die Donau selbst ermöglicht den Gedankenaustausch in Minnedingen von Hof zu Hof, von Burg zu Burg, die vom Kürenberger selbst als amouröser Schauplatz beschworen wird:

jô stuont ich nechtint spâte an einer zinnen …

(Wahrlich stand ich neulich spät nachts an der Burgzinne …)

Jedenfalls beschwört der früheste Vertreter dieser donauländischen Minnelyrik mit dem Personal aus Ritter und Dame vor der Kulisse einer zinnenbewehrten Burg die Selbstrepräsentanz des Adels: Er apostrophiert sogar als Dichterkomponist selbst seine Sangeskunst oder mehr noch sein kompositorisches Geschick, indem «Kürenberges wîse» in einer Strophe rühmend zitiert wird. Die – so wörtlich – Melodie aus Kürenberg oder eines Kürenbergers scheint (wofür aber nur der metrisch verwandte Strophenbau und Kürenbergers Falkenlied im Vergleich zum metrisch moderneren Falkentraum Kriemhilds sprechen) mit der Nibelungenmelodie identisch, was sogar die Spekulation befeuerte, der Kürenberger sei Dichterkomponist des *Nibelungenlieds* gewesen, zumal die stellenweisen Halbreime des Minnesängers urtümlicher seien als die reinen Reime im *Nibelungenlied.* Dagegen sprechen freilich die grundsätzliche Anonymität von Heldendichtung sowie die Tradition der «alten maeren» (durchaus im Sinne der *oral poetry*, vielleicht mehr noch in kleineren Einheiten, wie sie das *Hildebrandslied* überliefert, denn am Anfang stehen wohl älteste Einzellieder über Siegfrieds Drachenkampf oder Siegfrieds Tod, wie sie partiell in den Einzelaventiuren des nibelungischen Buchepos erhalten sind und wiederum ursprünglich in jeder Vortragssituation mündlich im Wortlaut neu konzipiert wurden).

Für Regensburg (und eben nicht Österreich) zu sichern sind zahlreiche Strophen des Burggrafen von Regensburg, der aus dem Geschlecht der Rietenburger oder Riedenburger (bei Regensburg) stammte. Seit der Auffindung jenes der Regensburger Buchmalerschule angehörenden sogenannten Budapester Fragments ist auch die personale Identität der früher als Autoren auseinandergehaltenen Burggrafen von Regensburg beziehungsweise Rietenburg evident. Dass ein Teil des Korpus mit Langzeilenstrophen archaischer ist als andere Strophen unter demselben (Regensburg-Rietenburger) Autornamen, kann man unschwer mit einer Weiterentwicklung des Dichters erklären. Dies gilt ähnlich für Dietmar von Aist, der gleichfalls eine Entwicklung von der archaischen, am donauländischen *Nibelungenlied* geschulten Langzeilenstrophe zur Minnekanzone aufweist. Diese Weiterentwicklungen im Œuvre bei Dietmar von Aist wie beim Regensburg-Rietenburger Burggrafen erweisen aber den Donauländischen Minnesang als offen für Neuentwicklungen wohl aus dem Westen Europas. Demnach hätte der Donauraum die Anfänge des Minnesangs und seine Weiterbildung zur Minnekanzone des Hohen Minnesangs beheimatet (wobei die westliche Herkunft der Kanzone bis heute umstritten ist). Die Dichter hätten sich dann eben selbstständig weiterentwickelt, ähnlich wie Johann Wolfgang von Goethe etwa mit dem Sturm und Drang und mit der Weimarer Klassik Protagonist mehrerer literaturgeschichtlicher Epochen war. Die ältere Minnesangforschung suchte dieses eigentlich naheliegende literaturgeschichtliche Schema eines sich weiterentwickelnden Dichters durch sterile Separierungen in mehrere Dichterpersönlichkeiten mit je einheitlichem Minnesangkonzept gar nicht erst aufkommen zu lassen. So wurde etwa zwischen einem archaischen Burggrafen von Regensburg und einem innovativen Burggrafen von Rietenburg unterschieden, was erst falsifiziert war, als mit dem (auch wegen seiner diphthongierten, bairischen Formen ursprünglich in Regensburg beheimateten, wenn nicht gar entstandenen und 1985 wieder aufgetauchten) Budapester Fragment Werke des Burggrafen von Rietenburg unter dem Autornamen Burggraf von Regensburg firmierten. Ähnlich absurd ist die Aufspaltung der unter Dietmar von Aist überlieferten

Abb. 6: Budapester Fragment

Strophen in einen authentischen Dietmar mit Langzeilenstrophen und viele Pseudo-Dietmare («Dietmar nur zugeschrieben») mit neuen Formexperimenten, wie es die Dietmar-Forscher lange taten. Darunter fällt auch das erste deutschsprachige Tagelied als vermeintlicher Pseudo-Dietmar:

«Slafest du, friedel ziere?
wan wecket uns leider schiere.
ein vogellin so wol getan,
daz ist der linden an daz zwi gegan.»

«Ich was vil sanfte entslafen,
nu rüfestu, kint, wafen.
lieb ane leit mag niht sin.
swaz du gebiutest, daz leiste ich, min friundin.»

Diu frouwe begunde weinen:
«du ritest hinnen und last mich einen.
wenne wilt du wider her zuo mir?
owe, du fürest min fröide sant dir.»

(«Schläfst du mein schöner Geliebter? Man weckt uns leider allzu früh. Ein wunderschönes kleines Vöglein ist auf den Lindenzweig geflogen.» – «Ich bin doch ganz sanft entschlummert, jetzt rufst du, mein liebes Kind, Alarm! Liebe ohne Leid kann es nicht geben. Alles was du verlangst, das erfülle ich, meine Geliebte.» – Die Dame weinte: «Du reitest weg und lässt mich ganz alleine zurück. Wann willst Du wieder zu mir zurückkommen? Ach, du entführst auch meine Lebensfreude!»)

Der mittelhochdeutsche Dialog zwischen adliger Dame und ihrem Geliebten ist nach einer Liebesnacht gesprochen, eine geradezu klassische Romeo-und-Julia-Szene mit der Frage nach Nachtigall oder Lerche, nur dass die Art des Vögleins bei Dietmar unbestimmt bleibt. Der wohl ritterliche Geliebte wird als Geliebter mit demselben Kosewort («friedel») angesprochen, das Kriemhild auch für Siegfried gebraucht, einer von vielen Bezügen zwischen Donauländischem Minnesang und dem gleichfalls im Donauraum zur Schriftliteratur gereiften *Nibelungenlied*. Der Lindenbaum steht wegen der Herzform seiner Blätter auch für die Liebe und wird in dieser Funktion im berühmten Lindenlied Walthers von der Vogelweide ebenfalls beschworen. Der Gesang des kleinen Vogels auf dem Lindenbaum weckt jedenfalls die adlige Dame, die in der letzten Strophe als verheiratete Herrin, als «frouwe» angesprochen wird. Sie weckt nun ebenfalls den noch arglos schlafenden und gerade nicht mit ihr verheirateten Geliebten. Dieser nimmt den Alarmruf «wafen» (also: «zu den Waffen!», was wiederum dem uns heute vertrauten, dem Französischen entlehnten «Alarm!» in gleicher Bedeutung entspricht) eher gelassen und flüchtet sich in allgemeine Lebensweisheiten: Liebe und Leid gehören eben zusammen, was so auch die altkluge junge Kriemhild gegenüber ihrer Mutter im *Nibelungenlied* formuliert, bevor es später zur existenziellen Begegnung mit Siegfried kommt:

ez ist an manegen wîben || vil dicke worden schîn,
wie liebe mit leide || ze jungest lônen kann.

(Es hat sich bei vielen Frauen sehr häufig gezeigt, dass Liebe am Ende in Leid umschlägt.)

Das geflügelte Wort vom Liebesleid ist vom Geliebten in Dietmars Tagelied als Trostwort gesprochen, hat aber keine dauerhaft retardierende Wirkung. Vielmehr will er dem Befehl der Freundin Gehorsam leisten. Dieses Einlenken des Liebhabers führt jedoch bei ihr nicht zur Freude, sondern zu einer Aufwallung von Trauer, indem sie weinend den Trennungsschmerz beschwört. Der buchstäblich in den Sonnenaufgang reitende «friedel» nimmt auch noch ihre Lebensfreude mit. Aus trauter nächtlicher Zweisamkeit wird Einsamkeit, weil die Dame am Morgen «einen» (allein) zurückbleiben muss.

So endet das älteste deutsche Tagelied, das eine besonders lang anhaltende Gattungstradition in Hoch- und Spätmittelalter begründete. Innovativ ist Dietmar von Aist wohl auch in der Einführung des Natureingangs. Das heißt, eine Minnestrophe beginnt mit einer Naturbetrachtung (in der Regel Frühling oder Winter), der eine Gefühlslage entspricht oder kontrastiert, wobei schon Dietmars urwüchsige Langzeilenstrophen mit ihren (teilweisen) Halbreimen Natureingang aufweisen. Insgesamt ist bei Dietmar die Halbreimhäufigkeit jedoch weit weniger ausgeprägt als von der Forschung bisher angenommen, wenn man von bairischer Reimgrammatik ausgeht, wodurch viele (mittelhochdeutsch vermeintlich unreine) Dietmar-Reime im Bairischen rein sind, während sie im sogenannten klassischen Mittelhochdeutschen nur Halbreime wären. Dies lässt zum einen die Berechtigung dieses Germanisten-Konstrukts des 19. Jahrhunderts bezweifeln, zum anderen zeigt sich, dass der Donauländische Minnesang nicht nur literaturlandschaftlich, sondern auch sprachlandschaftlich (bairisch) zu fassen ist. Erst mit dieser vermeintlichen Regionalisierung ist der früheste deutsche Minnesang in seinem wahren ästhetischen Wert zu würdigen.

Wenn (wie eben gezeigt) bei Dietmar von Aist eine Fortentwicklung von archaischen Langzeilenstrophen zu Innovationen wie jenem Tagelied denkbar sind, dann gilt das für den Donauraum auch in der Heldenepik, die sich aus archaischen stabreimenden Langzeilen zur endreimenden Nibelungenstrophe fortentwickelte. Gerade die Parallele der Nibelungenstrophe zu dem häufigeren Strophentyp beim Kürenberger erweist die Herkunft des frühesten Minnesangs aus bairischer Landschaft. Man muss nur Kriemhilds Falkentraum aus dem *Nibelungenlied* mit der Falkenstrophe des Kürenbergers vergleichen, um formale sowie motivliche Parallelen zu entdecken, wobei das *Nibelungenlied* mit seinen in die germanische (stabreimende) Frühzeit verweisenden Traditionen mittelbar (über mündliche Vorstufen) der gebende Teil war.

Nibelungenlied:

In disen hôhen êren || troumte Kriemhilde,
wie si zuge einen valken, || starc, schoen und wilde,
den ir zwêne aren erkrummen, || daz si daz muoste sehen,
ir enkunde in dirre werlde || leider nimmer geschehen.

(In dieser ehrenvollen Umgebung träumte Kriemhild, wie sie einen starken, schönen und wilden Falken abrichtete, den ihr zwei Adler zerfleischten. Nichts Leidvolleres hätte ihr auf dieser Welt wiederfahren können, als dass sie dies mit ansehen musste.)

Kürenberger:

Ich zôch mir einen valken || mêre danne ein jâr.
dô ich in gezamete || als ich in wollte hân
und ich im sîn gevidere || mit golde wol bewant,
er huob sich ûf vil hôhe || und floug in anderiu lant.

(Mehr als ein Jahr lang richtete ich mir einen Falken ab. Als ich ihn so gezähmt hatte, wie ich ihn haben wollte und ich ihm sein Gefieder mit Gold umwickelt hatte, da hob er sich hoch hinauf in die Lüfte und flog fort in fremde Länder.)

Trotz der hier evidenten, die Gattungen transzendierenden inhaltlichen und formalen Parallelen darf nicht verschwiegen werden, dass die Kürenberger-Strophen (hier des einfacheren Formtyps) in sich metrisch sehr variantenreich sind, wie auch die Nibelungenstrophen – schon um Eintönigkeit beim Vortrag zu vermeiden – metrisch sehr vielgestaltig erscheinen können. Um es noch komplizierter zu machen: Obwohl das *Nibelungenlied* in seinen Vorstufen (noch vor der verschriftlichten Fassung *B) sicher älter als die Kürenberger-Lyrik ist, sind die partiellen Halbreime des Minnesängers in obigem Fall wie im Gesamtkorpus durchaus archaischer als die durchweg reinen Reime in Kriemhilds Traumstrophe.

Neben dem archaischen Kürenberger, dessen Regensburger Rezeption durch das Budapester Fragment gesichert ist, sind in Baierns ältester Hauptstadt ohne Zweifel die Lieder jenes Inhabers des Burggrafenamts (als Reichslehen) aus dem Geschlecht der Riedenburger erklungen. Die Halbreime in den Langzeilenstrophen des Burggrafen deuten im Verein mit der archaischen erotisch-erfüllungsfrohen Minnehaltung gattungspoetisch ins 12. Jahrhundert:

> Ich lac den winter eine, || wol trôste mich ein wîp.
> vuore si mir mit fröiden wollte kunden, || die bluomen und die sumerzît.
> daz nîden merkaere. || dêst mîn herze wunt,
> es enheile mir ein frouwe mit ir minne, || ez enwirt niemêr gesunt.

> (Im Winter lag ich allein im Bett, aber eine Frau tröstete mich aufs Beste. Zuvor wollte sie mir mit Freude die Blumen und den Sommer ankündigen. Darum beneiden mich die Aufpasser. Deshalb ist mein Herz verwundet. Wenn es mir nicht eine Dame mit ihrer Minne heilt, wird es niemals mehr gesund.)

Im 13. Jahrhundert wäre der Reim von «wîp» auf «zît» kaum mehr akzeptabel gewesen. Ebenso auf eine Frühzeit deutet die Instanz der «merkaere». Ziel des Begehrens ist eben nicht eine (für den Hohen Minnesang konstitutive) hehre «frouwe», sondern ein «wîp», das unproblematisch erotische Erfüllung gewährt. Sie spendet im kalten Winter Wärme.

Mit dem Regensburger Burggrafen als Minnesänger wurde die höfische Gattung in der alten Donaustadt dauerhaft (und sichtbar sogar in späteren Neidhartfresken) etabliert, so dass Reinmar von Brennenberg, der später in Regensburg wirkte und durch die Hand von Regensburgern auch den Tod fand (was sogar in der Miniatur des Codex Manesse der Nachwelt überliefert wurde), als Lyriker auf ein besonders verständnisvolles Publikum setzen konnte, das bereits im 12. Jahrhundert mit dem Minnesang vertraut war. Reinmar von Brennenberg selbst gibt sich als Schüler Walthers von der Vogelweide zu erkennen und beruft sich daneben auf den schwäbischen und donauländisch geprägten Minnesänger Heinrich von Rugge (der durchaus als Lehrmeister Reinmars des Alten anzusprechen ist):

Wa sint nu alle die von minnen sungen e?
si sint meist tot, die al der werlde frôide kunden machen.
von Sante Gallen friunt, din scheiden tuot mit we:
du riuwes mich, dins schimpfes manger kunde wol gelachen.
Reinmar, dins sanges manger gert.
ich muoz dich klagen und minen meister von der Vogelweide.
von Niuwenburc ein herre wert
und ouch von Rucke Heinrich sungen wol von minnen beide.

(Wo sind nun alle diejenigen, die einst über die Minne sangen? Sie sind fast alle tot, die der ganzen Welt Freude bereiteten. O Freund von Sankt Gallen, dein Abschied schmerzt mich: ich trauere um dich, viele konnten über deinen Scherz trefflich lachen. Reinmar, viele verlangen nach deinem Gesang. Ich habe über dich und mein Vorbild und meinen Meister von der Vogelweide zu klagen. Ein angesehener Herr von Neuenburg und auch Heinrich von Rugge sangen wunderschön von der Minne.)

7. Die Literatur des 13. Jahrhunderts

7.1. Literatur im Umkreis der frühen Wittelsbacher Herzöge

Friedrich Barbarossa machte ein eher wenig mächtiges Adelsgeschlecht aus Scheyern, das sich nach seiner Burg (Ober-)Wittelsbach bei Aichach benannte, zu Herzögen. Scheyern wurde jedoch als Hauskloster weiterhin von der Dynastie wertgeschätzt. Dessen Annalen und Chroniken erfuhren im 13. Jahrhundert deshalb Förderung durch die Wittelsbacher.

Als eigentliche Literaturmäzene traten die Wittelsbacher erst mit Herzog Ludwig I., genannt der Kelheimer (1183–1231), in Erscheinung. Von seinem Vater, Otto I., der aufgrund militärischer Verdienste von Friedrich Barbarossa in den Herzogsstand erhoben wurde, sind zwar keine direkten Zeugnisse literarischen Mäzenatentums bekannt, allerdings fungierte dessen Gemahlin, Agnes von Loon, als Mäzenatin des *Oberdeutschen Servatius*, der als Eisheiliger im Augustinerchorherrenstift Indersdorf, dem nachmaligen Hauskloster der Wittelsbacher, mit mittelhochdeutschen Versen einem Laienpublikum nahegebracht werden sollte. Bezüge zum *Servatius* des berühmteren Dichters Heinrich von Veldeke und zur Mutter der baierischen Herzogin erweisen den Heiligen und seine Verehrung in der volkssprachigen Literatur als Import – der heilige Servatius war Patron von Maastricht – aus einer literarischen Moderegion der Zeit, wodurch sich die Wittelsbacher von Anfang an als auch literarisch versiert erwiesen. Dabei war es aus der Warte des ritterlich geprägten Wittelsbacher Hofs nicht ungünstig, dass Servatius auch in der Schlacht als Nothelfer angerufen werden konnte, im konkreten Abschnitt von keinem Geringeren als dem Sarazenenbekämpfer Karl dem Großen, in dessen Nimbus sich nun das baierische Herrscherhaus sonnen konnte:

do der chünic Charl gevaht
von mittem morgen untz in die naht,
dannoch mohter niht gesigen.

er sach gegen im ligen
eine unzalhafte diet:
diu vinster naht den sturm schiet.
do schuf der chünic wahte.
darnach was ir aller ahte,
daz si bunden die wunden.
swa si die toten funden,
abe der walstat si si truogen.
[...]
do der ander tac ouf brach,
der römische herre
bevalch sich gote verre
unt sante Seruatio, seinem troute.
do schal ein horn lute,

[...]
die christen wurden errochen,
die des vordern tages wurden erslagen.
die haiden muosen verzagen
unde vielen als daz gerigene.
daz himelische gedigene
dem chünic Charle hilfe bot.
die haiden lagen alle tot,
daz nie dehainer entran.
diu christenhait den sic gewan.

(Als König Karl von morgens bis nachts focht, konnte er dennoch nicht siegen. Denn er sah gegenüber ein übermächtiges Heer: Die finstere Nacht beendete vorläufig die Schlacht. Da befahl der König, Wachen abzustellen. Danach achteten alle darauf, die Verwundeten zu versorgen. Wo immer sie Tote fanden, trugen sie diese vom Schlachtfeld weg [...] Als der nächste Tag anbrach, vertraute sich das römische Heer nicht nur Gott Vater, sondern auch seinem Schützling Servatius an. Da ertönte laut ein Horn, [...] alle Christen, die am Vortag erschlagen worden waren, wurden nun gerächt. Die Heiden mussten aufgeben und fielen wie der Regen zu Boden. Die himmlische Hoffnung kam König Karl zu Hilfe. Alle Heiden lagen tot da, so dass nicht einer zu keiner Zeit entrinnen konnte. Die Christenheit siegte.)

Beim Minnesänger Neidhart, der den Hohen Minnesang durch seine (von Walther von der Vogelweide kritisierten) Persiflagen beinahe erledigte, lässt sich ein längeres Wirken ganz konkret am Landshuter Hof plausibel machen. Will man gar den Namen einer seiner literarischen Figuren, des Herren von Reuental (aus mittelhochdeutschem «Riuwental») auf den Ort Reintal bei Landshut beziehen, dann wäre er selbst als Neidhart von Riuwental anzusehen, was aber von der heutigen Neidhart-Forschung abgelehnt wird, die schärfer zwischen literarischen Rollen und biographischen Fakten unterscheidet. Denn das «Riuwental» oder Tal der Tränen in Übersetzung von «in hac lacrimarum valle» entbehrt durchaus nicht der Komik, die Neidharts Lieder ja auch sonst auszeichnet. Überhaupt kann man ja sowohl in Riuwental wie auch bei Neidhart selbst sprechende Namen vermuten, welche die Kämpfe des lyrischen Ichs gegen sich bäuerlich gebärdende, freilich der höfischen Sphäre angehörende «dörpaere» widerspiegeln. Diese literarischen Gegner werden gerade nicht als Bauern tituliert, denn dann müssten sie ja «gebûren» heißen, wobei «dörpaere» ähnlich wie «riddaere», aus dem dann mittelhochdeutsch «ritter» wird, als mittelniederländisches Lehnwort anzusehen ist. Von daher zeigt sich, dass vorschnelle biographische Schlüsse aus Namensformen bei Neidhart in die Irre gehen können. Auffallend aber ist, dass dem Baiern Neidhart solche flämelnden Modewörter gerade am Wittelsbacher Hof untergekommen sein könnten, wo man schon den Hofheiligen Servatius aus dem mittelniederländischsprachigen Maastricht importiert hatte.

Gattungspoetisch bedeutsamer ist der innovative Charakter von Neidharts Minnesang, der sich von Konventionen des Hohen Minnesangs forsch löst und neben inhaltlicher Persiflage zusätzlich zwei neue Formtypen im Minnesang etabliert: Sommer- und Winterlieder, benannt nach der Eröffnung mit Jahreszeitenbezug im sogenannten Natureingang, den der ebenfalls bairische Minnesänger Dietmar von Aist begründet hatte. Die Sommerlieder in der Form der Reienstrophe bestechen etwa durch komische Szenen, in denen eine geile Alte um die Minne des jungen Ritters buhlt:

Ein altiu diu begunde springen
hôhe alsam ein kitze enbor: || si wolde bluomen bringen.

«tohter, reich mir mîn gewant:
ich muoz an eines knappen hant,
der ist von Riuwental genant.
traranuretun traranuriruntundeie.»

(Eine Alte begann mit dem Sprungtanz, indem sie so hoch wie ein junges Kitz sprang: Sie wollte nämlich Blumen bringen. «Tochter, reiche mir mein schönes Gewand, denn ich muss zum Tanz an die Hand eines jungen Knappen, der von Reuental heißt. traranuretun traranuriruntundeie.»)

Während im sogenannten Hohen Minnesang ein Ritter um eine höfische Dame wirbt, ist es hier eine alte Frau, die (von Liebesglut entbrannt) zum Beischlaf mit einem weit jüngeren Knappen wild entschlossen ist (so die Metapher des Blumenbringens) und ihre Tochter antreibt, das verführerische Gewand zu holen. Der Knappe freilich kommt aus dem Tal der Reue. Von daher verwundern die mahnenden Worte der Tochter nicht, welche die Mutter natürlich in den Wind schlägt:

«Muoter, ir hüetet iuwer sinne!
Erst ein knappe sô gemuot, || er pfliget nicht staeter minne.»
«tochter, lâ mich âne nôt!
Ich weiz wol, waz er mir enbôt.
Nâch sîner minne bin ich tôt.
traranuretun traranuriruntundeie.»

(«Mutter, verliert bitte nicht Euren Verstand! Er ist ein Knappe mit einer Einstellung, dass er von beständiger Minne nichts hält.» «Tochter, lass mich in Frieden! Ich weiß ganz genau, was er mir versprochen hat. Ich verzehre mich nach seiner Minne. traranuretun traranuriruntundeie.»)

Den jodelartigen Refrain kann man sich auch zum Mitsingen für die amüsierte Festgesellschaft vorstellen. Damit derartige Persiflagen in ihrem komischen Potential beim Publikum am wittelsbachischen Hof verfingen, muss dort Vertrautheit mit dem werbenden Schema des höfischen (Hohen) Sangs geherrscht haben. Neidharts Pointen ermöglichen also Rückschlüsse auf – nicht direkt bezeugte – häufige Vertreter des Hohen Minnesangs am Wittelsbacher Hof. Immerhin erweist sich Ludwig der Bayer später noch als treuer Anhänger dieser etablierten Kunstform, die andererseits den künstlerischen Durchbruch Neidharts am Landshuter Hof gut erklärt.

Für die frühe Verbindung zum Hause Wittelsbach, bevor sich Neidhart in einer zweiten Schaffensphase dem letzten Babenberger, Herzog Friedrich dem Streitbaren, zuwendet, spricht ganz konkret die Tatsache, dass Herzog Ludwig der Kelheimer Landshut gründete (1204) und Neidhart (genauer das lyrische Ich) sich in einem Kreuzlied (ein Lied, das den Kreuzzug allerdings eher kritisch sieht) nach seiner Heimat Landshut zurücksehnt:

Bote, nu sage dem liepgenaemen wîbe,
daz ze wunsche gât sô wol mîn schîbe!
dû sage ze Landeshuote,
wir leben alle in hôhem muote,
niht unvruote!

(Bote, nun sage der innig geliebten Frau, dass mein Lebensrad sich wunschgemäßg dreht! Richte in Landshut aus, dass wir nicht unklug in bester höfischer Gesinnung und Stimmung leben!)

Der Bote soll der Geliebten in Landshut ausrichten, dass sein Glücksrad sich günstig drehe und dass er in gehobener Stimmung lebe. Die historischen Ereignisse, an denen Neidhart partizipierte, sind wohl im Kreuzzug ab 1217 zu sehen, an dem Herzog Ludwig I. teilnahm. 1221 wird Neidhart zusammen mit Ludwig nach Landshut zurückgekehrt sein.

Mit dem Tod Herzog Ludwigs I., genauer mit seiner Ermordung, dürften Neidharts Beziehungen zu Landshut beendet gewesen sein. Von nun an wandte er sich gen Österreich:

Des hân ich ze Baiern lâzen allez, daz ich ie gewan,
unde var dâ hin gein Ôsterrîche und will mich dingen
an den werden Ôsterman

(Deshalb hab ich mein ganzes Hab und Gut in Baiern zurückgelassen und begebe mich hinüber nach Österreich und will meine Dienste dem verehrten Österreicher anbieten.)

Unter Zurücklassung von allem materiellen und immateriellen Besitz verlässt der Dichter das Herzogtum Baiern, um sich der Herrschaft in Österreich zuzuwenden. Dort verbrachte er wohl seine zweite Lebenshälfte. Dabei ist neben dem Singen für die Babenberger auch das Wirken für den Salzburger Bischofshof erwähnenswert. Selbstredend galt Salzburg damals nicht als österreichisch, sondern als baierisch, wie Neidharts Winterlied 37 ausführt, welches das Heimweh auf einem Kriegszug beschwört und Bischof Eberhart von Salzburg um Rückkehr anfleht, wobei der Schmerz besonders auf dem Fernsein von der Zivilisation beruht, die durch die Flamen, welche Neidhart in anderen Liedern durch mittelniederländische Lehnwörter beschwört, ebenso repräsentiert wird wie durch die Lektüre mittelhochdeutscher Büchlein:

Marke, dû versinc!
dîn lant daz lît uneben.
ich unde manec Flaeminc
muoz hie unsafte leben.
Der ê dâ heime tiutschiu büechel las,
der muoz hie rîten umbe fuotergras.
in riuwet, daz er nicht dâ heime enwas.

(Mark, versinke im Untergrund! Deine Landschaft ist rauh. Ich und viele Flamen müssen hier ein kärgliches Dasein fristen. Wer einst zu Hause deutsche Büchlein gelesen hatte, der muss hier ewig herumreiten, um Futter für die Pferde aufzutreiben. Er bereut, dass er nicht zu Hause geblieben war.)

Das lyrische Ich verlangt vom Bischof eindringlich, die Mark zu verlassen, weil zu Hause eine Ehefrau wartet, die es mit der Treue offenbar nicht so genau nimmt und als töricht-sündhafte Kröte geschmäht wird:

Bischof, nu rûme ez hie,
daz dirz vergelte got!
ein wîp ich heime lie,
diu ist ein toerschiu krot,
Die überredet vil lîhte ein ander man
[…]

(Bischof, jetzt räume dieses ungastliche Land hier, damit dich Gott dafür belohnt! Ich ließ eine Frau zu Hause zurück, die eine dumme Kröte ist und sich sehr leicht von einem anderen Mann überreden lässt […])

Die dritte der Heimwehstrophen, wie sie die Gedichtfassung nach Codex Manesse vorsieht, bekräftigt noch einmal die Notwendigkeit und hoffnungsvolle Leichtigkeit der Reise zurück nach Baiern, wobei die lange Trennung von seiner Mechthild (oder der derb-kraftbairisch geschmähten Matz) dieser einst im Albtraum erschienen war:

Ditz ist ein ringiu vart,
die wir gein Beiern tuon.
her bischof Eberhart,
nu sî ein staetiu suon,
Sît ich der Marke den rugge hân gekêrt.
des bat ich got: nu hât er michs gewert.
das ungemach troumt mîner Matzen vert.

(Das ist eine angenehme Reise, die wir jetzt nach Baiern unternehmen. Herr Bischof Eberhart, dies sei eine dauerhafte Aussöhnung, weil ich der unseligen Mark jetzt meinen Rücken zugekehrt habe. Darum habe ich zu Gott gebetet. Jetzt hat er meine Gebete erhört. Dieses ganze Unheil hat meine Matz schon letztes Jahr geträumt.)

Formal, das heißt vom Strophenbau her, liegt in diesem Winterlied eine Kanzone vor, die Leitgattung des Hohen Minnesangs, die hier durch den für das Publikum des frühen 13. Jahrhunderts zunächst ungewohnten Text ironisch gebrochen wird. In einer jüngeren Handschrift des 15. Jahrhunderts, die hier gleichwohl einen noch auf den Dichter Neidhart selbst zurückgehenden Text konservieren dürfte, gerinnt das Heimweh durchaus überraschend sogar zur hochmittelalterlichen, mittelhochdeutschen Baiernhymne:

> Sô wol dir, Beierlant!
> jâ waere ich gerne in dir:
> dâ hân ich wîp erkant,
> der ich unsanfte enbir.
> Dêst lanc, daz ich ir keine nie gesach
> (des muoz mîn herze lîden ungemach),
> und deich ze mîner Matzen niht ensprach.

Der Text, der tatsächlich in der (bis in die Moderne) populären Liedform der Kanzone gesungen wurde, rühmt – ganz ähnlich wie Walther von der Vogelweide in seinem berühmten Preislied und Heinrich Hoffmann von Fallersleben im darauf gründenden *Lied der Deutschen* – die Frauen.

> (Gepriesen seist du Land der Baiern!
> Gerne würde ich in dir leben:
> Dort habe ich viele Frauen erkannt [durchaus im biblischen Sinne!],
> welche ich nicht gerne vermisse.
> Lang ists her, seit ich sie zuletzt gesehen habe
> (darunter muss mein Herz heftig leiden),
> und dass ich zu meiner Matz nicht mehr gesprochen habe.)

Der auch bairisch reimende Dichter wurde deswegen nicht nur in Salzburg, sondern eben auch am babenbergischen Hof in Klosterneuburg oder Wien gut verstanden. Der Wiener Neidhart verselbstständigte sich später dort geradezu zum Mythos und feierte im *Neidhart Fuchs* und besonders im Neidhartspiel am spätmittelalterlichen Wiener Hof eine Wiederauferstehung, die dann im 15. Jahrhundert (in Gestalt der melodiengesättigten und strophenreichen Neidharthandschrift c) wiederum bis nach Nürnberg, also zurück nach Norden ausstrahlen sollte. Denn im 15. Jahrhundert bildete das reichsnahe und damit habsburgaffine Nürnberg das Einfallstor für Wiener Literatur. Jedenfalls darf Neidhart im Umfeld der Wittelsbacher als die im 13. Jahrhundert neben Wolfram von Eschenbach wirkmächtigste und innovativste Dichterpersönlichkeit angesehen werden. Die Wittelsbacher hatten

Neidhart wohl erst entdeckt oder er ist erst an ihrem Hof zu dem bekannten Künstler geworden, der deutlich später in Wien erfolgreich wirkte. Dabei reicht die Nachwirkung zumindest thematisch und stilistisch mit Hans Heselloher weit ins 15. Jahrhundert hinein, der etwa auf die Szenerie des Tanzes in ländlicher Gesellschaft in Analogie zu Neidhartscher Dörper-Thematik zurückgreift, wobei das Tanzvergnügen am Ende in eine handfeste Prügelei ausartet:

Von yppiklichen dingen
so will ichs heben an,
ain wenig davon ze singen,
wie ich gesehen han.
Geschach pai ainem tanz
auff ainem eben pfat:
da sach man umher schwanzen
ain maidt in ainem kranze,
gelat von stat,
in hybscher wat,
di maid was grat;
der pawer der het an ain pantzer,
der mit ir umbher drat.

(Ich will ein wenig von eitlen Dingen zu singen beginnen, wie ich sie tatsächlich erblickt habe. Es geschah bei einem Tanz auf ebener Straße, wo man eine bekränzte Jungfrau in schönem Gewand beständig umherschwänzeln sah, die Jungfrau war wohlgeraten; der Bauer trug einen Panzer und tanzte mir ihr herum.)

Im Gegensatz zum besonders lange rezipierten Neidhart ist Walther von der Vogelweide weniger deutlich mit den Wittelsbachern in Verbindung zu bringen. Vielmehr ist seine Bindung an den Passauer Bischof Wolfger von Erla – den Mäzen des verschriftlichten, mittelhochdeutschen *Nibelungenlieds* – ebenso stärker zu gewichten wie Walthers Bezüge zum Hof der Staufer oder thüringischen Ludowinger. Immerhin überschüttete Walther von der Vogelweide in einer Sangspruchstrophe Herzog Ludwig I., im Lied «Ludewîge» genannt, geradezu mit guten Wünschen: «got müeze im êre mêren. [...]

niht wildes mîde sînen schuz […]» (Gott möge seine Ehre mehren. […] das Wild soll seinem Pfeilschuss nicht ausweichen […]).

Während weitergehende Bezüge des Minnesängers Walther von der Vogelweide zum Hof der Wittelsbacher Spekulation bleiben müssen, könnte der aus dem heute mittelfränkischen Wolframs-Eschenbach stammende (und dort wohl auch begrabene) Minnesänger Wolfram von Eschenbach – als solcher glänzte er fast ausschließlich in der Gattung Tagelied – vor Ludwig I. gesungen haben, denn Ludwig war der Schwager von Wolframs wichtigstem Mäzen, Landgraf Hermann I. von Thüringen. Dazu passt, dass im *Parzival* ein Heinrich von Reisbach (in Niederbayern) mit dem Truchsess Kei und Ludwigs Schwester Elisabeth mit Antikonîe verglichen werden. Schließlich spricht Wolfram als Erzähler im *Parzival*-Roman auch noch scherzhaft von den im Mittelalter sprichwörtlich törichten, dummen Baiern als «wir Beier», was man nicht vorschnell als bloß eleganten und augenzwinkernden Kniff des Ostfranken Wolfram im Angesicht des Landshuter Hofs abtun sollte, denn Wolframs-Eschenbach lag um 1200 wohl durchaus in einem auch nordbairisch geprägten Übergangsraum (bezüglich dem Ostfränkischen), auch wenn Wolfram im Wappenbuch des Konstanzer Conrad Gruenenberg «ain franck» genannt wird. Zudem impliziert die Zugehörigkeit zum Bistum Eichstätt auch die Zugehörigkeit zum alten baierischen Nordgau. Trotz allem bleibt die Apostrophe «wir Beier» selbst bei größerem autobiographischem Gehalt vor Herzog Ludwig durchaus scherzhaft. Dessen politische Verdienste werden – ob im Auftrag der Wittelsbacher oder der Staufer oder an beiden Höfen vorgetragen, sei dahingestellt – durch den in Baiern und Österreich wirkenden Sangspruchdichter Bruder Wernher gebührend hervorgehoben:

Junc und alt, riche und arm, helfet mir klagen
Des vürsten tot uz Beier lant! […].

(Ihr Jungen und Alten, ihr Reichen und Armen, helft mir alle den Tod des Fürsten aus Baiern zu beklagen! […])

Der Nachfolger des so Verewigten, Herzog Otto II., hielt an der Wolfram-Verehrung und an den alten dynastischen Bindungen zu den Ludowingern gleichermaßen fest, indem unter Berufung auf die unter Hermann von Thüringen verdeutschte Geschichte um den heiligen Willehalm nun die deutsche Georgslegende des Reinbot von Durne gefördert wurde, ebenfalls ein Ritterheiliger (nur das Drachenkampfmotiv kennt Reinbot von Durne noch nicht):

Ein lîp treit zwêne fürsten namen,
die im füegent wol zesamen,
pfalzgrâf von Rîne genant,
herzog ûz Beierlant:
[…] «Reinbot,
du solt ein buoch tihten,
in tiutsche sprâche rihten,
von dem lieben herren mîn,
dem wir welln undertaenic sîn,
sant Georjen, der uns selten ie
in keinen noeten verlie.»
[…]
von Dürngen lantgrâf Herman
in franzois geschriben vant
daz er in tiutsche tet bekannt
von Wilhalm von Naribôn.
des hât er hiut ze himel lôn.
er was des buoches urhap,
wan er die materjê gap
hern Wolfram von Eschenbach:
daz er von Wilhalme sprach,
daz ist vom lantgrâven komen.
sô wirt ditz buoch hie vernomen
vom herzogen Otten.

(Ein einziger Mann trägt die Namen zweier Fürsten, die bei ihm bestens zusammenpassen, indem er Pfalzgraf vom Rhein und Herzog aus dem Land der Baiern genannt wird: […] «Reinbot, du sollst ein Buch verfassen und in deutsche Verse einrichten, nämlich über meinen lieben Herrn, dem wir alle unter-

> tan sein werden, den heiligen Georg, der uns nie in irgendeiner Not im Stich ließ.» […] Landgraf Hermann von Thüringen fand auf Französisch die Geschichte des Wilhelm von Narbonne aufgeschrieben, die er auf Deutsch verbreiten ließ. Dafür wird er heute im Himmel belohnt. Er war der Urheber des Buches, denn er vermittelte den Stoff und die Quelle an Herrn Wolfram von Eschenbach: Dass Wolfram über Wilhelm sprach, das hatte beim Landgrafen seinen Ursprung. So wird dieses Buch hier auf Veranlassung des Herzogs Otto gehört.)

Reinbots Prolog bezeugt zum einen die Kenntnis von Wolframs *Willehalm* am Wittelsbacher Hof (obwohl das Werk ursprünglich wohl am Thüringer Hof entstand), zum anderen das zeitgenössische Gattungsverständnis von Wolframs Alterswerk als Legende (was in der heutigen Germanistik durchaus umstritten ist). Der in Wolframs Prolog klar als Ritterheiliger markierte Sankt Wilhelm soll nun das Pendant zum Ritterheiligen Georg abgeben, dessen Verehrung im Gefolge der Kreuzzüge in Mitteleuropa stetig zunahm. Während aber bei Wolfram von Eschenbach der Mäzen Landgraf Hermann von Thüringen beinahe beiläufig nur als Vermittler der altfranzösischen Quelle erwähnt wird, rückt Reinbot den Wittelsbacher als selbstbewusst agierenden Auftraggeber durch eine auffällige wörtliche Rede deutlich in den Fokus des Prologs. Zugleich stellt sich Herzog Otto II. als Auftraggeber der Georgslegende höchstselbst in die Nachfolge des *miles christianus* und in die mäzenatische Nachfolge Ottos I., der (zusammen mit seiner Gemahlin Agnes von Loon) die oberdeutsche Servatiuslegende initiiert hatte. Generationenübergreifend fasst man hier mit der Servatius- und Georgsverehrung in mittelhochdeutschen Versen eine wittelsbachische literarische Interessenbildung mit der höfischen Heiligenlegende. Ebenso generationenübergreifend ist die Wolfram-Verehrung der Wittelsbacher – sogar noch im 15. Jahrhundert – beim Gralsstoff, denn der *Lohengrin* (ein Erzählkern am Ende des *Parzival*) fand wohl am Hof Ludwigs II. Aufnahme. Ob das auch für den gleichfalls in die Wolfram-Rezeption gehörenden *Jüngeren Titurel* eines Albrecht gilt, ist weit unsicherer, wobei dessen Bezüge zum Ettaler Rundbau mit der pisanischen *fundatrix Ettalensis* im Zentrum in der strophischen Beschreibung des (auch mit *Salomones templum domini* verglichenen) Gralstempels als Rundbau noch spekulativer bleiben:

Abb. 7: Fundatrix Ettalensis, *Gnadenbild, Skulptur um 1300*

Sinwel als ein rotunde || nach aventiur gehoere
wit und hoch. Er kunde || gepruefen wol zwen und zweinzic || koere
uzen her dan unde fur geschozzen
Ieglich kor besunder. || so richer kost einen armen hete verdrozzen.

(Rund wie eine Rotunde nach Ausweis der Quelle in der Weite und in der Höhe. Er konnte gut zweiundzwanzig Chöre unterscheiden von außen und geschossweise unterschieden. So hohe Kosten wären jedem Armen zu viel erschienen.)

Allerdings hat letzteres Werk wohl vor allem aufgrund seiner Strophenkunst den gleichfalls in wittelsbachischen Diensten stehenden Ulrich Fuetrer stark geprägt.

Den «hof in Peierlande» sowie dessen Herrscher als dezidiert christlichen Regenten und wohl auch Freund geistlicher Sujets rühmt der bairisch dichtende Friedrich von Sonnenburg in einem Sangspruch:

Orthabe der heren kristenheit
des kristentuomes erenkleit,
gruntveste kristenlicher e,
leitestap der eren von der schande,
rechtes munt, gerihtes hant,
der staete ein herter adamant,
in blüenden tugenden ane we,
daz ist der herzoge Otte in Beierlande

(Urheber der erhabenen Christenheit, ein Ehrengewand des Christentums, ein Fundament christlichen Glaubens, ein Führer der Ehre weg von der Schande, ein Mund des Rechts, eine Hand des Gerichts, ein harter Diamant der Beständigkeit, ohne Makel an blühenden Tugenden, das alles ist Herzog Otto in Baiern)

Die Hervorhebung der Orthodoxie Ottos II. könnte auch als Trotz gegen den päpstlichen Bann (wegen Parteinahme für den Staufer Friedrich II.) verstanden werden. Nicht nur diese panegyrischen Sangsprüche Friedrichs von Sonnenburg zeigen die Rezeption dieser Gattung am Hof Ottos II. Kein Geringerer als der berühmte Tannhäuser preist in derselben Gattung den königgleichen Status des freigebigen und mächtigen Wittelsbachers:

Der zu Peirlant mac sich ze künegen wol gelichen;
ich gesach nie fürsten me so milten noch so richen,
so rechte lobelichen.

(Der Herrscher in Baiern kann sich sehr wohl mit Königen vergleichen; ich habe noch nie einen so freigiebigen und mächtigen und so wahrhaft lobenswerten Fürsten gesehen.)

Und noch später erwähnt der Tannhäuser lobend Ludwig II. und Heinrich XIII., über den Friedrich von Sonnenburg dichtet:

Mir stolzet und heret sin, lip, herze und al der muot
swen ich gedenke an den getriuwen, reinen, milten fürsten guot,
der dankes niemer missetuot,
Heinrich in Beierlant.

(Mit Stolz werde ich erfüllt und mein Verstand, mein Leib, mein Herz und mein ganzen Inneres sind erhaben, immer wenn ich an den treuen, makellosen, freigiebigen, guten Fürsten denke, mit seiner stets tadellosen Gesinnung, ich meine Heinrich in Baiern.)

Die Freigebigkeit (*milte*) Heinrichs XIII. – er wird auch in Zusammenhang mit dem *Helmbrecht* Wernhers des Gartenaere gesehen – scheint unter den Sangspruchdichtern geradezu sprichwörtlich gewesen zu sein, wie auch der Fahrende Boppe bestätigt; Heinrichs Sohn Otto III. wird gar vom berühmten Heinrich von Meißen, genannt Frauenlob, gepriesen. Auch Heinrichs Bruder, Ludwig II., erfuhr ob seiner Freigebigkeit Lobpreisung durch Rumelant von Sachsen:

Durch swarze naht ûf dringet lieht der morgen grâ,
der klâren wolkenlôsen luft der himel blâ
gezieret ist mit liehter sunnen glaste.
sam ist geschoenet und gezieret Beijerlant
mit einem vürsten, der dâ loeset unse pfant,
den gernden unde maniger hande gaste.
er ist vor allem valsche klâr, alsam die luft ân alle trüebe erkennet.
des Roemischen rîches êrste kieser an der kür,
an leienvürsten hât er slüzzel unde tür:
Ludwich, herzoge unt pallenzgrâve genennet.

(Durch schwarze Nacht bricht hell das Morgengrau empor, die lichte, wolkenlose, himmelblaue Luft ist geschmückt mit hellem Sonnenglanz. Genauso ist Baiern verschönt und geschmückt mit einem Fürsten, der den Fahrenden und vielen Fremden unsere Pfänder auslöst. Er ist unbefleckt von jeder Falschheit, rein wie die ungetrübte Luft. Zu den obersten Wahlmännern des Römischen Reiches, den weltlichen Kurfürsten, hat er uneingeschränkten Zugang: Ludwig, der zu Recht Herzog und Pfalzgraf genannt wird.)

Jedenfalls ist daraus durchaus auf eine Vorliebe der Wittelsbacher für die ruhmbringende Gattung des Sangspruchs zu schließen, was den Vorteil hatte, dass diese Dichtersänger am eigenen und an fremden Höfen als Propagandisten der politisch überaus ehrgeizigen Dynastie in Dienst genommen werden konnten. Dass Sangspruchdichtung propagandistisch wirksam war, bezeugte Thomasin von Zirklaere, der über Walther von der Vogelweide kritisch bemerkte: «Er hât tûsent man betoeret!» (Er hat unzählige Menschen in Verwirrung gestürzt!)

7.2. Gattungen und Autoren

Bedeutende epische Werke der Zeit sind insbesondere bei Dynastien anzusiedeln, die in Konkurrenz zu den Wittelsbachern standen. Das gilt namentlich für den in vierhebigen Reimpaarversen verfassten höfischen Roman, dessen Vertreter in der Regel Übersetzungen aus altfranzösischen Quellen darstellten. Während Hartmann von Aue, der von den südwestdeutschen Zähringern protegierte Pionier der Gattung, anfangs in Baiern überlieferungsmäßig kaum Fuß gefasst hatte, kann dessen Ironisierung bei Wolfram von Eschenbach als teilweise baierisch, nämlich am Wittelsbacherhof situiert, gelten. Wolframs *Parzival*, mehr noch aber der in seiner gattungsmäßigen Zuordnung umstrittene *Willehalm* sind jedoch in weiten Passagen bei den Ludowingern in Thüringen anzusiedeln, wobei beide Großepen auf altfranzösischen, jedoch frei bearbeiteten Quellen beruhen: dem Roman *Conte du Graal* des Chrétien de Troyes und der Chanson de geste *Aliscans*.

Der mehr als 10 000 Verse umfassende Artusroman *Wigalois* ist dagegen mit den Andechs-Meraniern in Zusammenhang zu bringen, die zeitweilig gleichfalls mit den Wittelsbachern um die Vorherrschaft in Baiern konkurrierten. Der aus dem baierischen Nordgau (Gräfenberg nordöstlich von Nürnberg) stammende und bairisch dichtende Autor Wirnt von Grafenberg verfasste eine episodenreiche Geschichte der Vatersuche, die im Vergleich zum *Parzival*, dessen vaterlos aufwachsender Protagonist wohl gerade deshalb vielen Missverständnissen aufsitzt, eher wenig problemorientiert ist, aber vielleicht gerade dadurch breite Rezeption erfuhr. Stofflich interessant ist die Kontrastierung von aus keltischer Tradition stammendem Feenreich und Totenreich, in dem der Unhold Roaz beheimatet ist. Der Dichter des episodenreichen Romans, der im *Wigalois* lebhaft «eines vil edeln vürsten tôt» aus dem Geschlecht «von Mêran» beklagt, war offenbar so bekannt, dass er bei Konrad von Würzburg zur literarischen Gestalt mutiert, denn dieser macht Wirnt zum Helden seiner Erzählung *Der Welt Lohn*.

Das weitaus berühmtere *Nibelungenlied* ist eindeutig mit dem Passauer Bischofshof zu kontextualisieren, ja es weist in der 26. Aventiure sogar eine deftige antibaierische und antiwittelsbachische Tendenz auf, wobei «di von Beyerlande» recht eindeutig als die tückischen Feinde der tapferen Burgunder erscheinen, die «under schilden» – also gedeckt – «durch der Beyer lant» reiten mussten. Konkret geht es um den Zug von Gunther, Gernot, Giselher und Hagen samt ihren burgundischen Kriegern – die im Epos nun Nibelungen heißen – von Worms zum Hof des Königs Etzel und seiner Gemahlin Kriemhild in Ungarn, wobei die Reiseroute vom Rhein-Main-Gebiet über die Altmühl zur Donau beschrieben wird:

> Dô schihten si ir reise || gegen dem Meune dan,
> ûf durch Ôstervranken, || die Guntheres man.
> dar leite si dô Hagene; || dem was ez wol bekant.
> Ir marschalk was Dancwart, || der helt von Burgonden lant.
>
> Dô si von Ôstervranken || gen Swalevelde riten,
> dô mohte man si kiesen || an hêrlîchen siten,
> die fürsten unt ir mâge, || die helde lobesam.
> an dem zwelften morgen || der künic zer Tuonouwe quam.

(Darauf reisten die Gefolgsleute Gunthers zum Main, durch Ostfranken. Dorthin führte sie Hagen, dem die Route wohl vertraut war. Als ihr Marschall fungierte Dankwart, der Held aus dem Land der Burgunder. – Als sie von Ostfranken zum Sualafeld ritten, da konnte man die Fürsten und ihre Verwandten sowie die lobenswerten Helden an ihrem herrschaftlichen Gebaren ausmachen. Am zwölften Morgen gelangte der König an die Donau.)

Dabei durchqueren die Burgunder das Herzogtum Baiern, was nicht ohne kriegerische Konflikte abgeht. Darin ist der Behauptungswille des Bistums Passau, wo das *Nibelungenlied* in seiner jetzigen Form entstanden ist, gegen das Herzogtum Baiern zu sehen, zumal die Wittelsbacher je länger je mehr kräftig in das Gebiet des heutigen Niederbayerns ausgriffen.

Wegen der besonders genauen Ortskenntnisse des Nibelungendichters

Abentewr von Seyfrid dem starcken
Do wuchs in niderlande ains edlen kuniges kint
des vaters hies Sygmund sein muter sigelint
In ainer burge reiche witten wol erkant
niden bey dem reine die waz genant
Seyfrid waz gehaissen der schnell degen gut
er versucht vil der recken durch ellenthafften mut
durch seines leibes stercke ersucht er frende land
hey waz er schneller degen zu den burgonden vand
E daz der degen kune wol gewuchs ze man
da het er solche wunder mit seiner hand getan
Davon man immer mere mag singen unde sagen
des wir von disen standen mussen vil von im vertagen
In seinen besten zeiten bey sein jungen tagen
man macht michel wunder von seyfriden sagen
was eren an im wuchs und wie schon waz sein leip
des heten in ze minnen die weltlichen weib

Abb. 8: Augsburger Nibelungenlied: Falkentraum

im Donautal dürfte das Buchepos des *Nibelungenlieds* in seinen Vorstufen zwischen Passau und Wien entstanden sein, wo beim Adel schon lange nibelungische Namen beliebt waren; im Detail verschriftlicht wurde es freilich in der Dreiflüssestadt Passau.

Der im *Nibelungenlied* und besonders in der *Nibelungenklage* jenseits des alten Sagenkerns so hervorgehobene Bischof Pilgrim von Passau als Onkel Kriemhilds ist ‹Alter Ego› des eigentlichen Urhebers Wolfger von Erla, der selbst die Pilgrim-Verehrung in Passau kräftig förderte. Ihm, also dem Amtsnachfolger Pilgrims, gebührt um 1200, vielleicht kurz danach, das Verdienst, die wohl mündlich als «alte maeren» – wie es in der berühmten, freilich recht jungen Anfangsstrophe der Handschrift C heißt – umlaufenden und ganz konkret gesungenen Heldenlieder auf eine höfisch-literarische Ebene gehoben zu haben. So ist die in der *Nibelungenklage* angesprochene vermeintliche lateinische *Nibelungias*, wie man schon in romantisch-nationalstaatlicher Verklärung in Analogie zur *Ilias* spekulierte, schlicht und ergreifend wohl nur eine der üblichen mittelalterlichen Quellenfiktionen, die durch die Dignität der heiligen Sprache Latein Seriosität auch bei den vermeintlich darauf gründenden volkssprachigen Werken insinuieren sollte, wobei auch der erwähnte bischöfliche Notar Magister Konrad wegen der Häufigkeit des Namens Konrad alias Kunz («Hinz und Kunz»!) bislang nicht eindeutig zu identifizieren war:

Von Pazzouwe der biscof Pilgerîn
durh liebe der neven sîn
hiez scrîben ditze maere,
wie ez ergangen waere,
in latînischen buochstaben,
daz manz für wâr solde haben,
swerz darnâh erfunde,
von der alrêrsten stunde,
wie es sih huob unde ouh began,
und wie ez ende gewan
umbe der guten knehte nôt,
und wie si alle gelâgen tôt.
daz hiez er alles schrîben.
ern liez es niht belîben,
wand im seit der videlaere
diu kuntlîchen maere,
wie ez ergie und gescach,
wand erz hôrte unde sach,
er unde manec ander man.
daz maere prieven dô began
sîn schrîber, meister Kuonrât.
getihtet man ez sît hât
dicke in tiuscher zungen.
die alten mit den iungen
erkennent wol daz maere.
von ir freude noch von ir swaere
ich iu nu niht mêre sage.
ditze liet heizet diu klage.

(Bischof Pilgrim von Passau befahl aus Zuneigung zu seinen jungen Verwandten, diese Geschichte aufzuschreiben, nämlich, wie es sich ereignete, sogar in lateinischer Sprache, damit man es für wahr hielte, wer immer später darauf stieße, und zwar von Anfang an, wie alles begann und wie es zu Ende ging wegen der Kampfesnot der guten Krieger und wie sie am Ende alle tot dalagen. Das befahl er alles aufzuschreiben. Er ließ nicht davon ab, denn der Fiedler berichtete ihm die bemerkenswerten Geschichten, wie alles sich zutrug und geschah, denn er selbst hörte und sah es, er und viele andere Kämpfer. Die Geschichte verschriftlichte darauf der bischöfliche Notar, Magister Konrad. Später wurde sie oft in deutscher Sprache weitergedichtet. Alt und Jung kennen die Geschichte genau. Von Freud und Leid der Nibelungen berichte ich euch jetzt nichts weiter. Dieses Werk heißt ‹Die Klage›.)

Jedenfalls kommt der Stoff von den Burgundern und vom Untergang der Nibelungen dem Rezipienten durchaus höfisch-gemäßigt entgegen, wobei mitunter – vor allem in der älteren *B-Fassung – das Archaisch-Heroische gegenüber dem stellenweise aufgepfropft wirkenden Höfischen dominiert. Dies gilt auch für die pessimistisch stimmende Handlung, den unabwendbaren Untergang. Der aufgrund einer Verschwörung von Hagen und Gunther ermordete Siegfried wird am Ende von Kriemhilds Hand selbst grausam gerächt. Dem korrespondieren die bei aller wachsenden politischen Emanzipation der Wormser Prinzessin doch eher statischen Charakterzüge der rachsüchtigen Kriemhild und des tapfer-verschlagenen Hagen. Kriemhild, die in ihrer Rachsucht zwei herausragende, am Ende wehrlose Krieger ermordet, wird geradezu als Teufelin («vâlandinne») gebrandmarkt.

Offenbar empfand man dieses düstere Untergangsszenario schon am Bischofshof in Passau als unbefriedigend. Denn es stand dem Konzept eines christlichen Menschenbilds, vielleicht gar der christlichen Heilsgeschichte als solcher entgegen. Jedenfalls bemüht sich die *Nibelungenklage*, die allen vollständigen Nibelungenliedhandschriften direkt im Anschluss an das Epos als Kommentar beigegeben ist, um eine Bewältigung des tragischen Geschehens. Wohl noch zu Zeiten Wolfgers wurde so das Doppelwerk aus *tragoedia* und *planctus* gleichsam kanonisch. Den engen, unauflösbaren Verbund zeigt sogar das Layout der Nibelungenhandschriften, wo beide Werke im äußeren Erscheinungsbild häufig kaum zu unterscheiden sind.

Dagegen war bei der mündlichen Präsentation des Doppelwerks die Gattungsdifferenz geradezu hörbar. Den gesungenen Strophen des *Nibelungenlieds* mit Langzeilen aus je viertaktigem An- und Abvers standen die vierhebigen schlichten Reimpaarverse der *Nibelungenklage* gegenüber, die allenfalls rezitativisch vorgetragen oder schlicht gesprochen wurden. Die Klage bot nach dem düsteren Untergang die christliche Bewältigung in Trauer und Totenbestattung sowie die christliche Reflexion des Geschehens. Dieser Tendenz schließt sich in noch höherem Maße eine vielleicht ebenfalls noch in Passau (vielleicht aber auch in Lorsch) entstandene C-Fassung von *Nibelungenlied* und *Nibelungenklage* an, die man heute für die jüngere Fassung hält, die im Mittelalter jedoch die überlieferungsmäßig erfolgreichere Fassung war. All diese Überarbeitungen der Ursprungsfassung neigen dazu, Kriemhild zu entlasten und Hagen zu belasten. Auch zeigt sich eine christliche Tendenz der Bewältigung, indem bezeichnenderweise als Ursache des Untergangs der «übermuot» gebrandmarkt wird, unschwer als Übersetzung der Todsünde ‹superbia› (Hoffahrt) erkennbar.

Auch formal markiert der vierhebige Reimpaarvers der *Nibelungenklage* eine geistliche Komponente, wenn man ihn als Form der Legendendichtung versteht. Dazu passt die Berufung auf ein lateinisches Werk als Quelle, wobei der Schreiber Konrad – ein Allerweltsname, der vielleicht anonymisierend für eine Vielzahl von Menschen stehen soll – wohl keinen konkreten Passauer Kleriker meint, sondern Autorfiktion ist. Dagegen gibt es keinen Hinweis, dass der Verfasser oder der Auftraggeber Wolfger – er erscheint allzu offensichtlich in der Maske Pilgrims in der *Nibelungenklage* – an den ebenfalls vierhebigen höfischen Roman als Vorbild gedacht hätte.

Überflüssig zu sagen, dass das Passauer Epos oder Doppelwerk zu den meistüberlieferten Werken des Mittelalters überhaupt zählt. Der *Erec* Hartmanns von Aue dagegen war um 1200 angesichts der kümmerlichen Überlieferungslage im deutschen Südosten alles andere als gut bekannt, was wohl auch für die sonstigen «kristallînen wortelîn» aus der Feder des alemannischen Dichters gelten muss. Da Gottfrieds *Tristan* und Wolframs *Parzival* noch gar nicht geschrieben waren, ja Wolfram von Eschenbach sich mehrfach auf das *Nibelungenlied* bezieht, bleibt eigentlich kein höfischer Roman übrig, der das Vorbild für die *Nibelungenklage* hätte abgeben können. Ein geistlicher Hof wie der Wolfgers von Erla stützte sich lieber auf (letztlich gelehrt-lateinisch vermittelte) geistliche Vorbilder. Romankenntnisse auch in Passau wären bei einer Spätdatierung der Klage sinnvoll, wogegen jedoch der durchgehende Überlieferungsverbund von *tragoedia* und *planctus* spricht. So sollte man in diesem Doppelwerk eine durchaus einzigartige Leistung des Literaturkreises um Wolfger von Erla sehen, die zudem als überlieferungsstark und damit als erfolgreich zu gelten hat.

Der literaturpolitisch wichtige Wolfger von Erla förderte auch den didaktisch agierenden Thomasin von Zirklaere mit seinem *Welschen Gast*. Der Italiener Thomas geriert sich darin als Ratgeber in allen nur denkbaren höfischen Belangen. Die stellenweise bebilderte Überlieferung stützt das didaktische Anliegen. Dies passt ebenso zu einem geistlichen Hof wie die *Nibelungenklage* und sogar das auch als Geschichtsquelle lesbare *Nibelungenlied*, wohingegen der fiktive Artusroman dem geistlichen Hof Wolfgers eher unpassend erschien (und schon im 11. Jahrhundert wird über den Bischof Gunther von Bamberg und dessen Beschäftigung mit Heldenepik berichtet, eine Tradition, die somit auch zu Bischof Pilgrim-Wolfger passt). Dazu passt die aus dem Lateinischen in deutsche Verse gebrachte Geschichte von Barlaam und Josaphat aus der Feder des Bischofs Otto II. von Freising (*Laubacher Barlaam*), die Heidenbekehrung als Sujet nebst geistlicher Unterhaltung mit exotischem Charakter (der Stoff stammt aus Indien) kombiniert. Die *Nibelungenklage* mit ihrer lateinischen Quellenfiktion ist also an einem Bischofshof keine literaturgeschichtliche Überraschung.

Im Umkreis Wolfgers war man aber nicht einseitig auf Historisches, Geistliches oder Didaktisches fixiert, man schätzte vielmehr – das verblüfft bei einem geistlichen Hof durchaus – den Minnesang. Zwar könnte man dem entgegenhalten, dass die Förderung Walthers von der Vogelweide ja in erster Linie dem Sangspruchdichter mit seinen historisch-politischen, didaktisch-belehrenden oder nicht selten dezidiert geistlichen Themen galt. So wird der große Dichter in der Reisekostenabrechnung Wolfgers für 1203 mit der Formulierung «Walthero cantori de Vogelweide pro peliceo quinque solidos longos» als Empfänger einer stattlichen Summe für einen Pelzmantel bedacht. Wenn auch nahezu jedes Jota dieser Notiz in der Forschung kontrovers diskutiert wurde, ist die Bezeichnung Kantor an einem geistlichen Hof doch passend; überdies nennt Walther in einem Sangspruch auch einmal den «biderben» (rechtschaffenen) Patriarchen rühmend als seinen Wohltäter.

Freilich scheint trotz allem Passau nur Durchgangsstation im unsteten Wanderleben Walthers von der Vogelweide gewesen zu sein, der von der Elbe bis zum Rhein und zurück bis Ungarn die Höfe kannte (für die Südhälfte des Reichs, nach anderer Lesart im Preislied, die Höfe zwischen Elbe, Rhein und England, wohl die welfischen Besitzungen im Norden), den Abt von Tegernsee als Geizhals schmähte und am Lebensende vielleicht ein staufisches Lehen bei Würzburg innehatte, wofür Einträge in der spätmittelalterlichen Würzburger Liederhandschrift (des Würzburger Protonotars Michael de Leone) und die Tradition des Grabes im Lusamgärtchen ebendort sprechen und worauf sich am ehesten der Jubelruf «ich hân mîn lêhen, al die werlt, ich hân mîn lêhen» (ich habe mein Lehen, alle Welt soll meinen Jubel vernehmen, ich habe mein Lehen) bezieht; dabei bekennt Walther von der Vogelweide andernorts auch, «ze Osterrîche» habe er «singen unde sagen» gelernt. Selbst das urkundlich als Walthers Wirkungsort bezeugte Passau war demnach nur eine Episode in einem unsteten Wanderleben, das insgesamt wohl eher eine prekäre Existenz darstellte; zwar spricht aus den Worten «getragene wât ich nie genam» (gebrauchte Kleidung habe ich nie als Geschenk angenommen) durchaus Standesstolz, andererseits offenbart Walthers Lehensbitte an den Staufer Friedrich II. eine recht ärmliche Existenz, die Unbehaustheit, Hungern und Frieren als Normalfall aufführt und die Klage darüber zur Routine werden lässt: «mîn munt was so vil scheltens, daz mîn atem stanc» (Aus meinem Mund drang so viel Schimpfen, dass mein Atem schlecht roch). Als Beispiel für eine Scheltstrophe mag folgender Sangspruch gelten:

Man seit mir ie von Tegersê,
wie wol daz hûz mit êren stê:
dar kêrte ich mêr dan eine mîle von der strâze.
ich bin ein wunderlîcher man,
daz ich mich selben niht enkan
verstân und mich sô vil an frömde liute lâze.

ich schiltes niht, wan got genâde uns beiden.
ich nam dâ wazzer:
alsô nazzer
muost ich von des münches tische scheiden.

(Man berichtete mir einst über Tegernsee, wie ehrenvoll es dort um Kloster und Hofhaltung bestellt sei: Ich nahm einen Umweg von mehr als einer halben Meile in Kauf. Ich bin doch ein komischer Kauz und könnte mich dafür ohrfeigen, dass ich mich so sehr auf das Urteil anderer Menschen verlasse! Ich will es nicht weiter tadeln, denn Gott sei uns, dem Abt und mir, gnädig. Dort, in Tegernsee, bekam ich nur Wasser: Umso nasser verließ ich die Tafel des Mönchs.)

Walther vertraute wohl eines Tages auf den hervorragenden Ruf Tegernsees als Kulturzentrum mit langer Tradition und scheute keinen Umweg, um die Gastfreundschaft des Abtes zu genießen, der dem berühmten Dichter statt Wein jedoch nur Wasser anbieten wollte. Da war Wolfger von Erla mit dem Geschenk eines teuren Pelzmantels doch ein ganz anderer Gastgeber und großzügigerer Mäzen!

Darüber hinaus förderte man im Umfeld des Passauer Bischofs auch den Minnesänger und Ministerialen Albrecht von Johannsdorf (gemeint ist am ehesten das niederbayerische Jahrsdorf), einen originellen Vertreter des Hohen Sangs auf donauländischer Grundlage. In einem heiteren Dialoglied entfaltet Albrecht von Johannsdorf auf scheinbar leichte Weise die Minneideologie des Hohen Sangs. Diskursiv wird darin das Ideal der veredelnden Entsagungsminne entwickelt:

Ich vant âne huote
die vil minneclîchen eine stân.
sâ dô sprach diu guote
«waz welt ir sô eine her gegân?»

(Ich fand die überaus Liebreizende ohne Aufsicht ganz alleine vor. Sofort sagte die Vortreffliche: «Was wollt ihr und warum seid ihr so ganz allein hierher gekommen?»)

Daraus entwickelt sich ein heiteres Wortgeplänkel, in dem der Werbende und Minnesänger seinen Kummer klagt und auf Erhörung seiner erotischen Wünsche drängt, deren physische Erfüllung jedoch in immer weitere Fernen rückt, stattdessen winke nur eine mehr oder weniger seelische Befriedigung, nämlich der vielbeschworene «Hohe Mut», gepaart mit gesellschaftlichem Prestige bei Hofe:

«Sol mich dan mîn singen
und mîn dienest gegen iu niht vervân?»
«iu sol wol gelingen:
âne lôn sô sult ir niht bestân.»
«wie meinet ir daz, frouwe guot?»
«daz ir deste werder sît und dâ bî hôchgemuot.»

(«Soll mir dann mein Minnesang und mein Minnedienst bei Euch gar nichts nützen?» – «Ihr werdet sehr wohl Erfolg haben: Ohne Lohn werdet Ihr nicht bleiben.» – «Wie meint Ihr das, vortreffliche Herrin?» – «Dass Ihr umso angesehener und dabei von höfischer Hochstimmung erfüllt seid.»

Bedeutend sind auch Albrechts Kreuzlieder, die auf einschlägigen Erfahrungen gründen. Insgesamt ist sein, verglichen mit Reinmar dem Alten oder Walther von der Vogelweide, eher schmales Minnesangœuvre erstaunlich vielgestaltig und gattungsreich.

Nur Tagelieder verfasste dagegen Wolfram von Eschenbach, wobei er diese in bairischer Schreibart erstmals bei Dietmar von Aist eingeführte Gattung gleich zu einem Höhe- und Endpunkt brachte, wenn er die Ehefrau als Heilmittel gegen die auf notorischem Ehebruch gründende Tageliedliebeskrankheit augenzwinkernd den sehnsüchtig leidenden Minnesängern empfiehlt: «ein offen süeze wirtes wîp kan solhe minne geben» (jede entzückende Ehefrau kann solche Minne schenken).

Ebenso innovativ und lange wirkend war die von Wolfram etablierte Wächterrolle in der Gattung Tagelied. Einzigartig und unübertroffen ist dagegen die plastische Metaphorik Wolframs, etwa in der Zeichnung des heranbrechenden Tages, der die innige Liebesnacht beendet, als bedrohlich herannahendes Ungeheuer:

Sîne klawen
durh die wolken sint geslagen,
er stîget ûf mit grôzer kraft,
ich sihe in grâwen
tägelîch als er wil tagen,
den tac, der im geselleschaft
erwenden will, dem werden man
[…]

(Die Klauen des Tagungeheuers sind schon bedrohlich durch die Wolken hindurchgeschlagen. Machtvoll steigt er hinauf, täglich sehe ich ihn grau heraufdämmern, wenn er anhebt, ich meine den Tag, der dem angesehenen Mann die liebreizende Gesellschaft entreißen will.)

Während Wolfram von Eschenbach in seinem vom Umfang her natürlich dominierenden epischen Werk breit den Orient beschreibt, ohne wohl je dort gewesen zu sein, wusste der fränkische Ritter Otto von Botenlauben aus eigener Anschauung im Heiligen Land, was er in seinen minnesängerischen Kreuzliedern besang, etwa in den folgenden Versen, wo er der Minne zu Gott den Vorzug gibt:

Waere Kristes lôn niht alsô süeze,
so enlieze ich niht der lieben frouwen mîn,
diech in mînem herzen dicke grüeze:
sie mac vil wol mîn himelrîche sîn […]

(Wäre die Belohnung durch Christus nicht so vom himmlischen Duft des heiligen Martyriums erfüllt, so würde ich niemals meine geliebte Dame verlassen, die ich oft in meinem Herzen grüße: Sie kann sehr wohl mein Himmelreich sein […])

Tatsächlich ist für den adligen, nicht auf Gönner angewiesenen Minnesänger und fränkischen Grafen Otto von Botenlouben (bei Bad Kissingen) nachgewiesen, dass er zeitweise auf seinen Besitzungen im Heiligen Land lebte und nach 1220 ins Reich zurückkehrte, wo er 1231 das Kloster Frauenroth in Unterfranken gründete.

Nach Franken führt auch die mittelhochdeutsche Lehrdichtung eines Herrn von Windsbach, genannt *Windsbeke*, der seinen Sohn ermahnt und über Gottesdienst, Minnedienst und Frauendienst unterrichtet (auch einen unter *Winsbeckin* firmierenden Mutter-Tochter-Dialog gibt es):

sun, wiltu ganzlich schiltes reht
erkennen, so wis wol gezogen,
getriuwe, milte, küene und slecht

(Sohn, wenn du das Recht des Schildführenden vollkommen verstehen willst, so zeige höfische Erziehung, Treue, Freigiebigkeit, Mut und ungekünsteltes Verhalten.)

Der besonders produktive fränkische Dichter Konrad von Würzburg hingegen verfasste (mit Ausnahme vielleicht von *Der Schwanritter*) sein Werk gerade nicht in seiner fränkischen Heimat, sondern am Oberrhein, darunter etwa sein *Herzmaere*, das in Anlehnung an Gottfried von Straßburg den zeittypisch häufigeren Gegensatz von Liebe und Ehe mit einer anrührenden Geschichte verbindet.

Weniger legendär war der Minnesänger Diepold von Vohburg oder Markgraf von Hohenburg (zwischen Nürnberg und Regensburg), der in der Umgebung Friedrichs II. anzusiedeln ist, was er offenbar in seinen Liedeingang einflicht:

Dem künge dem füere ich swar er wil den lîp,
âne mîn herze: daz muoz hie belîben;
daz hât bî ir zallen zîten ein wîp,
von der möht ez alliu diu werlt niht vertrîben.

(Mein Leib zieht stets mit dem König, wohin dieser auch befiehlt, jedoch ohne mein Herz: Das muss nämlich hierbleiben; es ist für immer mit einer Frau verbunden, von der es die ganze Welt nicht vertreiben könnte.)

Dabei kombiniert der Markgraf von Hohenburg in diesem Lied konventionelle Minneklage mit beinahe manieristischem und reimreichem Wortspiel:

So heizent siez minne; mîn minne ist ein nôt,
mîn minne diu sorget gar harte gein minne:
minne gebôt
minne ze dem, der sich minne versinne.

(So nennen sie es Minne; meine Minne ist ein Kummer, meine Minne ist wegen der Minne sehr besorgt: Minne befahl demjenigen die Minne, der die Minne im Sinn hat.)

Entfaltete der nicht weniger wortgewaltige Franke Konrad von Würzburg sein innovatives Potenzial – etwa in Tausenden von Versen seines *Trojanerkriegs*, wo sogar deutsche Ritter mit den Griechen gegen die Trojaner und deren asiatische Alliierte fechten – außerhalb seiner Heimat (in der Schweiz), so profitierte Schwaben selbst von einem seiner begabtesten einheimischen Dichter der späten Stauferzeit. Ulrich von Thürheim, mäzenatisch unterstützt durch den Augsburger Stadtbürger Otto der Bogner (bezüglich der kostspieligen Quellentexte), schuf mit dem *Rennewart* ein aus französischen Chansons de Geste geschöpftes Riesenwerk, das als Fortsetzung des *Willehalm* konzipiert war und jede Handschrift von Wolframs Alterswerk abschließt. Damit gehört der Schwabe Ulrich zu den meistüberlieferten Epikern der Stauferzeit (und danach).

Zu Recht wird Ulrich von Thürheim zusammen mit dem Minnesänger und Leichdichter sowie teilweise auch in Augsburg verankerten Ulrich von Winterstetten (und vielleicht auch Hiltbolt von Schwangau mit seinem Tanzlied samt Refrain «Elle und Else tanzent wol, des man in beiden danken sol») als Spross eines staufischen Ministerialengeschlechts einem spätstaufischen Dichterkreis zugerechnet. Hierin mag man das alte Herzogtum Schwaben zumindest literarisch repräsentiert sehen, freilich fokussiert in Richtung der ursprünglich schwäbischen Staufer jetzt als Könige und Kaiser. Von daher ist es auch kein Zufall, dass der mit der elsässischen Stauferpfalz Hagenau in Zusammenhang zu bringende Gottfried von Straßburg für sein *Tristan*-Fragment gerade in Ulrich von Thürheim (Unterthürheim unweit von Augsburg) einen Fortsetzer fand, der wiederum den in staufischen Diensten stehenden Konrad von Winterstetten als Gönner nennt:

Uns ist ein schade grôz geschen:
des mac diz maere ze schaden jehen,
wan es beliben ist in nôt,
sît meister Gotfrit ist tôt,
der dises buoches begunde.
er hât sîner tage stunde
mit künste erzeiget wol dar an.
[...]
Sît ez alsus nû ist komen,
daz in der tôt hât hin genomen,
sô hân ich mich genomen an,
als ich allerbeste kan,
daz ich diz buoch unz an sîn zil
mit sprüchen vollebringen wil.
des hât mit flîze mich gebeten
Kuonrât der schenke von Wintersteten,
daz ichz im ze liebe tuo.

(Uns ist ein schwerer Verlust widerfahren: Diesen kann die vorliegende Geschichte beklagen, denn die Geschichte ist in eine Notlage geraten, seitdem Magister Gottfried tot ist, der doch dieses Buch begann. Seine ganze Kunstfertigkeit hat er bis ans Lebensende darauf verwandt. [...] Da es nun soweit gekommen ist, dass ihn der Tod dahinraffte, habe ich es, so gut ich kann, auf mich genommen, dieses Buch zu vollenden. Darum hat mich Konrad, der Schenk von Winterstetten, eindringlich gebeten, dass ichs ihm zuliebe tu.)

In Ulrichs von Thürheim Schwaben, aber auch in Altbayern und Franken machten die umherziehenden Sangspruchdichter an großen und kleinen, weltlichen und geistlichen Höfen Station. In ihren meist der Form der Kanzone folgenden ‹Tönen› (Liedern) besangen sie Gott und die Welt im weiteren Sinne, konkret aber auch das eigene traurige Schicksal der Fahrenden, die von Hof zu Hof zogen, um Kost und Logis zu ‹heischen›. Solche Heische-Strophen sind häufig, und die berühmteste stellt sicher die Lehensbitte Walters von der Vogelweide an den Staufer Friedrich II. dar, der wohl mit einem kleinen Gut bei Würzburg stattgegeben wurde. Walther ist freilich nur der berühmteste der Legionen zählenden Sangspruchdichter, die um «milte», also Freigebigkeit, nachsuchten. Dazu gehören etwa der aus

Bayern stammende Erotiker Tannhäuser, der als Minnesänger weiche Schenkel, gerade Beine und zarte Füße preist («lindiu diehel, slehtiu bein, ir füeze wol gemezzen»), oder Reinmar von Zweter, «begraben in Franken ze Eßfelt».

Nach der Burg Trimberg im Tal der Fränkischen Saale nannte sich Süßkind von Trimberg (im Codex Manesse übrigens mit Judenhut abgebildet), der sein Leid als elender Fahrender anrührend beklagt (und angesichts des mit hebräischen Buchstaben aufgezeichneten *Dukus Horant* und des mit mittelhochdeutschem Text versehenen Erfurter Minnegürtels aus jüdischem Fundkontext soll man an Süßkinds jüdischer Herkunft nicht mehr zweifeln):

Ich var ûf der tôren vart
mit mîner künste zwâre.
daz mir die herren niht went geben,
des ich ir hof will fliehen
und will mir einen langen bart
lân wachsen grîser hâre:
ich will in alter juden leben
mich hinnân fürwert ziehen.
mîn mantel der sol wesen lanc,
tief under einem huote,
dêmüeteclich sol sîn mîn ganc,
und selten mê ich singe in hovelîchen sanc,
sîd mich die herren scheiden von ir guote.

(Mit meiner Kunstfertigkeit habe ich mich auf die Straße der Torheit begeben. Weil mir die hohen Herren nichts geben wollen, werde ich ihre Höfe künftig meiden und mir einen langen grauen Bart wachsen lassen: Ich werde mich künftig als alter Jude durchs Leben schlagen. Mein Mantel wird lang herabhängen und ich luge unter einem Judenhut hervor und schleiche bescheiden daher, und nie mehr werde ich Minnesang erklingen lassen, weil mich die hohen Herren nicht an ihren Besitz heranlassen.)

Ähnlich überregional weit verbreitet wie der Sangspruch und seine vagierenden Künstler ist katechetische geistliche Dichtung wie die vielleicht um 1230 entstandene *Himmelfahrt Mariae* oder die *Urstende* des wohl aus Hainsfarth bei Oettingen stammenden Konrad von Heimesfurth. Während dessen Werk ästhetisch an die ältere höfische Literatur anschließt, beginnt mit den Minderbrüdern literarisch etwas ganz Neues. Denn die franziskanische Literatur um den 1272 verstorbenen, vor allem in Regensburg schriftstellerisch (geistlicher Lehrtraktat, Mystik, Predigt) tätigen David von Augsburg ist eine literarische Innovation, die letztlich (wie der *poverello*) aus Italien stammte, denn das an der Via Claudia gelegene Augsburg stellte das Einfallstor schlechthin des Minoritenordens in den deutschsprachigen Raum dar, wobei das alte politische Zentrum Regensburg, verkehrsgünstig an der Donau gelegen, nun ein wichtiger Verteilerknoten für franziskanische Schriftstellerei in der Volkssprache wurde. Die Wahl der Volkssprache entspricht der unbedingten Volkstümlichkeit des *poverello*, dem Lamprecht von Regensburg ein anrührendes Denkmal setzte, in dem zugleich seine eigene Conversio vom sündigen Weltkind zum Franziskanermönch, also «Minderbruder» Lamprecht, thematisiert wird:

Ê ich der rede nu beginne,
sô bite ich in der wâren minne
die diz buoch hoeren oder lesen,
daz sie gnaedic wellen wesen
dem armen tihtaere,
der daz selbe maere
von sant Francisken hât getihtet.
[...]
sô zôch mich daz fleisch herdan,
sô vaht mich diu werlt an,
sô volget ich des tiuvels raeten.
diu driu mir sô gedon taeten,
daz ich aber dârinne bleip
unde mîne tage vertreip
in maniger slahte üppecheit.
ze jungest wart mir doch sô leit,
daz ich alsô lebte,
daz ich streit und strebte,
unz daz ich dâvon kam
und mich daz leben annam
der minnern brüeder orden.

der bin ich einer worden.
da enphie mich bruoder Gêrhart in
ze Regenspurc in der stat
in des gehôrsam ich bin,
und dârnâch schier, als er mich bat,
macht ich diese rede durch in.

(Bevor ich mein Werk nun beginne, bitte ich im Namen der Liebe Gottes alle Hörer oder Leser dieses Buchs, dass sie dem armen Dichter gnädig sein sollen, der diese Geschichte über den heiligen Franziskus gedichtet hat. [...] So zog mich einst die Fleischeslust hinab, so hat mich die Welt angefochten, so folgte ich teuflischen Ratschlägen. Diese drei Verhängnisse hielten mich gefangen und ich brachte mein Leben mit vielen Eitelkeiten dahin. Am Ende wurde ich dieses Lebens doch so überdrüssig, dass ich so lange rang, bis ich den Lastern entrann und ich mich dem Franziskanerorden anschloss. Ich bin einer ihrer Brüder geworden. In der Stadt Regensburg nahm mich Bruder Gerhard auf, wobei ich ihm gehorche. Und später, als er mich darum bat, schuf ich wegen ihm dieses Werk.)

Neben anfangs noch traditioneller Reimpaardichtung, wie in Lamprechts von Regensburg *Sanct Francisken leben*, entschieden sich die franziskanischen Autoren (nicht zuletzt in Regensburg) rasch für die Prosa, der – in Analogie zur Bibelprosa – höhere Verbindlichkeit zukam. Besonders Berthold von Regensburg (dort geboren und 1272 auch gestorben) mit seinem riesigen (vor allem in lateinischer Sprache bezeugten) Predigtwerk ist hier zu nennen, wobei sein Wirkungsraum das heutige Bayern bei weitem transzendierte, denn er machte nicht nur in Altbayern und Franken, sondern auch in Österreich, Schlesien oder Böhmen als Wanderprediger Furore. Die Predigtthemen waren alles andere als abgehoben, sie nahmen auf das Alltagsleben unmittelbar Bezug, wobei in der Aufzählung der Sünden kein Stand verschont wurde. Neben Bertholds wirkmächtigen Volks- oder gar Massenpredigten ist die verschriftlichte Lesepredigt als dauerhafter Ertrag seiner einflussreichen Seelsorgetätigkeit hervorzuheben. Auch wenn die mittelhochdeutschen Predigten Bertholds, die unter seinem Namen firmieren, vielleicht nicht immer im Wortlaut auf ihn selbst zurückzuführen sind, darf die breite volkssprachige Überlieferung eine auf ihn selbst zurückgehende seelsorgerische Verbindlichkeit beanspruchen. Vor allem die originelle Wortwahl bei den Bezeichnungen von Sündern ist nicht nachträglich aus der Feder eines Skriptoriums geflossen, sondern geht auf den bairischen Volksprediger selbst zurück. Kupplerinnen nennt er «des tiuvels blâsbalc», raffgierige Adlige werden als «klâvogele», also Greif- oder Klauenvögel bezeichnet, die sie von der Beizjagd auch gut kannten. Ferner gibt es «bluottrinker» und «pfennincprediger», also Geistliche, die nur an die eigene Pfründe denken und denen das Seelenheil ihrer Gemeinde herzlich egal ist. Nicht verschwiegen werden soll aber, dass hinter all dem ein von moralistischer Rigorosität und Skrupulosität geprägtes Weltbild steht. Gleichwohl ist die rhetorisch geschickte Einbeziehung der Predigthörer offensichtlich, wie etwa in der Predigt über die Gottesliebe, wo er einen armen Sünder fingiert und als Heuchler demaskiert:

> «Bruoder Bertholt, mir ist got vil liep.» – Jâ du dienest im aber selten, daz ist niur ein zeichen, daz er dir iht liep sî.
> («Ach, Bruder Berthold, ich liebe Gott so sehr.» – Allerdings sprechen deine Taten eine andere Sprache, woran man erkennt, dass du ihn überhaupt nicht liebst.)

Nicht weniger breitenwirksam war vermutlich das juristische Wirken der Franziskaner, das etwa im *Schwabenspiegel* und *Deutschenspiegel* manifest wird. Vermutlich in Augsburg nahm die Rechtssammlung aus baierischen und anderen Quellen ihren Ausgang. Dabei ist das deutsche Prosaschrifttum der Franziskaner überaus überlieferungsmächtig zu nennen und hat in Baiern der Prosa als Medium der Wissensvermittlung zum endgültigen Durchbruch verholfen. Vielleicht profitierten von diesem Boom auch andere, nicht ausschließlich geistliche Textsorten, denn zur Naturkunde im weiteren Sinne ist ein um 1220 oder um 1230 anzusiedelnder jüngerer *Prosaphysiologus* zu zählen.

Von schmaler Überlieferung geprägt ist hingegen der auf das Innviertel beschränkte *Helmbrecht* von einem Autor namens Wernher der Gartenaere; es handelt sich dabei um eine Erzählung in Versen, die den eigenmächtig angemaßten Aufstieg und Fall eines Bauernburschen schildert. Dieser vergisst seine bäuerliche Herkunft und vertauscht den Pflug mit dem Schwert, um das Leben einer Landplage als Raubritter zu pflegen. Er vergisst sogar seine Muttersprache und befleißigt sich eines pseudovornehmen Jargons, ein Soziolekt (wie heute das amerikanische Englisch) mit mittelniederländischen Versatzstücken, mit dem das im 13. Jahrhundert modische Flämeln (auch am Wittelsbacher Hof!) imitiert wird, bis hin zu pseudogelehrten lateinischen Phrasen, etwa beim Besuch seines Elternhauses:

Er sprach: «vil liebe soete kindekîn,
got lâte iuch immer saelec sîn!»
diu swester engegen im lief,
mit den armen si in umbeswief.
dô sprach er zuo der swester:
«gratia vester!»

(Er sagte: «Meine lieben jungen Leute, Gott behüte euch!» Die Schwester lief ihm entgegen und nahm ihn in die Arme, darauf sagte er zu ihr: «Seid bedankt!»)

Die schmale Überlieferung des *Helmbrecht* steht in keinem Verhältnis zur lebhaften Deutungsgeschichte dieser vermeintlichen Revolutionsgeschichte aus dem Mittelalter. Die angemaßte Standeserhöhung, die durch ein Raubritterdasein ermöglicht werden soll, endet letztlich in einer Räuberbande. Helmbrecht wird brutal bestraft, was die Verserzählung als eindeutig gerecht darstellt. Vielleicht erklärt sich das neuzeitliche Forschungsinteresse auch aus einem (halbbewusst wahrgenommenen) bereits hier transportierten literarischen Schema des edlen Räubers und Selbsthelfers, das Friedrich Schiller adelte und das etwa beim sogenannten Bayerischen Hiasl (Matthäus Klostermayer aus Kissing bei Augsburg) schon kurz nach dessen Hinrichtung im schwäbischen Dillingen zum Medienphänomen wurde. Ein wenig geriet der vermeintliche Sozialrevolutionär Helmbrecht auch in den Sog der 68er-Germanistik.

Darüber hinaus beruht die Helmbrecht-Geschichte grundsätzlich auf einem geradezu klassischen Vater-Sohn-Konflikt, wobei der Sohn töricht, der Vater klug agiert. Den umgekehrten Fall thematisiert die ungleich breiter überlieferte Verserzählung *Der Schlegel* aus der Feder des Regensburgers

Rüdiger von Hinkhoven (um 1290). Darin geht es um einen leichtsinnigen Vater, der sein Gut den Kindern überträgt, mit der Maßgabe, ihn zu versorgen, was diese natürlich nicht tun. Er hinterlässt ihnen nach seinem Tod eine Truhe, in der sich ein Schlegel befindet, mit dem schriftlichen Hinweis, nur ein Narr liefere sich zu Lebzeiten der Willkür seiner Kinder aus. Auf diese Moral von der Geschicht kommt es offenbar an. Vielleicht gehört hierher auch der ansonsten weithin unbekannte Franke Ruprecht von Würzburg, der mit *Von zwei Kaufleuten* die eheliche Treue zum Thema macht, wobei unter dem international verbreiteten Motiv der Keuschheitswette die Frau die Probe unter größten Anfechtungen besteht.

Darin gleichen diese Erzählung und letztlich auch die *Helmbrecht*-Erzählung den Verserzählungen des Erfolgsautors mit dem redenden Namen Stricker, der sein Textgewebe strickte, ansonsten aber vor allem in Niederösterreich sein Tätigkeitsfeld hatte. Wenn dieser – wie aufgrund der Reimgrammatik angenommen wurde – weniger eine südrheinfränkische, sondern ostfränkische Sprachheimat hatte, wäre er wie Konrad von Würzburg ein fränkischer Titan, der sein literarisches Opus fern der Heimat entfaltet hätte. Allerdings dürften seine didaktisch orientierten Reimpaarerzählungen, die sogenannten Mären, die umfängliche Dichtung über Karl den Großen als Fortsetzung des Regensburger *Rolandslieds*, der ironische Artusroman *Daniel von dem blühenden Tal* und besonders der bauernschlaue *Pfaffe Amis*, die allesamt einen ebenso intellektuellen wie witzigen Versdichter zeigen, welcher nach Ausweis der Überlieferung auch längerfristig weithin bekannt war, im Kern wohl außerhalb der Grenzen des heutigen Bayern entstanden sein.

Literaturgeschichtlich im Grunde isoliert stehen immer noch die sogenannten *Carmina Burana* da, es sei denn, man könnte das ambitionierte Sammelwerk eindeutig einer bestimmten Dynastie zuordnen. Die in Benediktbeuern entdeckten und vom ersten Editor Johann Andreas Schmeller so bezeichneten Gesänge enthalten neben Lyrik auch Dramatisches. Als Entstehungsort wurden Kärnten und Südtirol erwogen, ohne dass sich bislang eindeutige Beweise finden ließen, wobei Neustift bei Brixen heute als wahrscheinlichster Enstehungsort gilt. Die in der Sammelhandschrift (um 1230) dominierende lateinische Literatur hat man einem Milieu fahrender

Gelehrter, Doktoren, Professoren, auch Studenten, sogenannten Vaganten, zuordnen wollen. Dafür spricht beispielsweise folgendes kleines Lied, das in der ersten Strophe beschreibt, wie ein Bauernmädchen frühmorgens mit dem Hirtenstab bewaffnet ihre Herde hinaustreibt. In der zweiten Strophe wird neckisch auf die (wohl sexuell konnotierten) Tierpaare (in Analogie zu Hirtin und Liebhaber) hingewiesen. Die dritte Strophe lässt das Bauernmädchen einen Studenten entdecken, den sie ganz ungeniert anspricht und zum «Spielen» auffordert:

Exiit diluculo
rustica puella
cum grege, cum baculo,
cum lana novella.

Sunt in grege parvulo
ovis et asella,
vitula cum vitulo,
caper et capella.

Conspexit in cespite
scolarem sedere:
«quid tu facis, domine?
veni mecum ludere!»

(Früh am Morgen begab sich eine Hirtin mit Herde und Stab und neuer Wolle hinaus. – In der kleinen Herde gab es Schaf und Eselin, Kalb und Fohlen, Bock und Ziege. – Auf der Wiese sah sie einen Studenten sitzen: «Was machst du, junger Herr? Komm, spiel mit mir!»)

Berührungspunkte dieser akademischen Literatur mit höfischer Literatur finden sich in den mittelhochdeutschen Strophen sowohl der dramatischen als auch der lyrischen Werke der Handschrift. Freilich werden die Minnesangstrophen der bairischen Dichter Dietmar von Aist und Walther von der Vogelweide ebenso anonymisiert wie die des Thüringers Heinrich von Morungen, wobei die deutschen Minnesangstrophen wohl im Anschluss an lateinische Liebeslyrik auf die gleiche Melodie gesungen wurden. Die beigegebene musikalische Notation erweist die Aufführungsnähe der *Carmina Burana* quer durch die Gattungen. Dabei verblüfft beim geistlichen Spiel hier im 13. Jahrhundert – die Spieltexte wie andere Gattungen der Sammelhandschrift können allerdings auch noch ins 12. Jahrhundert weisen – die sichere Formvollendung, die das Große Benediktbeurer Passionsspiel durchaus der Frankfurter Dirigierrolle und dem Wormser Passionsspiel aus dem Umfeld Ludwigs des Bayern ebenbürtig erscheinen lässt. Kunstvoll und katechetisch unbedingt wirksam ist die Zeichnung des Weltlebens der Maria Magdalena mittels Elementen weltlicher Liebeslyrik. Festzuhalten ist beim *Großen Benediktbeurer Passionsspiel* auf jeden Fall der anvisierte höfische Rezipientenkreis, im Unterschied zu den eher stadtbürgerlichen Passionsspielaufführungen des Spätmittelalters. Man hat dabei für das 13. Jahrhundert an ein dem *Ludus de Antichristo* vergleichbares höfisches Publikum zu denken, auch wenn dort der baierische Spielautor in einem alpenländischen Kloster wie Tegernsee vermutet werden darf.

Zukunftsweisend im Blick auf das Spätmittelalter ist im 13. Jahrhundert die didaktisch orientierte Literatur mit wissenschaftlichem Anspruch. Hierher gehört der ostfränkisch reimende, aus der Schweinfurter Gegend stammende Bamberger Schulmeister und *Rector Scholarum* von Sankt Gangolf, Hugo von Trimberg, mit seinem breit überlieferten *Renner*. Das umfängliche Werk vereinigt Wissenswertes aus den Bereichen Theologie, Recht, Medizin und Naturwissenschaft. Noch Gotthold Ephraim Lessing schätzte dieses süddeutsche Zeugnis mittelalterlicher Gelehrsamkeit in der Volkssprache, wobei Hugos autobiographische Hinweise auf Franken (Bamberg und seinen Vorort Theuerstadt) deutlich sind:

der diz buoch getihtet hât
der pflac der schuol ze Tiurstat
wol vierzic jâr vor Babenberg
und hiez Hûc von Trimperc.

(Der Verfasser des Buchs in Theuerstadt bei Bamberg war vierzig Jahre lang Lehrer und hieß Hugo von Trimberg.)

Die für die Laienseelsorge zentrale Gattung der volkssprachigen Legende ist durch die gereimte Ulrichslegende des Albert von Augsburg vertreten. Die weit über 1500 Verse beruhen auf der lateinischen Ulrichsvita des Abtes Berno von Reichenau (11. Jahrhundert).

8. Die Literatur des 14. Jahrhunderts

8.1. Literarisches Leben um Ludwig den Bayern

Frei nach Friedrich Schiller könnte man über den Wittelsbacher Herrscher sagen: «Sein Bild schwankt in der Geschichte.» Bis heute ist nämlich umstritten, welchen persönlichen Anteil Ludwig IV. als römisch-deutscher König an den zweifellos großen politischen und kulturellen Veränderungen, Umbrüchen und Innovationen während seiner langen Regentschaft hatte, die von 1314 bis 1347 mehr als eine Generation überspannte. Für manche Historiker ist er ein eher rückwärtsgewandter Herrscher, mehr hochmittelalterlicher Haudegen als moderner Stratege, der in seiner Politik ganz anders agierte als sein Nachfolger Karl IV. in Prag. Manchen Historikern dagegen gilt Ludwig IV. geradezu als ein *global player* des Spätmittelalters, der innovative Projekte verfolgte.

Die in ganz Europa stürmisch bewegte Zeit Ludwigs, die in Umberto Ecos Roman *Der Name der Rose* eindringlich geschildert wird, war etwa durch das Exil der Päpste in Avignon, aber auch durch den Armutsstreit des Franziskanerordens geprägt und ließ kaum einen Zeitgenossen unberührt. Der Italienzug Ludwigs des Bayern mit der Kaiserkrönung 1328 als Höhepunkt ist als Unternehmen selbst durchaus traditioneller, schon im Hochmittelalter regelmäßig gepflegter Usus. Modern dagegen sind die Umstände der Krönung ohne den in Avignon weilenden Papst, dafür unter Beteiligung des römischen Volkes, das Bündnis in Italien mit dem neuen Politikertypus des Condottiere, die beinahe renaissancehaft anmutende Antikenrezeption auf der kaiserlichen Goldbulle, die neben dem Kolosseum auch das kreisrunde Pantheon zeigt, welches wiederum architektonisches Vorbild der Ettaler Marienkirche war (als Santa Maria della Rotonda wie Ettal ein Marienheiligtum). Diese Kirche war darüber hinaus als Rundbau um das marmorne, aus Siena mitgebrachte Gnadenbild konstruiert und scharte eine so bis dato nie gesehene Gemeinschaft aus Mönchen und sogar verheirateten Laien um sich, wobei Ettal bezeichnenderweise die alte Handelsstraße nach Italien strategisch absicherte. Aus Italien rekrutierte Ludwig auch Papstkritiker wie den Franziskanergeneral Michael von Cesena und Marsilius von Padua mit seinem neuen Staatsverständnis im *Defensor Pacis*. Der Italiener Marsilius am Münchener Hof repräsentierte dort ein ebenso ambitioniertes wie innovatives Geistesleben, das intellektuell den Bestrebungen am vielgerühmten Hof von Ludwigs Nachfolger Karl IV., der bekanntlich Francesco Petrarca und Cola di Rienzo Gastrecht gewährte, kaum nachstand.

Italien und die Folgen der von dort empfangenen Anregungen – nicht zu vergessen die pisanische *fundatrix Ettalensis* – blieben im Zuge der Auseinandersetzungen mit dem Papsttum nördlich der Alpen auch für breitere Schichten nicht ohne Auswirkungen, suchte doch das Papsttum in Avignon mit religiösen Mitteln (etwa Interdikt) den Machtpoker um die Herrschaft über die italienischen Städte auf dem Schlachtfeld nördlich der Alpen in seinem Sinne zu beeinflussen. Auch das (vermeintlich) einfache Volk konnte im Heiligen Römischen Reich von den Folgen des päpstlichen Interdikts, sei es durch gehorsame Interdiktobservanz oder bewusstes Ignorieren des Interdikts, betroffen sein. Die päpstliche Politik und Propaganda gegen Ludwig wiederum schmähten diesen durch das verächtliche «Bavarus» (was durchaus bewusst an *barbarus* anklang und erst im Nachhinein und in erster Linie in Bayern zum Ehrentitel wurde) zwar als Provinzling sowie als Usurpator in geistlichen Dingen, wollten jedoch in Italien und in ganz Europa am Vorabend des Hundertjährigen Krieges selbst die Richtlinien weltlicher Herrschaft bestimmen. Ludwigs Machtstellung wenigstens im Heiligen Römischen Reich nördlich der Alpen konnten sie bis zuletzt aber nicht wirklich gefährden. Weder der Papst noch Ludwigs politische Gegenspieler im Reich, namentlich der spätere König Karl IV., vermochten so letztendlich Ludwig zu Lebzeiten zu Fall zu bringen, der 1347 recht unheroisch auf der Jagd wohl einem Herzschlag erlag.

Wer war nun dieser Herrscher, der scheinbar machtpolitisch ganz traditionell wie im Investiturstreit des Hochmittelalters noch einmal den alten, im Grunde sogar europäischen Konflikt von *imperium* und *sacerdotium* heraufbeschwor? Jedenfalls war es dem jüngeren (!) Sohn von Herzog Ludwig II., dem Strengen (1229–1294), nicht in die Wiege gelegt, dass er einst über weite Teile Baierns und des Heiligen Römischen Reichs herrschen sollte, zumal sein Vater nur der oberbaierischen Linie vorstand, die ihrerseits eine Folge der Landesteilungen seit 1255 war. Diesen zufolge erhielt Ludwig II. die Pfalz und das spätere Oberbayern mit der Hauptstadt München. Heinrich XIII. (1235–1290) bekam das spätere Niederbayern mit der Hauptstadt Landshut. Diese niederbayerische Linie starb 1340 – ein Glücksfall für Ludwig den Bayern – mit Johann I. (1329–1340), genannt das Kind, wieder aus. Weniger leicht war für Ludwig den Bayern die Lage in seiner eigenen, der oberbayerischen Linie, wo er sich gegen seinen älteren Bruder Rudolf I. (1274–1319) und dessen Söhne durchsetzen musste. Ludwig dem Bayern gelang es, durch eine beharrliche Politik 1302 die Mitregierung, 1310 die Teilung Oberbayerns, 1312 die Vormundschaft in Niederbayern und 1317 die Regierung in Oberbayern und der Pfalz zu erringen. Höhepunkt dieser Politik war sicher die Vereinigung von Ober- mit Niederbayern 1340. Freilich sollte dies alles nicht von Dauer sein, denn bereits im Hausvertrag von Pavia 1329, den Ludwig mit den Söhnen seines älteren Bruders Rudolf schließen musste, erhielten dessen Nachfahren die Herrschaft über die Pfalzgrafschaft bei Rhein und die wegen des Eisenbergbaus wertvollen Gebiete um Amberg, Neumarkt und Sulzbach, die später als Oberpfalz firmierten. Das waren durchaus nicht die schlechtesten wittelsbachischen Besitzungen, zumal die Pfalzgrafschaft bei Rhein geradezu ein Kernland des Heiligen Römischen Reichs darstellte. Die für Baiern selbst eigentlich glückliche Festlegung im Hausvertrag von Pavia, wonach die Kurstimme abwechselnd von der Pfalz und Baiern ausgeübt werden sollte, hat man zum Nachteil Baierns schon unter Ludwigs Nachfolger im Reich, Karl IV., rückgängig gemacht. Erst der große Wittelsbacher Maximilian I. vermochte im Gefolge des Dreißigjährigen Krieges wieder eine derartige Rangerhöhung im Reich für Baiern durchzusetzen. Die weitsichtige Initiative Ludwigs des Bayern in Sachen Kurwürde hatte demnach, wie so manches seiner politischen Projekte, etwa auch die baierische Herrschaft in Tirol, keinen Bestand, obwohl Tirol im 14. Jahrhundert (und noch Jahrhunderte später) durchaus nicht quasi automatisch mit den Habsburgern oder Österreich zusammenhing. Dagegen wurde das Haus Österreich, obwohl Ludwig in seiner Jugend sogar am habsburgischen Hof erzogen worden war, rasch zu einem der Hauptgegner, was sich auch literarisch niederschlug. Mit Friedrich dem Schönen entbrannte zunächst ein Streit um die Vormundschaft über die noch unmündigen niederbaierischen Herzöge, den Ludwig 1313 in der Schlacht von Gammelsdorf für sich entscheiden (und so habsburgische Expansionsgelüste eindämmen) konnte. Auch die Frankfurter Königswahl 1314 ließ die beiden Kontrahenten Ludwig und Friedrich wieder aufeinanderprallen. Obwohl Ludwig die Mehrheit der Königswähler hinter sich hatte, gelang es Friedrich dem Schönen in nicht ungeschickter Weise, sich durch eine eigene Krönung zunächst als Gegenkönig zu etablieren. Erst in der Schlacht von Mühldorf 1322 erwies sich Ludwig der Bayer erneut als militärischer Sieger. Mühldorf wie Gammelsdorf zeigen Ludwig noch als traditionell eher hochmittelalterlichen Kriegerkönig, ganz im Gegensatz zu seinem Nachfolger Karl IV., der auch anders als sein Vater Johann, welcher als schon erblindeter Greis im Kampf fiel, das Schlachtfeld überhaupt scheute. In seinem kriegerischen und ritterlichen Selbstverständnis war Ludwig der Bayer ganz sicher ein Mann der Tradition. Noch bemerkenswerter ist Ludwigs IV. auf den ersten Blick überaus erfolgreiche Hausmachtpolitik, der zufolge 1324 sein Sohn Ludwig V. (gest. 1361) nicht nur die Mark Brandenburg, sondern auch die damit verbundene wichtige Kurstimme für das Haus Wittelsbach erhielt.

Durch die vorteilhafte Ehe mit Margarete von Holland erwarb Ludwig der Bayer selbst sogar die Grafschaften Holland, Seeland und Friesland. Diese Hausmachtpolitik vergrätzte freilich gegen Ende seiner Königsherrschaft die Sympathisanten, die Ludwig seit seiner Wahl im Reich quasi als *underdog* im Kampf gegen das eigentlich mächtigere Habsburg sowie als Opfer päpstlicher Willkür hatte. Besonders die Heirat Ludwigs V. mit der Tiroler Erbtochter (Margarethe Maultasch) 1346, die letztlich nur durch Rechtsbeugung möglich war, erregte bei den Luxemburgern und ihrem Anhang, die Ludwigs Königsherrschaft zu Beginn unterstützt hatten, großen Ärger, was zu einem Erstarken des Luxemburgers Karl IV. als Gegenkönig führte. Der Preis für diesen latenten Konflikt im Reich am Ende von Ludwigs Herrschaft war hoch, denn die außerbaierischen Besitzungen der Wittelsbacher konnten auf Dauer weitestgehend nicht gehalten werden. Die wittelsbachische Herrschaft in Brandenburg währte nur bis 1373, die holländische Linie überdauerte auch nur drei Generationen, das wittelsbachische Tirol gar nur zwei. Innerhalb Baierns gab es nach dem Tod Ludwigs des Bayern die übliche Zersplitterung in zunächst drei Linien mit den Hauptresidenzen Ingolstadt, München und Landshut, wo Heinrich XVI. (1386–1450), ein Urenkel Ludwigs des Bayern, 1393 die Linie der sogenannten reichen Herzöge begründete.

Diese Residenzenbildung bei den Teilherzögen macht einen neuen Zug der Zeit deutlich, zum Vorteil der wirtschaftlich und kulturell seit Ludwig dem Bayern aufblühenden späteren Residenzstädte München, Landshut oder Straubing, während Ludwig selbst noch ganz traditionell als eine Art Reisekaiser anzusehen ist. Tatsächlich erweist sich Ludwigs Bedeutung als römisch-deutscher König und eben nicht nur baierischer (Teil-)Herzog an seinem beeindruckenden Itinerar, das ihn außerhalb Baierns überaus häufig in aufstrebenden Städten wie Nürnberg oder Frankfurt am Main zeigt. Reichsstädte wie Frankfurt, Nürnberg oder Augsburg, die außerhalb Baierns lagen, erfuhren für ihre Königstreue durchaus nicht weniger Privilegierung als Städte und spätere Residenzen innerhalb der wittelsbachischen Stammlande. In der Summe kann Ludwig der Bayer daher als großer Förderer der Städte bezeichnet werden, deren Finanzkraft und Treue in Zeiten des Interdikts er besonders zu schätzen und zu nutzen wusste.

Die wittelsbachischen Städte und Residenzorte München, Straubing und Landshut sollten nach Ludwigs Tod in wirtschaftlicher und kultureller Hinsicht eine weiterhin dynamische Entwicklung nehmen, die ohne die Veränderungen und Verbesserungen Ludwigs des Bayern undenkbar gewesen wäre. So verdankt München ihm nicht nur reiche Privilegien, die sich auch längerfristig ökonomisch auszahlten, sondern Ludwig lockte beispielsweise mit dem Oxforder Gelehrten William von Ockham eine akademisch gebildete Elite an seinen Münchner Hof, um mit dem Papsttum in Avignon intellektuell auf Augenhöhe zu fechten. Endgültig im 15. Jahrhundert dann wurde der Münchner Hof dauerhafter zu einem herausragenden nicht nur politischen, sondern auch literarischen Zentrum im Heiligen Römischen Reich nördlich der Alpen, was ohne die von Ludwig auch durch seine Münchner Kanzlei gelegten Grundlagen so nicht möglich gewesen wäre. Neben München eignete aber besonders Landshut und seiner Stadtbürgerschaft früh – wohl schon seit der Schlacht von Gammelsdorf – eine besonders enge Bindung an Ludwig den Bayern, der die Stadt auch mehr als zwanzig Mal besuchte. Im 15. Jahrhundert berichtet dementsprechend Veit Arnpeck, dass Ludwig der Bayer den Landshutern zum Dank für ihre Tapferkeit ihr kriegerisches Stadtwappen verlieh:

> Sed quia cives Landhutenses in hoc bello se fideles, strennuos ac fortes exhibuerunt, idcirco predictus dux Ludovicus postea rex clipeo et armis, quibus usque in presens utuntur, eosdem privilegiavit pro sua audacia.

> (Aber weil die Bürger Landshuts sich in diesem Krieg als treu, entschlossen und tapfer zeigten, privilegierte sie deshalb der genannte Herzog Ludwig und spätere König mit Schild und Waffen, die sie bis in die Gegenwart gebrauchen.)

Eine gewisse Mythologisierung der Gammelsdorfer Schlacht ging sogar von der Stadt Landshut selbst aus, die in der Frühen Neuzeit ihr Stadtwappen mit den drei Helmen werbewirksam als Dankesgabe Ludwigs des Bayern für ihre militärische Unterstützung in der Schlacht von Gammelsdorf zu deuten wusste. Diese Fähigkeit zur Selbststilisierung dürfte in Landshut freilich einem dort schon länger blühenden lebhaften literarischen Leben geschuldet gewesen sein. Bereits im Hochmittelalter war Landshut nämlich Rezeptionsort, teilweise auch Produktionsstätte bedeutender Dichter wie Neidhart und Wolfram von Eschenbach. Auch der Spruchdichter Bruder Wernher dichtete in Landshut. So war die Landshuter Wappensage offenbar ansteckend und übertrug sich dann in der Neuzeit sogar auf Straubing, Ingolstadt, Moosburg, München und Erding, die allesamt davon ausgingen, dass ihre Stadtwappen als Dank für die Unterstützung 1313 von Ludwig dem Bayern höchstselbst verliehen worden waren. Erst die moderne heraldische Forschung entlarvte dergleichen als Geschichtslegenden. Richtig an diesem Geschichtsmythos ist allerdings die Tatsache, dass das wirtschaftliche und kulturelle Aufblühen der genannten Städte im 15. Jahrhundert ohne die Grundlagen, die unter Ludwig dem Bayern gelegt wurden, nicht denkbar gewesen wäre. Während seiner Regierung erfolgte etwa in Landshut eine beträchtliche Erweiterung des städtischen Territoriums: Um 1320 kam es zu einer Erweiterung um den Dreifaltigkeitsplatz, 1338 zur Gründung des Stadtteils Freyung. Während diese Erweiterung nicht zuletzt auf das Konto Herzog Heinrichs XIV. von Niederbaiern ging, ist die letzte Erweiterung (Bereich um den heutigen Bischof-Sailer-Platz) um 1340 mit dem Ende der niederbaierischen Herzogslinie hauptsächlich Ludwig IV. zuzuschreiben. Dieser hatte durch Privilegierungen der Landshuter Kaufleute viel für das längerfristige wirtschaftliche Wohlergehen der Stadt getan, eine Politik, die sich in der Förderung einer handeltreibenden städtischen Führungsschicht so ganz ähnlich auch für Nürnberg oder Frankfurt am Main sowie für Regensburg oder Augsburg nachweisen lässt.

Nicht zuletzt sind diese von Ludwig IV. gelegten Grundlagen für größere Städte wie Frankfurt am Main, Nürnberg oder eben auch Landshut und andere Orte in Altbayern durchaus im Sinne einer Wirtschafts- und Kulturpolitik zu verstehen, von der man noch lange nach Ludwigs Tod zehren konnte; auch literaturgeschichtlich zahlten sich Ludwigs Initiativen hier aus. Hierher gehört zudem die bildende Kunst als königsnahe Kunst im weiteren Sinn, die in Form von Kirchenbau, Skulptur oder Malerei (auch Buchmalerei) sicher für die überaus lange Regierungszeit Ludwigs stilbildend war, so dass man mit guten Gründen von einer Hofkunst Kaiser Ludwigs des Bayern sprechen kann.

Nahezu systematisch übersehen wurde jedoch lange die Rolle der Literatur, nicht zuletzt der volkssprachigen, und zwar nicht nur als Medium des Diskurses in einer konfliktreichen Epoche, sondern in Form von Gattungen, die erst unter Ludwig dem Bayern breitenwirksam etabliert wurden und im 15. Jahrhundert dann – nicht zuletzt an Residenzorten wie Landshut oder München – überreiche Frucht trugen. In der Tat findet man in älteren Literaturgeschichten Formulierungen wie «Literatur der Stauferzeit» oder gar «Staufische Klassik», wenn von der deutschen Literatur um 1200 die Rede ist, nicht jedoch eine Formulierung einer literarischen Epoche unter dem Namen Ludwigs des Bayern, was angesichts der vielzitierten sogenannten «Literaturexplosion» des 14. Jahrhunderts eigentlich befremden sollte. Dagegen ist die geläufige Identifizierung der mittelhochdeutschen Literatur mit der staufischen Dynastie teilweise berechtigt. Immerhin verfasste Kaiser Heinrich VI., der Sohn Friedrich Barbarossas, selbst Minnelieder. Niemand ist aber bis heute auf die Idee gekommen, auch die lange Regierungszeit Ludwigs des Bayern mit einer literaturgeschichtlichen Epoche zu verbinden. Stattdessen ist sein Nachfolger als Reichsoberhaupt, Karl IV., immerhin mit der Erwähnung in sprachgeschichtlichen Handbüchern neben Martin Luther zu der Ehre gekommen, eine wichtige Rolle für die Ausbildung der neuhochdeutschen Schriftsprache gespielt zu haben. Die Prager Kanzlei Karls IV. soll ein Meilenstein auf dem Weg zu unserer heutigen Schriftsprache gewesen sein. Allerdings hat die Sprachgeschichtsforschung mittlerweile erkannt, dass monokausale Erklärungen die Genese unserer heutigen Schriftsprache nicht adäquat erfassen. Somit war die rühmende Hervorhebung der Prager Kanzlei eine Sackgasse der Sprachgeschichtsschreibung. Demgegenüber ist aber festzuhalten, dass die Prager Residenz des polyglotten Luxemburger Herrschers unbestritten ein großes kulturelles Zentrum darstellte, an dem Geistesgrößen wie Francesco Petrarca Gastrecht genossen. Hinzu kommt noch die zukunftsträchtige Universitätsgründung 1348 durch Karl IV. Auf den ersten Blick kann also die Regentschaft des Wittelsbachers Ludwig kulturell weder mit seinem Nachfolger Karl in Prag geschweige denn mit der sogenannten Staufischen Klassik mithalten.

Erst bei genauerem Hinsehen zeigt sich, dass während der Regentschaft Ludwigs des Bayern sehr wohl wichtige sprach- und literaturgeschichtliche Impulse und Innovationen auszumachen sind. Daneben pflegte man in der Umgebung Ludwigs aber auch weiterhin die traditionelle und etablierte höfische Literatur wie den Minnesang. Die *Limburger Chronik* des Tilemann Elhen von Wolfhagen berichtet dementsprechend, dass der Ritter Reinhard von Westerburg ein Minnelied, das in der Chronik auch wörtlich zitiert ist, vor Ludwig vortrug. In diesem Lied beklagt sich Reinhard über seine gleichgültige Minnedame, die ihn einfach nicht erhört, und will ihr den Minnedienst aufkündigen. Bei Kaiser Ludwig fand dieses Lied jedoch keinen Beifall:

> Da der vurgenant keiser Ludwig daz lit gehorte, darumb so strafte he den herrn von Westerburg unde saide, he wolde ez der frauwen gebeßert haben.
> (Als der vorhin erwähnte Kaiser Ludwig das Lied vernahm, tadelte er deshalb den Herren von Westerburg und sagte, er wollte im Sinne der Dame eine Verbesserung hören.)

Diese Kritik Ludwigs fruchtete, denn Reinhard von Westerburg sang unmittelbar darauf ein braves Loblied auf seine Dame, also einen geradezu klassischen Frauenpreis, der in der Chronik anzitiert ist und so auch in den längst vergangenen Tagen der Staufer hätte gesungen werden können. Das Lob Ludwigs auf die neue Darbietung Reinhards von Westerburg folgte auf dem Fuße: «Da sprach keiser Ludwig: Westerburg, du hast uns nu wol gebeßert.»

Diese Episode zeigt, dass Ludwig der Bayer den traditionellen Hohen Minnesang durchaus schätzte. Minnesang im Umkreis der Wittelsbacher ist freilich nichts Neues, zumal in der Gestalt Neidharts, der auch schon den Hof der Wittelsbacher im Landshut des 13. Jahrhunderts erfreut hatte. Wesentlich moderner ist dagegen die Gattung der Minneallegorie. Ein herausragendes Beispiel dafür, das sogar noch weit bis ins 15. Jahrhundert hinein als Vorbild fungierte, stammt vom wittelsbachischen Parteigänger Hadamar von Laber. Seine Minneallegorie *Die Jagd* bot eine schon von Zeitgenossen bewunderte Parallelisierung von Minne und Jagd, wobei allegorisch etwa die Jagdhunde mit Werten wie Treue und Beständigkeit identifiziert werden. Um eine Minneallegorie handelt es sich auch beim *Kloster der Minne*. Bei dieser Minneallegorie hat eine in ihrer Zeit einzigartige und aufsehenerregende Gründung Ludwigs des Bayern Pate gestanden; denn in Ettal etablierte Ludwig bekanntlich eine klösterliche Gemeinschaft aus Mönchen und verheirateten Rittern. Man hat sogar erwogen, die Gralsgemeinschaft von Wolframs *Parzival* habe für Ettal das Vorbild abgegeben, denn seit den Lebzeiten des Dichters lässt sich ein lebhaftes Interesse der Wittelsbacher für Wolfram von Eschenbach nachweisen, das bis ins 15. Jahrhundert anhielt. Daneben wurde von Kunsthistorikern als Vorbild Ettals auch das römische Pantheon genannt. Immerhin hatte der Kaiser sogar das Gnadenbild der Gottesmutter (als *fundatrix Ettalensis*) aus Italien mitgebracht, zumal Ludwig als glühender Marienverehrer mit dem Ettaler Marienheiligtum nicht zuletzt seine vom Papsttum in Zweifel gezogene Frömmigkeit unter Beweis stellen konnte. Darüber hinaus lag Ettal strategisch günstig an der alten Militärstraße und Handelsroute von Augsburg nach Verona. So ergibt sich im Falle von Ludwigs Gründung Ettal eine letztlich unentwirrbare Mischung aus literarischen, religiösen und politischen Motiven.

Genau diese wechselseitige Durchdringung von Politik, Literatur und Religion ist für die gesamte Epoche Ludwigs des Bayern charakteristisch. Das beginnt schon bei der Königswahl 1314. Zwei Parteien mit je eigenem Kandidaten reklamierten bekanntlich den Sieg für sich: auf der einen Seite der Habsburger Friedrich, auf der anderen Seite der Wittelsbacher Ludwig. Der dynastische Konflikt wurde schließlich auf dem Schlachtfeld ausgetragen. Diese jahrelangen bürgerkriegsähnlichen Zustände im Reich ließen die Berufsliteraten zur Feder greifen. Denn die zeitgenössischen Sangspruchdichter – heute würde man sie als politische Liedermacher bezeichnen – thematisierten diesen dynastischen Konflikt im Reich. Die Parteinahme hing nach dem Motto «Wes Brot ich ess, des Lied ich sing» vom jeweiligen Publikum ab. Als prowittelsbachisches Beispiel sei Heinrich von Meißen, genannt Frauenlob, zitiert, der den Wittelsbacher als «vil stolzer Ludewig» apostrophierte und seine Wahl unterstützte. Wäre es bei den politischen Sangsprüchen geblieben, einer Gattung, die der bairische Dichter Walther von der Vogelweide schon um 1200 ebenfalls in der Auseinandersetzung um die Königsherrschaft im Reich (und sehr antipäpstlich) etablierte, so wäre die Literatur unter Ludwig dem Bayern nur traditionell, um nicht zu sagen epigonal zu nennen.

Doch die politischen Kämpfe besonders mit dem Papsttum in Avignon und die bedrückenden Verhältnisse unter dem päpstlichen Interdikt evozierten das Aufblühen einer damals modernen literarischen Gattung. Während nämlich die Kurie in Avignon das Feiern der Eucharistie verbot, feierte man auf der Theaterbühne die Einsetzung der Eucharistie durch Jesus Christus selbst. Konkret ging es dabei um öffentliche Passionsspielaufführungen, wie wir sie heute etwa aus Oberammergau kennen. Allerdings erfolgten diese Aufführungen unter Ludwig dem Bayern nicht in kleinen Märkten, sondern beispielsweise in einer seiner Lieblingsresidenzen: in Frankfurt am Main. Das Itinerar Ludwigs zeigt, dass er sich außerhalb der Grenzen des heutigen Bayerns in keiner Stadt häufiger (und man auch darf sagen: lieber) aufgehalten hat als in Frankfurt am Main. Die Mainmetropole war nicht nur Wahlort der deutschen Könige, sondern im Mittelalter auch ein Messestandort von europäischem Rang. Ludwig der Bayer hat zum einen die Messeprivilegien für Frankfurt erheblich vermehrt, zum anderen eine gewaltige Erweiterung samt Ummauerung der Stadt initiiert, die sich bis zum Beginn des 19. Jahrhunderts als vollkommen ausreichend erweisen sollte. Daher ist es nicht verwunderlich, dass sich das in der Gunst Ludwigs sonnende Frankfurt in politischen Krisenzeiten als absolut zuverlässig erwies. Auf die Frankfurter Bürgermeister, Schultheißen und Patrizier, die als Stadträte und Kleriker in Form eines prowittelsbachischen Netzwerks in der Mainmetropole amtierten, konnte sich Ludwig auch in Zeiten des Interdikts felsenfest verlassen. Deshalb inszenierten Angehörige des Bartholomäusstifts vor dem Frankfurter Dom, in dem traditionell die Königswahl stattfand, ein großes Passionsspiel, das bezeichnenderweise die Einsetzung des Abendmahls durch Jesus Christus in liturgischem Gesang samt deutscher Übersetzung auf die Simultanbühne brachte. Werfen wir einen Blick auf die Abendmahlsszene der nur die Initien überliefernden *Frankfurter Dirigierrolle*, wobei die lateinischen Einsetzungsworte weniger der Bibel, als vielmehr der kirchlichen Liturgie entnommen sind:

> Statimque accipiat Ihesus panem, benedicat et porrigat discipulis suis dicens:
> Hoc est corpus
> Diz nemet gar bequame
> Item Ihesus accipiat calicem, porrigat eis dicens:
> Hic est calix noui testamenti etc.
> Nu nemit, daz ist auch min blut
>
> (Und sogleich nimmt Jesus das Brot, segnet es und reicht es seinen Jüngern, wobei er sagt: Das ist der Leib … Nehmt diesen würdig – Jesus nimmt den Kelch und reicht ihnen diesen: Dies ist der Kelch des Neuen Testaments etc. Nun nehmt ihn, das ist auch mein Blut)

Wenn der Sohn Gottes also die Eucharistie einsetzte, wie konnte es da ein Papst in Avignon wagen, die Frankfurter mit dem Interdikt zu belegen? Dass eine derartige politische Lesart eines Passionsspiels nicht von der Hand zu weisen ist, soll ein Zitat aus dem Wormser Passionsspiel untermauern:

> Tunc dicat unus iudeus ad iudeos circumstantes:
> Wenent ir, ob dirre si daz kint,
> daz do wart geborn blint,

ader ist er einem ander man?
Do zů sprechent vwern wan.

Respondet phariseus Salman:

Ich gehen dir die warheit,
ez ist der selbe, vf minen eyt.

(Darauf sagt ein Jude zu den herumstehenden Juden: Glaubt ihr, dass dies das Kind sei, das damals blind geboren wurde? Oder gehört er zu einem anderen Mann? Sagt mir eure Meinung dazu! – Der Pharisäer Salman antwortet: Ich sage dir die Wahrheit, es ist derselbe, das kann ich beschwören.)

Während in der Bibel – in diesem Fall im neunten Kapitel des Johannesevangeliums – gerade nicht ausdrücklich von einem Pharisäer Salman die Rede ist, steht der Name hier im Wormser Passionsspiel für den von Avignon eingesetzten Bischof Salman Cleman. Dieser hatte das Wormser Domkapitel, die Wormser Bürgerschaft und Ludwig den Bayern gegen sich. Als Pharisäer Salman kommt er nun im Wormser Passionsspiel zu mehreren Auftritten. Dort erscheint auf der Bühne auch ein Jude Rufus, hinter dem neben anderen Identifikationsmöglichkeiten der Bischofsverwalter Sigelo Rode zu vermuten ist. Jedenfalls dokumentiert das Wormser Passionsspiel die Auseinandersetzungen der Epoche Ludwigs des Bayern in einer dem König treu ergebenen Stadt. Zugleich erweist sich hier mit Worms und Frankfurt am Main, dass Ludwig der Bayer – wie kein anderer Wittelsbacher vor oder nach ihm – weit über Baiern hinaus die gesamtdeutsche Literaturgeschichte seiner Zeit beeinflusste.

Passionsspiele in der Stadt – dieses Phänomen beginnt erst unter Ludwig dem Bayern, und es hat Zukunft. Passions- und Osterspiele stellen nämlich im 15. Jahrhundert (und in katholisch gebliebenen Gegenden Bayerns weit darüber hinaus) eine Massengattung dar, die während des Spätmittelalters in nahezu jeder deutschen Stadt zur Aufführung kam, etwa in Augsburg, München oder Regensburg. In Regensburg finden wir einen besonders wichtigen Schriftsteller der Epoche Ludwigs des Bayern. Jedenfalls wirkte Konrad von Megenberg viele Jahre als Regensburger Domgeistlicher. Er verfasste neben seiner berühmten volkssprachigen Naturkunde (*Buch der Natur*) auch ein Lehrbuch zur Astronomie in frühneuhochdeutscher Sprache. Dessen Prolog führt aus:

Wie gotes sidel sei gestalt:
Wer das wais, den hais ich alt,
Ob er der jar ain kind wär.
Manger höret gern mär
Von türssen und von reken.
Wolt ich mit gensen leken,
Ich wolt auch liegen also vil,
Das nieman west der lugen zil.
[…]
Nu waiz der grozz Chünrat nicht,
Was kaiser Ludweig inn sicht;
Als klain waiz auch der Ziplinger
Ettleiche haimleiche mer.
Der kayser lat die läwt klaffen,
Paide layen und pfaffen,
Und wais er doch das sein darinn.
[…]
Johannes von Sacrobusto
Hat getícht das püch also;
In latein es ist gesessen,
So will ich es ze täutsch messen.

(Wie Gottes Wohnsitz aussieht: Wer darüber Bescheid weiß, den nenne ich alt und weise, auch wenn er, was sein Alter anbelangt, noch ein Kind ist. Viele hören gerne Märchen von Riesen und Recken. Wenn ich unter dummen Gänsen leben würde, würde ich auch so viel lügen, dass niemand mehr wahr und falsch unterscheiden könnte. […] Jetzt weiß Konrad Groß nicht, was Kaiser Ludwig denkt; ebenso wenig kennt auch Heinrich von Ziplingen viele geheime Geschichten. Der Kaiser lässt die Leute reden, sowohl Laien als auch Kleriker, und denkt sich seinen Teil. […] Johannes von Sacrobosco hat das Buch verfasst, und zwar auf Latein, ich dagegen will es ins Deutsche übertragen.)

Konrad von Megenberg preist hier denjenigen, der den Wohnsitz Gottes, den gestirnten Himmel, kennt. Weiser sei also derjenige, der in der Astronomie beschlagen ist, als der Hörer von Heldenliedern, der Bewunderer von Recken. Solche Machwerke stammten aus der Feder von dummen Gänsen. Weiter erwähnt Konrad von Megenberg im Prolog seinen Namensvetter Konrad Groß, einen Finanzier und Vertrauten Ludwigs des Bayern, sowie dessen treuen Parteigänger Heinrich von Ziplingen, der 1346 verstarb, wodurch sich ein *terminus ante quem* für die Verse hier ergibt. Auch Ludwig der Bayer wird als noch lebender und kluger Politiker apostrophiert. Schließlich nennt Konrad noch den Autor des lateinischen Ausgangstextes: Johannes von Sacrobosco (John of Holywood), Verfasser des universitären Standardlehrbuchs zur Astronomie. Dieses Lehrbuch hat Konrad von Megenberg im Folgenden aber nicht einfach nur in deutsche Prosa übersetzt, sondern um Beispiele aus eigener Anschauung ergänzt, die für den deutschen Fernhandelskaufmann nützlich waren. Damit ist auch das wahrscheinliche Zielpublikum für Konrads Prosa genannt: die Schicht der Großkaufleute, die auch zu den Anhängern Ludwigs des Bayern zählten. Diesen Leuten empfiehlt Konrad seine innovative Sachprosa im Gegensatz zur traditionellen Unterhaltungsliteratur, die nur Lügenmärchen enthalte. Besser sei es, sich an die Fakten zu halten, gerade für die Kaufleute in den Städten, für den wirtschaftlich tätigen *pater familias*. Dieser ist auch Adressat von deutschsprachigen Texten der 1365 gegründeten habsburgischen Wiener Universität und der 1386 gegründeten, schon wittelsbachischen Heidelberger Universität. Jedenfalls beginnt die Verdeutschung von lateinischer und universitärer Wissensliteratur bereits unter Ludwig dem Bayern, dem somit für die deutsche Literaturgeschichte insgesamt eine Pionierrolle zukommt.

Eine Universitätsgründung nördlich der Alpen stand freilich noch nicht auf seiner Agenda (anders dann Karl IV. mit der Prager Universitätsgründung 1348). Immerhin versammelte Ludwig IV. an seinem Münchner Hof die berühmtesten europäischen Gelehrten seiner Zeit um sich, die als Anhänger des Nominalismus überwiegend sogar der damals modernen philosophischen Richtung angehörten.

Doch zurück zu Konrad von Megenberg. Er publizierte nicht nur deutschsprachige Wissensliteratur für Kaufleute. Für gelehrte Kreise sind Konrads lateinische Trakate gedacht, so etwa der *Planctus Ecclesiae in Germaniam*.

Dort nimmt er zur Staats- und Kirchenkrise unter Ludwig dem Bayern Stellung. Freilich dürfte sein Wirken weit weniger einflussreich gewesen sein als die Traktate und kirchenpolitischen Bestrebungen eines Michael von Cesena oder gar eines Marsilius von Padua. Diese Italiener beteiligten sich auch an der theologischen Kontroverse um die spätmittelalterlichen Armutsbewegungen, die seitens der Kurie unter Häresieverdacht standen. Ein solcher Verdacht betraf grundsätzlich auch die im 14. Jahrhundert bedeutsam werdende Mystik, wie der Ketzerprozess gegen Meister Eckhart belegt. Jedenfalls zeigt die Mystik der Zeit eine gewisse Tendenz zur Selbsterlösung ohne die Vermittlung durch die Amtskirche, was durchaus zur Entfremdung des Laienvolks vom avignonensischen Papsttum infolge der Politik Ludwigs des Bayern passte. Dass die damals im 14. Jahrhundert moderne Mystik durchaus nicht weltfremd oder gar unpolitisch war, zeigt die Mystikerin Margareta Ebner, die lebhaft zugunsten Ludwigs und zu Lasten des neuen Gegenkönigs Karl IV. Stellung nahm, beispielsweise an folgender Stelle:

> Item mir wart mit grozzer begirde geben aines tagez, daz ich Ihesum min kint frageti von kaiser Ludwige von Baiern umb die arbait, diu im uf fiel von dem künige. Do wart mir geantwurt: «ich wil in nimer verlazzen weder hie noch dort, wan er hat die minne zuo mir, die nieman waiz denne ich und er, und daz enbuit ime von mir».
> (Also wurde mir Neugierigen eines Tages eingeflüstert, dass ich mein Jesuskind über Kaiser Ludwig den Bayern befragte, insbesondere über die Mühe, die ihm durch einen gewissen König auferlegt wurde. Darauf wurde mir geantwortet: «Ich werde ihn niemals verlassen, weder hier noch dort, weil er von der Minne zu mir erfüllt ist, einer Minne, die niemand kennt außer ihm und mir. Richte ihm dies von mir aus!)

Während es also Anhänger Ludwigs gab, die ihn in solchen volkssprachigen Texten verteidigten, gilt es abschließend zu fragen, was Ludwig selbst literarisch beigetragen hat. Dieser Beitrag ist nicht klein, freilich ist Ludwig hier eher als Initiator zu sehen, ganz im Gegensatz zu seinem Nachfolger im Reich, Karl IV., der sogar eine lateinische Autobiographie verfasste. Und Karls Prager Kanzlei erlangte bekanntlich im 19. Jahrhundert großes Renommée für ihre deutschsprachigen Urkunden. Doch auch schon unter Ludwig dem Bayern beginnt die königliche Kanzlei in München (oder unterwegs) bereits damit, Urkunden in frühneuhochdeutscher Sprache auszufertigen. Die Prager Kanzlei Karls IV. hat also sicher kein Monopol auf die Volkssprache.

Wie wichtig aber Ludwig selbst (und seine Umgebung) seine neuartigen frühneuhochdeutschen Urkunden nahm, ist auf den ersten Blick daran zu erkennen, dass ihre Prachtinitialen nicht weniger sorgfältig gestaltet waren als jene der lateinischen Königsurkunden oder seiner Gesetzestexte. Denn nicht weniger bedeutend ist Ludwig als Anreger von Gesetzestexten, wofür ein kurzes Zitat seines Rechtsbuchs von 1346 stehen soll: «Daz ist daz recht půch also gantz: alt, pezzert und auch neu artickel gesaemment auz allen gerichten, steten und märgten nach dez keysers geheizzen.» (Dies ist das vollständige Gesetzbuch: alte, verbesserte und auch neue Artikel, die auf Befehl des Kaisers aus allen Gerichten, Städten und Märkten zusammengetragen wurden.)

Deutlich wird hier die neuhochdeutsche Diphthongierung («neu» statt mittelhochdeutsch «niu»), weshalb Ludwigs Rechts- und Urkundentexte nahe am heutigen Deutsch sind. Vergleicht man die Texte aus dem Umfeld Ludwigs des Bayern mit Texten der spätmittelalterlichen Wiener Schule oder der habsburgischen Kanzlei Maximilians I., so findet man kaum Unterschiede. Das heißt aber, dass schon unter Ludwig dem Bayern eine ostoberdeutsche Kanzleisprache anzusetzen ist, die bis weit ins 16. Jahrhundert normgebend war. Neueste Forschungen zur deutschen Sprachgeschichte gestehen dem Ostoberdeutschen eine immer größere Bedeutung für die Ausbildung der neuhochdeutschen Schriftsprache zu. Somit hätte also die Kanzlei Ludwigs des Bayern keinen kleineren Beitrag zur Ausbildung der neuhochdeutschen Schriftsprache geleistet als die Prager Kanzlei Karls IV. Damit aber kann unter den Wittelsbachern nur Ludwig IV. Bedeutung für die deutsche Sprachgeschichte insgesamt attestiert werden.

Bleibt noch die Frage nach der literaturgeschichtlichen Bedeutung der Epoche Ludwigs des Bayern. Legt man nur die sogenannte poetische Literatur als Maßstab zugrunde, so fällt die Bilanz mager aus. Denn unter Ludwig dem Bayern gab es keinen Dichter, der etwa mit Wolfram von Eschenbach vergleichbar wäre. Geht man dagegen vom neueren germanistischen Begriff des literarischen Lebens aus, so wurde unter Ludwig dem Bayern durchaus Literaturgeschichte gemacht, weil sich neue Gattungen wie das geistliche Drama und die Fachprosa etablieren konnten. Somit wäre die Epoche Ludwigs des Bayern in der Summe im Blick auf literaturgeschichtliche Entwicklungen des 15. Jahrhunderts als grundlegend anzusehen. Bedenkt man zudem, dass traditionelle Wolframpflege neben innovativer Fachprosa in der Volkssprache und geistlichem Spiel etwa das literarische Leben um Albrecht III. und Albrecht IV. in München prägten, so zeigt sich im 15. Jahrhundert literaturgeschichtlich die gleiche Janusköpfigkeit zwischen Tradition und Innovation wie zur Zeit ihrer Grundlegung unter Ludwig dem Bayern. Dazu könnte man auch den als Gattung altehrwürdigen und bei Ludwig IV. eifrig gepflegten Sangspruch am Hof Albrechts III. zählen, wenngleich sich die gesungene Gelehrsamkeit eines Michel Beheim aus universitärer Gelehrsamkeit speiste und die Wittelsbacher in Heidelberg ebenso beglückte wie die Habsburger in Wien.

Ludwig dem Bayern aber gebührt in der Summe das Verdienst, zusammen mit seiner Umgebung durch seine gezielte Städteförderung, nicht zuletzt auch im Wirtschaftsleben, wichtige Impulse im geistigen und kulturellen Leben angestoßen zu haben, die seine Herrschaft erheblich überdauern sollten. Zumindest auf literarischem und bildkünstlerischem Gebiet sollten die Entwicklungen und Fortschritte der Epoche Ludwigs des Bayern nicht mehr generalisierend seinem Einfluss abgesprochen oder als bloßer Zufall (weg)erklärt werden. Im Vergleich zu Karl IV. gelangen unter Ludwig IV. kaum weniger kulturelle Fortschritte und Errungenschaften. Wenngleich Karl IV. mit seiner Goldenen Bulle auf der Reichsebene vielleicht verfassungsrechtlich Bedeutenderes leistete als Ludwig IV. mit seinen Proklamationen gegen päpstliche Einmischung, so kann doch zumindest für Altbayern konstatiert werden, dass Ludwig als Gesetzgeber und Förderer von Städten wie Landshut längerfristig eine Verbesserung der Landesherrschaft ermöglichte. Diese konnte sich auch nach den Teilungen unter Ludwigs Nachfolgern auf Residenzstädte stützen, deren Blüte im 15. Jahrhundert durch die Politik Ludwigs IV. im 14. Jahrhundert begründet worden war.

8.2. Gattungen und Autoren

Eine Weiterführung traditioneller Formen markieren etwa der Minneroman (beispielsweise bei Johann von Würzburg mit seinem *Wilhelm von Österreich*, freilich in Diensten der Habsburger oder im Auftrag der Grafen von Hohenberg-Haigerloch bei Tübingen) sowie die Weltchronik in Reimform, für die ein Heinrich von München oder Heinrich «von Baierland» stehen. Aus der *Kaiserchronik*, aus Jans Enikel (oder Jans von Wien) oder Rudolf von Ems, dem *Alexanderleben* Ulrichs von Etzenbach oder dem *Trojanerkrieg* Konrads von Würzburg wird hier in Tausenden von Versen (je nach Fassung bis zu 100 000 Verse) eine Weltgeschichte kompiliert, die den Anspruch erhebt, von der Schöpfung bis zu Friedrich II., ja mitunter bis zu Ludwig dem Bayern, alles historisch Wesentliche zusammengetragen zu haben.

Im 14. Jahrhundert etablieren sich auf breiterer Front jedoch neue Gattungen, die in der sogenannten staufischen Blütezeit noch wenig verbreitet waren, wie etwa geistliche Literatur im weitesten Sinne, von der *Biblia pauperum* als Bild-Text-Werk bis hin zur geistlichen Prosa oder im weltlichen Bereich der Erfolgsgattung des Märe. Hier wäre insbesondere das in seiner Handlung nach Augsburg («Auspurc») führende Schwankmäre von der *Bösen Adelheid* zu nennen, aber auch der *Hellerwertwitz* des Schwaben Hermann Fressant, der ein Exempel weiblicher Lebensklugheit und männlicher Hybris erzählt. Thematisch passen dazu die erotischen Reimpaarerzählungen Heinrich Kaufringers (aus Landsberg am Lech), der sich selbst als Autor ausweist:

> hiemit endet sich das mär
> also sprach der Kaufringer.

Eine neu aufkommende Gattung stellen im 14. Jahrhundert die Minneallegorien dar. Hier sind die aus der Würzburger Gegend stammende *Minneburg*, aber auch Minnereden des von anderen Autoren der Gattung geschätzten Egen von Bamberg zu nennen.

Geistliche lateinische Literatur wird immer noch in deutsche Verse übertragen, wie das *Schachbuch* des Iacobus de Cessolis durch den Augsburger Geistlichen Heinrich von Beringen oder *Karl der Große und die schottischen Heiligen* aus Regensburg. Bewährtes lateinisches Wissen wird auch bei Hugo von Trimberg, der 1313 als Bamberger Schulmeister starb, in deutsche Verse gebracht.

Innovativer und zukunftsfähiger ist jedoch volkssprachige geistliche Prosa etwa der Mystik, für die in Franken Christina Ebner (1277–1356) steht:

> Nu wolt ich gern schreiben etswaz von der genaden uberlast: so han ich laider cleinen sin und kann dar zu der schrift niht, wanne daz ich zu disen dingen mit der gehorsam betwungen bin.
> (Jetzt würde ich gern mehr zur Überfülle an Gnade schreiben: Aber ich verfüge leider nur über wenig Verstand und bin auch nicht schriftgelehrt, jedoch fühle ich mich zu diesem Unterfangen aus Gehorsam gezwungen.)

Christina Ebner steht ebenso unter der geistlichen Fürsorge ihres Mentors Heinrich von Nördlingen wie die nicht mit der Nürnbergerin verwandte Fürsprecherin Ludwigs des Bayern, Margareta Ebner, im schwäbischen Maria Medingen. Auffällig dabei ist, dass alle drei eben Genannten gerade nicht nach Altbayern weisen, das offenbar kein für die Mystik besonders fruchtbarer Nährboden war. Von Franken aus war überdies der Weg zur ostmitteldeutschen Literaturlandschaft deutlich kürzer, für die Meister Eckhart ebenfalls im 14. Jahrhundert steht. Zu diesem für das Bairische negativen sprachlandschaftlichen und mehr noch literaturlandschaftlichen Befund passt auch Adelheid Langmann (1306–1375), eine Dominikanerin im Kloster Engelthal bei Nürnberg. Ihre Offenbarungen schrieb sie auf Geheiß des Zisterzienserabtes von Kirchheim in Schwaben in volkssprachiger Prosa nieder.

Franken als mystische Landschaft erweist insbesondere die schon erwähnte Christina Ebner, zehntes Kind einer nürnbergischen Patrizierfamilie. Im Kloster Engelthal bei Hersbruck pflegte sie weltliche und geistliche Armut gleichermaßen. In langen Ordensjahren entstanden das *Büchlein von der Gnaden Überlast* und Visionsschriften. Ihre intensive bis äußerlich auffällige Religiosität – «sie weinet also emsiglich» – blieb jedoch nicht in subjektiven Entrückungen stecken, sondern wurde literarisch kommuniziert. Zugleich zeugt die mystische Bewegung literaturgeschichtlich davon, wie die Gattung der religiösen Prosa (im Gegensatz zu gereimter Katechese) immer komplexere Sachverhalte erfolgreich verschriftlichte. Dabei trugen die fränkischen Mystikerinnen dazu bei, dass auch das scheinbar Subjektive im Prosatraktat Verbindlichkeit gewann. Fränkische Frauenmystik steht damit literaturgeschichtlich für die religiöse wie literarische Avantgarde des Spätmittelalters.

Ebenfalls außerhalb von Altbayern entsteht vielleicht noch im ausgehenden 14. Jahrhundert das erfolgreichste deutsche Prosalegendar überhaupt, *Der Heiligen Leben*, das weitgehend auf volkssprachigen Quellen beruht. Die in Nürnberg zu lokalisierende Legendensammlung macht in Handschrift und Buchdruck überlieferungsmäßig Furore und entwickelt sich im gesamten deutschsprachigen Raum zum fränkischen Exportschlager.

Daneben schätzt und sammelt man auch bewährte Autoren wie Reinmar den Alten oder Walther von der Vogelweide, zumal in Würzburg, wo seine Grablege in dieser Zeit verehrt wird. Herausragender Zeuge für das Weiterleben des Minnesangs im 14. Jahrhundert ist deshalb – neben dem viel berühmteren Codex Manesse aus Zürich – der Würzburger Protonotar Michael de Leone, der mit seinem *Hausbuch* eine Walthersammlung aufgebaut hat, welche im Vergleich zu den Lesarten der Großen (Codex Manesse) und Kleinen Heidelberger Liederhandschrift sowie der Weingartner oder Stuttgarter Liederhandschrift oft bemerkenswerte Sonderlesarten aufweist. Diese sollte man aber nicht – wie dies die ältere Minnesangphilologie lange getan hat – einem Würzburger Redaktor des 14. Jahrhunderts als kuriose Überlieferungsvarianten zuschreiben, sondern konsequent als Autorvarianz behandeln. Warum sollte nicht gerade in Würzburg, wo Walther wohl seinen Lebensabend verbrachte, zumindest aber begraben wurde, auch eine Sammlung mit Liedern des großen Minnesängers und Sangspruchdichters bis ins ausgehende Mittelalter überdauert haben, die auf Walther selbst zurückgeht? Immerhin enthält das Würzburger *Hausbuch* des Protonotars Michael de Leone auch Konrads von Würzburg *Klage der Kunst* und *Turnier von Nantes* sowie die Werke zweier mainfränkischer Autoren, Lupold von Hornburg und der sogenannte König vom Odenwald. Jedenfalls ist an der Würzburger Prägung des *Hausbuchs* kaum zu rütteln.

Ebenfalls nach Franken und wohl auch in den Würzburger Raum führt die Allegorie der Minneburg in ihrer ältesten Gestalt. Sie markiert im Gegensatz zur Pflege des Minnesangs allerdings einen formalen Neuansatz, wobei inhaltlich die Reflexion über die Minne die Praxis des Minnesangs ablöst. Beide Gattungen vertrauen allerdings noch auf die metrisch gebundene Sprache.

Zu den innovativsten Gattungen gehört im 14. Jahrhundert jedoch der Prosatraktat, der als Medium der Wissensvermittlung zunehmend das Reimpaar ablöst. Dabei spielt der aus dem fränkischen Mäbenberg stammende Konrad von Megenberg eine Schlüsselrolle: zum einem mit seinem am universitären Standardlehrbuch des John of Holywood orientierten Traktat, mehr noch aber mit seinem Naturbuch, das wohl für Regensburger Kaufleute und nicht für ohnehin des Lateinischen mächtige Wiener Studenten verfasst wurde. Die nicht nur formale, sondern auch inhaltliche Modernität in Konrads Naturbuch (*Buch der Natur*) zeigt sich in der kritischen Bewertung überlieferter Schriftgelehrsamkeit aufgrund eigener empirischer Forschungen. Neben den auch geistlichen Deutungen von Naturphänomenen stehen ganz praktische, für Kaufleute nützliche Beschreibungen, die etwa darlegen, wo der Pfeffer wächst. Die Ausführungen über die Seidenraupe und ihre Nahrung korrespondieren mit der Regensburger Seidenraupenzucht zur Gewinnung der überaus kostbaren Fäden. In diesen Kreisen von Seidenraupenzüchtern hat man Konrads «gar guot freunt» zu sehen, die er im *Buch der Natur* apostrophiert.

9. Die Literatur des 15. Jahrhunderts

9.1. Literatur in der Stadt: München – Augsburg – Nürnberg

Unter Ludwig dem Bayern «leuchtete» München durch die intellektuellen Importe aus ganz Europa literarisch, wobei auch die Leistungsfähigkeit der königlichen und kaiserlichen Kanzlei nicht gering zu schätzen ist. Mit Ludwigs Tod 1347 erlosch der literarische Nimbus Münchens abrupt. München selbst vermochte als Residenzstadt erst wieder im 15. Jahrhundert, insbesondere unter Albrecht III. und Albrecht IV., als literarisches Zentrum zu glänzen. Hier sind es (wie schon im 14. Jahrhundert) auch die pragmatischen Gattungen, die neben einer Wolfram-Imitation und Ritternostalgie auffallen. Die Ritternostalgie am Münchner Hof des ausgehenden 15. Jahrhunderts ist hier keineswegs isoliert zu sehen, sondern hat mit dem Habsburger Kaiser Maximilian I. zu tun, dem (seit dem 19. Jahrhundert so genannten) «letzten Ritter» mit seinen entsprechend rückwärtsgewandten frühneuhochdeutschen Epen oder dem Ambraser Heldenbuch. Neben solch konservativer Literaturpflege setzte sich in München schließlich auch ein neuer Dichtertyp durch: Als geradezu universaler Autor in den Diensten Albrechts III. hat der Arzt Johannes Hartlieb zu gelten, der aufgrund seiner Studien in Wien und Italien einen neuen, akademisch gelehrten Autorentyp verkörpert. Seine dem wittelsbachischen Herrscherhaus gewidmeten Werke umfassen ein breites Spektrum zwischen Unterhaltungsliteratur (Verdeutschung von *De amore* des Andreas Capellanus) und Fachprosa, wobei sein aus lateinischen Quellen geschöpfter *Alexanderroman* nicht zuletzt als Fürstenspiegel gelesen werden konnte. Von der geistlichen Erbauung bis zur (als Bekämpfung von *superstitio* getarnten) Mantik bediente «Doctor Hartlieb» alle literarischen Bedürfnisse am Hof. Zur Mantik zählt sein berühmtes *Puoch aller verpoten kunst, vngelaubens vnd der zaubrey*, worin es etwa von der sogenannten «schwartz kunst» in durchaus faustischer Manier heißt:

Nygramancia ist die erst verboten kunst vnd haiszt man sy die schwartzen kunst. Die kunst ist die aller böst, wann sy gaut zuo mit dem opffer vnd dienst, den man den tuiffeln tuon muosz. Wer in der kunst arbaiten will, der muosz den tuiffeln maniger hannd opffer geben, auch mit den teüffeln gelübt vnd verpintnusz machen, dann so sind jm die tuiffel gehorsam vnd verpringen den willen des maysters, als ferr jn das von got verhengt wirt. Merck zway grosse übel in der kunst: Das erst, das der maister muosz sein opffer vnd zinsz geben den tüiffeln, damit er gotes verlaugent vnd den tuiffeln anlegt götliche ere. Wann wir allein got, der vns beschaffen hatt vnd mit seiner marter erarnet hat, opfern süllen. Das ander, das er sich verpint mit den tüiffeln, der dann ist der gröst veint aller menschhait.
(Nigromantie ist die erste der verbotenen Künste. Man nennt sie auch die schwarze Kunst. Diese Kunst ist die bei weitem böseste, denn sie hat mit Opfern und Dienst zu Gunsten der Teufel zu tun. Wer in dieser Kunst wirken will, muss den Teufeln viele Opfer leisten, auch mit den Teufeln Gelübde und Verbindungen schließen, denn nur so sind ihm die Teufel gehorsam und vollführen den Willen des Meisters, jedoch nur so weit, als ihnen das durch Gott gestattet ist. Merk dir zwei große Nachteile bei der Nigromantie: Der erste besteht darin, dass der Meister sein Opfer so wie Zinsen den Teufeln überlassen muss, wodurch er Gott verleugnet und den Teufeln göttliche Ehre zuspricht. Denn wir sollen nur Gott unserem Schöpfer, der uns durch sein Martyrium erlöst hat, opfern. Das andere Übel ist, dass er sich mit den Teufeln verbindet und er dann zum größten Feind aller Menschen wird.)

Der faustische «Doctor» Johannes Hartlieb war als schriftstellernder Arzt dem wittelsbachischen Hof in München aufs Engste verbunden, wie beispielsweise Widmungen an Herzog Albrecht oder Anna von Braunschweig zeigen. Das ergibt sich auch aus den von ihm gewählten Gattungen, denn der fürstenspiegelartige Text im schon erwähnten *Alexanderroman* fügt sich ebenso wie die der Herzogin gewidmete *Brandan-Legende* in ein Prosakorpus mit erbaulich-belehrender Literatur. Auch Hartliebs medizinische Werke beispielsweise für Herzog Sigmund von Bayern-München dienten zunächst unmittelbar dem wittelsbachischen Herrscherhaus.

Dazu zählte im Sinne der Belehrung für den Hof auch der fachlich und literarisch ambitionierte Reisebericht des aus altbayerischem Adel stammenden Hans von Schiltberg, der das Osmanische Reich und das Mongolenreich durchstreift hatte. Seit 1427 stand dieser bayerische Marco Polo in den Diensten Albrechts III. Und der Bezug zur Residenzstadt München ergibt sich gleich zu Beginn des Textes:

> Ich Iohanns Schiltberger zoch vß von miner haymat mit namen vß der stat münchen gelegen in payren in der zyt als künig Sigmund zü vngern in die haidenschafft zoch Das was als man zalt von cristi geburt Drützehenhundert vnd in dem vier vnd viertzigosten iar mit ainem herren genant lienhart Richartinger Vnd kam vß der haidenschafft wider zü land Als man zalt von cristi geburt viertzehenhundert vnd in dem süben vnd zwantzigosten iare Vnd was ich die zit in dem land der heidenschafft strites vnd wunders herfaren Vnd och was ich hoptstett vnd wassers gesehen vnd gemercken mügen hab Dauon vindent ir hie nachgeschriben villicht nicht gar volkomenlich Dorumb das ich ain gefangen man vnd nicht min selbs was Aber souil ich des hon begriffen vnd mercken mocht So hon ich die land vnd die stett genant nach den sprachen der land Vnd hon gesetzt vnd mach och hierinne offenbar vil hüpscher vnd frömder aubentür die wol cze hören sint
> (Ich, Johann Schiltberger, zog fort aus meiner Heimatstadt München in Bayern zur Zeit, als König Sigismund sich nach Ungarn auf den Kreuzzug begab. Das war 1344, und zwar zog ich mit dem Adeligen Lienhart Richartinger in den Krieg. Aus den heidnischen Gefilden kam ich erst 1427 wieder in das christliche Abendland. Und das, was ich über all die Zeit bei den Heiden an Kämpfen und wunderbaren Dingen mitbekommen habe, und auch was ich an Hauptstädten, Flüssen und Meeren gesehen und begriffen habe, all dies werdet ihr im Folgenden aufgeschrieben finden; meine Aufzeichnungen sind sicher nicht vollkommen, weil ich die ganze Zeit über ein Gefangener und nicht immer meiner selbst mächtig war. Aber was ich verstanden und erfahren konnte, habe ich wiedergegeben, so etwa die Länder und Städte in der jeweiligen Landessprache. Und ich führe vor und zeige auf, welche höfischen und exotischen Abenteuer sich gut anhören lassen.)

Johannes Schiltberger oder Johann (Hans) von Schiltberg, dessen Geschlecht nach einer Burg im Wittelsbacher Land benannt ist, schildert hier, wie er als junger Knappe 1394 (1344 im oben zitierten Text einer Heidelberger Handschrift ist verschrieben) zum Kampf gegen die Osmanen auszieht. Er gerät in Kriegsgefangenschaft und dient fortan den neuen Herren. Als diese wiederum von den Mongolen besiegt werden, fungiert er als deren Bote und Helfer (auch hierin Marco Polo vergleichbar). Dabei durchreist er im Laufe von rund 30 Jahren das Osmanische Reich und Asien bis nach Sibirien und entlang der Seidenstraße. Seine ethnologischen Beobachtungen und Aussagen über den Islam sind im gesamten deutschsprachigen Raum bis weit in die Frühe Neuzeit hinein über zahlreiche Druckauflagen weit verbreitet.

Für die heutige Turkologie sind etwa die phonetischen Umschriften türkischer Namen und Begriffe von Interesse. Hans von Schiltberg notierte nämlich türkische Eigennamen nach dem Gehör. Damit besitzen wir die Aussprache, übrigens nicht nur von türkisch-altosmanischen, sondern auch von persischen und arabischen Namen im frühen 15. Jahrhundert. Deshalb zählt das zur Gattung der Reisebücher gehörende autobiographische Buch des Schiltbergers zu den wichtigen Quellen der osmanischen Geschichte überhaupt.

Noch wichtiger für die Literaturgeschichte der Residenzstadt München sowie den Herrschaftsbereich der Wittelsbacher ist freilich ein anderer Autor, der ob seiner Gelehrsamkeit und hohen schriftstellerischen Produktivität zu Recht den Titel *praeceptor Bavariae* führen müsste: Bei Johannes von Indersdorf nämlich ist an einen prägenden Einfluss im Sinne der spätmittelalterlichen Frömmigkeitstheologie zu denken, da er nicht nur als Beichtvater der Wittelsbacher fungierte – berühmt ist seine Rolle bei der Versöhnung Albrechts III. mit seinem Vater im Gefolge der tragischen Begebenheiten um Agnes Bernauer –, sondern seine zahlreichen und umfänglichen frühneuhochdeutschen katechetischen Werke im gesamten wittelsbachischen Herrschaftsgebiet verbreiten konnte. Dabei kam ihm zu Hilfe, dass er auf das Reformnetzwerk der Augustinerchorherren vertrauen konnte. Als Propst von Indersdorf stand er zudem einem dem Hause Wittelsbach eng verbundenen Augustinerchorherrenstift vor, das zu Recht als Hauskloster der Dynastie gelten darf. So zeigt die geistliche Prosa des Indersdorfer Propstes durchweg seine enge Verbundenheit mit dem Hause Wittelsbach, denn die Widmung an das wittelsbachische Herrscherhaus ist etwa in seiner geistlichen Fürstenlehre prominent am Anfang hervorgehoben. Hier zeigt sich überlieferungsgeschichtlich außerdem, dass der Reformschriftsteller Johannes von Indersdorf über die Grenzen des wittelsbachischen Herrschaftsbereichs und über die Augustinerchorherren hinaus in Reformkreisen überaus geschätzt war.

Johannes von Indersdorf, Hans von Schiltberg und Johannes Hartlieb stellen insgesamt gesehen im Bereich der frühneuhochdeutschen Prosaliteratur Autoren dar, die zeitlich und geographisch weit über den wittelsbachischen Hof hinaus ausstrahlten. Die Residenz München übernahm dabei auch literarisch eine Vorortfunktion für Baiern.

Der Münchner Hof zog neben diesen einheimischen bairischen Schriftstellern im 15. Jahrhundert auch mehr oder weniger berühmte Literaten von außerhalb an, wie den Dichterkomponisten Michel Beheim, der auch die Wittelsbacher am Heidelberger Hof erfreute. Für Herzog Christoph den Starken wirkte der aus Augsburg stammende Hans Schneider. Dieser schon genannte Herzog war nicht nur ein Haudegen, sondern verfasste auch einen Pilgerbericht (*Pilgramsbuch*), der unter anderem authentisches Zeugnis spätmittelalterlicher Passionsfrömmigkeit ist:

> [...] vnd wo unser Heiland gelitten, da ist zunächst ein altes zerfallenes gemaür vnd am selbigen ort ein felsen vnd gleich wie ein altar vnd wol mit marmelstain besetzt. Da erkennt ein jeder, wo des Herren kreuz stand. Vnd ist da vil treffliche zier. Da was ich wieder vnd meiner schwester sohn vnd alle, so dabei waren, fast zerknirscht, daß wir vns schier nit genug beten kunten vnd gingen uns vor hocher rührung die augen vber.
> ([...] und dort, wo unser Erlöser litt, findet sich in der Nähe eine alte verfallene Mauer und ebendort ein Felsen, ähnlich wie ein Altar und schön mit Marmor verkleidet. Dort erkennt man sofort, wo Christi Kreuz stand. Und alles ist schön geschmückt. Da waren ich selbst, mein Neffe und die übrigen Pilger so stark erschüttert, dass wir in unablässigem Gebet versanken und aus tiefer Rührung weinten.)

Der vielseitigste Künstler – im Vergleich zu den bislang Genannten gebührt eigentlich nur ihm dieser Titel – im wittelsbachischen München dieser Zeit war aber Ulrich Fuetrer, der als angesehener Maler in der Residenz arbeitete. Als Maler wirkte er an geistlichen Spielen mit, doch er fungierte auch als Hofdichter, wo er insbesondere in der Geschichtsschreibung und in der durchaus nostalgischen Ritterliteratur glänzte. Seinen *Lanzelot-Roman* legte er in Prosa wie in Titurelstrophen vor. In dieser kunstvollen Form verfasste er sein umfängliches *Buch der Abenteuer*, das dem Grals- und Artus-Stoff

Raum bot, darunter Wolframs *Parzival*, Hartmanns *Iwein*, Pleiers *Meleranz*, Konrads von Würzburg *Trojanischer Krieg*, *Wigalois*, *Persibein*, *Lanzelot* und *Merlin*. Diese absorbierte Stofffülle inspirierte ihn wohl auch zu seiner phantasievollen baierischen Geschichte, die der Humanist Aventin als «lautter merl» (alles nur Märchen!) abtat. Danach – so Fuetrer – lebte einst in Armenien «ain junger fürst, der von grossem muet, auch hochem herzen war». Er machte sich auf und zog «in diese landt, ietz Bairen genant, und bezwang das mit gewaltiger hand unter sein herschaft». Nach der Eroberung, «als er nun die land gewaltigklich herscht, da nannt er das land Bayrland; wan er hiess selb Bayr oder zu latein Bavarus. Darumb nannt auch er es nach seinem aigen namen».

Im Gegensatz zu dieser höfischen, um nicht zu sagen staatstragenden Literatur des Wahlmünchners Ulrich Fuetrer standen die eher stadtbürgerlichen Münchner Meistersinger, deren Bedeutung aber keineswegs mit den Meistersingern von Nürnberg vergleichbar war.

Anders als München hatte übrigens die Residenz Ingolstadt, die hier nur kurz angesprochen sei, literarisch zunächst eher wenig zu bieten, abgesehen vom kulturellen Transfer den Herzog Ludwig VII., genannt Ludwig im Bart, für sein Klein-Paris an der Donau ermöglichte; als *frère de la Reine*, als Bruder der Isabeau de Bavière, lebte er lange Jahre in Paris und gewährte sogar Jean Gerson in Rattenberg Exil, was sich in der volkssprachigen Pflege geistlicher Literatur, so etwa in einer üppig bebilderten deutschen, genauer bairischen, Bibel, niederschlug. Zum bedeutenden Zentrum gerade auch der volkssprachigen Literatur entwickelte sich Ingolstadt jedoch erst seit 1472 mit der unter Herzog Ludwig dem Reichen vorgenommenen Universitätsgründung. Abgesehen von Heidelberg stellte Ingolstadt die erste wittelsbachische Landesuniversität dar, der eine gewisse Berühmtheit zukommt, weil der Ingolstädter Rat einst Dr. Faust per Ratsbeschluss aus der Stadt verbannte oder weil deren Professor Adam Weishaupt (1748–1830) den berühmt-berüchtigten Illuminatenorden gründete. Auch Mary Shelley ließ ihren Professor Frankenstein in Ingolstadt sein Unwesen treiben. Neben lateinischem wurde dort von Anfang an universitäres Schrifttum auch in der Volkssprache publiziert. Daneben bildete Ingolstadt eines der wichtigsten Zentren des Frühhumanismus im Reich. In München musste man dagegen humanistische und insbesondere universitäre Literatur für den Hof importieren, denn München wurde erst im Königreich zur Universitätsstadt.

Neben der Universitätsstadt Ingolstadt als Gegenstück zur Residenz München ist im Kontext des für Altbayern prägenden literarischen Lebens insbesondere das Benediktinerkloster Tegernsee (vor allem als Kontrast zur Residenz) hervorzuheben. Denn Tegernsee entfaltete als geistliches und geistiges Zentrum gerade im Spätmittelalter eine bemerkenswerte literarische Potenz. Dies gilt im Gefolge von Universitätsstudien späterer Tegernseer Benediktinermönche in Wien und den Erträgen der Melker Reform nicht nur für das lateinische, sondern auch für das frühneuhochdeutsche Schrifttum, das wiederum in ganz Altbayern bei den *illitterati* Verbreitung erfuhr. So wurde Tegernsee für Altbayern das, was Melk im 15. Jahrhundert für Österreich bedeutete. Dabei bleibt zu beachten, dass Klöster nicht nur im Spätmittelalter, sondern in der gesamten Frühen Neuzeit im wenig urbanen Altbayern wichtige Literaturzentren blieben. An geistiger Potenz mit Tegernsee durchaus vergleichbar war auch das Augustinerchorherrenstift Indersdorf, das (nicht zuletzt literarisch) seit dem Hochmittelalter in enger Verbindung mit den Wittelsbachern stand. Besonders seit dem Priorat des schon erwähnten Johannes von Indersdorf, der in Wien studiert hatte, nahm das Stift Einfluss auf den Herzogshof. Johannes von Indersdorf vermochte als herzoglicher Beichtvater sein volkssprachiges religiöses Schrifttum geschickt in München zu verbreiten, weshalb die Residenzstadt München eher Distributionsort der in den «Denkfabriken» Tegernsee und Indersdorf entstandenen Schriften war. Dabei waren manche Inhalte bei Johannes von Indersdorf, wie etwa die Scheltrede gegen adlige Damen bei Hofe (in seinem Werk *Von dreierlei Wesen der Menschen*) für ein höfisches Publikum im modischen München durchaus unbequem:

> O ir edlen frawen, wie wol geziert werd ir chomen an dem jungsten tag fur den strengen, zornigen richter mit ewrn pfaben swänczen des langen gewancz, mit ewren hochen schlairn, mit ewrn seyden rocken, mit ewrn engenn schuchlein mit denn guldein ringen und häfftlin, mit ewren plossen hälsen, mit ewren scharpffen prüsten und mit aller zier ewrs todtlichenn leichnams, dardurch ir manigew sel habt vergifft und gepracht zu pösen gedanckcen …

(Oh ihr adligen Damen, wie hübsch und modisch werdet ihr am Jüngsten Tag vor dem strengen, zornigen Richter mit euren Pfauenschwänzen am langen Gewand erscheinen, mit euren eitlen Schleiern, mit euren Seidenröcken, mit euren knappen kleinen Schuhen mit den goldenen Ringen und den Spänglein, mit euren nackten Hälsen, mit euren spitzen Brüsten und all dem Schmuck eures sterblichen Körpers, wodurch ihr viele Seelen vergiftet und zu schlechten Gedanken verführt habt …)

Der Fall des Johannes von Indersdorf verdeutlicht ein Spezifikum für die Literatur am Münchner Hof: Diese darf nicht auf die Stadt München verengt werden. Denn für die bayerische Literaturgeschichte sind seit alters Klöster und Stifte als literarische Zentren wichtig, die überdies in enger Verbindung zum Hause Wittelsbach standen. Die Dynastie an ihrem Residenzort München ist in dieser Hinsicht aber als entscheidender Kristallisationspunkt verschiedener literarischer Gattungen im Spätmittelalter zu betrachten: von der höfischen Unterhaltungsliteratur bis hin zur frühneuhochdeutschen Prosa monastischer oder universitärer Provenienz.

Ein ganz anderes literarisches Leben als die wittelsbachische Residenzstadt München wiesen (trotz der Meistersinger an der Isar) die für sich jeweils unabhängigen Städte Augsburg und Nürnberg auf, weil sie eben nicht als Residenzstädte, sondern als reichsunmittelbare Kommunen fungierten. Die Freien Reichsstädte Augsburg und Nürnberg bildeten im 15. Jahrhundert auch literarische Zentren für ihr jeweiliges Umland, also für (Ost-)Schwaben beziehungsweise (Mittel-)Franken. Was sie einte, war das Interesse an der neuen Wissensliteratur universitärer Provenienz. Beide bildeten gleichermaßen Einfallstore der Wiener Schule, also von frühneuhochdeutschen Texten der *septem artes liberales*, der Medizin und der Theologie Wiener Provenienz. Dabei konnten Professoren wie Johannes Nider als Prediger in Nürnberg die neue universitäre Frömmigkeitstheologie, die letztlich in der Pariser Theologie Jean Gersons gründete, selbst unter dem brennend daran interessierten Laienvolk verbreiten. Im Falle Augsburgs war darüber hinaus die Tatsache nicht unwichtig, dass im Westen der Stadt (in der Markgrafschaft Burgau) die Habsburger enge Nachbarn waren, ja dass Friedrich III. und Maximilian I. (im eigenen Stadtpalais) häufig in der Stadt residierten. Maximilian wurde deshalb sogar vom französischen König als «Bürgermeister von Augsburg» verspottet. Dies mag die breite augsburgische Rezeption der habsburgischen Wiener Schule ebenso erklären wie die Tatsache, dass die Buchdrucker deren Texte gerne publizierten, weil universitär approbierte Schriften wie das *Buch von den ausgebrannten Wassern* des Wiener Professors Michael Puff (von Schrick) guten Absatz versprachen, zumal Heilbrände auch den Vorteil der Haltbarkeit hatten.

Überhaupt ist der Buchdruck ein Charakteristikum von Augsburg wie von Nürnberg, wobei die Stadt in Schwaben einen besonderen Schwerpunkt für deutsche Drucke bildete. Gemeinsam ist beiden Städten auch die eifrige Rezeption des volkssprachigen Schrifttums der Ordensreformer in Buchdruck und Handschrift, ob nun franziskanischer (etwa Stephan Fridolin mit seinem *Schatzbehalter*), dominikanischer (beispielsweise Johannes Nider mit seinen *Harfen*) oder benediktinischer Provenienz, nicht zu vergessen die Augustinerchorherren, wobei dahinter letztlich die universitäre Supervision Wiens stand. Und in kaisertreuen Städten wie Nürnberg und besonders Augsburg war man im 15. Jahrhundert den Erzeugnissen der Habsburgeruniversität besonders zugetan.

Viele Nürnberger und Augsburger studierten auch an der *Alma Mater Rudolphina*, wie etwa Sigismund Gossembrot. Seine Büchersammlung umfasste sowohl frömmigkeitstheologische Texte wie Thomas Peuntners *Büchlein von der Liebhabung Gottes* in sämtlichen Fassungen als auch Vertreter des Frühhumanismus. Zwischen literarischer Tradition und neuartiger Präsentation schwankt insbesondere das *Augsburger Nibelungenlied* im Besitz der Gossembrot-Familie. Auf ostoberdeutscher oder bairischer Grundlage erfolgte in Augsburg eine ostschwäbische Umarbeitung, die zugleich eines der vielen Zeugnisse für bairisch-schwäbische Literaturbeziehungen schon vor dem Königreich des 19. Jahrhunderts darstellt. Das *Nibelungenlied* samt angehängter *Nibelungenklage* als altehrwürdige Adelsliteratur ist hier in der Gossembrot-Familie in die jetzt stadtbürgerliche ostschwäbische Augsburger Stadtschreibart überführt. Noch deutlicher wird die *adaptation bourgeoise* durch die beigegebenen (in der Nibelungenüberlieferung ganz einzigartigen!) Bilder, welche die Recken der «alten maeren» nun in die Bürgerstube des ausgehenden Mittelalters katapultierten und die Nibelungen auf Handelskoggen reisen ließen. Rhein und Donau spielten mit den Hafenstädten

Xanten, Worms, Wien und Passau ja schon im mittelhochdeutschen *Nibelungenlied* eine zentrale Rolle. Man darf hier in Augsburg tatsächlich von einer Verbürgerlichung des *Nibelungenlieds* sprechen. Andererseits bemühten sich patrizische Kreise wie die Gossembrots auch um eine Verritterung ihrer Lebensweise, was sich im Erwerb von Land- und Rittergütern, ja einer adelsgemäßen Grundherrschaft in den Dörfern um Augsburg manifestierte (und worin die Fugger in der Frühen Neuzeit alle anderen Augsburger weit übertreffen sollten). Die Ritterliteratur in einem bebilderten Nibelungenbuch passt im wahrsten Sinne des Wortes ins Augsburg-Bild mit den patrizischen Gesellenstechen und entsprechender Fassadenmalerei. Gesteigert wird dieses ritterlich-literate Milieu noch durch seine humanistischen Neigungen, was nicht im Widerspruch zur gleichzeitigen Vorliebe für fromme Erbauungsliteratur steht, wenn Sigismund Gossembrot geradezu manisch Thomas Peuntners *Büchlein von der Liebhabung Gottes* in sämtlichen Fassungen sammelt. Auch in Nürnberg war man literarisch nicht weniger ehrgeizig als bei den Augsburger Gossembrots und verband gleichermaßen kirchliche Religiosität und Humanismus: So konnte der Nürnberger Patrizierspross Erhart Groß als frommer Mönch auch Boccaccio übersetzen.

Zum standesgemäßen Leben dieser Patrizier gehörten darüber hinaus Pilgerreisen ins Heilige Land. Diese wurden in (teilweise stereotyp gestalteten) Pilgerberichten für die Nachwelt festgehalten, wodurch sich eine charakteristische Mischung von Laienfrömmigkeit und Repräsentation ergab, wie sie etwa auch für gotische Tafelgemälde der Zeit charakteristisch ist, wo die porträtierten Stifter zu Füßen der dargestellten Heiligen oder biblischen Szenen knien.

Zur selben Zeit blüht in Augsburg wie in Nürnberg eine stadtbürgerliche Chronistik auf, wobei klerikale Autorschaft wie im Falle von Siegmund Meisterlin dem nicht widerspricht, denn er dediziert sein Opus – was sogar im Bild für die Nachwelt festgehalten ist – einem Laiengremium (dem Augsburger Stadtrat nämlich). Obwohl eigentlich Benediktiner, schien er von der *stabilitas loci* nicht viel zu halten, sondern arbeitete für das Augsburger wie für das Nürnberger Patriziat, dessen im weiteren Sinne humanistische, dilettantische Neigungen er als Historiograph zu befriedigen suchte. Daraus erklärt sich auch das Phänomen der *Schedelschen Weltchronik*, die mit vielen Holzschnitten in Nürnberg und Augsburg gedruckt wurde. Bei Schedel leuchtete auch München schon im Mittelalter:

> München die statt des öbern teütschen lannds an dem fluss der yser gelegen ist vnder der fürsten steten in teütschen landen hohberümbt vnd in bayerland die namhaftigst.
> (München, eine oberdeutsche Stadt am Isarfluss, ist unter den Fürstenstädten in deutschen Landen überaus berühmt und in Baiern zudem die bekannteste.)

Der Nürnberger Arzt und Humanist Hartmann Schedel beauftragte für das ambitionierte Bildprogramm dieser Chronik neben anderen Dürers Lehrer Michael Wolgemut. Die Städtebilder bemühen sich teilweise bereits um topographische Genauigkeit, worin man wissenschaftsgeschichtlich den Durchbruch der Renaissance-Mathematik sehen kann, für die als einer von vielen der Franke Regiomontanus (1436–1476) steht. Der sich nach dem fränkischen Königsberg nennende geniale Mathematiker bezog sich auf griechischsprachige Naturwissenschaftsprosa und stellte darauf aufbauend umstürzende Berechnungen an, die etwa für die Entdeckungsreisenden um 1500 beim Navigieren unentbehrlich waren. Dass Regiomontanus ausgerechnet in Nürnberg eine Sternwarte errichtete, hängt nicht nur mit dem Reichtum der Stadt, sondern mit der technologischen Kernkompetenz ihrer Handwerkerschaft zusammen. Nürnberg war reichsweit führend in der Feinmechanik und im Instrumentenbau und konnte so im Verein mit Regiomontanus auch zum Kompetenzzentrum in Astronomie und wissenschaftlicher Geographie werden. Die Reichsstadt Nürnberg bildete so den Fokus eines neuartigen Fachschrifttums, das natürlich auch rasch gedruckt wurde.

Ebenfalls stadtbürgerliche Literaturpflege, wenngleich zunächst mit Aufführungscharakter, liegt bei volkssprachigen Liedern vor, wobei die angelegten handschriftlichen Sammlungen die repräsentative Bedeutung solcher Sangeskunst beim gehobenen Stadtbürgertum dokumentieren. Hier sind das *Augsburger Liederbuch* (1454) und das Liederbuch der Augsburger Berufsliteratin Klara Hätzlerin (1471) sowie die Nürnberger Liederbücher der Patrizier Lochamer (nach 1450) und Hartmann Schedel (nach 1460) zu nennen, wobei auch die wichtige und im Vergleich zur älteren Überlieferung besonders strophenreiche Neidhart-Handschrift c mit ihren Melodieaufzeichnungen nach

Nürnberg führt. Klara Hätzlerin verkörpert den Typus der Berufsschreiberin bis Berufsdichterin, die ihr männliches Pendant in Konrad Bollstatter fand, der etwa in seinem Losbuch auch selbst schriftstellernd in Erscheinung trat.

Daneben gab es – wie bereits erwähnt – in Nürnberg wie Augsburg das eher zunftmäßig organisierte Phänomen des Meistersangs. Wenn Nürnberg hier zuerst genannt wird, dann liegt das daran, dass die Meistersinger von Nürnberg durch die gleichnamige Oper von Richard Wagner insbesondere in der Gestalt von Hans Sachs zum Mythos wurden. Gleichwohl dürfte die Tradition ursprünglich eher aus dem Rheinland stammen, denn der aus Worms zugewanderte Wundarzt Hans Folz (1480–1513) setzte für Nürnberg durch, dass Meisterehren an die Erfindung eines neuen Tones geknüpft sein sollten, das heißt, der Aspirant musste eine neue Melodie erfinden, die sich bei den sogenannten alten Meistern so noch nicht ausmachen ließ. Zu ihnen zählte neben dem wohl in Würzburg begrabenen Walther von der Vogelweide auch der im Umkreis Ludwigs des Bayern zeitweise aktive und in Mainz verstorbene Sangspruchdichter Heinrich von Meißen, genannt Frauenlob, dem sogar eine Mainzer Singschule zugeschrieben wurde. Auch der Franke Muskatblut gehörte dazu.

Der hier besonders einschlägige, ungemein produktive und aus der SchUM-Stadt Worms stammende Nürnberger Neubürger Hans Folz – neben Meisterliedern verfasste er (teilweise durch die eigene Offizin verbreitete) Rätsel, Klopfan-Sprüche, Kalender, einen Pesttraktat, Reimpaarsprüche und natürlich (teilweise grob antijudaistische) Fastnachtspiele – prägte den Meistersang ebenso wie viele andere Handwerkerdichter. Eine Tabulatur genannte Satzung gab der Nürnberger Singschule Richtung und Form. Dagegen war der (bis heute weniger gut erforschte) Augsburger Meistersang ständisch offener und auch für Gelehrte attraktiver, künstlerisch jedoch keineswegs weniger kreativ.

Ebenfalls auf den ersten Blick in Nürnberg dominanter als in Augsburg war die Gattung des Fastnachtspiels, deren Vertreter Folz eben genannt wurde. Tatsächlich sind aus dem 15. und 16. Jahrhundert so viele Fastnachtspiele aus Nürnberg überliefert, dass man bisweilen auch die Gattungsbezeichnung «Nürnberger Fastnachtspiel» findet. Besonders der Rotschmied, Panzerhemdenmacher und städtische Büchsenmeister (also ein Kriegsingenieur) Hans Rosenplüt – er gehört zu jener oben angesprochenen technischen Intelligenz der Reichsstadt – verlieh der Gattung von Nürnberg aus literarische Prägnanz. Dies verzerrt die Wirklichkeit jedoch ebenso wie beim Meistersang. Denn es gibt Fastnachtspielbelege aus dem gesamten deutschen Sprachgebiet, sogar aus Frankfurt am Main oder Lübeck. Für Augsburg dürfte der Kaufmann und Autor einer Versnovelle (*Fünfzig Gulden Minnelohn*) Claus Spaun einheimische Gattungsvertreter gesammelt haben, darunter auch die ostschwäbische Fassung des am meisten überlieferten deutschen Fastnachtspiels überhaupt, des *Türkenfastnachtspiels*, in dem der Türkensultan nach der Eroberung Konstantinopels 1453 in der Reichsstadt freies Geleit begehrt, was er von den Stadtbürgern auch erhält, und im Gegenzug Rettung und Schutz vor Raubrittern, simonistischem Klerus und bestechlichen Gerichten verspricht. Trotz zeitgenössisch viel beschworener Türkengefahr schlagen sich die Stadtbürger im Spiel auf die Seite des Sultans, der so in karnevalesker Verkehrung der Welt zum Retter des christlichen Abendlands mutiert. In Nürnberg lautet der gleiche Text, der ursprünglich, in einer Erstfassung, wohl auf den Nürnberger Handwerkerdichter (Schwänke, Spruchgedichte, politische Lieder, Weingrüße, Priameln, Städtelob auf das mit Rom und Paris verglichene Nürnberg und Bamberg) und lautmalerisch «Schnepperer» (‹Schwätzer›, vielleicht auch ‹Vielredner›) genannten Hans Rosenplüt zurückgeht, auf der Bühne einer Nürnberger Trinkstube etwa folgendermaßen (mit den Worten des «Herolt» als «des Türken Wapentrager»):

Nun schweigt und hört fremde mer!
Der große Türk ist kumen her,
Der Kriechenlant gewunnen hat,
Der ist hie mit seinem weisen rat.
Von Orient, da die sun auf get,
Da selbst es wol und fridlich stet;
Sein lant heißt die groß Turkei,
Darin da sitzt man zinsfrei.
Dem sind vil großer clag für komen
Von bosen cristen und von den fromen.
Sich claget der paur und der kaufman,
Die mugent keinen frid nit han

Bei nacht, bei tag, auf wasser, auf lant;
Das ist dem adel ein große schant,
Das si ein solchs nit künnen wenden;
Man solt die straßrauber pfenden
Und an die paum mit stricken pinden,
So ließens auf der straß ir schinden.
Man vecht ein wildes tier im wald,
Man vieng ein rauber als pald,
Wan man erenstlich nach im stellt;
Die sach den Turgen nit gefellt
Und meint, er wöll das als ab tun
Und machen guoten frid und sun,
In allen disen landen weit;
So ferr wer sich an in ergeit
Und in hie schweren will und hulden
So will er ein solchs von in dulden,
Das si bei irm gelauben bleiben
Mit all iren kinden und weiben,
Die will er pei irem gut laßen
Und machen frid auf allen straßen.
Darumb wer sich an in wel kern,
Der tret her zuo und laß sich lern,
Wie er soll halten da sein wesen;
Das werdent im die ret vor lesen.

(Jetzt hört zu und hört euch eine befremdliche Geschichte an! Der große Türke, der Griechenland erobert hat, ist hierhergekommen zusammen mit seinen weisen Ratgebern. Im Osten, wo die Sonne aufgeht, dort ist alles aufs Beste bestellt und dort geht es friedlich zu; sein Land heißt Großtürkei, dort zahlt man keine Steuern. Diesem Herrscher wurden große Klagen unterbreitet durch gute und schlechte Christen. Der Bauer beschwert sich ebenso wie der Kaufmann, dass es für sie keinen Frieden gibt, weder bei Tag noch bei Nacht, weder auf den Gewässern noch zu Lande; das ist eine Schande für den Adel, weil er dagegen nichts tun kann; man sollte eigentlich die Straßenräuber berauben und an den Bäumen aufhängen, so dass sie ihre Schinderei auf allen Wegen und Stegen aufgeben müssten. Man kann doch jedes wilde Tier im Wald einfangen, deshalb würde man auch rasch der Räuber habhaft, wenn man ihnen nur gewissenhaft nachjagen würde; diese Rechtsangelegenheit missfällt dem türki-

Abb. 9: Anfang des Türkenfastnachtspiels bei Claus Spaun

schen Herrscher und er stellt in Aussicht, er wolle die Missstände abschaffen und einen gerechten Frieden und Sühneleistungen garantieren, und zwar für alle deutschen Lande; so weit sich jemand ihm unterwirft und ihm hier Treue schwört und ihm huldigt, so will er ihnen gnädig gestatten, dass sie bei ihrem Christenglauben bleiben zusammen mit all ihren Kindern und Ehefrauen, allen, die sich ihm unterwerfen, wird er eine Eigentumsgarantie geben, ebenso wird er den Frieden auf allen Straßen wiederherstellen. Deshalb möge jeder herzutreten, der sich zu ihm bekennen will und sich belehren lassen, wie er sich dort zu verhalten hat; dies werden ihm die türkischen Räte genau vorlesen.)

Das Spiel entstand kurz nach der Eroberung Konstantinopels durch Mehmed II., genannt der Eroberer. Dass ausgerechnet der städtische Büchsenmeister und damit eine Art Artilleriesachverständiger einen derartig zersetzenden, die christliche Kampfeskraft im Angesicht der Türkenbedrohung schwächenden Text verfasste und wohl auch aufführte, noch dazu, da die vorzügliche türkische Artillerie Konstantinopel bekanntermaßen sturmreif geschossen hatte, verwundert weniger, wenn man weiß, dass die deutschen Reichsstädte wie Nürnberg, Augsburg oder Frankfurt am Main mehr noch als die Türken den enormen Finanzbedarf der habsburgischen Könige und Kaiser – in der spätmittelalterlichen Türkenkrise konkret Friedrichs III. und Maximilians I. – fürchteten. Von daher wird auch klar, dass Mehmed II. auf der Bühne als Nothelfer gegen Raubritter, Simonie und alle *Gravamina der deutschen Nation* beschworen wird. In karnevalesker Verkehrung und Übertreibung wird so der Christenfeind zum Beschützer der guten Christen. Authentisch ist dabei der Hinweis, dass eine Unterwerfung der christlichen Stadtbürger, die Mehmed II. auf der Bühne sogar freies Geleit anbieten, nicht zwangsläufig einen Glaubenswechsel zum Islam nach sich zieht, was dem Gesetz im Osmanischen Reich entspricht, wonach Christen und Juden eine Kopfsteuer zu zahlen hatten, dafür aber auch vom Wehrdienst befreit waren.

Neben solch politischem Kabarett bot das Fastnachtspiel aber auch gattungsimmanent eine Selbstreflexion im dialogischen Widerstreit von Fastnacht und Fastenzeit, den am Ende Schöffen schlichten sollen, wobei die in der Fastenzeit entmachtete «Faßnacht» klagt:

Fürwar, das trau ich euch wol sagen!
Do ich reygirt vor vier tagen,
Do het ir, wes eur herzcz begert.
Nu seyt ir all worden beschwert
Von der Faßten, die mich hat vertriben.
Wer ich Faßnacht lenger hie plyben,
Ich künt euch sulczen und krapffen geben.

(Wahrlich bekenne ich euch deutlich: Als ich noch vor vier Tagen regierte, hattet ihr, was euer Herz begehrte. Nun sitzt euch die Fastenzeit im Nacken, die mich vertrieb. Wäre ich, die Fastnacht, länger hier bei euch geblieben, könnte ich euch Sülze und Krapfen servieren.)

Hier wird der Ursprung der Gattung Fastnachtspiel im Kirchenjahr deutlich. Demnach hat auch das derbe Lachen und Spotten seine heilspädagogische Funktion, insofern sich die unbändige Lebenslust vor der darbenden Fastenperiode noch einmal (nicht zuletzt kulinarisch) austoben kann. Diese animalische Lebenslust zeigt sich besonders in einem ausgeprägten, skatologischen Fäkalhumor, wie etwa beim Arztspiel, in dem die Standarddiagnose der Harnschau zur komischen Revue wird. So führt beispielsweise «der mit dem ersten brunn», ein Bote mit einem Harnglas, aus:

Hört, lieber herr, ich wil euch piten,
Ich kum da her zu euch geriten
Und pring ain wasser über felt
Und pring da pey gar gelt.
Das wasser kümpt von eym krancken,
Der wil euch lonn und will euch dancken,
Das ir seynen prechen schült erkennen.
Darümb so schenck ich euch dise hennen,
Und sagt mir, wes gepricht dem armen;
Wann wer in an sicht, den muß er erparmen.

(Hört, lieber Herr Arzt, ich will euch etwas fragen: Ich bin zu euch hergeritten und bringe ein Harnglas mit Urin samt Bezahlung vom Land in die Stadt. Der Urin stammt von einem Kranken, der euch bezahlen und dafür danken wird, dass ihr seine Erkrankung diagnostiziert. Dafür schenke ich euch dieses Huhn, wenn ihr mir sagt, was dem armen Kranken fehlt; denn jeder, der ihn erblickt, hat Mitleid mit ihm.)

Der «arczt» diagnostiziert daraufhin mittels Uroskopie (Harnschau):

Nu hör, man, der baur ist plöd.
Es sind jeczund vil jemlicher tod;
Die kranckhayt, die in hat besessen,
Die hat er an eym seusak gessen,
Der schwecht in unden und krenckt in oben.
Hayß sich in hinder dy scheurn geloben
Mit zwayen pfunt kotz, so wird im pas,
Und hayß in wol auß lern sein kotfaz!

(Jetzt hör zu, guter Mann, der Bauer ist krank und gebrechlich. Es gibt jetzt viele erbarmenswerte, tödliche Seuchen; die Krankheit, die ihn gepackt hat, hat er sich an einem gefüllten Saumagen angefressen, der ihn unten schwächt und oben krank macht. Lass ihn sich hinter die Scheune begeben und dann wird ihm mit zwei Pfund Erbrochenem schon besser werden, und befiehl ihm auch, sein Kotfass auszuleeren.)

Besonders charakteristisch für die Nürnberger Fastnachtspiele ist nicht nur die komische Figur des dummen Bauern, die geradezu zum Leitmotiv der Fastnachtbühne wird. Die in sich politisch stark gespaltenen Nürnberger – die patrizische Regierung beschränkte die politische Betätigung der Handwerker streng – waren sich wenigstens auf der Bühne im Spott über die Deppen vom Lande, also jenseits der Stadtmauern, einig, offenbar aber auch, wenn es gegen die Juden ging, etwa in entsprechenden hässlichen antijüdischen Tiraden in Fastnachtspielen bei Hans Folz, die eine antijudaistische Pogromstimmung anheizten, welche später zur obrigkeitlichen Austreibung der Nürnberger Juden beitrug. Überhaupt vereinigte die Nürnberger Fastnacht auf Kosten der Außenseiter (Juden) und Außenwohnenden (Bauern) das, was sonst getrennt war. Patrizier wie Handwerker waren an den Fastnachtspielen beteiligt, die trotz (teilweise gewerbs- bis berufsmäßigen) Handwerkerdichtern wie Hans Rosenplüt oder Hans Folz keineswegs ständisch exklusiv waren. Am Schembartlauf durften dagegen nur die den Patriziern treu ergebenen Metzger teilnehmen (weil sich die anderen Handwerker im 14. Jahrhundert gegen die Patrizier erhoben hatten), zusammen natürlich mit den jungen «gesellen» der Patrizier. Denn der Ausdruck «geselle» meint nicht einfach den Handwerker, sondern jeden, der sich zu einer Gruppe Gleichgesinnter gesellt. Die solchermaßen beim Schembartlauf vereinten Protagonisten stellten – im religiösen Jahreskreis – an Fastnacht etwa eine Revue der Todsünden dar. Diese konnten in der Fastenzeit dann im Idealfall vermieden werden. Bis heute haben sich in nicht wenigen repräsentativen Handschriften prächtige Abbildungen des Schembartlaufs erhalten. Diese fast 100 Schembart-Bücher zeigen etwa die sogenannten «Höllen», die den Zusammenhang mit dem kirchlichen Jahreskreis wortgeschichtlich offenbaren, wobei «Schembart», mitunter von ‹Schönbart› abgeleitet für die bartlosen Masken, bis heute in seiner genauen Etymologie unklar bleibt. Dagegen ist festzuhalten, dass Nürnberger Fastnachtspiele in einem festen Jahreskreis letztlich kirchlicher Festkultur ihren Ursprung haben.

Während das Fastnachtspiel in Nürnberg im Vergleich zu Augsburg – was auch an der Ungunst der Überlieferung liegen mag – insgesamt sicher bedeutsamer war, bildete der Prosaroman eher ein Spezifikum Augsburgs. Dabei ist es kein Zufall, dass gerade diese beiden Druckerstädte zu Vorreitern einer auch im Druck verbreiteten, ausgesprochen modernen Gattung wurden. Meist handelte es sich dabei um Bearbeitungen älterer Ritterepen; mit dem *Fortunatus* kommt allerdings auch die Welt der Fernhandelskaufleute romanhaft in den Blick.

Neben dem Prosaroman beherbergten Augsburg und Nürnberg noch ein weiteres zukunftsweisendes literaturgeschichtliches Phänomen: die *studia humanitatis*. Der sogenannte Augsburger Frühhumanismus fand im Fürstbischof und Kardinal Peter von Schaumberg (1388–1469) aufgrund seiner Italienerfahrung einen Fürsprecher. Man brachte am Lech ferner in einer *sodalitas litteraria* dezidiert Kleriker und Laien zusammen, wie den Patrizier Sigismund Gossembrot, der 1458 sogar als Bürgermeister amtierte, und den Benediktiner Sigismund Meisterlin, der zeitweilig auch in Nürnberg als Chronist tätig war.

Der Frankenmetropole Nürnberg, als deren Archidiakon er auch fungierte, widmete dann der auf Schloss Sommersdorf bei Ansbach geborene, zeitweise in Italien lebende Eichstätter Kanonikus und Bamberger, auch Würzburger Domherr und Humanist Albrecht von Eyb (1420–1475) sein (als Gattung italienisch geprägtes) *Ehebüchlein* (gedruckt 1472 bei Anton Koberger in Nürnberg), das die Vor- und Nachteile der Verehelichung abwog: «ob einem Manne sey zu nemen ein eelich weyb oder nit». Gewidmet war es «der loblichen keiserlichen stat Nürnberg vnd eym erbern, weysen fursichtigen rate vnd der gantzen gemeine daselbst auß besunder lieb, gutten willen vnd zuneigung […] zu einem gutten, seligen Neuen Jahre». Dagegen war die *Appellatio mulierum Bambergensium* von einem deutlich frivoleren, an Boccaccio geschulten Geist geprägt, was auch insofern unproblematisch war, weil Latein ja nur einem exklusiven, gebildeten Publikum zugänglich war. Daneben übersetzte der in Pavia Promovierte auch Lustspiele des Plautus wie die *Menaechmi* sowie die neulateinische *Philogenia* des Ugolino da Parma. Darüber hinaus wirkte er als Verfasser von juristischen Gutachten direkt für die Reichsstadt Nürnberg, wo er wohl auch die von ihm verarbeitete *Grisardis* des Nürnberger Kartäusers Erhart Groß kennenlernte. Die Stadtspitze bedurfte je länger je mehr der besten Juristen. So hielt auch elitäres Rechtsschrifttum Einzug in Nürnberg.

Ebendort, in der Nürnberger Burg, war der Dichter Konrad Celtis von Kaiser Friedrich III. 1487 zum *poeta laureatus* gekrönt worden. Dort auch war er von Sebald Schreyer als reichem Mäzen gefördert worden, und schon 1495 legte Celtis, der aus dem fränkischen Wipfeld bei Schweinfurt stammte, seine *Norimberga* vor, die allerdings erst 1502 gedruckt wurde. Im Auftrag des Nürnberger Rats wurde das Werk 1495 von Georg Alt übersetzt: *Von Ursprung, Gelegenheit, Sitten und Schicklichkeiten der Stat Nüremberg.*

9.2. Gattungen und Autoren

Obwohl Regensburg im Laufe des Jahrhunderts dem wittelsbachischen Herzogtum immer mehr abhanden kam und sich in Richtung Reich orientierte, beherbergte es mit Andreas von Regensburg doch einen wichtigen Geschichtsschreiber Baierns. Denn der Augustinerchorherr von Sankt Mang verfasste die noch heute von Historikern geschätzte und sprachlich luzide *Chronik von den Fürsten zu Bayern.* Darin reflektierte er nicht nur über seine Quellen, sondern stellte die baierischen Herrscher in einen größeren europäischen Kontext; so heißt es etwa von «Naymis, herczog in Bayren» (und bezogen auf die im ebenfalls Regensburger *Rolandslied* beschriebenen Ereignisse):

> In dem fünfundzwaynkistem puech des spiegels worhafter sag da list man, das kayser Karel der gross, do er rayset in Hyspaniam und wolt das betwingen, under andern seinen namhaften fürsten hat auch gehabt herczog Naymis zu Bayren. Do ist zu merkchen, als ich das ein tayl aus dem egenanten puech und ein tayl aus eynem täwtschen puech genomen hab, das Marsirius, künig zu Hyspani, do er sach, das er kayserlicher macht nicht mocht vorgesten, da volget er eynes alten rate, genant Planchschandies, und sant dem kayser gut und geysel unde enpot im fridsame wort in gevär und pitt in auch, das er wider ziech aus Hyspania, wann er doch willig sey, im gehorsam sein, und well auch sich becheren zu kristenlichen glauben. Nu mocht sich kayser Karel an den hanndel nicht gelassen und tet auch das mit der fürsten rate, dy mit den andern waren

> mit nam Turpin, erczbischoff zu Remis, graf Rulant zu Cenoman, graf Olivir zu Gebenn und Naymis, herczog zu Bayren. [...]
> (Im 25. Buch des Spiegels der Wahrheit liest man, dass Kaiser Karl der Große, als er nach Spanien ritt, um es zu erobern, unter anderem einen bekannten Fürsten bei sich hatte, mit Namen Herzog Naymis von Baiern. Dabei ist zu merken, wie ich das teilweise aus dem genannten Buch und teilweise aus einem deutschsprachigen Buch entnommen haben, das Masirius, der König in Spanien, als er erkannte, der kaiserlichen Macht nicht gewachsen zu sein, einem alten Ratgeber, genannt Planchschandies, folgte und dem Kaiser Tribute und Geiseln samt einer Friedensbotschaft sandte und ihn auch um Abzug aus Spanien bat. Als Gegenleistung bekundete er, ihm gehorsam zu sein und sich auch zum Christentum bekehren zu wollen. Nun traute Kaiser Karl dem Handel nicht und beriet sich mit Turpin, Erzbischof von Reims, Graf Roland zu Cenoma, Graf Oliver von Geben und mit Naymis, Herzog zu Baiern. [...])

Nahezu zeitgleich mit dem Chronisten Andreas von Regensburg ist auch ein Aufblühen der Stadtchronistik zu beobachten. Nicht zufällig steht diese Blüte der Geschichtsschreibung in Zusammenhang mit den zunehmenden Universitätsstudien im Land, wobei sich die Hochschulen bis 1472 freilich außerhalb der Landesgrenzen befanden. Veit Arnpeck etwa hatte in Wien studiert, wirkte später in Landshut und Freising und verfasste ein zweisprachiges historiographisches Werk namens *Chronica Baioariorum* und *Baierische Chronik*, das von den Bojern bis 1490 reichte. Dagegen trug die *Histori des loblich hauss von Bairen vnd Norighaw*, die der wittelsbachische Hofdichter Ulrich Fuetrer 1481 vorlegte, eher romanhafte Züge.

Charakteristisch für das 15. Jahrhundert ist neben der volkssprachigen Chronistik auch als quantitativ bedeutsames Phänomen die Gattung der (im Dominikanerorden virulenten) Frauenmystik, die in den Städten, aber auch in Klöstern auf dem Land wie etwa im fränkischen Engeltal blühte. Generell kann man mit der fränkischen Ebnerin Verbindungen zurück ins 14. Jahrhundert ziehen, die dann im Nürnberger Katharinenkloster im 15. Jahrhundert frauenmystisch weiterlebten. Ergebnis dieser – nur auf den ersten Blick individualistischen – Religiosität waren bemerkenswerte Ego-Dokumente in der Volkssprache, wobei sich Franken und teilweise Schwaben, nicht jedoch Altbayern, für diese Randformen christlicher Spiritualität anfällig zeigten.

Eignet der Frauenmystik – trotz der Disziplinierungstendenz im Sinne der kirchlichen Orthodoxie, die ihr in der verschriftlichten Form zukommt – durchaus ein beinahe modern anmutender Hang zur Individualität und Individualisierung, so besteht bei den universitären Erzeugnissen der sogenannten Frömmigkeitstheologie kein Zweifel an ihrem überindividuellen und disziplinierenden Charakter. Dies gilt schon für den Kirchenvater des 15. Jahrhunderts, Jean Gerson, der an der Universität Paris wirkte und europaweit rezipierte lateinische wie volkssprachige Werke mit Fokus auf die Laienpastoral verfasste. Man kann dabei durchaus von einer Monastizierung der Laienwelt sprechen, weil in solchen Texten mitunter die Josefsehe, also eine Ehe ohne Geschlechtsverkehr, als gottgefällige Lebensweise für Laien propagiert wurde. Mehr noch: Der Alltag des Laien, ob Bauer, Bürger oder Edelmann, hatte sich einem streng religiösen Tagespensum zu unterwerfen. Sündenkatechese nach den sieben Todsünden oder dem Dekalog wurde mit unübertrefflicher scholastischer Gründlichkeit sowie Systematik und bisweilen Skrupulosität betrieben. Dies gilt auch für das Sterben, das geradezu als *ars moriendi* (im Kontext etwa der *septem artes liberales*, die im Grundstudium an den Universitäten vermittelt wurden) gelehrt und damit zur Wissenschaft erhoben wurde. Die von Jean Gerson ausgehende, aber wohl auch unabhängig von ihm im 15. Jahrhundert gerade in Österreich und Bayern geübte neue universitäre Theologie, die bloße scholastische Gelehrsamkeit zwar voraussetzte, aber dem höheren Zweck eines christlichen Lebenswandels für alle Stände anheimgab, wirkte als sogenannte Frömmigkeitstheologie an den europäischen Universitäten – und für Bayern blieb hier Wien zentral – und besonders in den Reformklöstern. Dabei ist hervorzuheben, dass die Reformer auch bei unterschiedlicher Ordenszugehörigkeit oft enger zusammenrückten als Reformer und Reformverweigerer in derselben Ordensgemeinschaft. Manifest wurden die Einflüsse dieses europäischen religiösen Aufbruchs im mitteleuropäischen Bayern über das Kloster Subiaco (in den *Consuetudines Sublacenses* für die Benediktiner) und das böhmische Raudnitz (für die Augustinerchorherren). Das gilt für Altbayern wie für Schwaben und Franken gleichermaßen. Außerhalb der Grenzen des heutigen Freistaats Bayern (und Österreichs) werden die Reformeinflüsse aus Subiaco und Raudnitz eher nicht wirksam. Mit der Frömmigkeitstheologie liegt im 15. Jahrhundert somit ein früher Fall einer gesamtbayerischen Literaturlandschaft vor.

In ihr ragt freilich Tegernsee mit seinen Intellektuellen besonders hervor, zumal vor der Gründung der Universität Ingolstadt 1472. Kein Geringerer als Petrus von Rosenheim sang das Lob auf Tegernsee, auf Täler und Berge in rosigem Glanz mit duftenden Lilien auf einer kräuter- und getreidetragenden Erde:

> Valles florent undique
> montium in Tegernse
> roseis fulgoribus,
> liliis fraglantibus.
> tellus erbifera
> genera plurima
> produxit bladorum.

> (Herrlich blühen Tal und Höh rund her um den Tegernsee, Rosen leuchten, rot und heiß, Lilien duften silberweiß. Gaben gar mannigfalt spendet in Flur und Wald die fruchtbare Erde.)

Im Einzelnen waren es Tegernseer und Indersdorfer Reformer, die sich wechselseitig inspirierten, ja mancher Indersdorfer trat nach Tegernsee über, weil dort noch strengere Zucht herrschte. Allesamt aber waren sie fleißige geistliche Schriftsteller in Latein für den Klerus und auf Deutsch für die Laien, die als Konversen im Kloster oder als Stadtbürger und schließlich als *pater familias* auf dem flachen Land lebten. Das seit jeher dem wittelsbachischen Herrscherhaus besonders eng verbundene Augustinerchorherrenstift Indersdorf glänzte mit Johannes Rothut, in Tegernsee taten sich (der schon zitierte) Petrus von Rosenheim, Johann Schlitpacher und Johannes Keck (Letzterer auch als Musiktheoretiker) hervor. Bernhard von Waging und andere bildeten sogar zusammen mit Nikolaus von Kues einen elitären Zirkel im Sinne einer besonders intellektuell basierten mystischen Theologie. Die Bemühungen dieser Reformer reichten von universitär gegründeter Mystik bis zur elementaren Katechese in der Volkssprache.

Vom Reformeifer profitierte auch die Klosterschule, ja die Lateinschulen in Bayern allgemein; in einer eher kleinen Reichsstadt wie Nördlingen leistete man sich eine angesehene Schule, für die wohl die *Ars memorativa* des Nördlinger Schreibmeisters Bernhard Hirschvelder gedacht war; zumindest war sein *kurtzer tractat der edlen und hochgelopten kunst der gedechtnus* für jeden Redner vor Gericht von Nutzen. Der stärker geistliche pädagogische Nutzen lässt sich etwa am schulmäßig aufbereiteten Hymnus *Salve festa dies* (nach Venantius Fortunatus) aus Tegernsee exemplifizieren, der wie viele andere Schultexte den Glauben stärken und das Latein der Schüler verbessern sollte; neben Wortfolgebezifferung und Interlinearglossierung dienten hier deutsche Reimpaare der Vermittlung des Hymneninhalts ebenso wie der Memorierbarkeit:

Gar loblich ist die osterzeit
Die aller welt freuden geit
Da got zerstört hat hellisch macht
Und verdampte welt zuo gnaden bracht

All diesen Innovationen in der Theologie, besonders im frühneuhochdeutschen Idiom und in der charakteristisch überlieferungsmächtigen katechetischen Prosa der Wiener Schule, steht in der volkssprachlichen Unterhaltungsliteratur eine merkwürdige Ritterromantik gerade bei den Wittelsbachern gegenüber, die freilich beim Habsburger Maximilian I., dem sogenannten letzten Ritter, ihr Pendant findet. Die für die Wittelsbacher typische Wolfram-Verehrung zeigt sich so etwa in den *Titurel*-Strophen bei Jakob Püterich von Reichertshausen (um 1400–1469) mit seinem *Ehrenbrief*, der unter anderem die turnierfähigen baierischen Geschlechter aufzählt. Bemerkenswert sind hier neben autobiographischen Strophen und solchen mit Gönnerlob auch Einblicke in die gelehrte Bibliothek spätmittelalterlicher Laien, wo etwa der Exeget Nikolaus von Lyra oder der Wiener Professor Heinrich von Langenstein (alias Heinrich von Hessen, dessen *Erkenntnis der Sünde* auch in Baiern breitest überliefert war) gelesen wurden:

Die glos auch umb den salter
als Niclas von der Leyrn
die helt auch in meim psalter

mit seiner khunst, darin er tet nit feirn.
von Hessen Heinrich hat auch schon erfunden
durch herzog Albrechts liebe
von Osterrreich ein puech: khantnus der sunden.

Eur gnaden underthon
Jacob von Reichershausen
Pütrich zuenam ich han,
der euch zue mall vüll mer, wan manig tausent
dienstlichen soll gehorsam sein mit treuen,
also die leng beleiben
mit dienst gerecht, die täglich sich tuen neuen.

Der durchleichtigen frauen
Machthildt mit nam genannt,
soll dieser brief erpauen,
der fürstin wert geborn aus Baierlandt,
erzherzogin des landess Osterreiche
und pflazgräfin bei Rheine
herr Albrechts gmahl, des fürsten lobleiche.

(Mein Psalter enthält auch die gelehrte Auslegung des Nikolaus von Lyra. Auf Anregung Herzog Albrechts von Österreich verfasste Heinrich von Hessen sein Buch *Erkenntnis der Sünde*. Ich heiße Jakob von Reichershausen mit dem Familiennamen Pütrich und bin der Untertan Eurer Gnaden, der sich vielfach als diensteifrig, gehorsam, treu und beständig erwiesen hat. Diese Schrift ist der durchlauchten Dame Mechthild, einer in Baiern geborenen Fürstin, einer Erzherzogin des Landes Österreich sowie Pfalzgräfin bei Rhein und Gemahlin des lobenswerten Fürsten Albrecht gewidmet.)

Dieses von Jakob Püterich bevorzugten Strophentyps bediente sich auch Ulrich Fuetrer (1422–1500) für sein beinahe enzyklopädisches *Buch der Abenteuer*, in dem sich eine Huldigung an Herzog Albrecht IV. von Bayern findet:

Geporn von hocher fruchte,
fon Bayren edler fürst!

(Edler Fürst von Baiern aus altehrwürdigem Geschlecht!)

In diametralem Gegensatz zu dieser zumindest formalen Wolfram-Nostalgie steht der Humanismus, für den die Wittelsbacher – anders als die Habsburger Friedrich III. und Maximilian I., die etwa Enea Silvio Piccolomini oder Jakob Locher sowie den Franken Konrad Celtis (und noch Ulrich von Hutten) ehrten und förderten – kein tieferes Verständnis empfanden. Die Universitätsgründung in Ingolstadt 1472 durch Herzog Ludwig den Reichen von Bayern-Landshut widerspricht dem nicht, auch wenn zahlreiche Humanisten dabei mitwirkten. Was vielfach übersehen wird, ist die Tatsache, dass die Ingolstädter Universität den regulären Wissenskanon einer traditionellen, salopp gesprochen: scholastischen, Universität überzeugend abdeckte. Der Humanismus war dabei nur schmückendes Beiwerk, nicht der Kern von Forschung und Lehre. Darin unterschied sich die wittelsbachische Landesuniversität an der Donau in nichts von den habsburgischen Universitäten Wien und Freiburg im Breisgau sowie von der gleichfalls wittelsbachischen Heidelberger Universität. Dementsprechend huldigte die Eröffnungsrede Martin Mairs am 26. Juni 1472 dem Landesherrn:

> Non mediocre onus imposuit mihi illustrissimus princeps etc., reverendissimi in Christo patres, venerabiles et eruditissimi viri ac reliqui in hoc conventu congregati […].
>
> (Keine kleine Last übertrug mir der vortreffliche Fürst etc., ehrwürdigste Väter in Christo, verehrenswerte und hochgelehrte Männer und sonstige Teilnehmer an dieser Versammlung […])

Und der Landesherr vergaß im Stiftungsbrief (1472) auch nicht die pragmatische Nutzanwendung:

> Wir Ludwig von gottes genaden phaltzgrave bey Rein hertzoge in Nidern und Obern Beirn etc. bekennen und thun kund offenlich mit dem brief für uns unser erben und nachkomen […] lesen leren und lernen solle all götlich erlaubt und gewondlich kunst von naturlichm, guten syten und gesatzten lewfen und wesen, von gaistlichn und weltlichen rechten, von der artzeney und den freyen kunsten, allssdann uns solchs der genannt unser heiliger vater babst Pius aus sonndren genaden erlaubet und gegeben hat. Wann wir nw in ganntzer hoffnung sind, das vil treffenlicher doctor licentiaten und maister, die lesen

und leren, auch sunst manigs hern und fromen manns kinder aus andern und unsrn lannden in solch universitet und gefreyet schul komen, die mit hilff gottes durch iren emssigen vleiss in künsten und tugenden wachsen und teglich aufnemen werden […].

(Wir Ludwig von Gottes Gnaden Pfalzgraf bei Rhein, Herzog in Niederbaiern und in Oberbaiern etc. bekennen und beurkunden öffentlich mit dieser Urkunde für unsere Erben und Nachkommen […] man soll vorlesen, lehren und lernen alle göttlichen erlaubten und üblichen Wissenschaften, des Naturrechts und des geschriebenen Rechts, des geistlichen und des weltlichen Rechts, der Medizin und der *artes liberales*, wie es uns der schon erwähnte Papst Pius aus besonderer Gnade erlaubt und privilegiert hat. Denn wir sind nun davon überzeugt, dass herausragende Doktoren, Licentiaten und Magister, die Vorlesungen halten und lehren, darüber hinaus viele Herren und Kinder rechtschaffener Männer aus unserem Herrschaftsbereich und aus dem Ausland in diese Universität und privilegierte Hochschule strömen, die mit Gottes Hilfe und großem Fleiß in den Wissenschaften wachsen und an Tugenden täglich zunehmen werden.)

Zuvörderst hatte die – wie Wien verkehrsgünstig an der Donau gelegene – Ingolstädter *alma mater* in den vier traditionellen Fakultäten (Artisten, Mediziner, Juristen und Theologen) demnach vor allem den Nachwuchs für die Landesverwaltung und die Seelsorge auszubilden. Ganz anders und literarisch tendenziell modischer dagegen waren die Reichsstädte Augsburg und Nürnberg orientiert, die zu Pflanzstätten der neuen humanistischen Bewegung wurden (noch wenn Kaiser Maximilian I. am 12. Juli 1517 Ulrich von Hutten in Augsburg zum *poeta laureatus* krönt). In solch weltoffenen Handelsstädten konnten die Humanisten manchmal eher auf ein dankbares Publikum zählen als im kanonfixierten Lehrbetrieb der Universitäten. Dementsprechend diente ein im 15. Jahrhundert verstärkt entstehender Übersetzungshumanismus eher patrizischen Kreisen.

Der Meistersang, der sich im 15. Jahrhundert als Gattung besonders nachhaltig etablierte, blühte außerhalb Nürnbergs in vielen Städten, wobei sich eine Konzentration auf Schwaben und Franken mit ihrem auch ökonomisch blühenden Städtewesen erkennen lässt. Altbayern, wo eher Residenzstädte als Reichsstädte anzutreffen waren, bildete hingegen tendenziell keinen besonders fruchtbaren Boden für diese Kunstübung. Ausnahmen bestätigen auch hier die Regel, wie etwa der (1480 verstorbene) Münchner Meistersinger Albrecht Lesch, der als Beispiel für das besonders beliebte geistliche Meisterlied gelten darf, wie es sich etwa im Marienlob manifestiert:

Ich will von ainer maget fron
das beste singen, das ich kan,
mit meiner zungen helfferein;
vnd kund ich ir gesmiden fein,
bayd schlusel vnde slozz,

Des tausend tail ich nich enkan.
her dauid sach sy wolgetan
jn gotes ewigkhait so clar,
dy jungkhfraw fein vnd wolgeuar.
nyemandt ist ir genos!

Der aller ding ein ewig list,
der ye got was vnd ymer ist,
der junget sich in jr,
aus hochstem tran schwanng er sich her,
das was der welde freude mer,
helfleich stuond sein begir.
wie redt der eren kuong zuo dir,
vil edle magt, das sag dw mir!
sy sprach: «durch gabriheles mund
da ward mir alle frewde kuond,
dy werlt mach ich gesund.»

(Ich werde über eine erhabene Jungfrau das Allerbeste singen, mit der Hilfe meiner Zunge; ach wenn ich ihr doch sowohl Schlüssel als auch Schloss schmieden könnte. Herr David sah die Schöne in Gottes Ewigkeit so hell, die zarte und schön glänzende Jungfrau. Niemand vermag ihr zu gleichen! Die ewige Weisheit aller Schöpfung, der immer Gott war und immer Gott sein wird, der verjüngt sich in ihr und kam aus der Höhe, um zu helfen, was die Freude auf Erden vermehrte. Wie sprach der König der Ehren zu dir, sag mir das, du edelste Jungfrau! Sie sprach: «Aus dem Mund Gabriels erfuhr ich vollste Freude, mit der ich die Welt heile.»)

Zu literaturgeschichtlich enormer Bedeutung gelangte im 15. Jahrhundert die pragmatisch orientierte Fachprosa, bei der besonders die Medizin eine immer größere Rolle spielte. Medizinische Traktate in Handschrift und Druck, verfasst in frühneuhochdeutscher Prosa, erfreuten sich bei Laienärzten aber auch im Sinne der Hausväterliteratur großer bis größter Beliebtheit. Prophylaxe, Diätetik und sogar Gewerbehygiene etablierten sich im stadtbürgerlichen Milieu, wie etwa das 1473 entstandene (und später in Augsburg gedruckte) Buch *Von den gifftigen Besen Temmpffen und Reuchen* zeigt, das der Memminger Stadtarzt Ulrich Ellenbog (1435–1499) verfasste und das man als Pionierwerk der Umweltmedizin bezeichnen darf. Im stadtbürgerlichen Milieu herrschte zudem bei den Fernkaufleuten ein gesteigertes praktisches Interesse an Reiseberichten, die immer mehr zunahmen. Daneben schätzten die lesekundigen Laien astronomische (eigentlich eher astrologische) und katechetische Prosa in der Volkssprache. Gerade der hohe theologische Bildungsgrad bei den Lesern religiöser frühneuhochdeutscher Prosa des 15. Jahrhunderts erklärt den raschen späteren Siegeszug der (lutherischen, zwinglianischen und anders fundierten) Reformationen in den Städten Altbayerns, Schwabens und Frankens gleichermaßen. Es war tatsächlich eine auf den Bildungsgrundlagen des 15. Jahrhunderts fußende breite fromme Revolte, die im 16. Jahrhundert überall im urbanen Milieu zunächst triumphierte, bis ihr (wenigstens im Einflussbereich der Wittelsbacher) durch Gegenreformation und Jesuiten Einhalt geboten wurde.

10. Die Literatur des 16. Jahrhunderts

10.1. Literatur der Universität Ingolstadt

Die Universitäten im Reich nördlich der Alpen liefen nicht mit wehenden Fahnen zum Humanismus über. An der Wiener Universität etwa hatten es die *novelli* mit ihren *studia humanitatis* anfangs schwer, sich gegen die etablierten und mit festen Stellen gut alimentierten Professoren durchzusetzen. Ebenso plagten viele heute hochgerühmte Humanisten zunächst ziemlich prekäre Lebensverhältnisse im universitären Milieu. Das bewährte Lehrprogramm dominierte noch lange. Das gilt ähnlich auch für die Universität Ingolstadt, wo immer wieder Humanisten wie (schon im 15. Jahrhundert) Konrad Celtis oder Jakob Locher kurzzeitig weilten, allerdings kaum dauerhaft sesshaft wurden. Erst als mit dem Theologen Johann Mair (1486–1543), genannt Eck (nach seinem schwäbischen Geburtsort Egg an der Günz), ein dem Humanismus nahestehender zünftiger Gelehrter (nicht zuletzt auf Betreiben des Fugger-Freundes Konrad Peutinger) in Amt und Würden gelangte, hatte sich der Humanismus wirklich etabliert, wobei der Schwabe Eck lukrative Zinsgeschäfte im Sinne der Fugger akademisch approbierte (auch hier im Gegensatz zu dem die «verdammte fuckerey» schmähenden Luther). Von daher sollte man auch die humanistische Wirkung des wittelsbachischen Kanzlers Martin Mair (auch Mayr) auf den Lehrkanon von Baierns erster Landesuniversität nicht überbewerten.

Endgültig siegte die neue Bewegung des Humanismus mit Johann Turmair (1477–1534), der sich nach seinem Geburtsort Abensberg latinisiert Aventinus nannte. Er stand Celtis nahe, gründete 1516 die *Sodalitas litteraria Angilostadensis* und holte das Sprachengenie Johannes Reuchlin nach Ingolstadt, der als Anwalt der Juden, Verfechter philologischer Hebräischstudien und allgemein als Vertreter des Humanismus eine legendäre literarische Fehde mit Kölner Theologieprofessoren ausfocht, die in den satirischen Dunkelmännerbriefen (*Epistolae obscurorum virorum*) kulminierte. Berühmter ist Aventin freilich als eigentlicher Vater der baierischen Geschichtsschreibung, obwohl sein Vaterland dem überzeugten Protestanten viel Kummer bereitete. Zuvor verfasste er als Prinzenerzieher 1511 eine lateinische Geschichte der Herzöge Bayerns. Seit 1517 entstanden seine *Annales ducum Boiariae*, die auf Archivreisen und einlässlichen Quellenstudien gründeten. Die von Aventin selbst besorgten, den wittelsbachischen Herzögen gewidmeten Verdeutschungen als *Bayerische Chronik* beeindruckten mit ihrer (bairischen) Prosa noch Johann Wolfgang von Goethe. Noch heute lesenswert sind die ethnologischen Anmerkungen Aventins bezüglich seiner Landsleute, die er als kirchenfromm und bodenständig sowie friedliebend charakterisiert:

> Das baierisch volk, gemainlich davon zu reden, ist geistlich schlecht und gerecht, gêt, läuft gern kirchferten, hat auch vil kirchfart; legt sich mêr auf den ackerpau und das viech dan auf die krieg, denen es nicht fast nachläuft; trinkt ser, macht vil kinder; ist etwas unfreuntlicher und ainmüetiger als die nit vil auß kommen gern anhaims eralten, wenig hantierung treiben, fremde lender und gegent haimsuchen.
> (Spricht man allgemein vom baierischen Volk, so ist es in geistlichen Dingen eher schlichten Gemüts, aber gewissenhaft, liebt Wallfahrten, wobei es auch viele Wallfahrtsorte gibt; die Baiern halten es auch mehr mit Ackerbau und Viehzucht als mit Krieg und Kampf, auf die sie nicht aus sind; die Leute trinken viel und machen noch mehr Kinder. Der Baier neigt zur Übellaunigkeit und zum Einzelgängertum wie viele, die nicht weiter herumkommen und lieber zuhause alt werden, die Kaufhandel weniger mögen, ebenso wenig wie sie fremde Länder und Gegenden bereisen.)

Der akademisch gebildete Chronist Aventin folgt hierin vergleichbaren Gepflogenheiten einer universitär fundierten Geschichtsschreibung, die schon der Habsburger Maximilian I. für die vorderösterreichische Freiburger Universität geschätzt hatte. Auch die Wittelsbacher betrachteten ihre Universität Ingolstadt letztlich als Privateigentum. Dennoch wäre Ingolstadts Bedeutung mit der Bezeichnung Landesuniversität schon seit ihrer Gründung 1472 unzureichend umschrieben, und das gilt auch für die Zeit vor der Quasi-Übernahme durch die Jesuiten, denn die Studenten kamen aus dem gesamten Heiligen Römischen Reich. Beispiel dafür ist etwa der in Stuttgart geborene Martin Eisengrein (1535–1578), der zunächst an der Wiener Universität und nach seinem Übertritt zum Katholizismus in Ingolstadt wirkte, wo er wesentliche Grundlagen der Universitätsbibliothek legte, und nicht zu vergessen in Altötting. Dieser international berühmten Wallfahrt gehörte sein Engagement als Seelsorger:

> Nach dem die Hochgelobt vnd allzeyt gebenedeyet Jungkfrauw Maria / vnnd Muotter des Herren / in offtgemelter jrer vralten Capell zuo Oetting / auß den gnaden Gottes / vil treffenliche Wunderzaichen nun ain lange zeit herein / inn den augen der ganzten Welt / gewürcket / vnd sunderlich aber denen / so sich etwa in jhren obligenden nöthen / dasselb orth andächtigklich zuobesuochen / versprochen / Hülflich erschinen: Da seyen allenthalben auß Teütschland / vnd auch auß andern Nationen / Als Croatien / Dalmatien / Crayn / Cärnten / Windischland / vnd andern orten mehr / die Leüt hauffenweiß diser Capellen zuogelauffen / vnd darinnen die Hochermelt Muotter des Herren / als ain Künigin des Himmels vnnd vnser getrewe Fürbitterin / gebürlicher weiß verehret vnnd angeruoffet [...].
> (Nachdem die gepriesene und stets gebenedeite Jungfrau Maria, die Mutter Gottes, in der vielfach genannten uralten Kirche in Altötting durch die Gnade Gottes viele herausragende Wunderzeichen schon sehr lange vor aller Augen gewirkt und insbesondere jenen, die sich in ihrer Not dem Wallfahrtsgelübde unterzogen, als Helferin erschienen ist: Da sind aus vielen Gegenden Deutschlands und auch aus anderen Nationen wie Kroatien, Dalmatien, Krain, Kärnten, Slowenien und anderen Gegenden mehr die Menschen in Scharen zu dieser Wallfahrtskirche gezogen und haben darin die hochgepriesene Gottesmutter als Himmelskönigin und unsere treue Fürbitterin in geziemender Weise verehrt und angerufen [...].)

Während letzterer Traktat in Ingolstadt gedruckt wurde, wählten viele von Eisengreins Kollegen schon seit dem 15. Jahrhundert lieber die Wirtschaftsmetropole Augsburg, denn der Druck von Traktaten der Ingolstädter Professoren erfolgte – ähnlich wie für die Wiener Universität – verstärkt im schwäbischen, eher habsburgaffinen und damit tendenziell weltläufigeren Augsburg, wo anders als in Ingolstadt ein technisch weitaus versierteres und schon länger etabliertes Druck- und Verlagswesen genutzt werden konnte. Das zeugt beispielhaft von deutlich häufigeren baierisch-schwäbischen Grenzüberschreitungen auf dem Felde des literarischen Lebens, welche die vermeintlich unüberwindlichen Grenzen zwischen Alt- und Neubayern schon vor dem Königreich durchlässiger machten.

Wegweisend im Sinne der altbayerischen Landesherrschaft und auf den ersten Blick als Landesuniversität naheliegend war die schon 1520 getroffene Entscheidung der Theologischen Fakultät (im Gegensatz zu den Theologen an der *Alma Mater Rudolphina* in Wien) gegen Luther. Die Ingolstädter Theologen unterstützten damit die Politik der Herzöge Wilhelm IV. und Ludwig X. intellektuell. Freilich ging diese konfessionelle Parteinahme zulasten der protestantischen Gelehrten wie etwa Aventins, der 1529 nach Regensburg übersiedelte. Der Aderlass in Ingolstadt betraf auch Thomas Kirchmaier alias Naogeorgus, der mit seinem lateinischen Stück *Pammachius* (1538) gegen die Altgläubigen anschrieb. Nachteilig für die Universität an der Donau war sicher auch der Weggang von bedeutenden Fachschriftstellern wie dem Geographen Philipp Apian (1531–1589) und dem überragenden Pflanzenkundler Leonhard Fuchs (1501–1566). Die auch publizistischen Lücken konnten für Ingolstadt dann längerfristig durch die Rolle des Jesuitenordens geschlossen werden, der zugleich in der Professorenschaft ein noch internationaleres Flair etablierte. Zur Jahrhundertmitte wirkte so der Niederländer Petrus Canisius (1521–1597) durchaus als *praeceptor Bavariae*, wobei er sich auch um die schwäbische Universität in Dillingen (und die Reichsstadt Augsburg) große Verdienste erwarb, nicht zuletzt im Sinne der Rekatholisierung. Auch der universitäre Buchdruck wurde mit Alexander Weißenhorn in den Dienst der Rekatholisierung gestellt.

Zu den bekanntesten Ingolstädter Autoren ist der bereits mehrfach genannte Professor Johann Mair, genannt Eck (1486–1543), zu rechnen, welcher der Lutherbibel seine eigene, durchaus erfolgreiche (und zu Unrecht als Plagiat geschmähte) Version in oberdeutscher Schreibart gegenüberstellte (vielmehr ist von einem doppelten, konfessionellen und sprachlichen Transformationsprozess zu sprechen, in dem die tendenziell mitteldeutsche Lutherbibel nun nicht nur ihr katholisches, sondern auch ihr oberdeutsches Pendant mit Eck findet). Diesem energischen Ingolstädter Luthergegner und seinen katholischen Kollegen stand schriftstellerisch die fromme protestantische Adlige Argula von Grumbach gegenüber, deren frühneuhochdeutsche reformatorische Schriften zu ihren Lebzeiten weite Verbreitung fanden. Sie,

Abb. 10: Johannes Eck (1486–1543), Kupferstich

geboren 1492 auf Burg Ehrenfels bei Regensburg, kann zudem als eine der bedeutendsten Schriftstellerinnen Bayerns gelten, die sogar – was damals sensationell war – von den altgläubigen Ingolstädter Professoren als satisfaktionsfähig betrachtet wurde. Wortgewaltig – hierin Luther gleichend, freilich nun in bairischer Schreibsprache – rügte sie die Vorgänge in Ingolstadt, wo der junge Protestant Se(e)hofer in seiner Glaubensfreiheit bedroht wurde:

> Ach gott wie werdet ihr bestehen mit euher Hohen schul / das ir so toret und geweltiglichen handelt / wyder das wort gottes / vnd mit gewalt zwingtt das heylig Euangelium in der handt zu haltenn / dasselbig dar tzu zuverlaugen / als ir dan mit Arsacius Sehofer gethan habt und ihm ein solchen ayd und verschreibung furgehalten / mit gefengknus / und tröung des fewrs / darzu gezwungen / Christum unnd seines wortes zuverlaugnen. Ja so ichs betracht / so

erzittert mein / hertz und alle meine glider. Was lernt dich Luther oder Melanchthon anderst / dann das wort gottes? Ir verdampt sie unuberwunden / hat euch das Christus gelert / oder sein Apostel / Propheten / oder Euangelisten / zayget mir wo es stehet? ihr hohenn mayster / ich finde es an keinem ort der Bibel / das Christus noch sein Apolstel / oder propheten gekerckert / gebrent / noch gemordet haben / oder das landt verbotten.
(Ach, wie werdet ihr vor Gott mit eurer Universität Bestand haben, dass ihr so töricht und gewalttätig handelt gegen das Wort Gottes und mit Gewalt dazu zwingt, mit der Hand auf dem Evangelium dieses zu verleugnen und ihm abzuschwören, wie ihr es dann mit Arsacius Sehofer gethan habt und ihm einen solchen Eid und eine entsprechende Schrift abgenötigt habt, und zwar durch Gefängnis und Androhung des Scheiterhaufens, wodurch ihr ihn gezwungen habt, Christus und das Wort Gottes zu verleugnen. Ja, wenn ich es recht betrachte, so zittern mir Herz und Glieder. Denn was lehren dich Luther oder Melanchthon anderes als das Wort Gottes? Ihr verdammt sie, die doch nicht widerlegt sind. Habt ihr das von Christus oder seinen Aposteln, Propheten und Evangelisten gelernt? Zeigt mir, wo das steht! Ihr hohen Professoren, nirgendwo in der Bibel kann ich lesen, dass Christus, seine Apostel oder Propheten, andere Menschen eingekerkert, verbrannt, ermordet oder des Landes verwiesen haben.)

Und eine weitere protestantische Schriftstellerin dieser streitbaren Epoche in Altbayern darf nicht vergessen werden, nämlich Magdalena Haymairin, die neben ihrer Tätigkeit etwa als deutsche Schulmeisterin in Regensburg und Hofmeisterin zur Erziehung des jungen Adels mit ihren (auch singbaren) *Episteln* Erfolg hatte, die etwa die Rechtfertigungslehre griffig auf den Punkt bringen, indem der freie Christenmensch von der Knechtschaft des Gesetzes erlöst ist:

Ich habs gewagt
GOtt geb mir gnad
vnnd hülff das mir gelinge
zu singen rein
vom worte sein
welchs Paulus vnns thut bringen
vnd zeiget an
zu Gallato schon

wie Moses sey der werde Man
vnser Vormunder biß auff Christum schon.
[…]
Also auch wir mercken eben hie
da wir noch Kinder waren
musten sein verwardt
gefangen hart
kein Gesetz thet Moses sparen
da aber die Zeit
war nimmer weit
sandt Gott seinen Sohn
vom hohen Thron
geborn vnd vnter das Gesetz gethon.

Auff daß er die
erlöset hie
welche das gsetz thet fangen
durch grosse müh
ist Christus hie
in dieser Welt vmb gangen
das wir durch sein macht
empfangen die Kindtschafft
welche er vns hat zuwegen bracht
zuvor der Vatter verheissen hat.

Zur vor Ort viel zahlreicheren altgläubigen Gegenseite gehörig, nämlich als kontroverstheologischer Ingolstädter Dramatiker, tat sich insbesondere der Jesuit Jakob Gretser (1562–1625) hervor. Aber auch jenseits der Kontroverstheologie und der von ihr inspirierten Poesie zeigte sich der eigentliche Zweck der Landesuniversität Ingolstadt in ihrem Nutzen für die Wohlfahrt des Landes. Hier erwiesen sich die Mediziner als besonders wichtig, etwa der Arzt Johann Lonaeus Bosch alias Boscius (1514–1585), der sein Pestbuch in auch für Laien rasch und übersichtlich gestaltete Unterkapitel mit eingängigen Überschriften einteilte:

Was die Pestilentz sey.
Wo die Pestilentz herkumb.

Die zaichen einer zuokünfftigen vnd yetzo gegenwertiger Pestilentz.
Wie man die speiß kochen vnnd derselben ain bequemen zuosatz geben soll.
Volgt wie die jenigen genesen mögen so mit der Pestilentz behafft seind.
Mit was Artzney die Pestilentzisch materi außzuofüren sey.

Der Ingolstädter Pesttraktat zeigt stellvertretend die Funktion der Landesuniversität für die Volksgesundheit im Besonderen und für den akademisch fundierten Ausbau der Landesherrschaft ganz allgemein. Ungeachtet der solchermaßen herausragenden Bedeutung Ingolstadts für die Rekatholisierung in Altbayern darf der studentische Einzugsbereich weit über die Landesgrenzen hinaus nicht gering veranschlagt werden. Der gesamteuropäisch rekrutierte Lehrkörper machte Ingolstadt längerfristig sogar zu einer der führenden europäischen Universitäten mit über 500 Studenten, was in der Frühen Neuzeit eine stattliche Zahl war. Und nicht erst mit dem Gründer des Illuminatenordens, dem Kirchenrechtsprofessor Adam Weishaupt, erlangte Ingolstadt größte überregionale Aufmerksamkeit. Der Nimbus der *Alma Mater Angilostadensis* war so gewaltig, dass Mary Shelley ihren Professor Viktor Frankenstein nur in Ingolstadt wirken lassen konnte.

10.2. Nürnberg und Hans Sachs

Dass der Nürnberger Rat seit 1525 die lutherische Spielart der Reformation zur verbindlichen Lehre erklären und längerfristig durchsetzen konnte (auch mit einem 1526 gegründeten humanistischen Gymnasium), hatte neben dem Wirken von engagierten protestantischen Predigern wie dem 1498 in Gunzenhausen geborenen Andreas Osiander auch mit dem Propagandisten der wittenbergischen Nachtigall an der Pegnitz zu tun. Das gleichlautende Meisterlied wurde für den Druck zum Spruchgedicht umgearbeitet. Denn Hans Sachs (1494–1576), der in seinem langen Leben Tausende literarischer Werke schuf – und in der Neuzeit durch Goethe wiederentdeckt wurde (*Hans Sachsens poetische Sendung* 1776, wo er Sachs einen «Eichenkranz, ewig jung belaubt» flicht) –, wurde in seinem gattungsreichen Œuvre zu einem der lebhaftesten Fürsprecher der neuen Glaubenslehre und zu einem Verbreiter seines exorbitanten Lektürepensums (unter anderem Fastnachtspiele, Meisterlieder, Schwänke und Spruchgedichte in vierhebigen Reimpaaren, dem sogenannten Knittelvers). Gut möglich, dass seine Wanderjahre als Schustergeselle in Baiern, Österreich, Franken und im Rheinland auch seinen literarischen Horizont erweiterten (mehr als der Besuch der Lateinschule):

Als mein lehrzeit vollendet war
Thet ich meinem handwerck nach wandern
Von einer statte zu der andern,
Erstlich gen Regnspurg und Braunaw,
Gen Saltzburg, Hall und gen Passaw,
Gen Wels, Münichen und Landshut,
Gen Oeting und Burgkhausen gut,
Gen Würzburg und Franckfurt, hernach
Gen Coblentz, Cölen und gen Ach;
Arbeit also das handwerck mein
In Bayern, Francken und am Rein.

Dabei konnte der weitgereiste Hans Sachs auch in Nürnberg auf reiche stadtbürgerliche literarische Traditionen zurückgreifen, wobei er den Meistersang beim Nürnberger Weber Lienhart Nunnenpeck erlernte. Die Gattung Fastnachtspiel – schon im 15. Jahrhundert durch Rosenplüt und Folz in Nürnberg bestens etabliert – wird bei Hans Sachs auf einen Höhepunkt geführt, indem er auch die Meistersingerbühne entwickelt und als Intendant in der säkularisierten Nürnberger Marthakirche inszenatorisch wirkt. Stofflich beruhen die Spiele, wenn sie etwa Ehebruch, geile Bäuerinnen und Pfaffen als ihre Liebhaber, einfältige Bauern oder schlaue Studenten auf die Bühne bringen, auf mittelalterlichen Traditionen, aber auch auf Boccaccios *Decamerone*, das Hans Sachs sich wie alle sonstigen Stoffe fremdsprachigen Ursprungs in Übersetzung aneignete. Auch der dumme Bauer ist eine Figur schon des 15. Jahrhunderts. Neu ist dagegen die protestantische Ethik, die implizit oder als Moral des Ganzen vorgeführt wird. Die theologisch selbstbewussten Laien wie Hans Sachs, die nach Luther auch ohne Klerus vor Gott gerechtfertigt sind – Hans Sachs besaß Luthers Schriften und hatte sie genau studiert –, können nun im Fastnachtspiel *Der farendt Schuler mit dem Teuffelbannen* befreit über den als Teufel auf der Bühne gebannten Priester lachen, was dramaturgisch geschickt sogar als Spiel im Spiel inszeniert wird. Der neue Geist des moralisch strengeren Protestantismus macht sich auch im Rückgang der derben Zoten bei Sachs im Vergleich zu Rosenplüt oder Folz bemerkbar. So konnte der auch sprachlich gemäßigte und daher weniger an seine Zeit gebundene Hans Sachs dann zum Heros der späteren Stürmer und Dränger werden, für die Johann Wolfgang von Goethe in *Dichtung und Wahrheit* spricht:

> Hans Sachs, der wirklich meisterliche Dichter, lag uns am nächsten. Ein wahres Talent, freilich nicht wie jene Ritter und Hofmänner, sondern ein schlichter Bürger.

Dieser im Vergleich zu manchen Standesgenossen allerdings gar nicht so schlichte Nürnberger Stadtbürger teilte sein dramatisches Werk selbst in «Tragedi» und «Comedi» sowie «Fasnachtspil» ein. Erfolgreicher Propagandist der neuen lutherischen Glaubenslehre aber wurde Hans Sachs vor allem im Meisterlied, wo er die breite Verwendung biblischer Stoffe etablierte. Hans Sachs ist freilich nur einer in der stattlichen Zahl der Meistersinger von Nürnberg, zu denen etwa auch Benedikt von Watt oder Linhart Färber zu zählen sind. All dies ist nicht lokalgeschichtlich isoliert zu sehen, sondern vor dem Hintergrund, dass sich Nürnberg seit dem 15. Jahrhundert kraftvoll zu einer Art Literaturhauptstadt in deutschen Landen entwickelte. Daneben avancierte Nürnberg im 16. Jahrhundert auch zu einem Zentrum des Liederbuchdrucks. Zu nennen sind etwa *Frische teutsche Liedlein*, die der Komponist und Stadtarzt Georg Forster publizierte. In Nürnberg wirkten zeitweilig auch Leonhard Lechner und der legendäre Hans Leo Haßler, der die berühmte Melodie zum später mit dem Passionstext unterlegten *O Haupt voll Blut und Wunden* komponierte. Der Pflege des deutschen Liedes stand eine ambitionierte frühneuhochdeutsche Fachprosa in nichts nach, als deren Gipfel die kunsttheoretischen Schriften Albrecht Dürers gelten. Damit ist Hans Sachs nicht der geniale Einzelne im Sinne der Stürmer und Dränger, sondern Spross eines äußerst fruchtbaren litteraten Erdreichs an der Pegnitz.

Abb. 11: Hans Sachs (1494–1576), Holzschnitt von Brosamer

In der Nachfolge von Hans Sachs steht Jakob Ayrer (1544–1605), allerdings weniger in seinen offiziösen Ämtern als Nürnberger Prokurator und kaiserlicher Notar, der nicht ohne direkten politischen Einfluss war, sondern als Dramatiker. Über 100 Komödien, Tragödien, Fastnachtspiele knüpften einerseits mit dem Knittelvers an Hans Sachs an, andererseits übernahm Ayrer auch Elemente der Ende des 16. Jahrhunderts in vielen Reichsstädten populären englischen (professionellen) Wanderbühnen, die etwa die Narren- oder Clowns-Figur etablierten. Trotz dieses innovativen Elements stand Ayrer etwa für Joseph von Eichendorff im Schatten von Hans Sachs, denn Ayrer gehe «wie ein lechzender Löwe der blutigen Fährte der englischen Komödianten nach, mit seinen Greuel- und Schauderstücken, Galgen- und Prügelszenen ihren Mordlärm noch überbrüllend, während er dabei mit echtdeutscher Tugendhaftigkeit von dem Hans Sachsischen Moralisieren nicht lassen kann, was eine ganz absonderliche Konfusion gibt».

10.3. Gattungen und Autoren

Die Gattung des Prosaromans, die sich im ausgehenden 15. Jahrhundert im Buchdruck etablierte, erreichte mit dem 1509 bei Johann Otmar in Augsburg gedruckten *Fortunatus* erstmalig einen Gipfelpunkt. Dieser einzige Originalprosaroman in frühneuhochdeutscher Sprache – eine italienische oder französische Vorlage wurde bis heute nicht gefunden – entstand höchstwahrscheinlich auch in Augsburg. Der Roman thematisierte den im 15. Jahrhundert immer virulenter werdenden Konflikt zwischen konservativer Ständeordnung und neuer kaufmännischer, dynamischer, liberaler Wirtschaftsmacht, symbolisiert im Dingsymbol des Geldsacks, der mit jedem Griff Goldstücke der ortsüblichen Währung für den Besitzer bereithält und letztlich auch ein Dingsymbol der Bankhäuser Augsburgs und Italiens darstellt. Im Mittelpunkt des Prosaromans stehen Fortunatus und seine Söhne Ampedo und Andolosia. Fortunatus gelingt es nur mühsam, mit der Gabe, die er von der «junckfraw des glücks» erhalten hat, umzugehen, denn die gleichfalls angebotene Weisheit hat er ausgeschlagen. So ist er auch bei seinen Orientfahrten, die ihn bis in Gefilde führen, wo der Pfeffer wächst – das interessierte Augsburger Kaufleute besonders, und Quelle des bei aller Originalität sehr belesenen Romanschriftstellers dürften die in Augsburg zahlreich gedruckten Orientreisebeschreibungen gewesen sein –, auf sich selbst gestellt. Immerhin gelangt Fortunatus im Orient an ein Wunschhütlein, das seinen Träger an jeden beliebigen Ort versetzt. Beide Wunderdinge übergibt er auf seinem Sterbebett seinen leider dafür unwürdigen Söhnen (fast scheint hier der Verfall der Familie Buddenbrook antizipiert). Beide Söhne sind mit dem Erbe ihres Vaters restlos überfordert, am Ende wird das Wunschhütlein vernichtet, und der Geldsack verliert seine spendende Kraft. Davon ausgehend kann der Erzähler hervorheben, dass Fortunatus die falsche Glücksgabe gewählt habe und sich für «weißhait unnd vernunfft» hätte entscheiden sollen. Von daher wäre sein Name durchaus ironisch zu sehen.

Was dem in Augsburg erstmals gedruckten *Fortunatus* und den verwandten urbanen Prosaromanen literaturgeschichtliche Dauerhaftigkeit verleiht, ist ihr zähes Fortleben in den sogenannten Volksbüchern, die noch Johann Wolfgang von Goethe in *Dichtung und Wahrheit* als frühe und prägende Lektüreerlebnisse würdigt, nicht zu vergessen die Neubearbeitungen von Adelbert von Chamisso, Ludwig Tieck und Ferdinand Raimund. Staunenswert ist auf alle Fälle sein internationales Weiterleben in der Neuzeit durch englische, französische, italienische, ungarische, tschechische, polnische und schwedische Übersetzungen. Angesichts einer solch beeindruckenden Rezeption würden wir gerne wissen, wer der Autor dieses bahnbrechenden Werks war, das der in der Neuzeit zentralen Gattung Prosaroman in deutscher Sprache recht eigentlich auf die Beine half. Aus dem Kolophon des Erstdrucks geht nur hervor, der Augsburger Apotheker Hans Heybler habe das Werk «zuo trucken verordnet», und zwar aus Anlass des großen Augsburger Schützenfests 1509. Ob wir es bei ihm auch mit dem Romanautor zu tun haben, ist damit nicht automatisch gesagt. Augsburg mit seinem Fern- und Orienthandel und als Geburtsort von Jakob Fugger dem Reichen, der die Kaiserwahl Karls V. finanzierte, ist auf jeden Fall der passende Entstehungsort und als Druck- sowie Rezeptionsort ohnehin gesichert.

Augsburg wurde zudem mit einer Sonderform des Klosterhumanismus zum auffälligen Tummelplatz lateinischer Schriftstellerei und exquisiter Buchmalerei, etwa mit den udalrikanischen Mönchen Leonhard Wagner (1454–1522) oder Veit Bild (1481–1529), wobei auch Ottobeuren einen vergleichbaren Klosterhumanismus pflegte, nicht nur in Gestalt des Nikolaus Ellenbog (1481–1543) – nicht zu vergessen Füssen und Irsee. Auch der umtriebige, wie viele Humanisten eine eher prekäre Existenz fristende und aus dem altbayerischen Burghausen stammende Joseph Grünpeck (1473–1531) wirkte zeitweilig als Lateinlehrer und Dichter von «Comoedien» in Augsburg. Der urbane Humanismus dort mit seinen an antiken und italienischen Vorbildern orientierten Dichtungen erlebte im 16. Jahrhundert endgültig eine Blüte. Nachdem Ulrich von Hutten am 12. Juli 1517 in Augsburg zum *poeta laureatus* gekrönt worden war, schrieb er 1518 jubelnd an den Nürnberger Willibald Pirckheimer, der beispielsweise mit einer *Elegia in obitum Alberte Dureri* (1528) selbst als lateinischer Stilist hervortrat:

O seculum! O literae! Iuvat vivere …
(O Zeitalter! O Wissenschaften! Es ist eine Lust zu leben …).

Für das ebenfalls dem Humanismus gegenüber sehr aufgeschlossene Nürnberg, wo er noch von Friedrich III. zum Dichter gekrönt worden war, wirkte auch Konrad Celtis. Als humanistisches Geschichtswerk für die Stadt ist die 1502 gedruckte *Norimberga* aus der Feder dieses *poeta laureatus* anzusehen, der selbst ja auch Franke war, aber dessen Scheltrede auf die Nürnberger (1497 in einem Brief an den Nürnberger Mäzen Sebald Schreyer, gedruckt 1513) ein eher spannungsvolles Verhältnis zeigt.

Der Humanismus hatte freilich nicht nur in Nürnberg und Augsburg, sondern auch im Altbayerischen durchaus seine Chancen. Denn im niederbayerischen Landshut erschienen die humanistischen Schriften des Dietrich von Plieningen, der Sallust, Cicero, Seneca und Lukian verdeutschte. Für Schwaben wurde Augsburg zum wichtigen humanistischen Vorort. Der vielseitige Augsburger Jurist und manische Büchersammler Konrad Peutinger (1465–1547) wirkte nicht nur als Stadtschreiber, sondern auch als Berater Maximilians I. Berühmt ist Peutingers *Sodalitas Augustana* durch ihre gelehrte Antikenrezeption. Peutinger edierte römische Inschriften (*ROMANAE VETUSTATIS FRAGMENTA IN AVGVSTA VINDELICORVM ET EIVS DIOECSI*) und sammelte selbst plastische römische Altertümer, wodurch er zu einem Pionier der provinzialrömischen Archäologie wurde. In der Begeisterung für römische Altertümer glich ihm später der wittelsbachische Herzog Albrecht V. (1550–1579), der im Münchener Antiquarium antike Skulpturen zusammentrug.

Außerhalb Rätiens und Noricums war ja nicht mit römerzeitlichen Funden zu rechnen, weshalb der Humanismus in Franken kaum archäologisch geprägt war, sondern eher philologisch auf älterer, spätmittelalterlicher Grundlage vor Ort aufbaute. In Nürnberg setzten sich deshalb humanistische Prägungen des 15. Jahrhunderts nun mit dem patrizischen Geschwisterpaar Willibald (1470–1530) und C(h)aritas Pirckheimer (1467–1532) fort. Nach Studien in Italien widmete Willibald seiner Stadt Nürnberg einen Gutteil seiner Lebenszeit als juristischer Berater, Gesandter und Feldhauptmann. Der profunde Kenner der griechischen Literatur wirkte zudem als Übersetzer ins Deutsche. Anfängliche Sympathien Pirckheimers für die Reformation schwanden mit der schlechten Behandlung seiner Schwester Barbara alias Caritas durch die Reichsstadt. Die Äbtissin des Klara-Klosters tat sich nicht nur als theologische Lehrerin ihrer Mitschwestern, sondern auch als humanistische Autorin hervor – hierin der aus Ferrara stammenden Schweinfurterin Olympia Fulvia Morata (1526–1555) gleichend –, zudem als gewissenhafte Chronistin der dramatischen Zeitläufte:

> Do wir nun mit jamer und not aus der vasten komen, o do wurd es nach ostern vil poßer, dann am freitag in der osterwochen beruft man all prister auf das Rothauß, verbot jn allen, dy lateinisch meß zu lesen; sageten, wy sy pei den gelehrten funden, das es so ein abgottisch gotteslesterliche ding umb dy meß wer [...]. Auf denselben freytag verpott man auch unsern wüdigen vetern zu den parfussern, das sy ir glocken nymer sollten leuten, noch keinen gottlichen dienst weder pey nacht noch pey tag sollten halten noch nichz in der gemeyn mit einander sollten petten. [...]
> (Als wir nun mit Weh und Ach die Fastenzeit hinter uns gebracht hatten, verschlechterten sich die Zustände nach Ostern noch weiter, denn am Freitag in der Osterwoche bestellte man alle Priester ins Rathaus, untersagte ihnen allen, die lateinische Messe zu halten; man behauptete, dass man von Theologen erfahren habe, dass es sich bei der Messe um eine abergläubische und gotteslästerliche Angelegenheit handle [...]. Am selben Freitag verbot man den Brüdern und Priestern im Barfüßerkloster das Glockengeläut ebenso wie den Gottesdienst zu Tag- und Nachtzeiten; auch das gemeinsame Gebet wurde untersagt. [...])

Mit dem gleichermaßen humanistisch versierten Philipp Melanchthon debattierte Caritas Pirckheimer auf Augenhöhe über die Berechtigung monastischer Lebensweise. Ihre beeindruckende Persönlichkeit trug so zur vorläufigen Rettung des Klarissenklosters als altgläubiger Insel in der protestantisch gewordenen Stadt bei. Die Pirckheimers verkörpern damit ebenfalls den Typus des am Alten und (bei aller Kritik) besonders an der alten Kirche hängenden Humanisten, zu dem man neben Erasmus von Rotterdam auch den Augsburger Konrad Peutinger rechnen darf. Überhaupt ist der Humanismus in den katholisch gebliebenen Gegenden nicht weniger stark als in den protestantischen. Denn neben Ingolstadt ist auch ein Klosterhumanismus auf dem flachen Land bemerkenswert, wie etwa in Aldersbach, wo Abt Wolfgang Marius (1469–1544) neulateinisch dichtete.

Um eher späte Vertreter des Humanismus handelte es sich beim Augsburger Gräzisten und intellektuellen Kopf der protestantischen Reichsstadt, dem Bibliothekar Hieronymus Wolf (1516–1580) oder beim Augsburger Marcus (oder Marx) Welser (1558–1614). Letzterer gründete sogar einen eigenen Verlag, der unter dem Titel *Ad insigne pinus* etwa Origenes im griechischen Original verlegte, die Sonnenfleckenentdeckung des Jesuiten Christoph Scheiner veröffentlichte und neben einer Augsburger Stadtgeschichte 1594 sogar eine *Baierische Geschichte* aus der Feder von Marcus Welser selbst, deren langjährige Vorstudien vom Herzogshof in München seit der Beauftragung durch Wilhelm V. seit 1595 gefördert wurden, herausbrachte; immerhin zeigt diese Kooperation zwischen Augsburg und München, dass die Nachbarn Schwaben und Altbayern nicht nur *in litteris* immer wieder Brücken schlugen. Dabei ist der Humanismus auch konfessionsübergreifend als prestigeträchtige Bildungsbewegung zu werten, weil er etwa den Katholiken Peutinger ebenso prägte wie den engagierten schwäbischen Reformator Johann Ebelin von Günzburg (um 1470–1533), der den Memminger Sebastian Lotzer beeinflusste und der nicht nur die protestantische Kampfschrift *Fünfzehn Bundtgenossen* verfasste, sondern auch die *Germania* des Tacitus übersetzte.

Führte der Humanismus in Altbayern, Franken und Schwaben im 16. Jahrhundert das zu Ende, was sich spätestens um 1450 nördlich der Alpen immer mehr Bahn brach, so scheint mit der Reformation, mit Luthers (vermeintlichem) Thesenanschlag 1517 in Wittenberg und dem Boom an lutherischen Flugschriften, dem Bucherfolg der Lutherbibel als (vermeintlicher) Schöpfung der neuhochdeutschen Schriftsprache, der Schaffung eines funktionierenden Schulwesens in den Städten, mit volkssprachigen Katechismen und dem teilweise sogar von Luther selbst gedichteten deutschen Kirchenlied, mit dem protestantischen Schultheater als moralischer Anstalt, ja mit geschickten Bühnenautoren wie Paul Rebhun tatsächlich auch literaturgeschichtlich eine deutliche Epochenschwelle überschritten. In Franken und Schwaben – jedenfalls dort, wo nicht die Gegenreformation den anfänglichen Aufbruch später wieder zunichte machte – führten diese Errungenschaften der Reformation angeblich zu einem Modernisierungsschub, der sich je länger je mehr auch literaturgeschichtlich bemerkbar machte, weil sich in den protestantischen Gebieten die letztlich protestantische deutsche Höhenkammliteratur mit Lessing, Schiller und Goethe durchsetzte, während die von der Reformation unberührten katholischen Gegenden literarisch allenfalls vom reaktionären Geist der Jesuiten, Barockprediger und Romantiker infiziert wurden.

Leider sind gerade diese selbstverständlich scheinenden Setzungen oder Binsenweisheiten aus älteren Literaturgeschichten (die in bayerischen Schulbüchern immer noch zu lesen sind!) fast durchweg zu falsifizieren. Denn Luthers Thesenanschlag an der Schlosskirche in Wittenberg ist ebenso Legende wie die Mär, die Lutherbibel habe die Ausbildung der Neuhochdeutschen Schriftsprache bewirkt, zumal es bereits vor Luther nicht wenige deutsche Bibeln in Handschrift und Druck gab. Hinzuweisen wäre insbesondere auf den überaus flüssig formulierenden sogenannten Österreichischen Bibelübersetzer des 14. Jahrhunderts mit seiner bairischen Schreibsprache, der im 15. Jahrhundert auch in Baiern gelesen wurde. Ein gutes Schulwesen gab es in den Reichsstädten schon vor der Reformation. Die Frömmigkeitstheologie des 15. Jahrhunderts popularisierte in zuvor nie gekanntem Ausmaß katechetische Literatur in den europäischen Volkssprachen. Deutschsprachige geistliche Lieder hat man auch im Spätmittelalter gesungen. Die Unterschiede zwischen altgläubigem und neugläubigem Schultheater sind zunächst nicht gravierend. Und sogar der Erzprotestant Gottsched fand mit seiner literarischen Aufklärung im Prämonstratensermönch Sebastian Sailer, einem schwäbischen, in Weißenhorn geborenen Dichter, einen eifrigen Anhänger.

Von daher sollte man auch für Bayern den literaturgeschichtlichen Ertrag von Reformation und Gegenreformation weitaus nüchterner als bislang betrachten. Dabei bleibt unbestritten, dass die Reformation anfangs auch in Altbayern äußerst erfolgreich war, von den Reichsstädten und selbstständigen Adelsherrschaften Frankens und Schwabens ganz zu schweigen, wovon etwa die Autobiographie des Landsknechtführers Sebastian Schertlin von Burtenbach (1496–1577) zeugt. Allerdings dominierten gerade in Schwaben zunächst nicht die Lutheraner mit ihrer später so genannten Augsburgischen Konfession (nach der wesentlich durch Melanchthon geprägten *Confessio Augustana* von 1530), sondern die oberdeutschen und im Vergleich zum Mitteldeutschen Martin Luther aus Augsburger Warte eher einheimischen Zwinglianer, die mit ihrem symbolischen Abendmahlsverständnis und ihrem Hang zum radikalen Bilderverbot, ja Bildersturm, Städte wie Augsburg oder Kempten nicht unwesentlich prägten. Auch die radikale Täuferbewegung konnte in Augsburg zeitweise Fuß fassen, etwa in Gestalt des ehemaligen Franziskaners Sigmund Salminger, der ein Kirchengesangbuch schuf und sich vom Augsburger Laienpropheten Jörg Preyning inspirieren ließ, der seinerseits in seiner latenten Kirchenkritik am Vorabend der Reformation vom Starprediger Johannes Geiler von Kayserberg (wohl ohne dessen Billigung) bestärkt wurde, als dieser auf Einladung des reformfreudigen und selbst frommen Fürstbischofs Friedrich von Zollern – er schuf das Lied *Frid gyb mir her vff erden / durch deinen bittern todt* – vor den Augsburger Gläubigen wortgewaltig predigte.

All diese reformatorischen Bestrebungen hatten in Schwaben noch weitere literaturgeschichtliche Folgen, denn obwohl Luther Passionsspiele (im Gegensatz zu Dramatisierungen von alttestamentlichen Stoffen) ablehnte, verwendete der aus Augsburg stammende Pastor Hecht alias Lucius die Passion des Zürchers Jakob Rueff für sein Kaufbeurer Passionsspiel. Zudem verarbeitete er noch zahlreiche Verse des spätmittelalterlichen Augsburger Passionsspiels aus dem Benediktinerkloster Sankt Ulrich und Afra. Dieses Spiel der Benediktiner bildete übrigens später zusammen mit dem Passionsspiel eines protestantischen Augsburger Meistersingers die Quelle für das älteste Oberammergauer Passionsspiel. Angesichts solcher Ökumene auf der Schaubühne sollten wir uns davor hüten, Reformation und Gegenreformation auch als literaturgeschichtliche Gegensatzkategorien einseitig festzulegen. Bei aller konfessionellen Polemik hatten es die Autoren doch jeweils mit den gleichen literarischen Gattungen und Stoffen zu tun, die auch nach vergleichbarer Gestaltung verlangten.

Andererseits zeigten Maßnahmen wie die Gründung jesuitischer Schulen und Kollegien – Herzog Wilhelm V. ließ das Münchener Jesuitenkolleg und die Michaelskirche errichten – mit ihrem ordensspezifischen Theaterbetrieb Wirkung, wobei die meisten Jesuitendramen lateinisch aufgeführt wurden, während Theaterzettel oder Periochen, die sich in Schwaben etwa für Augsburg oder Kaufbeuren erhalten haben, in der Volkssprache die Handlung zusammenfassten. Der Erfolg auch beim nicht lateinisch gebildeten Publikum beruhte auf der modernen, ja innovativen Bühnentechnik.

Diese war insofern finanziell und technisch gut ausgestattet, als der Münchner Hof die Inszenierungen nicht als bloßes Schultheater – das waren sie als Praxis der Rhetorik-Klassen durchaus –, sondern als Staatsaktionen betrachtete und deshalb wohlwollend alimentierte. Neben dem Drama als Mittel der katholischen Gegenoffensive sind auch Predigt und Legende zu nennen, etwa beim Münchener Hofprediger Johannes a Via.

Auch die strenge Kontrolle der Lektüre für Laien gehörte zum von München aus gesteuerten wittelsbachischen Abwehrprogramm. Der negativen Zensur unter Albrecht V. stand freilich die Durchsetzung der auch kulturell bedeutsamen tridentinischen Reformen gegenüber. Dabei war die Öffnung für Einflüsse aus der Romania – wie beim Niederländer Aegidius Albertinus (1560–1620), der das dortige moderne, aszetische Schrifttum übertrug und den spanischen Picaro-Roman für Baiern bekannt machte (*Vida del Guzman de Alfarache* des Mateo Aleman) – und den Spanischen Niederlanden literaturgeschichtlich bedeutsam und im Vergleich zu den fast nur national orientierten Protestanten ein Vorteil. Längerfristig führte dies – bis zum Einsetzen der sogenannten Klassischen Epoche – zu einem internationaler geprägten literarischen Eigenleben in den katholischen Gegenden Baierns. Literaturgeschichtlich sollte man für die Frühe Neuzeit durchaus eine katholische und baierische Weltläufigkeit als Charakteristikum hervorheben, die wiederum bei Aegidius Albertinus in handfestes Baiernlob umschlagen konnte, wie etwa in seinem *Landstörtzer Gusman von Alfarache*:

> Was aber Bayrn belangt / gedunckte mich daß es das gelobte heilige Land war / wegen der so grossen andacht / die ich aller orten in den Kirchen vnd Klöstern verspürte / Item wegen der grossen barmhertzigkeit / welche gegen den Armen begangen ward / mit hülff vnd darreichung deß heiligen Allmusens. Item wegen der so gar guten Iustici, welche aldort meniglichen / dem armen so wol als dem reichen / ohne allen respect administrirt vnd ertheilt wirdt.
> (Was jedoch Baiern betrifft, so schien es mir das gelobte Heilige Land zu sein, und dies wegen der überall in Kirchen und Klöstern zu spürenden Andächtigkeit der Gläubigen, auch wegen der großen Barmherzigkeit gegenüber den Armen, und zwar in Form der Almosengewährung. Und schließlich ist das gute Gerichtswesen hervorzuheben, welches Arm und Reich ohne Rücksicht auf die Herkunft gleichermaßen gerecht behandelt.)

Dazu, genauer zum europäischen Anspruch baierischer Kultur, sind *in musicis* entsprechende internationale Anregungen zu zählen. Nicht vergessen werden darf hierbei die Musik des europaweit geschätzten Hofkapellmeisters Orlando di Lasso (1532–1594). Er wirkte zeitweilig in München und steigerte den Glanz des dortigen Hofs, denn die Kultur- und Bildungspolitik der Herzöge Albrecht V. und Maximilian I. zielte ebenso auf eine auch literarische Neuerung wie für Schwaben die Politik von Kardinal Otto Truchsess von Waldburg (1514–1573), Gründer der Universität Dillingen, oder für Franken die Politik von Bischof Julius Echter von Mespelbrunn (1545–1617), Gründer der Universität Würzburg. An all diesen Universitäten wurde Schrifttum in der Volkssprache genauso selbstverständlich (und in großem Umfang) publiziert wie Traktate und Bücher in der alten Wissenschaftssprache Latein.

Doch mit den Bildungsoffensiven der genannten Fürstbischöfe in Franken und Schwaben sowie der Kulturpolitik der Wittelsbacher hatte der Katholizismus kulturell und literarisch nur scheinbar wieder Oberwasser, denn gerade am Vorabend des Dreißigjährigen Kriegs spitzte sich auch *in litteris* der Glaubensgegensatz extrem zu. Beispiel dafür sind die Kalenderstreit-Unruhen in Augsburg, wo es um die rechte Zeitordnung ging: althergebrachter Julianischer Kalender der Protestanten oder neuer Gregorianischer Kalender der Katholiken mit einer drastischen Zeitumstellung? Bei den verschiedenen Konfessionen gingen die Uhren eben anders, wobei Jesuiten, die von protestantischer Seite als «Jesuwider» verspottet wurden, und lutheranische Handwerker-Dichter wie Jonas Losch einander nichts schenkten. Die seit dem berühmten Religionsfrieden von 1555 auf Parität bedachte Augsburger Obrigkeit unterdrückte freilich die polemischen Lieder des Jonas Losch.

Während der arme Weber Losch als «Teutscher Dichter und Componist» den teilweise akademisch gebildeten Augsburger Meistersingern (wie dem Homer-, Vergil- und Ovid-Übersetzer Johann Spreng) wohl nicht vornehm genug war, gelang es der Münchnerin Katharina Holl, von der Dichterzunft akzeptiert zu werden, wobei sie ein Meisterlied so signierte: «dichts Catharina Hollin zu München». Die Dichterkomponistin thematisierte kunst- und selbstbewusst ihre Stellung im Kreis der Dichterkollegen:

Gesang, das wil ich preisen,
so gschicht auss freyer Kunst;
dessen will ich mich fleisen,
frag nach keiner Ungunst:
[…]
Also tu ich Euch biten,
Ihr werden mercker frum,
brauchet vernünfftig Siten,
weil ich zu euch Itzt kum,
wolt nich ansehen mein person,
hon
und spot mir beweisen heute.
Richt nicht nach Gunst,
sonder nach Kunst
vnd thut mich nicht verschmehen,
ob ich gleich bin ein Weibsbild schwach,
nach
der Kunst wolt mich recht ansehen.

Trotz der Münchner Meistersingerin Hollin kann man die herzogliche Landeshauptstadt wie Altbayern insgesamt kaum mit dem Meistersang als prägendes Phänomen in Verbindung bringen. Das gilt für das 16. Jahrhundert eher für Franken mit den Meistersingern von Nürnberg als mindestens seit Richard Wagner legendärer Speerspitze dieser stadtbürgerlichen Kunstform. Nicht vergessen werden darf aber Schwaben, wo insbesondere die Reichsstädte einen guten Boden für die meisterliche Kunst abgaben. So wurden in Augsburg, wo schon seit dem 15. Jahrhundert eine Singschultradition bestand, im 16. Jahrhundert zeitweise weit über 200 Mitglieder gezählt, wobei mit dem schon erwähnten Notar Johannes Spreng (1524–1601) ein hochangesehener Akademiker Mitglied war, der nicht nur rund 300 Meisterlieder, sondern sogar eine Versübersetzung der *Ilias* verfasste, welche mehrere Auflagen erfuhr.

In Nördlingen erfolgte die Schulgründung 1506, in Donauwörth 1560 und in Memmingen erst Ende des 16. Jahrhunderts, wobei sich dort der Meistersang bis weit in die Neuzeit hinein als besonders zählebig erwies. Neben den in Regelwerken – den sogenannten Tabulaturen – festgelegten Wettbewerben, die Singschulen hießen und von deren Ablauf die bunten Abbildungen in den Stammbüchern der Memminger Meistersinger eine lebendige Vorstellung geben, betrieb man auch eifrig das Schauspiel, was mit Theaterprivilegien für Meistersinger zu tun hatte. Zwar war öffentliches Theater in der mittelalterlichen und frühneuzeitlichen Stadt stets ein Politikum, doch die öffentlichen Aufläufen misstrauenden städtischen Obrigkeiten duldeten Theater wohlwollender, wenn es an Institutionen wie Bruderschaften, Schulen oder eben Meistersingergesellschaften gebunden war. Wenn gar, wie im Falle von Sixt Birck (100–1554) in Augsburg, städtische Schule und Meistersang zusammenkamen, stand der öffentlichen Aufführung nichts mehr im Wege.

Drama und Theater erlebten in der Tat im 16. Jahrhundert, teilweise in Anknüpfung an das blühende städtische Theater des voraufgehenden Jahrhunderts, einen weiteren Aufschwung. Dabei lebten traditionelle Formen fort wie etwa im Augsburger Osterspiel, das im ausgehenden 16. Jahrhundert im Augsburger Dom zur Aufführung gelangte und in der Familie von Herbstheim, die auch einen Domkapitular stellte, als kostbarer Schatz verwahrt wurde. Das noch ganz mittelalterlich zu inszenierende Augsburger Osterspiel markiert ebenso den Traditionsstrang ins Mittelalter wie so manches reformatorische Drama, das häufig zwischen Simultanbühne und humanistischer Akteinteilung schwankt, wobei die Kontinuitäten zwischen 15. und 16. Jahrhundert auf der Bühne konfessionsübergreifend viel größer sind, als gemeinhin angenommen wird. Tatsächlich sind sogar die interkonfessionellen Bezüge nicht gering zu schätzen, denn das Passionsspiel des Hans Sachs, das noch im traditionell aufgemachten Admonter Passionsspiel als Versreservoir ausgeschlachtet wird, zeigt diesen Hybridcharakter nicht weniger als die Dramen des Augsburger Meistersingers Sebastian Wild. Zu bühnenästhetisch neueren Ufern bricht dann freilich Sixt Birck mit seinem am protestantischen Drama der Schweiz geschulten augsburgischen Theater auf.

Während sich so die Protestanten auf der Bühne nach Westen an der Deutschschweiz und nach Norden an Wittenberg orientierten, zeigten die Katholiken eine weit internationalere Südorientierung, denn bei der Hochzeit des späteren Herzogs Wilhelm V. im Jahr 1568 gab man sich mit der

Darbietung einer Commedia dell'arte modern. Überdies wurde anlässlich dieses Ereignisses die Tragödie *Samson* von Andreas Fabricius mit der Musik des europaweit renommierten Orlando di Lasso aufgeführt. Überwog hier insgesamt das repräsentative Moment, so pflegten die Jesuiten mitunter pompöse Inszenierungen in den Dienst einer katholischen Katechese zu stellen. Ihre Kulissenbühnen und Theatermaschinerien sowie Effekte waren, bis hin zur Pyrotechnik, auf dem neuesten Stand der damaligen Technik. Ihre Inszenierungen in den katholisch gebliebenen oder rekatholisierten Gebieten Baierns, Österreichs und der Schweiz glichen sich insgesamt stark, was mit der internationalen Vernetzung und der Mobilität der Ordensmitglieder hinreichend erklärt werden kann. Als Spielorte der Societas Jesu lassen sich auf dem Gebiet des heutigen Bayern die Orte München, Ingolstadt, Neuburg an der Donau, Landsberg am Lech, Amberg, Landshut, Straubing, Dillingen und Augsburg nennen.

Ungeachtet des konfessionellen Charakters vieler Werke des 16. Jahrhunderts – zu nennen wären auch Gesangbücher wie jenes des Schwenckfeldianers Adam Reissner (1500–1580) – erfuhren im Zeitalter der Entdeckungen geographische Werke, Karten (aus Übersee, aber auch für Baiern) und Reiseberichte eine wachsende Bedeutung. Philipp Apian (1531–1589) wurde geradezu zum Pionier der exakten Landvermessung in Baiern. Auf lokaler Ebene war es der Augsburger Jörg Seld, dem in Gestalt einer Vogelschau auf Augsburg ein empirisch fundierter großer Wurf gelang. Zu den Kartenwerken gesellten sich modern anmutende Reiseberichte, wie jener über die Orientreise (1573–1576) des Augsburger Stadtbürgers Leonhard Rauwolf, wobei seine *Beschreibung der Raiß* auf 1583 datiert. Und der Augsburger Sixt Birck (1500–1544) übersetzte den Bericht des Conquistadors Cortéz, wobei der frühneuhochdeutsche Traktat *Von dem Neuwen Hispanien* in der Stadt der Fugger und Welser – Letztere waren als eine Art Kolonialherren besonders in Lateinamerika engagiert – auf lebhaftes Interesse rechnen durfte. Und so kann es angesichts dieser in Augsburg betriebenen Globalisierung nicht verwundern, dass auf dem zeitgenössischen monumentalen Kartenwerk im *mappamondo*-Raum der Villa Farnese (unweit von Rom) zwei Städte nördlich der Alpen besonders deutlich markiert sind: Augsburg und Ingolstadt, Letzteres natürlich wegen seiner humanistischen Universität mit ihrem Kampf gegen den Protestantismus, den die habsburgfreundlichen Farnese auch in anderen riesigen Wandbildern zusammen mit ihrem Idol Karl V. malen ließen. In den Augen der papstnahen Farnese blieb Rätien offenbar wie schon in der Antike der Schutzschild Roms gegen die Barbaren aus dem Norden, zu denen man im Renaissance-Italien (in nicht zuletzt theologischer Verkennung der wahren Ursachen) auch die Lutheraner zählen zu müssen glaubte.

11. Die Literatur des 17. Jahrhunderts

11.1. Die Nürnberger Pegnitz-Schäfer

Konfessionsübergreifende Anleihen waren – wenn auch selten – sogar im erzprotestantischen Nürnberg möglich, wenn etwa Sigmund von Birken die Rauchersatire (*Satyrica contra Abusum Tabaci*) des Jesuiten Jacob Balde 1658 ins Deutsche übersetzte; zugleich wird damit auch eine – gar nicht so seltene – Grenzüberschreitung *in litteris* zwischen Altbayern und Franken sichtbar, und dies trotz der sonst vorherrschenden ästhetischen und weltanschaulichen Nordorientierung der protestantischen Nürnberger Barockdichter. Daneben bildete Nürnberg auch das Exil von Protestanten, die aus (im Gefolge des Dreißigjährigen Krieges) gewaltsam rekatholisierten Gebieten geflohen waren. Ein berühmtes Beispiel dafür ist die Österreicherin Catharina Regina von Greiffenberg (1633–1694), die in Österreich Mitglied der *Ister-Nymphengesellschaft* war und nun in Nürnberg unter dem Namen «die Tapfere» ab 1667 die *Lilienzunft* in Zesens *Teutschgesinnter Genossenschaft* leitete sowie als Verfasserin *Geistlicher Sonnette* hervortrat, deren leidgeprüfte Existenz sich in *Das beglückende Unglück* widerspiegelt:

Es duncken uns zwar schwer die Creutz und Trübsal-Zeiten:
Jedoch sie / nach dem Geist / sehr nutzlich seynd und gut:
dieweil / den Palmen gleich / der Christlich Heldenmuth
sich schwinget hoch empor in Widerwärtigkeiten.

Man pflegt mit grosser Müh die Kräuter zubereiten /
eh man das Oel erlangt / der Kräuter Geist und Blut:
man brennt und läutert sie bey mancher heißer Glut.
So will uns GOttes Raht auch zu der Tugend leiten.

Es muß das Spiegelglaß sehr wol geschliffen seyn /
sonst ist es nicht gerecht unnd wirffet falschen Schein.
der Mensch / in dem sich GOtt bespiegelt / soll er leuchten /

so muß durch Creutzes-Strahl er werden zugericht.
Allein in Vnglücks-Nacht / siht man das Liecht im Liecht.
uns nutzt das Creutz / als wie dem Feld das Thaubefeuchten.

Diese Dichterin konnte schon mit ihrer Ankunft in Nürnberg hoffen, bei den Pegnitz-Schäfern als Gesprächspartnerin ernst genommen zu werden, denn Frauen wie Männer bildeten gleichberechtigte Teilnehmer in Harsdörffers *Frauenzimmer Gesprechspiele so bei ehr- und tugendliebenden Gesellschaften mit nützlicher Ergetzlichkeit beliebet und geübet werden mögen.* Überhaupt darf der geistige Einfluss der zahlreichen Emigranten, die aus dem katholischen Österreich fliehen mussten, für Nürnberg nicht zu gering veranschlagt werden. Nicht nur diesbezüglich erregten sie Eifersucht beim Nürnberger Patriziat, das zu diesem alten Adel (durchaus neidisch) emporblicken musste, der auch ein wenig an ihrem Altnürnberger Nimbus kratzte.

Jedenfalls gab die Metropole an der Pegnitz nicht zuletzt aufgrund dieser ‹oberschichtigen› Melange den fruchtbaren Boden oder vielleicht eher noch Dünger ab für eine neuartige, 1644 gegründete literarische Gesellschaft der Reichsstadt, den *Pegnesischen Blumenorden*. In dessen Satzung von 1699 wird «das Wachsthum unserer Mutter-Sprache nach ihrer Zierde und Lieblichkeit» propagiert. Nürnberg bildete damit in der Barockzeit erneut ein literarisches Zentrum im Reich, wie es das schon im 15. Jahrhundert wenigstens für die volkssprachige Literatur gewesen war. Und auch Hans Sachs und seine Mitstreiter im 16. Jahrhundert erweisen die Stadt als herausragendes und überaus anregendes literarisches Zentrum, das im 17. Jahrhundert dann keineswegs überraschend große Gestalten wie Harsdörffer hervorbrachte.

Der Dichterkreis um den patrizierstämmigen Gerichtsassessor und Nürnberger Ratsherrn und Senator Georg Philipp Harsdörffer (1607–1658), Urheber des berühmten *Poetischen Trichters*, um Johann Klaj (1616–1656) aus Meißen, um Sigmund von Birken (1626–1681) und Johann Michael Dilherr (1604–1669), der die Passionsblume ins Ordensemblem brachte und als Reformpädagoge und Förderer der Universität Altdorf wirkte, wollte eine volkssprachige Literatur etablieren, die sich auf Augenhöhe etwa mit der neulateinischen befinden sollte. Literarisch versierte Frauen wie Regina Magdalena Limburger oder Maria Catharina Stockfleth hatten selbstverständlich Zutritt; zum weiteren Umkreis sind noch die 1683 verstorbene Katharina Margaretha Dobenecker, geborene Schweser, sowie die Bayreuther Markgräfin Erdmuth Sophie, eine ebenso vielseitige wie fruchtbare Autorin, zu rechnen. Auch der Bayreuther Joachim Hagn war Mitglied des Pegnesischen Blumenordens und verfasste eine *Weihnacht-Schäferey*. Das galante literarische Spiel all der Damen und Herren wurde auch im Freien inszeniert. So trafen sich die Nürnberger Pegnitz-Schäfer in einem «Poetenwäldchen» an der Pegnitz oder im «Irrhain» bei Kraftshof. Zu diesem Literaturbetrieb schrieb Harsdörffer mit dem *Poetischen Trichter* das Lehrbuch. Dieser versprach, «die teutsche Dicht- und Reim-Kunst ohne Behuf der lateinischen Spache, in 6 Stunden einzugießen».

Von Harsdörffers sprachpflegerischen Ambitionen zeugen auch die Mitgliedschaften in Sprachgesellschaften wie der *Teutschgesinnten Genossenschaft* und der berühmten *Fruchtbringenden Gesellschaft*. Letztere wurde nach Florentiner Vorbild gegründet. Der in solchen Sprachgesellschaften gepflegte Purismus gebar allerdings unfreiwillig komisch anmutende Wortungeheuer, die den Fremd- und Lehnwortgebrauch einschränken sollten: «Zeugemutter» statt Natur, «Selbstand» statt Person, «Dichtling» statt Vers, «Lustinne» statt Venus oder «Tageleuchter» statt Fenster.

Dass Nürnberg Schauplatz eines so lebhaften geistigen, literarischen wie sprachwissenschaftlichen Lebens war, kann mit einem insgesamt guten intellektuellen und akademischen Nährboden erklärt werden, zu dem etwa die letztlich nürnbergische Universität Altdorf, die von 1623 bis 1809 existierte, und das kräftig ausgebildete Verlagswesen beitrugen, von dem die Dichter des Pegnesischen Blumenordens Gebrauch machten. Entsprechend verlegte Sigmund von Birken gar den Musensitz vom griechischen Parnass an die Pegnitz: «Hier ist […] im Nordgau aufgestiegen ein neuer Musen-Berg.»

Dabei übten sich die Pegnitz-Schäfer – durchaus in Analogie zu diversen protestantisch geprägten Sprachgesellschaften – nicht in ästhetischer, (alt-)fränkischer Selbstgenügsamkeit, sondern orientierten sich beispielsweise an der Regelpoetik von Martin Opitz, ebenfalls Protestant wie die Nürnberger. Zugleich versuchten sie die (im Vergleich zur Romania) immer noch als unzureichend empfundene deutsche Literatursprache durch eigene Formexperimente weiterzuentwickeln. Von der Lyrik bis zum Erzählwerk in Prosa wurde das (nicht nur durch sein großes Territorium) im Reich in dieser Zeit hoch angesehene Nürnberg geradezu ein Labor fortschrittlicher bis damals avantgardistischer deutscher Dichtung – trotz sonstiger moralischer Strenge und teilweiser weltanschaulicher Orientierung an der zur Erstarrung neigenden lutherischen Orthodoxie bei den Pegnitz-Schäfern.

Jenseits trockener papierener Selbstgenügsamkeit inszenierte man sich sogar selbst durchaus ironisch – in Anknüpfung an eine gesamteuropäische Mode – als Club der dichtenden Schäfer in performativen Akten unter freiem Himmel, zunächst in einem Poetenwäldchen, später im extra für diese Zwecke angelegten Nürnberger Irrgarten: Dieser 1678 fertiggestellte «Irrwald» befand sich in unmittelbarer Nähe der Kaiserburg. Der Pastor der nahegelegenen Krafftshof-Gemeinde, Martin Limburger, genannt Myrtillus der andere, entwarf 1676 das (als europäisch-romanisches Phänomen anzusprechende) botanische Labyrinth, in dem sich neben einer Küche Laubhütten der einzelnen Mitglieder sowie eine Gemeinschaftshütte befanden. Am Eingang des Irrgartens war in mythologischer Anspielung zu lesen:

> Hier dichten offtermal die Pegnitz-Hirten-Brüder
> Zur Ehr des Himmels Lieder.
> So wird die Einsamkeit gesellig zugebracht,
> Aus Unruh Ruh gemacht.
> Kein Minotaurus woll bey diesen krummen Gängen
> Sich mit Gewalt eindrängen.
> Der Mauren Laub-Smaragd von unserm bunten Hain
> Nimmt nie die Frommen ein.

Diesen Eskapismus sollte man keineswegs belächeln, denn er ist vor dem Hintergrund der materiellen und geistigen Verwüstungen des Dreißigjährigen Krieges entstanden. So floh etwa Johannes Klaj aus dem zerstörten Sachsen nach Nürnberg, wo er sich zunächst als Lehrer durchschlagen musste. Die Schäferidylle an der Pegnitz ist nur vor dem Hintergrund der Kriegsgräuel wirklich verständlich. Und Harsdörffer klagt in antithetischem Stil über das «rasende Schwert», das Sachsen zerstört und alle Kunst verjagt habe:

> Schäfer und Schäferinnen sind um ihre liebe Wollenheerde gebracht / alle Dörfer / Mayerhöf / Forwerge und Schäfereyen sind verödet / Auen und Wiesen verwildert / das Gehöltze durch die Wachfeuere verösiget / Obst- und Blumengärten zu Schantzen gemachet worden. Statt der belaubten Fichten schimmern lange Spies und Lantzen / vor die Dorfschalmeyen und Hirtenlieder höret man das Wilde Feld- und Mordgeschrey der Soldaten / vor das fromme Blöken der Schafe / das Wiehern der Pferde / das Brausen der Paukken und Schrekken der Trompeten: darum sich dann auch Klajus / ein namhaffter Schäfer / aus selbigen Orten fortgemachet / welchem nach vielen wandelbaren Unghlüksfällen sein Verhängnis an den Pegnitzfluß geführet.

Andere Aufführungsorte jenseits der Barockgärten markieren in Nürnberg auch einen Gattungswechsel, wenn (aus der Feder von Johann Klaj) *Der leidende Christus. In einem Trauerspiele vorgestellet* in der Fastenzeit 1645 im akademischen Auditorium deklamiert wird und *Irene das ist vollständige Außbildung deß zu Nürnberg geschlossenen Friedens 1650* das Rathaus als Schauplatz politischer Bekundungen ausweist. Dieselbe Thematik beschäftigte auch Sigmund von Birken (auch Sigmund Betulius). Er wurde von Harsdörffer in den Pegnesischen Blumenorden aufgenommen. Neben geistlicher Lyrik verfasste er mit *Teutscher Kriegs Ab- und Friedens Einzug* – unter anderem für den (aus Schillers *Wallenstein* bekannten) Octavio Piccolomini – oder mit *Die friederfreute Teutonia* auch Werke mit zeitgeschichtlicher Thematik. Daneben schrieb er die *Fortsetzung der Pegnitz-Schäferey, behandelt durch Floridan und Klajus, Der Pegnitz Hirten Frühlings Freude* und *Des Süßspielenden Strephon Namensfeyer.* Diese Gattungsvielfalt erweist Nürnberg auch im 17. Jahrhundert als wichtiges Zentrum deutschsprachiger Literatur.

11.2. Europäischer Geist des katholischen Barock

Jesuitische Literatur wie die teilweise noch im 16. Jahrhundert begonnenen Dramen des Jacob Bidermann (1578–1639) erfreute sich weiterhin großer Beliebtheit. Noch 1666 wurden seine *Dramata sacra* gedruckt, 1640 seine satirisch romanhafte *Utopia*. Sein Gattungsspektrum umfasste etwa Comico-Tragoedia, Staatsaktion, Märtyrerdrama, Mirakelspiel oder Märchenallegorie. Jacob Bidermann, dessen Lehrjahre und erste dramatische Versuche ihn nach Augsburg, Dillingen, Ingolstadt und Landsberg führten, machte literaturgeschichtlich besonders mit seinem lange nachwirkenden Theaterereignis *Cenodoxus* (1602 Uraufführung in Augsburg) Furore, das stellvertretend für viele weitere Bühnenwerke wie etwa seine geistliche Verwechslungskomödie *Philemon Martyr* stehen soll. Cenodoxus, ein Pariser Gelehrter des Hochmittelalters, ringt (durchaus faustisch) mit himmlischen und höllischen Mächten um sein Seelenheil, das er am Ende verlieren soll. Der barocke Antagonismus von Gut und Böse, Diesseits und Jenseits findet seine Entsprechung in der Personenkonstellation, wo dem Gelehrten sein dramaturgisch effektvoll konzipierter gewitzter Diener gegenübersteht, aber auch in konträren allegorischen Figuren oder Personifikationen. Vom *Cenodoxus* gab es auch eine populäre deutsche Version (Knittelversversion 1635 durch Joachim Meichel, der 1637 in München verstarb). Eine Münchner Perioche von 1609 brachte Bidermanns großen Wurf auf den Punkt:

> ZU Pariß in Franckreich / war ein berühmter / hochgelehrter / vnd wie man vermainte ein sehr frommer vnd Gottseeliger Doctor. Nach dem er nun von disem Leben abgeschiden / vnnd auff bestimbten Tag die Besingknuß zuhalten / in die Kirchen getragen: Richtet er sich in der Baar zu drey vnderschidlichen tägen auf: Ersten Tags bekennt er offentlich / wie daß er vor dem erschrecklichen Richterstuel Gottes seye angeklagt: Deß andern Tags / wie er verurthailt: Drittens / daß er aus gerechtem Vrthail verdambt sey worden. Auß disem erbärmlichen Spectackel wirdt Bruno / der selbiger Zeit zugegen / vnnd dieser trawrigen Besingknuß beygewohnt / dermassen bewegt / daß er alle weltliche Vppigkeit hindan gesetzt / vnnd den Orden der Cartheuser angehebt hat. Weil vns aber dises Doctoris Namen vnbewust / ist er in obgenanter Comoedi Cenodoxus genant worden / welches ein ruhmsichtiger / ehrgeitziger

> vnd hoffertiger verdeutscht wirdt: nicht darumben daz es bekant / daß er wegen seines Ehrgeitz / dises erschröckliche Vrthail außgestanden / sonder weil die sach an jhr selber bequemmer nicht hat können außgeführt werden / begeren jm deßwegen mit nichten nachthailich zusein. Dann wann er also gelebt wie es beschriben / geschicht jhm nicht vnrecht / wann aber dem nicht also / so haben wir eines anderen Leben / vnnd dises Todt beschriben.

In München wirkte Bidermann von 1606 bis 1614 als Lehrer am Jesuitenkolleg, ab 1615 war er als Professor der Theologie und Philosophie in Dillingen tätig. 1626 wurde er als Zensor seines Ordens nach Rom berufen, wo er bis zu seinem Tod 13 Jahre später blieb. Dennoch kann seine Bedeutung für die Wittelsbacher Residenz kaum überschätzt werden.

In München nicht weniger einflussreich als Bidermann war der in Augsburg geborene jesuitische Hofprediger Jeremias Drexel (1581–1638), ein von spanischen Vorbildern beeinflusster Erfolgsschriftsteller in den schweren Zeiten des Dreißigjährigen Krieges, dessen lateinische Werke auch bald verdeutscht wurden. Bemerkenswert im Zeichen des Glaubenskampfes ist sein Drama *Iulianus Apostata* (1608). Berühmt ist der *Zungenschleiffer*-Traktat über die Laster der Zunge wie Lüge, Verleumdung oder Heuchelei.

In der Lyrik ist bei den Jesuiten Jacob Balde (1604–1668) hervorzuheben, der nach einem Studium in Ingolstadt als lateinischer Stilist in München und Neuburg an der Donau glänzte und für die Opitz-Reformen nicht viel übrig hatte. Sigmund von Birken rühmte Balde als den «Weltberühmten Teutschen Horatio». Noch Herder pries ihn als «Dichter Deutschlands für alle Zeiten», um zugleich seinen «lateinischen Jesuiter-Geschmack» zu tadeln. Insgesamt darf Balde als wichtigster lateinischer Lyriker des baierischen Barock gelten. Ab 1637 verfasste er in München zahlreiche Oden und Epoden. Für Baiern bemerkenswert ist sein (mehrstrophiges) Gedicht auf die *fundatrix Ettalensis*:

> Montium praeses nemorumque Virgo
> Cuius Aetalae meminere valles
> Silva cui circum viret et comanteis
> Imputat umbras

Dies übersetzte kein Geringerer als Lorenz Westenrieder folgendermaßen:

> O du, der Berge, du der Waelder Beherrscherin, holdeste Jungfrau, von deren Namen die Thaeler Etals lobpreisend erschallen, um deren Tempel ein sueßer Duft bluehender Baeume weht, welche mit ihren saftigen Zweigen junge Schatten erfrischen!

Bemerkenswert sind auch Jacob Baldes Leistungen auf dem Gebiet der Geschichtswissenschaft – in dieser Gattung sind für Baiern aus anderer Feder noch die *Annales Boicae Gentis* des jesuitischen Hofbeichtvaters Johannes Vervaux (1586–1661) hervorzuheben – und der Astronomie.

Im Gegensatz zu Jacob Baldes elitärer, stellenweise mystischer Lyrik stehen die beinahe volkstümlichen und volkssprachigen Kirchenlieder eines Absolventen des Münchner Jesuitengymnasiums. Dabei fanden die geistlichen Lieder und Andachtslieder des Weltgeistlichen Johannes Khuen (1606–1675, ein Bauernsohn aus Moosach bei München) sogar Aufnahme in die Sammlung *Des Knaben Wunderhorn.* Sitz im Leben dürfte der Gemeindegesang im weiteren Sinne gewesen sein. Wenig Rezeption erfuhr dagegen die *Rhitmorum varietas. Typi, exempla, et modulationes rhythmorum* des Seeoner Benediktiners Johannes Werlin (1588–1666), die systematisch metrische Schemata und Melodietypen mit Beispielen auch deutscher Gedichte weltlichen und geistlichen Inhalts vereint, darunter auch profane Themen wie Geldverleih und Zahnschmerz. In der Summe ergab das eine handfeste Poetik des bayerischen Barock.

Mehr der privaten Andacht diente seit jeher das biblische Buch der Psalmen, das der Münchner Jesuit Albert Curtz (1600–1671) folgerichtig verdeutschte. Seine *Harpffen Davids mit Teutschen Saiten bespannet Auch zu Trost und Erquickung der andächtigen Seel. Gesangsweiß angerichtet* diente zu «Geistlichem Nutz und Trost deß Österreichischen Bayerisch und Schwäbischen Frawenzimmers», und zwar in «der in diesen Landen vblichen Sprach». Der Augsburger Druck von 1659 verdeutlicht hier erneut die alten literarischen Beziehungen zwischen der schwäbischen Reichs- und Verlagsstadt Augsburg einerseits und der baierischen Residenzstadt München andererseits.

Der privaten wie öffentlichen Andacht (beispielsweise in der Tischlesung) diente seit jeher auch die Lektüre von Heiligenlegenden. Ein Grundlagenwerk – wegen des Lateinischen wohl für Prediger und Lehrende gedacht, wegen der qualitätvollen und zahlreichen Abbildungen wohl auch für private Lektüre und kleinere Zirkel geeignet – bildete die *Bavaria Sancta* des Jesuiten Matthäus Rader (1561–1634). Der aus Südtirol stammende Zögling der Augsburger Jesuiten, der selbst wiederum Lehrer von Bidermann, Drexel und Georg Stengel (1584–1691) war, erhielt vom Wittelsbacher Maximilian I. den Auftrag, ein auf Baiern bezogenes Legendar zu schaffen. In der *Bavaria Sancta et Pia* geht es etwa ausführlich um den Beatus Rasso seu Ratho Andecensis, was durch den Jesuiten Maximilian Raßler (1645–1719) popularisierend verdeutscht wurde:

> Der seelige Rasso / oder wie die Alte geschriben Ratho; den auch die Bayeren Graf-Rath nennen / ist auß dem edlisten Geschlecht der Grafen von Diessen entsprossen. Es ist aber Damasia / welches Strabo ein Stadt und Schloß / der am Lechthal wohnenden nennet / heutigs Tags ein Closter / dem orden des heiligen Augustini zugeeignet. Von dannen ist Rasso gebohren / dessen Vorfahrer sich von Andechs schreibten. Es lage aber das Schloß Andechs grad gegen Diessen hinüber / und wird heut der heilige Berg betitlet / welcher wegen so viler Heilthumer / so alldorten aufbehalten werden / wie schon anderstwo gemeldt / und noch ferrner gemeldt soll werden / weit und breit bekannt ist.

Diese historiographisch-hagiographische Sammlung symbolisierte durch die Aufnahme von eigentlich österreichischen Heiligen, die freilich vor dem Hintergrund der gemeinsamen bajuwarischen Stammesherkunft und in bewusster Erinnerung an einen vormals ungeteilten Staatszustand in die Heiligenschar integriert waren, die ehrgeizigen Ansprüche Maximilians I., der nicht nur mit Hilfe der Jesuiten eine bewusst katholische Kulturpolitik betrieb. Dazu zählt auch der Staatsroman aus der Feder des jesuitischen Hofbeichtvaters Adam Contzen (1571–1635).

Standen all diese literarischen Bemühungen unter der Regentschaft des jetzt zur Kurwürde gelangten Landesherrn Maximilian I. im Spannungsfeld von Konfessionspolemik und Kriegsdienst, so brachte die sich anschließende Friedenszeit mit Kurfürst Ferdinand Maria und mehr noch seiner aus Savoyen stammenden Gemahlin Henriette Adelheid neuen kulturellen Schwung aus dem Süden. Das begann schon mit der Privilegierung der in Savoyen bedeutenden Theatiner, die sich nicht zuletzt im Bau der Theatinerkirche (seit 1663) manifestierte. Auch literarisch wünschte man sich jetzt italienische Impulse, wobei diese fremdsprachige Literatur für den Hof sogar in München gedruckt wurde. Konsequenterweise wurde 1657 ein italienisches Opernhaus in München eröffnet.

Inszeniert waren im Grunde auch Frömmigkeitsformen des Barock wie Prozessionen und Wallfahrten, wie die (1671 in München gedruckte) Anpreisung bayerischer Marienwallfahrtsorte durch den Franziskaner Fortunatus Hueber (auch bekannt für sein *Waldlied*) oder jene berühmte Maria-Stern-Wallfahrt zu Taxa bei Odelzhausen, wo kein Geringerer als Abraham a Sancta Clara (1644–1709) in einer lautmalerischen Predigt und im Mirakelbuch das dortige Ei-Wunder beschwor: «Gack Gack Gack Gack a Ga». Und in einer wortreichen *frequentatio* wurde gleich nach der Kaiserdynastie auch des frommen wittelsbachischen Herrscherhauses gedacht:

> Das Durchleuchtigiste Ertz-Hauß Oesterreich hat noch allemahl durch seine angestambte Gottseeligkeit Maria-Zell als einen Gnaden Thron erfahren. Die Christeyfrige Bayrn, denen in Andacht vorgeleuchtet Ihre Guilielmi, Maximiliani, Ferdinandi, Annae Rennatae etc. haben noch allzeit zu Alten-Oetting neue Gnaden erhoben; haben noch allemahl zu Dundtenhausen ein Gnaden-Hausß gefunden, haben noch immerzu bey Maria-Stern Glück und Stern erhalten. Und ist fürwahr höchst-verwunderlich der häuffige Zugang zu disem Gnaden-Ort.

Später sollte Friedrich Schiller dem wortgewaltigen Schwaben Abraham a Sancta Clara (nur in Sebastian Sailer fand er einen ebenbürtigen schwäbischen Nachfolger in Wien) als beredtem Feldprediger in *Wallensteins Lager* ein köstliches Denkmal setzen. Trotz seiner solchermaßen auch literaturgeschichtlichen Berühmtheit ist Abraham a Sancta Clara beileibe kein Einzelfall, sondern fügt sich in eine große Schar von Wallfahrtspredigern und Wallfahrtsschriftstellern, zu denen beispielsweise Abt Martinus Dallmayr von Fürstenfeld mit seinen Inchenhofener *Lieb-Bänder und Kettenglieder* gehört. Sie preisen jenen europaweit populären Wallfahrtsort bei Aichach, der bis heute bei den Einheimischen allerdings nur unter «Leahad» firmiert, benannt nach dem aus dem französischen Noblac stammenden Heiligen. Dieser heilige Leonhard war als Gefangenenbefreier berühmt und seine ursprünglichen Attribute, die eisernen Ketten der Gefangenen, wurden ländlich-agrarisch produktiv umgedeutet in Kuh- und Pferdeketten, so dass der Heilige zum populären Pferde- und Bauernpatron mutierte. Der berühmte Leonhardiritt zu Inchenhofen und die großdimensionierte Kirche dokumentieren bis heute die enorme Popularität des Wallfahrtsortes in der Frühen Neuzeit, insbesondere im Barock.

Überhaupt erlebte die opulente Predigt im verschriftlichten Predigt-Traktat ihre barocke Blüte. Dabei wurden die Jesuiten zunehmend wieder von den alten Orden, ja sogar von populären Dorfpfarrern als wortgewaltigen Predigern verdrängt. Hierher gehört etwa der einfache Seelsorger Andreas Strobl (1641–1706), der freilich bei den Salzburger Benediktinern studiert hatte und ein umfängliches Korpus von Predigttraktaten hinterließ; er nannte sich bescheiden eine «schwartze Bauren-Amsel». Die sprichwörtliche barocke Anschaulichkeit, ja Sinnenfreude zeigt schon der Titel einer Predigtsammlung, die er in den 1690er Jahren noch selbst zum Druck brachte, nämlich *Ovum Paschale Novum Oder Neugefärbte Oster-Ayr*. Als Zielpublikum hat man sich den Priester, der Musterpredigten benötigte, aber auch den an erbaulicher Lektüre interessierten Laien vorzustellen. Von großem Unterhaltungswert waren die darin enthaltenen schwankhaften Ostermärlein, die als Grundlage der theologischen Ausführungen dienten – all dies getreu dem selbstgewählten Programm, das er als «Parabolisch- oder Metaphorischen und Curiosen Tractat» charakterisierte.

11.3. Gattungen und Autoren

Besonders zäh hielt sich die Gattung des Meistersangs. Neben dem Nürnberger Ambrosius Metzger (1573–1632) ist als herausragender Autor beispielsweise der vor allem im ersten Viertel des 17. Jahrhunderts dichtende Augsburger Daniel Holtzmann zu nennen. In Memmingen sollten die Meistersinger sogar noch weit über das 17. Jahrhundert hinaus eine Zukunft haben. Grund für das Fortleben des Meistersangs dürfte sein vereinsartiger

Organisationsstatus gewesen sein, der angesichts strenger Versammlungsregularien in den Reichsstädten eine gewisse Oase der Freiheit und Kreativität sicherte, weshalb die Meistersinger als Veranstalter von Inszenierungen vielerorts auch für dramatische Neuerscheinungen offen waren.

Ebenfalls auf letztlich mittelalterlichen Traditionen beruhte das Passionsspiel. Gerade in katholisch gebliebenen oder rekatholisierten Gegenden hielt es sich bis in die Aufklärung hinein hartnäckig. Bekanntestes Beispiel ist das oberbayerische Oberammergau mit einer Aufführungskontinuität von 1634 bis heute. Dessen Anfänge beruhen – im ältesten Überlieferungsträger von 1662 – auf einer Kombination zweier schwäbischer Spiele – wieder ein Beispiel dafür, wie vermeintlich alt- und neubayerische Gebiete schon früh zumindest literaturgeschichtlich verwachsen waren. Jedenfalls ergab erst eine geschickte Kombination des Augsburger Passionsspiels (wohl um 1500 im heutigen Überlieferungsträger, die Anfänge aber auf die 1440er Jahre zurückgehend) aus dem Benediktinerstift Sankt Ulrich und Afra – um Benediktiner handelte es sich auch im Oberammergau benachbarten und als Vermittler eines benediktinischen Passionsspiels nicht unwahrscheinlichen Kloster Ettal, wenngleich die Beziehungen zwischen Dorf und Kloster nicht immer spannungsfrei waren – mit dem Passionsspiel des Augsburger protestantischen Handwerkers, deutschen Schulmeisters und Meistersingers sowie fruchtbaren Dramendichters Sebastian Wild, das sogar eine Akteinteilung kannte und insgesamt modern-humanistisch erscheinen wollte, im Vergleich zum udalrikanischen Passionsspiel jedoch sprachlich eher hölzern wirkt, das Oberammergauer Passionsspiel. Interessanterweise gelang die sprachliche Anverwandlung der beiden ostschwäbischen Spiele ins Mittelbairische vollkommen.

Man könnte literaturgeschichtlich bilanzierend auch sagen, das in Augsburg zu Beginn des 17. Jahrhunderts ausgestorbene Passionsspiel aus gotischer Zeit konnte nur noch im alpinen Rückzugsraum gedeihen, wobei Oberammergau günstigerweise an der alten Handelsstraße von Augsburg nach Italien lag. Italien aber war der Sehnsuchtsort der Augsburger beider Konfessionen, wenigstens, was die Künste anbelangte, und so huldigte man am Lech der neuen italienischen Renaissancebaukunst, indem man das alte gotische Rathaus durch den großzügig dimensionierten Prachtbau des protestantischen Baumeisters Elias Holl ersetzte, der darüber in seinen Aufzeichnungen in flüssiger Prosa berichtet:

> 1614. Dis Jahr aße ich einmahl mit Herrn Johann Jacob Rembold, Stadt-Pfleger, zu Mittag. Wurden des alten Rathhaus hier zu Red und sagte ich: Ihr Gestrengen und Herrn sollten daran sein als ein bauverständiger Herr Obmann, das alte und auf einer Seiten sehr baufälige Rathhaus möchte verändern, abbrechen und an dessen Statt ein schönes neues, wohl proportionirtes Rathhaus erbauen lassen. Vermelte auch dabei, ich hätte großen Lust darzu, ein schönes bequem zu bauen.

Überhaupt gediehen in den Reichsstädten wie Augsburg Kunst, Bildung und Literatur nicht weniger als in der Residenzstadt München. Speziell für das bairische Regensburg bedeutsam ist das *Glossarium Bavaricum* des Regensburger Protestanten und Juristen (Stadtsyndikus) Johann Ludwig Prasch (1637–1690). Einerseits wird hier die Geburt der Germanistik aus dem Geist der Juristerei (um 1800) vorweggenommen, andererseits zeigt sich, dass selbst in einer protestantischen Reichsstadt eine gelehrt-literarische Verbindung mit dem altgläubigen Baiern bestand, die Konfessionsgrenzen ignorierte. Jedenfalls ist der Sondercharakter des Bairischen in diesem Werk hervorgehoben, denn es wird etwa bairisches «Brotz» mit «Kröte» erklärt. Zudem ist Prasch (auch als Verfasser von poetologischen und schöngeistigen Schriften) ein Beispiel dafür, wie die protestantische Enklave Regensburg ein konfessionelles wie literarisches Selbstbewusstsein entwickelte, denn dort bildete sich, nicht zuletzt durch die literarischen Infusionen österreichischer Exulanten, ein bemerkenswerter Gelehrtenzirkel und Dichterkreis.

Außerhalb der urbanen Zentren waren es verstärkt nach dem Dreißigjährigen Krieg Benediktiner und Augustinerchorherren sowie Prämonstratenser, die sich jesuitische Bühnenästhetik anverwandelten und sie weiterentwickelten. Inszeniert wurde dann beispielsweise in Weyarn, Polling, Baumburg und Rottenbuch. Prägend auf Altbayern wirkte dabei das benediktinische Theater der Ordensuniversität Salzburg. Die Dramen des Wessobrunners Coelestin Leuthner (1695–1759) mit deutschen Liedeinlagen wurden dementsprechend in Salzburg, Freising und eben Wessobrunn aufgeführt. Einflussreich bis Schwaben war auch Freising etwa mit dem *Pater comicus* Wolfgang

Rinswerger, einem gebürtigen Münchner, der seinen lateinischen Stücken schriftbairische Passagen einfügte. Auch das zeigt, dass sich die alten Orden im Gegensatz zu den elitäreren Jesuiten um mehr Volkstümlichkeit bemühten.

Ebenfalls außerhalb der urbanen Zentren gedieh ein lebhafter Literaturbetrieb an kleineren Adelsresidenzen, die für Innovationen aufgeschlossen waren. So entstand am schwäbischen Oettinger Fürstenhof um 1650 in Analogie zum Pegnesischen Blumenorden in Franken eine Gesellschaft mit dem Namen *Die Oettinger Blumengenossen*», die unter der Ägide des Herrscherhauses neben deutschsprachiger geistlicher Dichtung auch modische Schäferpoesie produzierte. An Dichterinnen sind Sibylla Schuster (1639–1685) und Agnes Heinold (1642–1711) hervorzuheben.

Als überlieferungsmächtige Gattungen der Zeit, an denen Bayern insgesamt großen Anteil hatte, sind auch autobiographisches Schrifttum, Reiseberichte, Flugblatt und natürlich besonders das Emblem charakteristisch. Letzteres zeitigte dann auch Folgen für die Ausstattung der Klöster und Stifte. In der Fachliteratur brachte es der sogenannte *Hundertjährige Kalender* des 1664 verstorbenen fränkischen Zisterziensers und Langheimer Abtes Mauritius Knaur zu lange andauernder Berühmtheit.

12. Die Literatur des 18. Jahrhunderts

12.1. Zwischen Türkenfurcht und Türkenmode

Der aus Schwangau bei Füssen gebürtige Simpert Niggl (1654–1711) begleitete kurz nach den Siegen über die Türken vor Wien und in Mittelosteuropa als Hofgeistlicher die kaiserliche Deputation nach Istanbul. Der schwäbische Graf Wolfgang von Oettingen-Wallerstein fungierte dabei als kaiserlicher Gesandter. Der Reisebericht von Abt Simpert Niggl, der sich vor der Kulisse von Neresheim in türkischer Tracht abbilden ließ, erschien bezeichnenderweise dabei in Augsburg (das seit der Inkunabelzeit wichtiger Druckort für Turcica war und aus dessen berühmten Gold- und Silberschmieden traditionellerweise auch die kaiserlichen Tribute an die Hohe Pforte kamen) und erlebte später sogar eine zweite Auflage. So berichtet Simpert Niggl in *Außfürliche curiose Reiß-Beschreibung von Wien nach Constantinopel* unter anderem von Musik *alla turca*:

> Bey disen wie auch folgenden Spihlen haben die Türckisch Musicanten mit ihren Pfeiffen / Päucklen / Schalmeyen / immerdar aufgespihlet.

Dass ein derartig ethnologischer Blick auf die türkische, besser: osmanische Kultur längerfristig jenseits panischer Türkenfurcht möglich war, verdankt das ganze Zeitalter recht eigentlich einem Wittelsbacher. Denn die Münchner Theatinerkirche Sankt Kajetan inszeniert schon den Erbprinzen Max Emanuel als gottgesandtes Kind. Fürsprache des heiligen Kajetan und göttliche Providenz – so das Bildprogramm der Theatinerkirche – schenkten Ferdinand Maria und seiner Gemahlin den ersehnten Thronfolger. Just dieser Wittelsbacherspross sollte so manchen Sieg gegen die Türken erringen und damit letztlich die Machtposition des habsburgischen Kaisers Leopold I. sichern helfen, auch wenn dieser längerfristig vergessen sollte, wem die Habsburger die Rettung vor den Osmanen eigentlich verdankten. Jedenfalls ist der blaue Kurfürst bis heute untrennbar mit der Wiener Türkenbelage-

Abb. 12: Kurfürst Max Emanuel von Bayern (1662–1726) von Joseph Vivien

rung und der Erstürmung Belgrads verbunden. Seinem Nachruhm sollten nicht nur architektonische Reminiszenzen an seine Türkensiege dienen, sondern auch ein literarisches Propagandaprogramm einschließlich zahlreicher Siegeslieder. Dazu gehört ein literarisches Zeitschriftenunternehmen, das von höfischen Kreisen getragen war, denn *Die Nutz- und Lust-erweckende Gsellschafft der Vertrauten Nachbarn am Isarstrom* war ganz auf Max Emanuel und seinen Repräsentationswillen zugeschnitten.

Die triumphalistische Hofhaltung Max Emanuels in und um München mit all ihrer Pracht stand im Gegensatz zum bitteren Los der einfacheren Schichten, die in Friedens- und mehr noch in Kriegszeiten unter der Politik des blauen Kurfürsten zu darben hatten. Denn die Siege gegen die Türken und die Niederlagen gegen die Österreicher forderten vom baierischen Volk ihren Tribut. Beredtes Zeugnis geben hierfür die äußerst umfänglichen Aufzeichnungen des Münchner Bürgerkindes Anna Maria Lindmayr (1657–1726), die nicht nur als faszinierendes Ego-Dokument der Alltagsgeschichte anzusehen sind, sondern in ihrer authentischen bairischen Schreibsprache eindrucksvoll zwischen Zeitzeugnis und mystischer Vision mäandern. Berührend sind die Schilderungen ihrer Mühen als Ziehmutter der Großfamilie, die den schwierigen Alltag mit Einkaufen, Kochen und Putzen in Not- und Krisenzeiten bewältigen muss. Dabei wird sie aber anderen zur Stütze. So ist Anna Lindmayr nicht nur die Errichtung der Münchner Dreifaltigkeitskirche («Die Stadt läg in dem grund / Wan die Kirch nit stund», so die zeitgenössische Inschrift) zu verdanken, sondern auch ein segensreiches seelsorgerisches Wirken. Weit über München hinaus war die Lindmayr eine gefragte Autorität, und so holte sich auch die zu Lebzeiten selbst mit den Großen ihrer Zeit brieflich korrespondierende und heute heiliggesprochene Crescentia Höß (1682–1744) aus Kaufbeuren geistlichen Beistand bei der Münchnerin, die selbstbewusst ihre mystische Autobiographie verfasste (und als bairische Schriftstellerin erst noch zu entdecken ist):

> Von jugent auf bin ich under anderen meiner geschwisterten zu dem gehorsamb, zu dem lieben und ehren der eltern und geschwistern, welche unser 15 kinder waren und ich daß drite darunder, sindt wir zu haltung der briederlich und schwesterlichen lieb und vereinigung angehalten worden und haben wir von jugent auf den frieden zu halten gelehrnet. [...] Ungefer mit 10 oder 11 jahren hab ich andrieb gehabt in ein closter zu gehen und hab auch schon angefangen zu lehrnen, ist aber hernach nit lang nach selbigem die allerselligiste Jungfrau Maria, die in unserem haus war und, eben, da ich bin geboren worden, von meines vatters mutter selliger mitgebracht worden und von jugent auf bey mir war, zu mir kommen in dem schlaff und mich ermandt, ihr in der welt in dem jungfräulichen standt zu dienen.

12.2. Durchbruch der Aufklärung

Die Aufklärung *in litteris* ist in Altbayern nicht unwesentlich als geistlich-klerikale Initiative zu verstehen. Manifest wird sie in einer Zeitschriftengründung. Somit wäre der– auch im gesamteuropäischen Vergleich – schon früh, nämlich seit 1722 (bis 1740) erschienene *Parnassus Boicus* als gelehrtes Produkt altbayerischer Enzyklopädisten anzusehen. Als «Neu-eröffneter Musen-Berg Worauff Verschiedene Denck- und Leßwürdigkeiten aus der gelehrten Welt zumahlen aber auß denen Landen zu Bayrn abgehandlet werden» ist darin nichts weniger als die Magna Charta der katholischen Aufklärung zu sehen. Bemerkenswert ist der sprachpflegerische Impetus, der den *Parnassus Boicus* mit anderen, nördlicher beheimateten Bestrebungen im Heiligen Römischen Reich Deutscher Nation verbindet, wenn es etwa gegen den übertriebenen Fremd- und Lehnwortgebrauch geht, der vor allem im à la mode-Wesen virulent wurde. Dabei, wie Gelasius Hieber hervorhebt, gebe es den «allamodischen Linguisten», der «verschydene Sprachen untereinander hacket / wie kraut und ruben / bald eine kalt- bald eine warmländische Sprach wie der geiß-füssige wilde Waldmann auß dem Maul blaset». So wird gar eine Hybridsprache als Schreckbild beschworen: «Gleichwie es ein seltzamd- ja lächerlicher Aufzug wäre / wann jemand sich mit einem Türckischen Turbant / teutschen Kragen / Polnischen Beltz-Rock / moscowitischen Zobel / Spanischen Mantel / Frantzösischen Hößlein / und Ungarischen Zißlen wollte heraußschmucken; also und minder ist es ein abenteuerliche Sprach und Schrei-Art / wann selbe von allerhand außländischen Sprüch-Wörteren / gleich einem alten Bettler-Mantel wird zusammen gestucket.»

Neben solchen Sprachpflegebestrebungen argumentiert er gegen den Anspruch der Luther-Bibel auf Vorbildlichkeit; dabei betont er zu Recht – trotz, wie man heute weiß, manch oberdeutsch geprägter Sprachentscheidungen Luthers und bei aller konfessionellen Polemik – ostmitteldeutsche Regionalismen beim Wittenberger. Denn Luther habe in seiner «Teutschen Affter-Bibl / wie leichtlich abzumercken / keine andere Absicht gehabt / als seiner Ober-Sächsischen Teutschen Sprach die universal Monarchi in dem Hoch-Teutschen einzuraumen / wie dann ihme seine Lands-Leuthe in solcher Meynung noch heut zu Tag nachahmen / ja was unverträglich wohl gar auch ein und andere auß uns Catholischen / wann sie ein dergleichen Protestantisches Lufft-Wort erschnappen / sich / weiß nit wie / breit zu machen suchen».

Hier erweist sich Gelasius Hieber nicht nur als Sprachpfleger, sondern auch als Bildungspolitiker. Als solcher tritt er auch in seinen Ruhmesworten bezüglich der Ettaler Ritterakademie hervor, die wie die Jesuitengymnasien zum Studium führen sollte, aber auch militärische Übungen miteinschloss, eine Art Elitekaderschmiede, wenn man so will ein West Point in den Alpen; und so rühmt er den Akademiegründer Abt Placidus:

> […] Hernach habe mich unmöglich entbrechen können / den Lobschallenden Ruff von Dero hoch- und weitberühmten Collegio Nobilium, allwo diß lauffende Jahr über fünfftzig hochgräflich und hochfreyherrlich- und gegen dreyssig hochadeliche junge Herren in aller Gottsforcht / schönen Wissenschafften und Rittermässigen Exercitien unterrichtet / belehret und geübet worden / mit gegenwärtig geringfügigem Schall und Widerhall in etwas beförderen zehelffen / umb so mehr / weil es anderst nit seyn kan / als daß sowohl der Kirchen GOttes als dem Staat nach der Hande ein ungemeiner Nutzen / Vortheil und Aufnahm hierauß entspriessen wird und muß […]

Gelasius Hieber und die anderen, sogar eher antijesuitisch gesonnenen Gründer des nicht nur sprachpflegerischen, sondern allgemein den Wissenschaften gewidmeten *Parnassus Boicus* waren – das ist hier entscheidend – eben gerade keine Jesuiten, sondern bestanden aus dem Pollinger Augustinerchorherren Eusebius Amort (1692–1775), einem gelehrten Kämpfer gegen Unwissen und Aberglauben, darüber hinaus Mitbegründer der Bayerischen Akademie der Wissenschaften, sowie dem Münchner Augustinereremiten Agnellus Kandler (1692–1745) und dem schon genannten Schriftsteller Gelasius Hieber (1671–1731). Über deren tapferes bildungspolitisches Bemühen urteilt etwa Johann Georg von Lori (1723–1786), Mitbegründer der Bayerischen Akademie der Wissenschaften, in einem Brief an Johann Christoph Gottsched (datiert auf den 25. November 1759):

> Hochedelgebohrner insonders hochzuehrender Herr! […] So schlecht die Bemühungen der Mitarbeiter an dem Parnasso Boico immer ausgefallen seyn mögen; so werden doch die Absichten der ehrlichen Patrioten allzeit lobenswürdig bleiben. Mitten in der herrschenden Unwissenheit, ohne Schuz des Hofes und Beystand der Fremden haben ein Paar Köpfe weder sich noch andere aus der Barbarey auswicklen können. Solle denn die alte Wahrheit bey uns nicht gelten: In magnis voluisse sat est?

Dieser für Kurbaiern bildungspolitisch keineswegs zu unterschätzende und literaturgeschichtlich tatsächlich nur mit Gottscheds Schriften vergleichbare *Baierische Musenberg* war auch ein Forum der oberdeutschen Schriftsprache und für die Ausbildung der Neuhochdeutschen Schriftsprache oberdeutscher Provenienz nicht ganz unbedeutend. Auf alle Fälle muss man ihn als dezidiert sprachliche Speerspitze einer süddeutschen, im Kern katholischen Aufklärung begreifen. Zu dieser gehören auch diverse literarische Zeitschriften um Joseph Milbiller (1753–1816), Ignaz Schmidt (1747–1821) und Lorenz Hübner (1751–1807).

Ähnlich wirkte Lorenz von Westenrieder (1748–1829) in seinen *Baierischen Beiträgen zur schönen und nützlichen Literatur*. Als Romanautor tat er sich mit seinem von Goethes *Werther* – dieser inspirierte auch den fränkischen Adligen Karl Ernst von Reitzenstein (1733–1790) zu einem von Zeitgenossen sehr geschätzten Gedicht *Lotte bei Werthers Grab* – angeregten *Leben des guten Jünglings Engelhof* (München, 1781/82) hervor; darin geht es um die Bemühungen eines wohlmeinenden, aber mittellosen Akademikers um Reformen in Justiz, Volkserziehung und Armenpflege auf dem Lande, der aber an den Verhältnissen und an sich selbst scheitert, wobei formal (wie bei Goethes *Werther*) ein Briefroman vorliegt, der mit weiteren Dokumenten und Tagebuchblättern durchsetzt ist. Westenrieder bemüht sich um literarische Standards, die er im Norden weiter entwickelt sieht als in Kurbaiern:

> Endlich um die Mitte des achtzehnten Jahrhunderts erschienen die wahren Verkündiger und Vorläufer der beßern Litteratur. Man fühlte lebhaft das Bedürfniß, die Muttersprache zu verbessern, die Alten mit Verstand und Geschmack zu studieren, und auf allen Seiten traten gute Köpfe in kleine Bündnisse zusammen, die schönere Litteratur, welche der Philosophie stets den Weg bahnet, zu verbreiten, und durch glückliche Versuche in der deutschen Sprache das vaterländische Publikum zur Nachahmung und zum Wetteifer zu reizen. Die Belustigungen des Verstandes und Wizes, die Briefe, die neueste Litteratur betrefend, der nordische Aufseher, die Bibliothek der schönen Wissenschaften und der freyen Künste, u. a. wozu die besten Köpfe des nördlichen Deutschlands Beyträge lieferten, stifteten unsäglich viel Gutes, und beseelten alle fähigen Gemüther mit einer, bis dahin ganz unbekannten, Lust und Kraft. Alles, was Gellert, Rabener, Lichtwehr, Leßing, Hagedorn, Baumgarten, Haller, Kleist, Gleim u. a. schrieben, wurde mit unendlicher Liebe, und Achtung aufgenommen, und, wie ein Geschenk von oben, mit Bewunderung betrachtet, und ver-

Abb. 13: Lorenz von Westenrieder (1748–1829)

ehrt. Und mit Einem Wort, im nördlichen Deutschland näherte sich alles, auf Strassen und auf Fußpfaden, zur Ansicht eines litterarischen goldnen Jahrhunderts.

Daneben wollte Lorenz von Westenrieder in die Breite wirken und strebte nach recht verstandener Popularität, genauer nach Büchern, die «dem stammelnden Kind vorgelesen, in den Häusern des Bürgers behalten, in den Herzen des Landvolks aufbewahrt würden». Dieser pragmatische Aspekt mag letztlich auch dem Einfluss englischer Literatur zu verdanken sein, konkret Laurence Sternes, Edward Youngs und Samuel Richardsons, umgesetzt etwa in seinen Romanen *Henriette Foley* oder *Geschichte der schönen* Bürgerstochter aus München. Ebenfalls dem Vorbild von Laurence Sterne eiferte der Landshuter Ästhetikprofessor Georg Alois Dietl (1752–1809) nach, der sich demzufolge auch mit «ächtem Yorikschem Witz» versehen wollte.

Mehr satirisch aufklärend waren *Eine Kinderlehre auf dem Lande* und

Entwurf einer ländlichen Charfreytags-Procession des Pfarrers Anton von Bucher (1746–1817). In diesem Sinne polemisierte Johann Pezzl (1756–1823) in seinem Roman *Faustin oder das philosophische Jahrhundert* (1783) gegen Aberglauben und Klerikalismus (in Anlehnung an Voltaires *Candide*). Der Romanheld Faustin kämpft für den Fortschritt und gegen Obskurantismus sowie Sklavenhandel und nennt die Aufklärer Joseph II. und Friedrich II. als seine Heroen. Für den Aufklärer Pezzl geht es um nichts weniger als die letzten «konvulsivischen Bewegungen des sterbenden Aberglaubens, Fanatism, Pfaffentrugs, Despotendrucks und Verfolgungsgeistes». Diese aufgeklärte Haltung (auch in Pezzls Roman *Reise durch den Baierischen Kreis*) wird noch gesteigert durch den Roman *Salvator oder merkwürdige Beiträge zur Geschichte unseres Philosphischen Jahrhunderts* (1784) des aus dem oberbaierischen Pfaffenhofen stammenden und später in München tätigen Peter Philipp Wolf (1761–1808). Hierher gehört auch die *Ode auf die Inquisition, als sie im Jahre 1777 in Spanien wieder auflebte*, die der kurfürstliche Kriegshauptsekretär Andreas Zaupser (1748–1795) verfasste und in der der spanischen Unduldsamkeit die Toleranz im Preußen Friedrichs II. entgegengehalten wird:

Fährt wieder prasselnd auf dein kaum erstorbnes Feuer,
Megäre Inquisition,
Des Orkus und der Dummheit Tochter, Ungeheuer,
Pest der Vernunft und der Religion!

Tritt wieder deine schwarze Ferse Nationen
Betrogner Sklaven in den Staub,
Und rufen wieder, keines Ketzers zu verschonen,
Die Mönche, deine Knechte, die den Raub,

Verwaister Kinder Erbgut, theilen, und auf Leichen
Gottlästernde Gebethe schreyn,
Wie blutge Tiger, die, wenn sie den Wald erreichen,
Sich mit Gebrüll erwürgter Heerden freun.

Oed liegt Iberien von deinem Drachenhauche,
Fleiß, Wahrheit, Freundschaft, Künste fliehn,

Des Denkens Feiheit stirbt im Scheiterhaufen-Rauche,
Durch dich ersticket, Geistermörderin!

[…]

O Duldung, Gotteskind! Du aus des Mittlers Wunden
Hervorgegangne Schöne, du,
Durch die Germaniens drey Kirchen eng verbunden
In Eintracht blühn, und schwesterlicher Ruh;

Vertraute Friederichs, die seine mächtgen Staaten
Mit ausgespannten Schwingen deckt,
Und nun, berufen von dem Solon der Sarmaten,
Nach Warschau Fried und goldnes Alter trägt;

Dass der nicht genug zu rühmende Pionier einer altbayerischen Aufklärung, Eusebius Amort nämlich, auch gute Beziehungen zum Augsburger Bistum hatte und dass Augsburg neben München als Verlagsort des *Parnassus Boicus* firmierte, erweist die hohe publizistische Bedeutung der schwäbischen Reichsstadt für das Geistesleben in *Churbaiern* (im Grunde eine schon im 15. Jahrhundert begründete Tradition). Von daher ist es kein Zufall, dass auch Christian Friedrich Daniel Schubarts (1739–1791) aufklärerische und antijesuitische *Deutsche Chronik* zeitweilig in der schwäbischen Freien Reichsstadt gedeihen konnte. Über den gleichfalls der Aufklärung dienenden Mitbegründer der Bayerischen Akademie der Wissenschaften, Johann Georg von Lori, der «als ein Verbannter in Neuburg» starb, urteilte Schubart in einer von ihm gedichteten *Grabschrift*:

Hier liegt Lori,
Ein ächter Baier
fester Seele,
starken Sinnes
ohne Falsch
Freund der Wahrheit
Feind aller Schlangenkünste
Patriot, Weiser, Krist,
erst jezt ists ihm wohl.

Sogar im nahen Dillingen gedieh unter Johann Michael Sailer zeitweilig das zarte Pflänzchen der Aufklärung, die bei ihm verbindlicher als bei Westenrieder und anderen vermittelt wurde. Über seine Schüler sollte er noch im 19. Jahrhundert in Theologie und Dichtkunst Einfluss haben. Allerdings wird man die Universität Dillingen selbst kaum zum Zentrum der Aufklärung stilisieren wollen. Denn prägend im Sinne der Aufklärung war neben den bereits genannten Zeitschriftenprojekten insbesondere die 1759 gegründete *Churbaierische Akademie der Wissenschaften*, weil sie etwa den erstarrten jesuitischen Geist an der Universität Ingolstadt zurückzudrängen suchte, während gleichzeitig die der Aufklärung aufgeschlosseneren Prälatenorden an Bedeutung gewannen, indem sie nach Aufhebung des Jesuitenordens (1773) das Schulwesen gestalteten. Die Förderung der historischen Wissenschaften durch die Gründung der historisch-kritisch orientierten *Monumenta Boica* an der Akademie hatte eine lang andauernde Wirkung.

Und dennoch waren es vor allem katholische Geistliche, die der baierischen Aufklärung den Weg ebneten. Denn in literarischen Zeitschriften wie *Der Patriot in Baiern. Eine Wochenschrift mit Kupfern* versuchte der Tegernseer Benediktiner Heinrich Braun (1732–1792) Anschluss an das Programm der literarischen Aufklärung bei Gottsched zu finden, worin ihm in Schwaben der in seiner Zeit zunächst als wortgewaltiger Prediger in der Nachfolge Abrahams a Sancta Clara und als schwäbischer Cicero gepriesene Prämonstratenser Sebastian Sailer (sogar als Verteidiger Gottscheds) folgte. Dieser verband in seiner *Schwäbischen Schöpfung*, aber auch in den *Schwäbischen Heiligen Drei Königen* auf neue Weise alte Traditionen des geistlichen Spiels mit einer – im Sinne Herders – jetzt neuartigen Orientierung am Volk durch den gekonnten Einsatz der Mundart in verschiedenen Registern. So malt Gottvater auf der Bühne höchstselbst in einer Arie das von Mühsal geprägte Schicksal Adams nach dem Sündenfall aus:

Dunga, pfluaga, egga, säa,
schneida, binda, trescha, mäha,
Holz und Buschla macha
seand gwies herbe Sacha.
DGräba aufthua, Wida klencka,

o weascht oft an Aepfel denka.
Hinder Hecka, Hag und Zäuna
weascht oft manche Zähra heina,
wenn ums Braud itt minder
deine kleine Kinder.
Wearat Näite, Namma, schreia
O as weat dih oft noh reua.
Wenn da moischt, da häbescht Koara,
weascht du Dischtel seah und Doara,
Kummer, Elend, Hungar.
Du weascht wia a Ungar
Oft dein Bat voar Zoara schtreicha;
Du weascht huaschta, du weascht keucha,
du weascht seufzga, du weascht saga:
hätt dar Schtrohl in Aepfel gschlaga!
Du weascht endli liega
In die letztri Züga,
und zu Schtaub und Aescha weara.
Mui dar Aepfel weat dih scheara.

Gerade wenn man sich diese Werke vor einem ausgewählten Prälatenkreis oder bei (Land-)Adligen aufgeführt vorstellt, entfalten sie eine heitere Form der literarischen Aufklärung. Es handelt sich trotz Verwendung einer bäuerlichen Mundart gerade nicht um schwäbische Volksdichtung, sondern um höfische Literatur aus dem katholischen Schwaben. Dort erwuchs auch auf protestantischer Seite eine aufgeklärte Literatur, die in den Freien Reichsstädten auf fruchtbaren Boden fiel. Zuvorderst ist dabei Augsburg zu nennen, wo der Patrizier Paul von Stetten (1731–1808) zum kritischen Chronisten und Berichterstatter heranwuchs. Dabei gelang ihm nicht selten das Kunststück, die stolz erzählte Stadtgeschichte in eine gefällige, unterhaltsame Form zu kleiden, wie etwa – bezogen auf Augsburgs glänzendes 15. Jahrhundert – in *Selinde*:

Da wo wir jetzt des Friedens Glück genießen,
Wo Lech und Wertach sich gedrängt zusammen gießen
Wo Augsburgs Pracht auf breiten Hüglen glänzt

Ganz Deutschland ziert und Schwabenland begränzt,
Da war vordem ein Schauplatz kleiner Kriege,
Und muthiger – mit Ruhm erfochtner Siege.
Oft kämpfte zu Gunst der Frauen hier
Ein Ritters-Sohn im frölichen Turnier,
Noch mehr im Feld mit wohl geübten Wehren
Der, die sich ihn erwählt, zu Ehren.
Es war die Stadt geprießner Schönen Sitz,
Die waren es durch Reitze wie durch Witz.
[…]

In Augsburg entstand auch die erste gedruckte – und im Geist der Aufklärung erzählende – Biographie über den sogenannten «Baierischen Hiasl», den man wegen seiner vor allem in Schwaben begangenen Räubereien in der dortigen Mundart als «Boirischen» bezeichnen sollte. Die aus dem altbayerischen (mittelbairischsprachigen) Kissing stammende Gestalt wird vom aufgeklärten Augsburger Anonymus als edler Räuber (im Sinne Robin Hoods) gezeichnet, wobei der Kissinger Meisterschütze erst durch widrige Umstände seiner Umwelt zum Verbrecher wird, nicht unähnlich dem *Verbrecher aus verlorener Ehre* bei Friedrich Schiller. Dieser hatte das bald nach Hiasls Hinrichtung in Dillingen auf den Buchmessen in Frankfurt am Main und Leipzig vertriebene biographische Werk zur Grundlage seiner *Räuber* gemacht. Auch Ludwig Tieck dürfte für seinen vom Geist der Aufklärung durchdrungenen *Hiesel*-Roman darauf zurückgegriffen haben. Jedenfalls bildet die in Augsburg gedruckte Hiasl-Biographie, wenn man nicht von einem Lebensroman sprechen will, den Auftakt des Medienereignisses Hiasl mit Auswirkungen noch bis weit ins 20. Jahrhundert.

Nicht vergessen werden darf im Kontext einer schwäbischen Aufklärung die in Kaufbeuren und Augsburg aufgewachsene Sophie Gutermann, bekannter als Sophie von La Roche (1731–1802), die mit ihrem Frauenroman *Die Geschichte des Fräuleins von Sternheim* Furore (nicht nur bei Goethe und Schiller) machte. Darin geht es auch um eine weibliche Spielart der Aufklärung, konkret im Sinne einer Emanzipation von höfischen Zwängen:

[…] das Fräulein Sternheim ist aber erst seit einigen Wochen hier und zwar zum erstenmal: vorher war sie immer auf dem Lande gewesen. Erwarten Sie keine Ausrufungen über ihre Schönheit; aber glauben Sie mir, wenn ich sage, daß alle mögliche Grazien, deren die Bildung und Bewegung eines Frauenzimmers fähig ist, in ihr vereinigt sind, eine holde Ernsthaftigkeit in ihrem Gesicht, eine edle anständige Höflichkeit in ihrem Bezeugen, die äußerste Zärtlichkeit gegen ihre Freundin, eine anbetungswürdige Güte und die feinste Empfindsamkeit der Seele […]. Nach dieser Beschreibung, mein Freund, können Sie den Eindruck beurtheilen, welchen sie auf mich machte. Niemals, niemals ist mein Herz so eingenommen, so zufrieden mit der Liebe gewesen! Aber was werden Sie dazu sagen, daß man dieses edle reizende Mädchen zu einer Maitresse des Fürsten bestimmt? Daß mir Milord verboten ihr meine Zärtlichkeit zu zeigen, weil der Graf F. ohnehin befürchtet, man werde Mühe mit mir haben? Doch behauptet er, daß sie deswegen an den Hof geführt worden sey. Ich zeigte meinem Oncle alle Verachtung, die ich wegen dieser Idee auf den Grafen Löbau, ihren Oncle geworfen; ich wollte das Fräulein von dem abscheulichen Vorhaben benachrichtigen […].

Ebenfalls aus Kaufbeuren stammte der Schriftsteller Christian Jakob Wagenseil (1756–1839), der als Anhänger der Aufklärung das *Gemeinnützige Wochenblatt für Bürger* herausgab und im «Jenner 1786» *Auf Moses Mendelsohns Tod* dichtete:

Er war ein weiser Mann und forschte frey
Nach edler Wahrheit Stral. – Thorheit und Bonzerey,
War seiner Seele Gift. – Er blieb der Väter Sitte

Getreu, ein redlicher Israelitte,
Und wenn er irrte, wars gewiß nicht seine Schuld.
Du lieber Gott, du wirst mit alter Huld
Ihn dort empfangen, wo kein Orthodox verdammt;

Wirst ihn zu himmlischem Ergözen,
Mit Abraham, von dem er stammt,
Und Sokrates zu Tische sezen.

Ein anders.

Geht nicht dies Grab vorbey, weils leicht sich fügt,
Daß ohne Dank du dich nicht wirst entfernen.
Du kannst beym Grab, in dem der weise Moses liegt,
Mehr, als aus mancher Predigt lernen.

Auf der Theaterbühne vermochten modische Historiendramen mit zahlreichen Anspielungen an einen aufgeklärten Patriotismus zu appellieren. Bekannt ist etwa die *Agnes Bernauerinn. Ein vaterländisches Trauerspiel* (1780) des Joseph August Graf von Törring (1753–1826), das man durchaus mit Goethes *Götz von Berlichingen* vergleichen kann. Dieses Stück war auch und gerade außerhalb Baierns ebenso erfolgreich wie das Drama *Otto von Wittelsbach* (1782) des Joseph Marius von Babo (1756–1822).

Während man bei all den genannten Vertretern der literarischen Aufklärung in Altbayern und Schwaben von einer mehrheitlich katholischen Herkunft sprechen muss, ist die Aufklärung in Franken durchgehend protestantischer geprägt, ergänzt um Prägungen aus Mittel- und Norddeutschland. So folgte die Bayreuther Markgräfin Wilhelmine Friederike Sophie (1709–1758) als Lieblingsschwester Friedrichs des Großen ihrem Bruder nicht nur in der aufgeklärten Weltanschauung, sondern auch in der Briefpartnerschaft mit Voltaire und in ihren bissigen *Denkwürdigkeiten* (1742). Die markgräflichen *Mémoires* wurden von keiner Geringeren als Annette Kolb ins Deutsche übersetzt. Sogar der Page der schriftstellernden Wilhelmine war ein Dichter: Karl Ernst von Reitzenstein (1733–1790) setzte sich lyrisch mit dem *Werther* auseinander.

Im aufgeklärten und den Künsten offenstehenden Ansbach verfasste Johann Friedrich von Cronegk (1731–1758) sein Drama *Olint und Sophronie*, das mit Lessings Hilfe 1766 immerhin die Hamburger Nationalbühne eröffnen durfte. Über den früh verstorbenen Dramatiker schrieb Lessing: «Er war ein Genie, dem bloß das fehlte, wozu er nun ewig nicht gelangen kann, die Reife.»

Literaturgeschichtlich noch bedeutsamer dürfte der fränkische Landgerichtsdirektor Johann Peter Uz (1720–1796) als (in der Universitätsstadt Halle geprägter) Anakreontiker und Rokokolyriker sowie als Verfasser von Oden und Lehrgedichten gewesen sein. Der bescheiden in Ansbach wirkende Uz geriet wegen seiner Anakreontik sogar überregional zeitweilig unter den Beschuss Wielands, wobei ihn Lessing dagegen in Schutz nahm. Das moralische Missfallen hatten offenbar neckische Gedichte wie dieses erregt:

O Traum, der mich entzücket!
Was hab ich nicht erblicket!
Ich warf die müden Glieder
In einem Tale nieder,
Wo einen Teich, der silbern floß
Ein schattigtes Gebüsch umschloß.

Da sah ich durch die Sträuche
Mein Mädchen bei dem Teiche;
Das hatte sich, zum Baden,
Die Kleider meist entladen
Bis auf ein untreu weiß Gewand,
Das keinem Lüftchen widerstand.

Der freie Busen lachte,
Den Jugend reizend machte.
Mein Blick blieb lüstern stehen
Bei diesen regen Höhen,
Wo Zephir unter Lilien blies
Und sich die Wollust fühlen ließ!

Sie fing nun an, o Freuden!
Sich vollends auszukleiden:
Doch ach! Indem's geschiehet,
Erwach ich, und sie fliehet.
O schlief ich doch von neuem ein!
Nun wird sie wohl im Wasser sein!

In Memmingen fand Uz in Christoph Städele (1744–1811) einen lebhaften Anhänger, der – damals noch als Hutmacher sein Brot verdienend – sogar ein Gedicht mit *An Uz* überschrieb und ihn darin mit Horaz verglich:

Was reizet, teutscher Flakkus, dich,
Daß deine grosse Seele sich
Zu einem Manne neiget,
Den seines Standes Joch in seiner Werkstätt beuget,

Dem, weit von deinem Vaterland,
Der dunkeln Zukunft schwere Hand
Hart auf dem Auge lieget,
Der heut host, morgen sich in Ungewißheit schmieget?

Sprich, Uz, warum fragst du nach mir?
Ach, edler Mann! Wer winkte dir?
Führt dich ein Engel nieder
So weit zu mir? – zu hören meine schwachen Lieder?

Zur Stilrichtung von Uz wären teilweise die fränkischen Dichter Johann Friedrich Reichsfreiherr von Cronegk (1731–1758), in Ansbach geboren, und der 1730 in Bayreuth geborene, seit 1772 als Stadtphysikus in Augsburg wirkende Johann Georg Emanuel Rosner zu zählen, dessen überregionale Vernetzung der *Gruß an Gellerts Urne. Einem Freunde nach Leipzig mitgegeben* von 1773 belegt:

O Urne, die den leichten Staub verwahret,
Der meines tugendhaften Gellerts Glieder
Einst bildete; sey mir gegrüßt und heilig!
Ja, heilig ist des Erdenbürgers Asche,
Wenn ihn der Tugend Schönheit so entzücket,
Daß er sich selbst verleugnet, und Verdienste,
Die zu erwerben er für Wollust achtet,
Mit Demuth ohne Heucheley verbindet:
Ja, heilig ist sie, wenn den blühnden Jüngling
Die Tugend schon ermannt die wilden Lüste
Des Bluts mit Nachdruck zu bekämpfen; standhaft
In der Beherzigung der eignen Würde
Und ernsten Pflicht, die Harmonie des Ganzen
Durch seiner Kräfte Mißbrauch nicht zu stöhren:
Und heilig, wenn er willig lernt die Plagen

Des Leibs, des Lebens traurige Gefährten,
Und den viel schärfern Schmerz, den fremde Bosheit
In edle Herzen äzet, zu erdulden.
[…]
O selig, wessen Asche mit der Seinen
Werth ist vermischt und einst verklärt zu werden!
Sie ruhet sanfter unter niedern Veilchen,
Als des Eroberers Moder unter Marmor.

Während Ansbach mit seinem Hofleben durchaus als Zentrum der fränkischen Aufklärung betrachtet werden kann, gebar Wunsiedel im Fichtelgebirge eher zufällig einen literarischen Titan, dessen literarische Anfänge in *Die unsichtbare Loge* (1793) von der Aufklärung geprägt sind. Darin schreibt Johann Paul Friedrich Richter durchaus modisch-maurerisch inspiriert. Neben dem großen Namen Jean Paul dürfen auch die nicht wenigen Vertreter einer katholischen Aufklärung fränkischer Provenienz vergessen werden, wie etwa der zeitweilig in Bamberg als Franziskaner lebende Eulogius Schneider (1756–1794), dessen spätere revolutionäre Karriere in Straßburg auf dem Schafott endete. Am Klerus ließ er jedenfalls kaum ein gutes Haar, wie im Gedicht über den «bösen Priester»:

Der Priester, der ein Esel ist,
Und täglich fürs Brevier
An seiner Kirche Krippe frißt,
Ist ein verworfnes Thier.

Der Schelm, der mit dem Chorrock prangt,
Das Volk in Dummheit läßt,
Wenns nur den Opferpfenning langt,
Ist seines Landes Pest.

Der Pfaff, der Menschen lächelnd kränkt,
Am rauchenden Altar
Auf Brudermord mit Wollust denkt,
Ist – Satan im Talar.

Die wohl in eigener Anschauung gründende Klerikerschelte aus aufgeklärtem Geist macht auch vor dem wohl größten Feindbild der Epoche, dem vielgestaltigen Philister nicht halt:

Die Abendstunde im Kloster

Genug für heut! Jetzt brauch ich Ruh,
Jetzt mach ich Thür und Fenster zu,
Und sperre meine Bücher ein,
Und hole mir den Frankenwein.
Dann geh ich denkend auf und ab,
Und seh, was ich getrieben hab,
Und was man etwa in der Stadt
Den Tag von mir gelogen hat.
Und so, so ist mir herzlich wohl:
Und ist es leer, so mach ichs voll,
Und meditire bei dem Glas,
Was ich von meiner Lina las.

12.3. Gattungen und Autoren

Kaum zu glauben scheint, dass sich die ursprünglich mittelalterliche Gattung des Meistersangs in Memmingen auch noch im 18. Jahrhundert behauptet. Der letzte Meistersinger stirbt dort übrigens erst 1922. Dennoch waren es die Memminger Meistersinger, bei denen die damals moderne Literatur, oder genauer: ein inhaltlich und bühnenästhetisches revolutionäres Theaterstück, früh Aufführung fand: Schillers *Räuber*, die durch die Augsburger *Hiasl*-Biographie Anregung erfahren hatten.

Dagegen konnten sich im besten Sinne altfränkische Literaturformen in Nürnberg halten; dort behauptete sich durchaus in Hans Sachsens Tradition der Handwerkerdichter und Stadtflaschner sowie Gassenhauptmann Johann Konrad Grübel (1736–1809). Seine *Gedichte in Nürnberger Mundart* (1798) wurden sogar von Goethe und Schiller geschätzt. Im *Der Käfer* betitelten Gedicht vergleicht er die (erst bei Kafkas Gregor Samsa plastisch umgesetzte) Käfer-Existenz mit dem menschlichen Dasein:

Dau sitz i, siech an Köfer zou,
Tout in der Erdn kröichn:
Öitz kröicht er aff a Grösla naf,
Dau tout sis Grösla böign;
Er git si ober alli Möih,
Und rafft si wider af,
Und hält si on den Grösla oh,
Will wider kröichn naf,
Bald kröicht er naf, bald fällt er roh,
Bannah a halba Stund,
Und wenn er halb oft drubn is,
so ligt er wider drunt;
Und wöi er sicht, daßs goar nit geiht,
Und dass er goar nit koh,
So bratt er seini Flügl aus
Und flöigt öitz ganz dervoh.
Öitz denk i: Wöis den Köfer geiht,
Su touts dir selber göih,
Der haut doch gleiwuhl meihr Föiß,
Du ober haust ner zwöi.
Du kröichst scho rum su langa Zeit
Die Läng und in die Quer,
Und kummst döstwögn doch nit weit,
Und wörst aff dletzt wöi der:
Wennst lang genoug du in den Gros
Bist krochn, haust nit gwüßt, vor wos,
So wörst, nauch Sorgn, Möih und Streit,
Fortflöignn in die Ewigkeit.

Zu solchen Gedichten Grübels schrieb Goethe 1798 in einer Rezension der Cottaschen *Allgemeinen Zeitung*:

Die Grübelschen Gedichte verdienen wohl neben den Hebelschen gegenwärtig genannt zu werden […]. Um sie völlig zu genießen, muß man Nürnberg selbst kennen, seine alten, großen städtischen Anstalten, Kirchen, Rath- und andere Gemeinhäuser. Seine Straßen, Plätze, und was sonst Öffentliches in die Augen fällt […]. Denn fast nur innerhalb dieser Mauern bewegt sich der Dichter, selten ist es eine ländliche Szene, die ihn interessiert, und so zeigt er sich in seinem Wesen und Gesinnung als das, was er wirklich ist, als rechtlichen Bürger und Klempnermeister, der sich freut, mit dem alten Meister Hans so nahe verwandt zu sein.

Während sich in protestantisch geprägten Reichsstädten wie Nürnberg die Literatur des 16. und 17. Jahrhunderts partiell bis ins 18. behauptet – zu nennen ist hier auch die massenhaft erzeugte, erbauliche protestantische Literatur vom Schlage der Schriften Samuel Urlspergers (1685–1772) –, zeigt auch das altgläubige Altbayern ein gewisses Beharrungsvermögen etwa im mystischen Lied wie bei Crescentia Höß (1682–1744) oder im Weiterlaufen der Barockpredigt. In der Nachfolge Abrahams a Sancta Clara verfasste der Münchner Benefiziat Johann Prambhofer sein *Ungesaltzenes und ungeschmaltzenes doch wohlgeschmacktes Kirchtag-Süppel* (gedruckt zu Augsburg 1710) sowie zum Nachtisch *Honigfladen für schleckige Adamskinder*. Ähnlich frommen Geist atmet *Die Spihlende Hand Gottes Mit denen Menschlichen Hertzen Auf Erden / Vorgestellt durch allerhand Leben und Bekehrungen Heiliger Gaugler / Spihlleuth / und Comodianten* (Augsburg und Regensburg 1739) aus der Feder des Jesuiten Jacob Schmid.

Von dort ist es nicht mehr weit zur Passion, zumal sich Passionsspiele auch im 18. Jahrhundert bei Veranstaltern wie beim Volk großer Beliebtheit erfreuten, denn sie befriedigten ebenso wie Wallfahrten und Prozessionen eine barocke (freilich im Kontext der Gattung wohl viel ältere) Schaulust und Feierfreude. Gleichwohl wurden nicht überall nur die letztlich mittelalterlichen Texte und die alte Simultanbühne weitertradiert. In Oberammergau schuf der hochgelehrte Benediktiner Ferdinand Rosner (1709–1778) – er war auch Absolvent der allem Modernen, ja Modischen aufgeschlossenen Ettaler Ritterakademie und hatte im Laufe seines Lebens von Wien bis Freising zahlreiche Bildungseindrücke empfangen – mit der *Passio Nova* 1750 ein zeitgemäßen bühnenästhetischen Ansprüchen genügendes Meisterwerk, das freilich noch am traditionellen Aufführungsort unmittelbar bei der Pfarrkirche inszeniert wurde. Ferdinand Rosner brachte die Oberammergauer Passionstradition auf Augenhöhe mit dem zeitgenössischen modernen Theater. Von der niveauvollen Textgestaltung her sind seine Verse – über das gemeinsame Sujet hinaus – mit dem zeitgleichen *Messias* Klopstocks durchaus vergleichbar. Trotz dieses Modernisierungsschubs – im Vergleich dazu ist die weit jüngere, aber einflussreichere Passion von Joseph Alois Daisenberger (1799–1883) bühnenästhetisch konservativer – bei der Gattung Passionsspiel geriet diese gegen Ende des 18. Jahrhunderts zunehmend in die Krise, als Aufklärer nicht nur in Passionsspielen, sondern auch in damit verwandten prächtigen und aufwändigen Prozessionen, in einem Übermaß an Wallfahrten und Feiertagen nichts anderes als nutzlose Zeitverschwendung für das Volk sahen, das sich besser seinen Pflichten und seiner Alltagsarbeit zuwenden sollte.

Neben Aufklärungskritik als Ansporn zu Neuerungen auf der Bühne muss auch eine jesuitische Selbstreflexion in bemerkenswerten theatertheoretischen Schriften genannt werden, die zu den frühesten Vertretern dieser Gattung im deutschsprachigen Raum gehören. Dazu sind Franz Langs *Dissertatio de actione scenica cum figuris eandem explicantibus* von 1727 ebenso zu zählen wie Franz Neumayrs *Idea Poeseos* von 1751 oder die *Ars poetica* des Ingolstädter Jesuiten Ignaz Weittenauer von 1757. Damit einher geht der Durchbruch zur Muttersprache im Jesuitendrama. Erst mit der Aufhebung des Ordens 1773 (in Baiern, nicht in Preußen!) wurden diese modernisierenden Entwicklungen abrupt beendet.

Die ästhetische Bindungsfähigkeit des Katholizismus, wie sie sich im Drama zeigt, gebiert im 18. Jahrhundert auch ein lebhaftes mystisches Schrifttum, für das gerade Mystikerinnen wie Anna Lindmayr (1657–1726) und Columba Weigl (1713–1783) in Altbayern und für Schwaben insbesondere Crescentia Höss (1682–1744) aus der Reichsstadt Kaufbeuren stehen. Ihr *Leidenslied* soll hier als Beispiel für diese späte Frauenmystik in der Nachfolge der Margareta Ebner gelten, die einst politisch hellwach die Zeitläufte kommentierte, worin ihr die Kaufbeurerin, deren Rat die Mächtigen des 18. Jahrhunderts suchten, in nichts nachstand:

Du süsse Hand Gottes ermundrest mein Herz,
Und machest, daß ich mit mein Unglück nur scherz,
Es dunckt mich, als ob Gott Ballon mit mir schlüg.
Je stärcker Er zuschlägt, je höher ich flüg.

Ich muß zwar bekennen, Gott hoblet mich sehr,
Er brennt mich, er haut mich, doch fallts mir nit schwer.
So ich mir einbilde und halte dafür,
Gott schnizlete gern einen Engel aus mir.

[...]

So sey es beschlossen, und bleibt schon dabey,
Hier schneide, hier senge, dort gnädig mir sey;
Zur Dankbarkeit will ich noch schreiben aufs Grab:
Daß mich nur das Unglück recht glücklich gmacht hab.

Jenseits solch dezidiert katholischen Schrifttums bricht sich im 18. Jahrhundert überkonfessionell auf der Bühne eine Form gehobener Unterhaltung in Gestalt zahlreicher Lustspiele und Ritterdramen Bahn. Zu den produktiven Autoren im Lustspiel ist der aus Straubing stammende und durch das Libretto der Freimaureroper *Die Zauberflöte* weltberühmte Theaterunternehmer Emanuel Schikaneder (1751–1812) zu zählen, beispielsweise mit dem Stück *Das Regenspurger Schif. Ein Lustspiel in drey Aufzügen.*

Für das viel gespielte Ritterdrama ist (neben zahlreichen weiteren Vertretern) zuvorderst Joseph August Graf von Törring (1753–1826) zu nennen, etwa mit *Agnes Bernauerinn. Ein vaterländisches Trauerspiel*, das ein ungeheurer Erfolg war und in Mannheim, Hamburg und Berlin inszeniert wurde. Der historische Stoff um den Wittelsbacher Albrecht III. verbindet geschichtliche Fundierung mit dem damals (1780) modernen Schema des bürgerlichen Trauerspiels, das in seinen besseren Vertretern (bei Lessings *Emilia Galotti* und Schillers *Kabale und Liebe*) tragisch endet, während die zahlreicheren Vertreter der Massengattung den gattungsinhärenten Standeskonflikt am Ende meist harmonisch auflösen. Interessanterweise folgt Törrings *Bernauerinn* dem tragischen Zug, wie auch in einem längeren Monolog der unglücklich liebenden Agnes Bernauer deutlich wird:

Ich war ja zufrieden mit meinem Stande; ich wollte ja nicht lieben; ich wäre ja nie unglücklich gewesen an meines Vaters Seite; mußt ich ihn sehen den Herzog? – Ja ich mußte, ich sollte: nur mein Albrecht konnte ausfüllen das Leere meines Herzens; nur er wars, bei dem das sehnende Klopfen des jungen Busens stockte: Er war des Mädchens Mann; – – und ich sein Mädchen. [...] Allmächtiger! Tödte, oder gieb du mich dem Manne, den ich lieben, anbeten muß; oder nie gesehen haben sollte! – Verbrecherinn? – Du schufst mich ja? Du webtest in mein Innerstes das – nennt sich das, was mich in Albrechts Arme warf? – Du machtest ihn zum Sohn eines großen Fürsten, mich zur armen Burgerstochter. – Ich bin auch ein Mensch! Du bists auch, Albrecht! Ich bin unschuldig an deiner Würde. – Sollt ichs jemals büssen dich geliebt zu haben, weil du auch Herzog bist? [...]

Zum Ritterdrama kann man als herausragenden Vertreter einer populären Massengattung Goethes *Götz* rechnen, in München reüssierten jedenfalls *Ludwig der Bayr* (1780) und *Ludwig der Strenge* (1782) des «vaterländischen» Dramatikers Johann Nepomuk Lengenfelder aus Straubing (1753–1783). Am kurfürstlichen Theater in München war selbstredend *Otto von Wittelsbach, Pfalzgraf in Bayern* (1781) als hochtragischer Stoff erfolgreich in der Umsetzung des Intendanten Joseph Marius von Babo (1756–1822). Da in diesem Stück der Bamberger Königsmord am Staufer Philipp von Schwaben dramatisiert wurde, sanktionierte die Regierung im Folgenden solch vaterländische Dramen.

Was den Roman anbelangt, so brachte Coburg einen veritablen Bestseller hervor, der auflagenmäßig durchaus Goethe und Schiller in den Schatten stellen sollte. Der Roman *Reise in die mittäglichen Provinzen von Frankreich* beruht auf eigenen Erfahrungen seines Autors Moritz August von Thümmel (1738–1817). Das Erfolgsrezept des Bestsellers fasste Schiller in deutliche Worte:

Wie es hinter dem Mieder beschaffen und unter dem Röckchen
Lehret, wißt ihr es nicht, zierlich der reisende Freund.

Reiseberichte autobiographischer Prägung in auch didaktischer Absicht gab es im 18. Jahrhundert zuhauf. Hingewiesen sei hier nur auf *Unser Tagbuch oder Erfahrungen und Bemerkungen eines Hofmeisters und seiner Zöglinge auf einer Reise durch einen grossen Theil des Fränkischen Kreises nach*

Carlsbad und durch Bayern und Passau nach Linz des nachmaligen (ab 1786) protestantischen Pfarrers in Gefrees, Johann Michael Füssel (1755–1824), der über die Universitätsstadt Erlangen zu berichten wusste:

> Der Student hat zwar noch immer etwas besonderes an sich. Dieser und jener hält es unter seinen Gefährten für eine Ehre, volle Becher in einem Zug ausleeren zu können, macht bey Tag ein trotziges Gesicht, und ist unter dem Schleyer der Nacht natürlich und freundlich gegen gewisse Dirnen, nimmt gern eine renomistische, das ist rüstige und drohende Stellung an, drückt den übergrossen Hut martialisch krumm ins Auge herein, stuzt ihn durch eine grosse weisse Masche auf, die ihm zum Unterscheidungszeichen zu tragen erlaubt ist, führt einen langen Federbusch in der Tasche, und steckt ihn seinem Hut nur ausser der Stadt und auf der Reise auf, weil er dieses Prärogativ des Militärs in der Stadt nicht sehen lassen darf, liebt einen gar zu kärglichen Zuschnitt an Rock und Weste, um ja recht englisch flott auszusehen [...]. Ich habe hier auch die Bemerkung gemacht, daß die Studierenden von ihren Brüdern der verflossenen zwey Jahrzehende noch den Vorzug haben, daß sie sich mehr auf das Studium ihrer Muttersprache legen. Der Schwabe kann zwar sein Vaterland nicht ganz verleugnen, wenn er sich auch noch so sehr bemüht, das Teutsche rein auszusprechen; aber viele Franken hörten wir mit so vieler Nettigkeit und Delikatesse sprechen, daß sie den Sachsen nahe kommen.

Die letzte Aussage bezieht sich auf das schon von Luther gerühmte meissnische Sächsisch, das auch bei Füssel noch hohes Renommee genießt.

Erwähnenswert ist im Kontext der Reiseberichte unbedingt der Franke Johann David Schöpf (1752–1800), der von 1777 bis 1783 die markgräflich-ansbachischen Truppen in die Neue Welt begleitete und berichtet:

> Princetown ist ein kleines Landstädtchen; hat nur eine Hauptstrasse, und diese nur wenige Häuser, aber seine erhabene Lage macht es höchst angenehm; denn es genießt eine weitläuftige, freye und prächtige Aussicht, über das vorliegende niedere Land, bis an die Neversinks, und andere Gegenden der Küste. Man könnte, deucht mich, keine schönere, lüftigere und lustigere Lage für den Siz der Jerseyer Musen wählen, als sie hier wirklich haben; indem man 1746 unter dem Gouverneur Belcher eine hohe Schule für diese Provinz errichtet, und sie mit den Privilegien, die nemliche Grade wie Oxford und Cambridge zu ertheilen, versehen hat.

Am weitesten in der Welt herum kam wohl der Schwabe Martin Wintergerst, dessen Bericht über seine 22 Jahre währende Weltreise 1712 in Memmingen publiziert wurde: *Der durch Europam lauffende durch Asiam fahrende / an Americam und Africam anländende / und in Ost-Indien lange Zeit gebliebene Schwabe.*

Internationales Flair atmen auch Übersetzungen und weiterdichtende Übertragungen aus fremdsprachigen Literaturen, wie beim Franken Sigmund Freiherr von Seckendorff (1744–1785, jeweils in Ansbach) mit *Die Lusiade. Aus dem Portugiesischen des Luis de Camoens*, in der es über Vasco da Gama heißt:

Dom Vasco, dessen weise Hand
Die Farth der Helden lenckte,
Er, dem der Himmel Muth, Verstand
Und kluge Vorsicht schenckte:
Blieb ferne noch vom vesten Land,
Um erst sich zu belehren,
Ob auf den Insuln die er fand,
Nicht etwa Menschen wären.
[…]
Kaum waren sie hinabgesuncken,
So kletterten schon Wonnetrunken
Die Schwarzen am Tauwerk der Schiffe hinauf;
Der größte der Helden nahm freundlich sie auf,
Und ließ mit Wein und Speisen sie laben.
Begierig genossen die Fremden das Maal,
Und nahmen mit Danck die leckeren Gaben,
Die ihnen Dom Vasco zu reichen befahl.

Moderne Lyrik des 18. Jahrhunderts verfasste die Augsburgerin Christiana Rosina Spitzlin (1710–1740), die satirisch über *Die unvergnügte Ehe* dichtete:

Wann man im Ehestand muß solche Stunden zehlen /
Wo Kummer und Verdruß das Hertze hat umschrenckt /
Wo es an Zancken nie / an Harm und Gram wird fehlen /
Und solche Höllen-Qual die Brust beständig kränckt;

So ists ein Wehestand / und eine Höll zu nennen /
Ein rechtes Fegefeur auf diesem Erden-Rund /
Da man nichts als nur Fluch und Zanck wird hören können /
Und lauter Gall und Gifft hegt ihres Hertzens Grund.
[…]

Auf geistlichem Gebiet ist zur Lyrik das Kirchenlied zu zählen, etwa in der Sammlung *Der heilige Gesang zum Gottesdienste*, die Franz Seraph Kohlbrenner 1777 in Landshut herausgab. Bemerkenswert ist auch der Kirchenlieddichter Michael Denis, allerdings eher durch seine Ossian-Nachdichtungen.

Besonders charakteristisch für das 18. Jahrhundert ist bayernweit der Durchbruch der Mundartliteratur. Das hat sicher auch sprachhistorische Gründe, denn mit der Ausbildung einer hochdeutschen Literatursprache, durchaus als Konkurrenz zwischen überspitzt formuliert meissnischem und habsburgischem Deutsch, wird das Bewusstsein für die Mundart schärfer. Daraus entsteht dann Mundartdichtung als dezidiert neues sprachliches Register. Dem hierin bis heute unübertroffenen, ja geradezu meisterlichen, aus Weißenhorn stammenden Schwaben Sebastian Sailer mit seiner Unterhaltungsliteratur für Prälaten- und Adelskreise sind für Altbayern Johann Michael Kagerer (1728–1812) oder Marcellinus Sturm sowie Ferdinand Joly und Franz Kiennast (1728–1783) zur Seite zu stellen. Schnaderhüpfl werden schon im 18. Jahrhundert gesammelt und aufgezeichnet. Auch Franken bringt jetzt seine selbstbewussten Mundartdichtungen hervor.

Gleichzeitig finden sich Bemühungen um eine oberdeutsche Hochsprache oder Literatursprache, zeitlich zum Teil noch vor Gottsched. Neben den bekannten Reflexionen um den *Parnassus Boicus* ist hier der Tegernseer Benediktiner Heinrich Braun (1732–1792) bemerkenswert, einerseits mit einer *Anleitung zur deutschen Sprachkunst zum Gebrauch der Schulen*, andererseits mit seiner *Anleitung zur deutschen Dicht- und Verskunst zum Gebrauch akademischer Vorlesungen*. Eine wichtige Rolle spielen diesbezüglich auch Brauns *Der Patriot in Baiern* und die *Churbaierischen Intelligenzblätter*, die Franz Seraph von Kohlbrenner (1728–1783) herausgab. Ebenso wichtig für die Ausbildung eines poetologischen Bewusstseins war die *Münchner Staatszei-*

tung, herausgegeben von Lorenz Hübner (1751–1807), aus der sich schließlich die *Oberdeutsche Allgemeine Literaturzeitung* entwickelte. Besonders einschlägig waren jedoch Lorenz Westenrieders *Baierische Beyträge zur schönen und nützlichen Litteratur*, die sogar eine baierische Literaturgeschichte enthielten. Demgegenüber war das protestantisch geprägte und geistlich-geistig nach Norden orientierte Franken eher eine Einfallsschneise für die gleichfalls protestantisch geprägte Ästhetik à la Gottsched, obwohl die *Annalen der baierischen Litteratur* von den beiden Weltgeistlichen Joseph Milbiller (1753–1816) und Ignatz Schmidt, der zugleich Hofbibliothekar war, 1781 bis 1783 in Nürnberg erschienen waren. Im Gegensatz zur protestantischen Reichsstadt war das katholische Würzburger Fürstbistum auch literarisch nach Süden orientiert, so dass im Falle Frankens noch im 18. Jahrhundert literaturgeschichtlich zwischen konfessionell unterschiedlich geprägten Territorien zu differenzieren ist.

13. Die Literatur des 19. Jahrhunderts

13.1. Literarische Modernisierung unter Maximilian I. Joseph und Maximilian II.

Der Tod des ungeliebten Kurfürsten Karl Theodor, der am Ende die Aufklärung und ihr folgende Freiheitsbestrebungen eher bekämpfte, im Jahre 1799, markierte nicht nur politisch das Ende einer Epoche. Mit dem neuen Kurfürsten und späteren König Maximilian Joseph aus der wittelsbachischen Nebenlinie Zweibrücken-Birkenfeld (1756–1825) und seinem kongenialen Minister Maximilian Graf von Montgelas zogen zwei entschieden von der Aufklärung inspirierte und grundsätzlich frankophile Neuerer nach München, was einer aufgeklärten und fortschrittlichen Literatur auch von staatlicher Seite Vorschub leisten sollte. Die von beiden konsequent betriebenen Maßnahmen der Mediatisierung und der Säkularisation ermöglichten zum einen erhebliche territoriale Zugewinne und Arrondierungen (auch im Sinne einer effektiveren Regierbarkeit), zum anderen schufen sie die Voraussetzung für eine Emanzipation des Staats vom Klerikalen. Was kulturell und literaturgeschichtlich aber von weiterreichender Konsequenz war, war die Schaffung eines (nach französischem Vorbild) zentralistischen Staatswesens, das neben dem schon zuvor wittelsbachischen Altbayern auch zersplitterte Territorien in Schwaben und Franken integrierte, das nun zudem von München aus kulturell einheitlich regiert wurde und damit bislang teilweise nur lose (wenn auch punktuell intensiv) miteinander verbundene Literaturlandschaften letztlich auch literaturpolitisch vereinte.

Vielleicht sollte man – angesichts jahrhundertealter literarischer Verbindungen zwischen Oberbayern und Augsburg etwa – besser von einer konsequenten, ja finalen Vereinigung einer ostoberdeutschen bis oberdeutschen Literaturlandschaft sprechen, die auch schreibsprachlich längst weitgehend geeint war. Diese war – auch eine Folge der Aufklärung – wie das Staatswesen selbst überkonfessionell geprägt, wobei schon die Verfassung von 1808 den Protestanten, immerhin einem Viertel der Bevölkerung, Gleichbehandlung garantierte. Dies reichte bis zu einer staatlichen Indifferenz in religiösen Dingen, die sich in der Aufhebung von als nutzlos wahrgenommenen Klöstern und Stiften manifestierte. Radikaler als zuvor im aufgeklärten Österreich Josephs II. wurden die Kleriker nicht als Quasi-Standesbeamte in den Dienst des Staates genommen, vielmehr misstraute der Montgelas-Staat dem Klerus und wollte das neue Staatswesen selbstständig und zentralistisch in den Griff bekommen. Das antiklerikale Misstrauen von Montgelas und seinen Mitarbeitern erstreckte sich auch auf die Klosterschulen und die Bibliotheken der geistlichen Institute, weshalb man die altehrwürdigen Handschriften- und Bücherschätze in München am besten verwahrt sah. Ein zentraler Wissensspeicher an der Residenz – die königliche Bibliothek – steigerte das kulturelle Gewicht der Hauptstadt nur umso mehr. Bedenkt man zudem, dass die häufig kolportierten Berichte von wertvollen Büchern, die man Altpapierhändlern überließ, oder gar von Folianten, welche die holprigen Wege und Straßen pflasterten, mehr literarische Selbstläufer topischer Erzählweisen waren, dann ging es bei den energischen Maßnahmen um nichts weniger als eine Etablierung staatlicher Herrschaft *in litteris*. Man sollte daher Johann Christoph von Aretin (1772–1826), der die Beschlagnahme der Klosterbibliotheken organisierte, keine schlechten Absichten oder gar Ignoranz unterstellen. Die Dislozierung der Bücher aus (vermeintlich) klerikalem Dornröschenschlaf in die Hauptstadt wollte genauso den klerikalen Muff auslüften wie die Verlegung der für Montgelas jesuitischen Universität Ingolstadt in die alte wittelsbachische Residenz Landshut im Jahr 1800.

Dorthin berief man sogleich den fortschrittlichen Johann Michael Sailer aus Aresing (1751–1832), der 1794 die Universität Dillingen aufgrund klerikal-reaktionärer Intrigen hatte verlassen müssen. Der Priesterdichter, der auch noch mit der Romantik Fühlung nahm, vereinigte in seiner Person auf glückliche Weise Kant und katholische Kirche. Als Schriftsteller war Christoph von Schmid (1768–1854) sein Schüler, der als einer der Begründer der modernen Kinderliteratur gelten kann; auch das bekannte Weihnachtslied *Ihr Kinderlein kommet* stammt von ihm. Der dichtende Hofrat Karl von Eckartshausen (1752–1803), der als «neue Aufklärung» die «Vereinigung wahrer Religion mit wahrer Philosophie» propagierte, fügt sich ebenfalls zur Weltanschauung Sailers.

Sogar die Mundartliteratur bekam unter König Maximilian I. einen leicht frivol-antiklerikalen Ton wie in *Der Abschied oder der Klausner* in einer 1819 erschienenen Liedersammlung:

Er:
Bhüt di Gott, Schotzerl,
I will a Klausner wern.
Dös ist sletzt Schmotzerl,
Haselnußkern!
Wer woaß, eh Kutten zreißt,
Wer di no alls aufbeißt?
Alls frißt ja gern
Gut Haselnußkern.

Sie:
Seht die Bosheit!
Könntn Einfall närrscher seyn?
In ein Bußkleid
Hüllt sich jetzt Kupido ein!
Nein lieber, süßer, und heiliger Mann,
Nein, das stünde dir nicht an.

Er:
Dieß wär der Teufel,
Wenn mir koa Kuttn anstand?
Spar deine Zweifel;
Stehn mueß galant.
Heut no (in Gottesnam)
Pack I meine Zwespen zsamm,
Schlief aus da Pfoad
Ins heilige Kload.

Sie:
Seht den Heuchler!
Bald glänzt er im Mondenschein.
Loser Schmeichler,
meinst, Ich sollt Zufrieden seyn?
Wo bleiben Zärtlichkeit, Schwüre und Pflicht?
Nein, so lohnt man Liebe nicht.

Bairische Verse als Ventil des Antiklerikalismus zeigen, dass die neue Politik des Grafen Montgelas durchaus volkstümlich daherkam; etwas anderes war die personelle Ausstattung von Verwaltung und Wissenschaft, wo man nicht nur auf einheimische Kräfte setzen konnte. Denn einen Modernisierungsschub für die Landshuter Universität und die Münchner Akademie der Wissenschaften erhofften sich Montgelas und sein König auch durch einen *brain drain* von außerhalb, konkret – und besonders nachhaltig später bei Maximilian II. – aus dem Norden. Die sich daraus ergebenden Konflikte zwischen Einheimischen und «Nordlichtern» kennzeichneten im Geistesleben die Regentschaften beider Maximiliane.

Hinzu kam im jungen Königreich neben der Blutauffrischung durch Dichter und Denker von außen ein das ganze Staatswesen ergreifender freiheitlicher Geist, weshalb der berühmte Verleger Cotta 1810 vor der Zensur in Württemberg ins liberalere zunächst reichsstädtische, dann neubayerische Augsburg floh, wo seine *Allgemeine Zeitung* später sogar Heinrich Heine als Autor gewinnen konnte. Hierin mag man die bis heute sprichwörtliche *liberalitas Bavariae* (wenngleich *libertas* philologisch wohl exakter wäre) am Werk sehen. Freilich war man in Augsburg aufgrund reichsstädtischer Parität (samt Augsburger Religionsfrieden) im Aushalten konträrer Weltanschauungen institutionell schon länger geübt. Im gleichfalls einst reichsstädtischen und nun neubayerischen Nürnberg gedieh dank ähnlich weltläufigen Geistes unter dem Verleger Johann Leonhard Schrag mehrere Jahre das *Frauentaschenbuch*, zu dem namhafte Dichter Beiträge lieferten. Wo diesem in einem ganz weiten Sinn emanzipatorischen Aufbruch Widerstände drohten, fehlten auch nicht Schriftsteller, die mit der Feder für den Fortschritt fochten, wie etwa der Satiriker Karl Heinrich Ritter von Lang (1764–1835), über den König Maximilian I. Joseph urteilte, er habe «einen Mund wie ein Schwert». Weder Thron noch Altar, geschweige denn der von ihm besuchte alte Goethe konnten vor der Spottlust Langs bestehen:

> Ein langer, alter, eiskalter, steifer Reichsstadtsyndicus trat mir entgegen, in einem Schlafrock, winkte mir, wie der steinerne Gast, mich niederzusetzen, blieb tonlos in allen Seiten, die ich bei ihm anschlagen wollte […]. Dann fing er weiter an: «Wie stark ist denn die Menschenzahl von so einem Rezatkreis bei

Ihnen?» Ich sagte: «Etwas über 500 000 Seelen.» – «So! So!» sprach er, «Hm! Hm! Das ist schon etwas.» (Freilich mehr als das Doppelte vom ganzen Großherzogthum Weimar.) Ich sagte: «Jetzt, da ich die Ehre habe, bei Ihnen zu sein, ist dort eine Seele weniger. Ich will mich aber auch wieder dahin aufmachen und mich empfehlen.» Darauf gab er mir die Hand zum Abschied, dankte mir für die Ehre meines Besuchs und geleitete mich zur Thür.

Eine Fortschrittsbegeisterung, die vor Autoritäten nicht kuschte, prägte auch die Epoche Maximilians II. (1811–1864), während sein 1848 zur Abdankung gezwungener Vater Ludwig I. wie sein Sohn Ludwig II. einer konservativen bis rückwärtsgewandten, ja am Ende unzeitgemäßen Romantik verhaftet waren, was sich in den unzureichenden Reaktionen auf 1848, 1866 und 1871 (und besonders jeweils auf die Entwicklungen davor) politisch fatal manifestierte. Zuvor beziehungsweise danach verhinderte freilich Ignoranz bis passive Resignation bei beiden Ludwigen ein Aufbäumen gegen vermeintlich unabänderliche politische Prozesse oder eine Anpassung an geänderte Zeitläufte. Betroffen waren davon nicht nur Wissenschaften und Technik, sondern auch die Literatur. Während Ludwig I. wie Ludwig II. einer im weiteren Sinne romantischen Kunstrichtung oder – besser gesagt – disziplinenübergreifend romantischen Kunstauffassung huldigten, waren unter den beiden Maximilianen eher die fortschrittsoffenen Künstler wohlgelitten.

Dem entsprach beim exzellent gebildeten König Maximilian II. eine Begeisterung für die Wissenschaften. Er hatte nicht nur außerhalb Bayerns studiert und berief später mit Vorliebe norddeutsche Professoren wie Justus von Liebig, aber auch Landeskinder wie Max von Pettenkofer nach München, sondern sah sich selbst am liebsten als Gelehrter. In einem weltoffenen Klima, zu dem auch die Aufhebung der Zensur gehörte, sollten Bildung und damit einhergehend allgemeiner Wohlstand florieren. Verbesserungen im Schulwesen gehörten ebenso dazu wie die Stiftung der bis heute existierenden Maximilianeumsstipendien. In Opposition zu seinem übermächtigen Vater Ludwig I., der auch nach 1848 das Land nicht verlassen hatte, bekannte König Maximilian II. gegenüber Friedrich Hebbel: «Mein Vater hat die bildenden Künste zu heben gesucht, ich wünsche für die Literatur das Gleiche zu tun, das scheint mir noch wichtiger.»

Wenn er seinen Vater solchermaßen zu überflügeln trachtete, steckte letztlich auch Machtpolitik dahinter, denn er wollte München zu einem dritten urbanen Zentrum im deutschsprachigen Europa ausbauen. Neben Berlin und Wien sollte München im Sinne der machtpolitischen Triasidee auch literarisch und ganz allgemein kulturell glänzen. Bayern galt es als dritte Kraft neben Preußen und Österreich zu verankern. In diesem Sinne versuchte etwa Ludwig Freiherr von der Pfordten noch unter Ludwig II., Bayern, Württemberg und Sachsen außenpolitisch zu einer Allianz zusammenzuschweißen.

Die Kulturpolitik unter König Maximilian II. folgte also nicht nur ideellen Motiven. Neben politischen Erwägungen leiteten den Monarchen allerdings auch private Neigungen. Denn wegen seiner Bewunderung für norddeutsche Universitäten – er hatte in Berlin bei Leopold von Ranke studiert und förderte daher gerne die Geschichtswissenschaften – und Dichter berief er trotz seiner antipreußischen Außenpolitik, welche die Mittelstaaten Bayern und Württemberg als dritte Macht gegenüber dem preußisch-österreichischen Dualismus zu etablieren suchte, dezidiert «Nordlichter» als Professoren und Dichter. München konnte so neben Berlin und Wien in Wissenschaft und Kunst durchaus Exzellenz für sich beanspruchen. Dabei war Maximilian II. schon als Kronprinz literarisch ambitioniert, wie etwa sein *Morgengesang in Neapel* (1832) zeigt:

Horchet, durch die blaue Wüste
Tönt es wie ein Geisterchor;
Welches Eiland, welche Küste
Sendet diesen Klang empor?

[…]
Selig, die das Lied verstehen,
Diese tragen leicht die Welt;
Fühlen reinre Lüfte wehen,
Wiegen sich im Sternenzelt.

Diese lyrischen Versuche zeigen entsprechende Neigungen, die später Früchte trugen, denn mit der Berufung des wohl berühmtesten Lyrikers seiner Zeit, Emanuel Geibel (1815–1884), dessen Schüler Paul Heyse (1830–

1914) immerhin 1910 den Nobelpreis für Literatur erhalten sollte, bewies König Maximilian II. einiges literaturpolitische Geschick. Er selbst wohnte als Monarch literarischen Treffen bei, deren Ablauf er auch selbst geplant hatte. Die Literatenrunde *Krokodil* suchte als Münchner Dichterkreis die dichtenden «Nordlichter» mit den einheimischen Literaten wie dem Mitglied Hermann Lingg zu versöhnen. Einige, wie Felix Dahn, waren geradezu Erfolgsschriftsteller. Max Haushofer schuf mit seinem Roman *Planetenfeuer* gar eine frühe Science Fiction. Auch illustre Gäste wie Theodor Fontane und Hendrik Ibsen gaben sich die Ehre. Dabei konnte bei den *Krokodilen* auch an ältere, dezidierter einheimische Literatenklubs angeknüpft werden, etwa *Alt-England* (seit 1826), die *Gesellschaft der Zwanglosen* (ihr gehörten etwa Franz Graf Pocci, Emanuel Geibel, Eduard von Schenk, Friedrich Beck, Ludwig Steub und Franz von Kobell an), der *Verein für deutsche Dichtkunst in München* (seit 1848) oder der *Poetenverein an der Isar* (seit 1852). Manche Dichter waren auch Mehrfachmitglieder, wie der sich häufig auf Frauenchiemsee erholende Max Haushofer, der bei den *Zwanglosen* wie den *Krokodilen* verkehrte. Diese betrieben tatsächlich eine Art ironischen Krokodilskult mit gipsernem Krokodilsgötzen und launiger Selbststilisierung, etwa aus der Feder von Hermann Lingg:

Das Krokodil zu Singapur

Im heilgen Teich zu Singapur
Da liegt ein altes Krokodil
Von äußerst grämlicher Natur
Und kaut an einem Lotosstiel.

Es ist ganz alt und völlig blind,
Und wenn es einmal friert des Nachts,
So weint es wie ein kleines Kind,
Doch wenn ein schöner Tag ist, lachts.

Natürlich darf auch vom äußerst produktiven Lyriker Geibel eine *Krokodilromanze* nicht fehlen, deren Orientbild einer heute befremdlich anmutenden Mischung literarischer und kolonialer Klischees huldigt:

Ich bin ein altes Krokodil
Und sah schon die Osirisfeier;
Bei Tage sonn ich mich im Nil,
Bei Nacht am Strande leg ich Eier.

Ich weiß mit listgem Wehgekreisch
Mir stets die Mahlzeit zu erwürken;
Gewöhnlich fress ich Mohrenfleisch
Und Sonntags manchmal einen Türken.

Und wenn im gelben Mondlicht rings
Der Strand liegt und die Felsenbrüche
Tanz ich vor einer alten Sphinx,
Und lausch auf ihrer Weisheit Sprüche.

Die Klauen in den Sand gepflanzt,
Tiefsinnig spricht sie: Tochter Thebens,
Friß nur was du verdauen kannst!
Das ist das Räthsel deines Lebens.

Zu den *Krokodilen* zählten beispielsweise Wilhelm Hertz, Hans Hopf, Emanuel Geibel, Paul Heyse (mit seiner berühmten Falkentheorie der Novelle), Melchior Meyr, Friedrich von Bodenstedt, Moritz Carrière, Felix Dahn, Heinrich Leuthold und Victor von Scheffel. So lebhaft war die Literaturszene in München, dass sie einen so kreativ-vielseitigen und wenig konventionellen Künstler wie Wilhelm Busch anzog, der für die *Fliegenden Blätter* und den *Münchener Bilderbogen* seine Geschichten um Max und Moritz beitrug. Darin mag man durchaus eine Präfiguration des späteren *Simplicissimus* sehen. In jedem Fall ermöglichte das weitgehende Fehlen einer Zensur erst solch subversives Literatentum, was München gegenüber Wien und mehr noch Berlin längerfristig besonders auszeichnete.

Mag man den Erfolgslyriker Geibel und andere durch den König Geförderte mitunter – in der Summe wohl zu Unrecht – als epigonal schmähen, so zeigt sich andererseits beim königlichen Ruf, der 1852 an den Journalisten und Übersetzer Friedrich Bodenstedt (1819–1892) erging, eine gewisse Weltoffenheit, ja Weltläufigkeit. Bodenstedt nämlich kannte Athen, Moskau und Tiflis bestens und veröffentlichte – durchaus in Analogie zu Goethes *West-Östlichem Divan* oder Rückerts Riesenwerk mit Orientprovenienz – 1851 eine vielgelesene Lyriksammlung, *Die Lieder des Mirza Schaffy*. Dazu passt 1856 die Berufung des Mecklenburgers Adolf Friedrich von Schack (1815–1894) nach München, bekannt als Übersetzer aus dem Persischen mit seinen *Heldensagen des Firdusi* (1851). Auch bei den *Krokodilen* war man solchermaßen an Weltliteratur interessiert, die man in Übersetzungen rezitierte und diskutierte. Für die Verbreitung ihrer Werke sorgten die *Krokodile* selbst durch gute Verbindungen zur bayerischen Presse, aber auch deutschlandweit etwa in der populären *Gartenlaube*. Noch 1882 bewies Heyse im von ihm herausgegebenen *Neuen Münchner Dichterbuch* eine Offenheit, die über die ihm gewöhnlich zugeschriebene Vorliebe für sich klassisch gebende Verstexte hinausging, indem er etwa Dialektpoesie in bairischer, pfälzischer und elsässischer Mundart ebenso aufnahm wie die Werke der Poetinnen Marie Amelie Freiin von Godin (1882–1956) und Frieda Port (1854–1926).

Dabei gab es in Bayern eine niveauvolle Dichtung als dezidiert einheimisches Gewächs, für die etwa der Lindauer Hermann Lingg (1820–1905) steht, der als Militärarzt in Augsburg und Straubing sowie Passau tätig war. Mit seinen historischen Epen und Balladen hatte der ehemalige Soldat und Arzt nach schwierigen Anfangsjahren und dank der Förderung durch Geibel und der Mitgliedschaft bei den *Krokodilen* endlich gegen Ende seines Lebens großen Erfolg.

Geradezu Berühmtheit erlangte Franz von Kobell (1803–1882) mit seiner recht kurzen, prägnanten Novelle *Brandner Kaspar*, die auf der Bühne und im Film bis heute immer wieder textlich kräftig ausgedehnt (manchmal auch überdehnt) Auferstehung feiert. Bei Kobell stehen sich der Kaspar – «der is a fleissiger braver Mo gwest und lusti und schneidi» – sowie der «Boalkramer» («Boandlkramer» ist ein hyperkorrekter Modernismus) gegenüber, wobei der Stoff auf die Geschichte vom Ritter und vom Sensenmann, die miteinander würfeln, zurückgeht, die Kobell samt Bebilderung durch Graf Pocci vermittelt worden war. Daraus machte Kobell einen großen Wurf. Besonders als Mundartdichter ist der Mineraloge und Nachfahre von Pfälzern, die sich noch schlicht Kobel (also nicht à la française)

Abb. 14: Franz von Kobell (1803–1882)

schrieben, deshalb zu Lebzeiten bekannt geworden. Da gerinnen dann die bairischen Verse zu einer Bayernhymne:

Der boarischi Himmi

Bin auf und auf ganga dös Oestreicha Land,
Ja tief drin in Ungern bin i übrall bekannt.
Und wohin i mi wend und wohin i halt schau,
Sich i an boarischen Himmi schö weiß und hellblau.

Und daß i die Farbn sich, dees is mei Freud,
I denk mi na hoam, waar i weg no so weit.
Und giebt ma zum Umkehrn allmal an Riß,
Weils boarischi Landl meinoad des best is.

Kobells Schüler als Mundartlyriker war Karl Stieler (1842–1885), dessen bairische Gedichte auch außerhalb Bayerns erfolgreich waren. Dabei ist Mundart keineswegs mit Eskapismus gleichzusetzen, denn die grausamen Folgen des preußisch-französischen Kriegs von 1870, den Ludwig II. zu verhindern suchte, werden beinahe im Stil expressionistischer Heimkehrerliteratur deutlich benannt:

An Anfrag

A Bauer hat drei Buabn im Feld,
Sie lassen gar nix hörn,
Jetzt is er halt nach München nein
Zum Fragen in dKasern.

«Wie geht's mein Toni?» hat er gfragt,
Den mag er halt vor Allen,
Da schaugens nach und sagens ihm:
«Der is bei Wörth drin gfallen.»

«O mein Gott, nei! – und unser Hans?»
«Der is mit siebezg Mann
Bei Sedan gfallen.» – «Und der Sepp?»
«Der liegt bei Orleans!»

Der Alte sagt koa Wort und geht.
Er hebt sich an am Kasten.
Am Stuhl, am Thürgschloß, an der Stiegn –
Er muaß a weni rasten.

Drunt auf der Staffel vorn Haus
Da is er niedergsessen,
Er halt sein Hut no in der Hand,
Er hat auf Alls vergessen.

Es gengant wohl viel tausend Leut,
Viel hundert Wagn vorbei.
Der Vader sitzt no allweil dort …
«Drei Buabn und – alle drei!»

Von Stielers Lyriksammlungen seien hier die Bände *Bergbleamln*, *Weils mi freut*, *Habts a Schneid!?* oder *Um Sunnawend* genannt. Dergleichen war

Abb. 15: Ludwig Steub (1812–1888), Holzstich 1884

ungemein populär. Dies gilt auch für den aus Aichach stammenden Reiseschriftsteller Ludwig Steub (1812–1888), der mit Fug und Recht als schreibender Begründer des Alpinismus (*Das bayerische Hochland, Wanderungen im bayerischen Gebirge*) zu bezeichnen ist, wobei ihm in dieser Funktion Heinrich August Noë (1835–1896) mit *Bairisches Seebuch* oder *In den Voralpen* an die Seite zu stellen wäre. Dabei kannte Ludwig Steub nicht nur die Alpen, sondern war auch ein herausragender und kritischer Ethnologe nicht nur für Bayern (*Altbayerische Culturbilder*), sondern weit darüber hinaus, gehörte er doch der elitären Delegation oder jenem Expertengremium an, das König Otto von Griechenland in Athen helfen sollte, das marode Land zu modernisieren. Auch dies zeigt, dass die Heimatschriftsteller unter König Maximilian II. von ihren Wurzeln her auf Modernisierung aus waren, zumal auch Kobell einst zu den Intellektuellen und Experten zählte, die Griechenland innerhalb nur einer Generation in die Moderne führen wollten.

Nicht nur die Alpen, auch andere bayerische Landschaften wurden jetzt beschrieben und besungen – es ist dieselbe Zeit, in der zahlreiche Trachtenvereine aufblühen. Hierher gehören die *Erzählungen aus dem Ries* von Melchior Meyr (1810–1871) oder *Aus dem Lechrain* von Karl von Leoprechting (1818–1864). Von dieser Heimatbezogenheit zeugen auch Abbildungen des Königs in Tracht. Dabei ist für diese Trachtenbewegung hervorzuheben, dass es nicht unbedingt das Altüberkommene oder Altheimische war, das in den Trachtenvereinen als Brauchtumsuniform Furore machte. In Füssen brachten zugewanderte Arbeiter für Industrie und Gewerbe im Allgäu altbayerische Trachten zum Erfolg. Im eher armen Aichach wurden Uniformröcke der Wehrpflichtigen trachtenmäßig umgearbeitet. Dies mag abschließend als Metapher für den Patchworkcharakter des literarischen Lebens unter Maximilian II. Joseph insgesamt gelten, wo «Nordlichter» und Einheimische in den Literaturzirkeln immer mehr zusammenwuchsen, woraus sich in der Summe ein lebhafter Literaturbetrieb entwickelte.

13.2. Romantik unter Ludwig I. und Ludwig II.

Dass die beiden Könige hier mit einer einzigen literarischen Epoche in Verbindung gebracht werden, mutet eigentlich anachronistisch an. Zum einen, weil dazwischen die literarisch besonders ergiebige Zeit des Literaturförderers Maximilian II. liegt, zum anderen, weil im eigentlich bürgerlichen 19. Jahrhundert die große Zeit der umfassend ihre Epoche prägenden Monarchen schon fast vorbei zu sein scheint. Dergleichen Epochenbezeichnungen kennt man für das Mittelalter, wo man zeitweilig sogar von einer «Staufischen Klassik» sprach. Dagegen werden «Weimarer Klassik» oder «Goethezeit» nicht mehr mit dem Weimarer Herzog als *spiritus rector* in Zusammenhang gebracht, was daran liegt, dass die Herzogsmutter Anna Amalia und vor allem Johann Wolfgang von Goethe selbst die Fäden der Kulturpolitik zogen. Dagegen agierten Ludwig I., der sich auch selbst als Dichter versuchte, und Ludwig II. dezidiert als selbstbewusste Gestalter *in litteris*. Ludwig II. floh gar in eine Welt der Künste, weil er in der Welt des Realpolitikers Bismarck ein aus der Zeit gefallener Fremdkörper blieb. Bezeichnend ist dabei die Vorliebe des Märchenkönigs für Ludwig XIV. Doch zuvor schon war der französische König Ludwig XVI. Taufpate des späteren bayerischen Königs Ludwig I. gewesen. Das versinnbildlichte *ex post* das absolutistische und noch 1848 nostalgisch einem *Ancien Régime* nachtrauernde Regierungsprogramm von Ludwig I., der von Ludwig II. mit der exakten Kopie von Versailles in Herrenchiemsee in frankophiler Absolutismusnostalgie sogar noch übertroffen wurde, was Ludwig II. schon aus kulturellen Gründen vor einem von Bismarck betriebenen Krieg gegen Frankreich zurückschrecken ließ. Die Frankreichorientierung hatte bekanntlich in Bayern seit jeher Tradition, sei es unter dem Frankreichbewunderer Max Emanuel oder unter aufklärerisch-progressiven Vorzeichen bei Montgelas und König Maximilian I. Joseph beziehungsweise eher reaktionär orientiert wie bei König Ludwig I. Dieser wollte alles anders machen als sein Vater, indem er – auch als dies für ihn und die wittelsbachische Politik unbequem war – aus seiner Abneigung gegen den kleinen Korsen Napoleon nie einen Hehl machte. Noch als Kronprinz betrieb er eifrig die Absetzung des ungeliebten Ministers Montgelas, die diesen beim Frühstück erreichte. Aufgehobene Klöster ließ er in romantischer Mittelalterbegeisterung wieder besiedeln. Dabei sollte man Ludwig I. durchaus nicht als ultramontanen Katholiken sehen, vielmehr trat er ansonsten selbstbewusst gegen klerikale Einmischungen in seine Regierungsweise auf. Thron und Altar gehörten mit ihm als Monarch – wie es ja auch Metternich vorsah – zusammen. Die Förderung von Stiften und Klöstern umschrieb demnach nur die traditionelle Herrscherrolle und hatte nichts mit übertriebener Papsttreue zu tun. Eher wäre die Kirchlichkeit Ludwigs ästhetisch im Sinne der romantischen Mittelalterschwärmerei und gegen den Antiklerikalismus unter Montgelas einzuordnen. Kein Wunder also, dass König Ludwig I. den Beifall etwa Joseph von Eichendorffs fand. Auch gehörte Ludwig I. zum romantisch orientierten Kreis um den Theologieprofessor und späteren Bischof Johann Michael Sailer mit Clemens und Bettina Brentano, Karl von Savigny und Eduard von Schenk.

Außerdem war der Katholizismus nur die eine Seite der königlichen Kulturpolitik. Weitaus nachhaltiger wirkte sich die Griechenlandbegeisterung Ludwigs auf architektonischem Gebiet aus. Denn die Walhalla über der Donau und die Ludwigstraße in München, dem Isar-Athen, sind bis heute manifeste Spuren von Ludwigs Philhellenentum, das durch den wittelsbachischen König Otto von Griechenland, Ludwigs Sohn, im wahrsten

Sinne des Wortes gekrönt wurde. Von daher weht heute noch eine weißblaue Fahne in der Griechenhauptstadt. Und deshalb kann es weiter nicht verwundern, dass der Philhellene Ludwig in eher romantisch melancholischer Verklärung dem untergegangenen Hellas lyrisch nachtrauert, was auch zur lyrischen Blaupause seiner eigenen Bautätigkeit gerinnt:

Eine Welt des Schönen ist gewesen,
Wie wir es in alten Schriften lesen,
Doch von Allem, was zu ihr gehört,
Ach! Wie Wenges übrig ist geblieben,
Von der steten Macht der Zeit zerrieben,
Mehr noch durch der Menschen Hand zerstört.

Jene Welt ist hin, sie ist verschwunden,
Wird nicht mehr gesehn, wird nur empfunden,
Ewig hin ist ihre Herrlichkeit;
Traurig niederschlagender Gedanke,
Der gemacht, damit der Entschluß wanke,
Großes zu vollbringen in der Zeit.

Doch der Mensch darf sich nicht darum kümmern,
Ob auch seine Werke einst zertrümmern,
Wirken soll er für die Ewigkeit.
Was er Würdges kann, das soll er zeigen,
Trachten das, was möglich, zu erreichen,
Von der Angst vor Künftigem befreyt.

Säulen sollen schlank und kräftig ragen,
Hallen edle Marmorbilder tragen,
Mit der Schönheit eine sich die Pracht.
Tempel sollen heilig sich erheben,
Ihre Himmel gegen Himmel streben,
Und der Herzen Gluth wird angefacht.

Auch der in Ansbach geborene, später in München, Würzburg, Erlangen und ab 1826 ständig in Italien lebende Romantiker August Graf von Platen (1796–1835) rühmt in seinen Versen *An König Ludwig* den von Hellas Begeisterten:

Früh war die Schönheit deines Gemüts Bedarf,
Und Schönes ist ja Göttliches, leicht verhüllt
Durch einen Flor, den uns des Denkers
Wesenerforschendes Auge lüftet.

Und nicht vergeblich sogst du mit Emsigkeit
Das tiefste Mark altgriechischer Bildung ein:
Wofür, als fürs Vollkommne, schlüge
Solch ein erhabenes Herz, wie deines?

Es geht die Sage, daß du als Jüngling einst,
An deiner Salzach buschigem Felsenstrand,
Abschüttelnd Weltgeräusch und Hofzwang,
Nur mit homerischen Helden umgingst.

Nicht minder griechenlandbegeistert gab sich Clemens Brentano (1778–1842), der gerade in Bayern als Romantiker einflussreich wirkte, als er *Bei der Rückkehr König Ludwigs I. aus Griechenland* dichtete:

Heil! Willkomm des Volkes Vater
Hoch die Herzen! Hoch die Hand!
Aus dem Vaterland der Künste
Kehrt er in ihr Vaterland.
Von dem Sohne zu den Söhnen
Kehrt er, segnend seine Welt;
Zwischen Leid und Freudenthränen
Spannt das Wiedersehn sein Zelt!

Heil! Willkomm! Zu uns gewendet
Hat sich unsres Lichtes Blick,
Aus dem Oriente kehret
Unser Orient zurück.
Heil ihm, der aus Lorbeerwäldern,
aus des Oelbaums stillem Hain
Heimkehrt – allen guten Künsten
Bringt er Weizen, Oel und Wein!

Allerdings darf diese Griecheneuphorie, die Ludwigs Herrschaft prägte, nicht als Verachtung des Eigenen betrachtet werden, denn Ludwig bekannte ebenfalls: «Wir wollen Teutsche sein und Bayern bleiben»; damit verfocht er freilich nicht das, was sich mit Bismarck unter preußischem Diktat und Drill dann durchsetzen sollte. Denn schon das Hambacher Fest 1830 war für Ludwig ein Weckruf im Negativen. Von daher brachte er auch für die Literaten, die sich darauf beriefen, kein Verständnis auf.

Mehr nach König Ludwigs Geschmack – er verfasste höchstselbst von Heinrich Heine verrissene Gedichte – war Joseph von Görres, der sich nach seinen republikanischen Anfängen zum katholisch-romantischen Bewahrer entwickelt hatte und in München als Professor für Literaturgeschichte wirkte. Dort entstand auch eines seiner Hauptwerke, die *Christliche Mystik*, mit der nicht zuletzt der Gegenwartskatholizismus aus mittelalterlichem Geist mit Leben erfüllt werden sollte, eine Linie, die bis zu Joseph Bernhart und Romano Guardini führen sollte. Auch sein Sohn Guido Görres (1805–1852) folgte etwa mit seinen Marienliedern der väterlichen Spur.

Und München bildete in Deutschland nicht nur mit Görres und Brentano ein selbstbewusstes Zentrum romantisch-katholischer Literatur. Dies gilt auch für den Dramatiker, Lyriker, Romanautor und zeitweiligen bayerischen Innenminister Eduard von Schenk (1788–1841), der mit seinem Festspiel *Kaiser Ludwigs Traum* im mittelalterlichen Ludwig dem Bayern den bayerischen König Ludwig I. ehrte, sowie für Melchior von Diepenbrock (1798–1853), langjähriger Freund und Sekretär Johann Michael Sailers. Nicht weniger romantisch-katholischen Geist atmet die auflagenstarke Kinderliteratur des Schwaben Christoph von Schmid (1768–1854), die sogar international Verbreitung fand. Berühmt ist beispielsweise die Erzählung *Die Ostereier*, ebenso *Der Weihnachtsabend*. Publikationsorgan der Romantiker war unter anderem die Zeitschrift *Charitas*, die mit Gedichten Ludwigs I. – seine Elegien und Sonette datieren insgesamt etwa von 1804 bis 1846 – eröffnet wurde und in der beispielsweise 1835 Eduards von Schenk romantische Novelle *Der Mönch und die Gräfin* erschien.

Zu diesem Kreis romantischer Schriftsteller um Ludwig I. und die Zeitschrift *Charitas* gehörte auch der Schwabe Ludwig Auerbacher (1784–1847). Die Wiederentdeckung alter Sagen und Schwänke in der (romantischen)

Nachfolge der Gebrüder Grimm gebar etwa sein *Volksbüchlein*, das beispielsweise die *Abenteuer der sieben Schwaben* enthielt. Der Sohn eines Türkheimer Nagelschmieds und ehemalige Benediktinernovize in Ottobeuren machte sich auch über die Animositäten zwischen Alt- und Neubayern lustig:

> Man erzählt, daß, als Unser Herr die Welt durchwandert, sey er auch nach der bayerischen Grenzstadt Landsberg gekommen. Da habe ihn der Zoller am Thor angeschrieen und gefragt: Wer seyds? Woher kommts? Wohin wollts? Und was schaffts? Der Fremde habe gesagt: Ich bin Unser Herr, und will ins Bayerland, um meine Schafe zu suchen. Hierauf habe der Zoller gesagt: Da seyds auf dem unrechten Weg; hiesigs Lands giebs keine Schaf, sondern nur Säu. – Diese Geschichte wird erzählt, nicht etwa zum Spott der Bayern, sondern allein, weil sie mit ihren Säuen in alle Welt handeln, was ihnen denn weder Schaden noch Schande bringt. – Der Spiegelschwab wurde auch vom Zoller gefragt, wer er sey, und wohin und was er wolle. Der sagte: Er sey, salveni, ein Schwab, und er wolle ein Weilheimer Stückle erfahren, und den Passauer Tölpel sehen, und einen Münchner Bock trinken. Worauf der Zoller sagte: Das könne er thun, und er solle hingehen, wo er wolle. Also ging er hin, wohin er wollte. Er kam aber nicht viele Schritte weit, so klingelte ihm schon die Glocke ins Ohr, und zog ihn hinein. Da wollen wir ihn denn auch sitzen lassen.
> Die Schwaben und das schlechte Geld
> Führt der Teufel durch die ganze Welt.

Auf sprachlichem Terrain bedeutet die romantische Hinwendung zum *Teutschen* – durchaus gerade in der nun schärfer beobachteten mundartlichen Vielfalt – nach dem à la mode-Wesen des 18. Jahrhunderts nicht nur in Bayern die Geburt der Wissenschaft Germanistik. Den Gebrüdern Grimm mit ihrem Wörterbuch und ihren Verdiensten um die Sprachgeschichtsschreibung steht in Bayern auf gleichem Niveau Johann Andreas Schmeller (1785–1852) aus Tirschenreuth gegenüber. Es ist das große Verdienst schon des Kronprinzen Ludwig, das sprachwissenschaftliche Genie Schmellers erkannt zu haben. Sein *Bayerisches Wörterbuch* ist bis heute ein unverzichtbares Standardwerk, das auch methodisch keineswegs überholt ist. Auch Schmellers Verdienste um die Handschriftenkunde, um die Editionspraxis oder um die deutsche und bayerische Literaturgeschichtsschreibung vornehmlich des Mittelalters (*Codex Buranus*!) sind allein schon vom Arbeitspensum her mehr als staunenswert. Trotz hoher Ehren zu Lebzeiten vergaß Johann Andreas Schmeller nie seine Herkunft als Sohn eines Korbmachers:

Er bleibt des Kürbenzeuners Sohn
Er tische nun mit Hochgebornen,
Sey Bruder Du mit Auserkornen
Zu stehen um des Königs Thron.

Mit Hohen hoch und vornehm seyn
Vergessen in des Saales Mitte
Der armen väterlichen Hütte
Er kann es nicht, er bleibt gemein.

Dieser Johann Andreas Schmeller setzte das Programm der Romantik – die wissenschaftliche Entdeckung des Deutschen aus dem Geist des Mittelalters (Hermann Paul und die Gebrüder Grimm) – in die Tat um, indem er zum bis heute unübertroffenen Erforscher des Bairischen von den Anfängen im Frühmittelalter bis in die Gegenwart des 19. Jahrhunderts wurde. Diese romantische Wiederentdeckung des Mittelalters zeigte sich jedoch nicht nur beim Mediävisten Schmeller, sondern auch bei Friedrich Wilhelm von Schelling (1775–1854), und zwar nicht nur als Akademiker in München, sondern auch in einem Gedicht *Auf die Kapelle an der Stelle des Wittelsbacher Schlosses* (1831). Damit ist die Sühnekapelle anstelle der wegen des Bamberger Königsmords geschleiften Burganlage von Oberwittelsbach (bei Aichach) gemeint, jener Ort, der dem baierischen Herrscherhaus den neuen Adelsnamen schenkte, wodurch aus den Pfalzgrafen von Scheyern die Wittelsbacher wurden, als der hier als Otto der Große apostrophierte Herzog Otto die baierische Herrschaft seiner Dynastie begründete:

Schau her, o Volk! Nach disem Hort,
Es steht dieß Mal am selben Ort,
Wo deines Königs Haus entsproß
Aus altem Wittelsbacher Schloß.

Fürsten kühn, weise, tapfer und auch milde
Gingen hervor aus dieser Wilde,
Seit Baiern ward, die schöne Braut,
Otto dem Großen angetraut.
Doch drauf an die sechshundert Jahr
Des Berges Schloß verödet war;
Nun schaut, erbaut von Königshand,
Die Kirche weit hinaus ins Land
Und ruft den fernen Wandrer an:
Wandl immer fort so deine Bahn,
Wohin du gehst, herrscht weit und breit
Der Wittelsbacher Herrlichkeit;
Allstets ist Gottes Auge wach
Über dem Stamm von Wittelsbach.

Doch nicht das jahrhundertelang vom Herrscherhaus beinahe vergessene Oberwittelsbach, sondern selbstredend München wurde unter Ludwig I. zu einem Zentrum von Wissenschaft und Kultur, ja auch zu einem Mittelpunkt der deutschsprachigen Literatur, besonders der romantischen. Literarische Zirkel wie jener um Franz Graf Pocci (1807–1876), den sogenannten Kasperlgrafen, der freilich im *Staathämorrhoidarius* ein scharfer Satiriker war, florierten. Der katholische Romantiker Joseph von Eichendorff machte sich gar zeitweilig Hoffnung auf eine Münchner Professur. Clemens Brentano siedelte nach München über, wo auch sein Freund Görres lebte und wo er seine Alterswerke schrieb. Dort trat er auch in fruchtbaren Austausch mit der Kunstszene, was den Illustrationen seiner Dichtungen förderlich war, die so dem Gesamtkunstwerk nahekamen. In München jedenfalls schien ihm Bayern «das einzige katholische Land, wo die Kunst zu leben hat». Hier entstand schließlich die Spätfassung seines Gockel-Märchens. Auch Friedrich Hebbel pries Bayern und München als prägende geistige Heimat, und seine *Maria Magdalena* atmete Münchner Luft, die auch vom Schweizer Gottfried Keller im *Grünen Heinrich* verewigt wurde. Das Erscheinungsbild der Stadt hatte dagegen besonders in jenen zum Isar-Athen mutierten Prachtstraßen mit dem Mittelalter kaum Gemeinsamkeiten. Dagegen war Nürnberg lange zuvor zum mittelalterlichen und im wahrsten Sinne des

Wortes altfränkischen Sehnsuchtsort der Romantiker geworden, wie etwa für Wilhelm Heinrich Wackenroder, der rühmend schrieb:

> Nürnberg! Du vormals weltberühmte Stadt! Wie gerne durchwanderte ich deine krummen Gassen; mit welcher kindlichen Liebe betrachtete ich deine altväterlichen Häuser und Kirchen, denen die feste Spur von unsrer alten vaterländischen Kunst eingedrückt ist! Wie innig lieb ich die Bildungen jener Zeit, die eine so derbe, kräftige und wahre Sprache führen! Wie ziehen sie mich zurück in jenes graue Jahrhundert, da du, Nürnberg, die lebendig-wimmelnde Schule der vaterländischen Kunst warst und ein recht fruchtbarer, überfließender Kunstgeist in deinen Mauern lebte und webte: – die Meister Hans Sachs und Adam Kraft, der Bildhauer, und vor allem Albrecht Dürer mit seinem Freunde Wilibaldus Pirckheimer und soviel andre hochgelobte Ehrenmänner noch lebten!

Im selben Geist formulierte 1814 Max von Schenkendorf über das romantische Nürnberg:

> Wenn Einer Deutschland kennen
> Und Deutschland lieben soll,
> Wird man ihm Nürnberg nennen,
> Der edlen Künste voll.
> Doch nimmer noch veraltet –
> Du treue fleißge Stadt,
> Wo Dürers Kraft gewaltet
> Und Sachs gesungen hat.

Bei Joseph Victor von Scheffel kulminiert solche Frankenseligkeit dann im *Frankenlied*:

> Wohlauf, die Luft geht frisch und rein, wer lange sitzt muss rosten,
> den allersonnigsten Sonnenschein lässt uns der Himmel kosten!
> Jetzt reicht mir Stab und Ordenskleid der fahrenden Scholaren,
> ich will zu guter Sommerszeit ins Land der Franken fahren.
> Valleri, vallera, valleri, vallera, ins Land der Franken fahren.

Ebenfalls zunächst in Franken, dann aber reisend und lange in Italien lebend, wirkte auf lyrischem Gebiet der 1796 in Ansbach geborene August von Platen, der mit staatlicher Unterstützung sogar im Ausland vergleichsweise sorgenfrei dichten konnte. Berühmt ist noch heute sein Tristan-Gedicht, das nicht zufällig ein mittelalterliches Sujet besingt:

Wer die Schönheit angeschaut mit Augen,
Ist dem Tode schon anheimgegeben,
Wird für keinen Dienst auf Erden taugen,
Und doch wird er vor dem Tode beben,
Wer die Schönheit angeschaut mit Augen!

Ewig währt für ihn der Schmerz der Liebe,
Denn ein Tor nur kann auf Erden hoffen,
Zu genügen einem solchen Triebe:
Wen der Pfeil des Schönen je getroffen,
Ewig währt für ihn der Schmerz der Liebe!

Ach, er möchte wie ein Quell versiechen,
jedem Hauch der Luft ein Gift entsaugen
Und den Tod aus jeder Blume riechen:
Wer die Schönheit angeschaut mit Augen,
Ach, er möchte wie ein Quell versiechen!

Bis heute sind freilich auch Heinrich Heines Invektiven gegen seine Homosexualität besonders bekannt und berüchtigt. Wichtiger aber ist Platens Inspiration durch orientalische Formen (Ghasel), denn diese teilte er mit dem (*cum grano salis*) Romantiker Friedrich Rückert und folgte darin einem damals modernen literarischen Orientalismus. Daneben stand die Wiege der deutschen Romantik durchaus auch in Franken, das Wackenroder durchreisend als mittelalterliches Land (wie auch Tieck) entdeckte, freilich bevor es zum Königreich Bayern gehörte. Wackenroders kunstliebender Klosterbruder bedient sich der Gattung des Städtelobs, um den Nürnberger Künstler Dürer zu preisen, wie er es auch in seiner gleichfalls auf Nürnberg bezogenen *Schilderung der dramatischen Arbeiten des Meistersängers Hans Sachs* getan hat. So wurde Franken je länger je mehr – auch mit E. T. A. Hoffmann, der von 1808 bis 1813 als Kapellmeister, Theaterregisseur, Bühnenmaler und Schriftsteller (*Kreisleriana*) in Bamberg lebte, und anderen (wie Friedrich Gottlob Wetzel, gleichfalls in Bamberg) – zur Projektionsfläche der Romantik – eine Landschaft, die auch König Ludwig I. schon als Kronprinz ans Herz gewachsen war.

Sein Enkel, König Ludwig II., glich – wie bereits angesprochen – in seinen künstlerischen Anschauungen weit mehr seinem Großvater als dem eher nüchternen Vater, auch wenn er dessen kluge Politik gegenüber den Großmächten Preußen und Österreich teilte. Zu diesem Zweck setzte er auf Ludwig Freiherrn von der Pfordten, der in Ludwig dem Bayern einen Prototypen für einen seine Unabhängigkeit wahrenden (letztlich bayerischen) König sah, der den hohen Anspruch der jungen Königsdynastie der Wittelsbacher diachron legitimierte. Auch die in den Schlössern Linderhof und Neuschwanstein vielfach zu beobachtende Begeisterung des Königs für moderne Technik, nicht zuletzt der Firma Siemens, teilte Ludwig II. mit seinem Vater. Dagegen widersprach dessen nüchternem Naturell die geradezu manische Begeisterung des jungen Königs Ludwig II. für Richard Wagner und sein auch die Dichtkunst einschließendes Gesamtkunstwerk. In diesem Sinne wäre Ludwig II. als Urbild aller Wagnerianer anzusehen. Und ohne Ludwigs Unterstützung hätte der notorisch klamme Richard Wagner auch weitaus weniger reüssiert, zumal Bayern mit den Richard-Wagner-Städten München und Bayreuth seit damals den Wagner-Mythos mächtig befeuert. Diesem erlagen noch viele Jahre später Intellektuelle wie Thomas Mann, der König Ludwig II. übrigens in seinem Altersroman *Doktor Faustus* eindringliche Passagen widmete und die Musik und Leitmotivtechnik Wagners dort wie auch sonst thematisierte und applizierte. Nur ein Friedrich Nietzsche wird sich deutlich, aber eben spät, von Wagner emanzipieren können. Von daher sollte man Ludwig II. als frühem Wagnerianer nicht den Vorwurf der intellektuell unbedarften Hörigkeit machen, vielmehr ist seine Hellsichtigkeit als Mäzen herausragend. Die Mäzenatenrolle ist schließlich dem wahren Königtum seit alters eigentümlich, einem Königtum, dem Ludwig II. als Bewunderer von *Louis Quatorze* imitierend nachtrauerte. Und – dies sei hier ergänzt – der bayerische König Ludwig II. wird noch von Stefan George verehrt, der ihm seinen 1892 erschienenen Gedichtzyklus *Algabal* widmet. Letztlich sahen der Lyriker George und der Romancier Mann in Ludwig II. auch den geistesverwandten Künstler, der als König die Kunst selbst adelte.

Nur folgerichtig ist insofern Ludwigs aktive Rolle bei der Entstehung von Historiendramen, die etwa die von ihm so bewunderten royalen Bourbonen heroisierten. Ludwig förderte dementsprechend Dichter wie Ludwig Schneegans (1842–1922), Karl von Heigel (1835–1905) oder Hermann von Schmid (1815–1880); auch Maximilian Schmidt, genannt Waldschmidt, gehörte zu seinen Favoriten, den Ludwig II. zur Erzählung *Die Fischerrosl von St. Heinrich* (1885) anregte. Die Lieblingsdichter seines Vaters dagegen, Geibel und Heyse, verscherzten sich durch billige Anbiederung an die Hohenzollern nach 1871 die Gunst des königsstolzen Wittelsbachers Ludwig, der zähneknirschend dem Hohenzollern Wilhelm die Kaiserkrone antragen musste.

Die damit verbundene Entmachtung kompensierte der bayerische König durch intensive Bautätigkeit im Stile des Historismus, aber auch eigenständiger Vorstellungen. Die damit verbundenen Kosten ließen manchen von manischer Bauwut sprechen, was vielleicht dadurch relativiert wird, dass vergleichbare Burgen und Schlösser als Neubauten oder Umgestaltungen im 19. Jahrhundert europaweit den Adel kennzeichneten. Neben dem Blick auf England oder Hannover unter den Welfen lehrt schon das von Maximilian II. ausgebaute Schloss Hohenschwangau, dass Neuschwanstein nicht völlig aus der Zeit fiel.

13.3. Frankens Ausnahmegestalten: Jean Paul und Friedrich Rückert

Jean Paul (1763–1825) – der Künstlername wurde aus Johann Paul Friedrich Richter und in Anlehnung an den bewunderten, die Romantik präfigurierenden Jean-Jacques Rousseau gebildet – stammte aus Wunsiedel im Fichtelgebirge und wuchs in einem gebildeten, aber wirtschaftlich bescheidenen protestantischen Milieu auf. Dem großen Bildungshunger und literarischen Ehrgeiz, ja einem Vordringen bis in Weimarer Kreise, wo er von 1798 bis 1800 lebte und mit Herder befreundet war (und wo teilweise der *Titan*-

Roman entstand), ohne aber von Goethe und Schiller vom Dichtungsprogramm her als einer der Ihren betrachtet zu werden, stand die selbstgewählte Beschränkung (ununterbrochen seit 1804) auf Bayreuth als geistige Lebensform gegenüber, die nicht nur im *Siebenkäs* eine ironisch gebrochene Darstellung fand. Die Aufnahme in die königliche Akademie unter Maximilian I. zeigt freilich, dass auch das junge Königreich seinen Ruhm für sich reklamierte. Es folgte darin dem aufgeklärten Karl Theodor von Dalberg, der Jean Paul ab 1808 mit einer Rente von 1000 Gulden unterstützte. Solchen Würdigungen korrespondierte der literarische Ruhm, denn Jean Pauls Romane waren im Buchhandel überaus erfolgreich.

Das nur gewaltig bis monumental zu nennende Gesamtwerk Jean Pauls, das übliche Epochenziehungen wie Klassik und Romantik transzendierte, verbindet scheinbare regionale Beschränkung mit höchstem philosophischen Anspruch, wie etwa bei *Selina oder über die Unsterblichkeit der Seele*, einem Werk, das er wohl wegen des Todes seines Sohnes in Angriff nahm. Nicht nur wegen dieses Sujets steht Jean Paul deshalb zu Recht in jeder deutschen Literaturgeschichte als einer der ganz Großen. Selbst der Spötter Heinrich Heine versagte ihm nicht den Respekt:

> Jean Paul ist ein großer Dichter und Philosoph, aber man kann nicht unkünstlerischer sein als eben er im Schaffen und Denken. Er hat in seinen Romanen echt poetische Gestalten zur Welt gebracht, aber alle diese Geburten schleppen eine närrisch lange Nabelschnur mit sich herum und verwickeln und würgen sich damit. Statt Gedanken gibt er uns eigentlich sein Denken selbst, wir sehen all die materielle Tätigkeit seines Gehirns; er gibt uns sozusagen mehr Gehirn als Gedanken. In allen Richtungen hüpfen dabei seine Witze, die Flöhe seines erhitzten Geistes.

In dieselbe Kategorie der literarischen Ausnahmegestalt zwischen den üblichen Epochengrenzen muss man auch Friedrich Rückert (1788–1866) stellen, der lebenslange Bindung an Franken – hier ist insbesondere sein Geburtsort Schweinfurt zu nennen – mit geistiger Weltläufigkeit verband. Mit seinem Namen werden in der Regel die (von Gustav Mahler vertonten) autobiographisch fundierten *Kindertotenlieder* in Verbindung gebracht:

Du bist ein Schatten am Tage
Und in der Nacht ein Licht;
Du lebst in meiner Klage
Und stirbst im Herzen nicht.

Doch Rückert war darüber hinaus tatsächlich Weltliterat, der «Weltpoesie» mit «Weltversöhnung» verband. Seine vielfach bezeugte schier unglaubliche Kenntnis zahlreicher orientalischer Sprachen, die er unter anderem beim damals europaweit bekannten Wiener Orientalisten Hammer-Purgstall erwarb, befähigte ihn zur Kenntnis der Weltliteratur – deren Epoche Goethe ausgerufen hatte – und zum Weiterdichten des aus dem Osten Empfangenen. Wie Goethe rezipierte Rückert Hafis (freilich im Original!) und tat sich auch in indischer und chinesischer Literatur um. Er übersetzte Nizami aus dem Persischen, und mit seiner kongenialen Koranübertragung hat er bis heute im deutschsprachigen Raum noch keinen Meister gefunden. Wesentliches Ergebnis der einlässlichen Orientstudien Rückerts war das Riesenwerk *Die Weisheit des Brahmanen*. Darin schlüpft er in Ich-Rollen und macht seine Leser etwa mit den zoroastrischen Feuern von Baku bekannt. Orientexperten bescheinigen Rückert, der etwa Persisch binnen weniger Tage in Wien gelernt hatte, tiefe Kenntnis des Nahen und Fernen Ostens, so dass der Vorwurf des sogenannten Orientalismus Rückert zuallerletzt treffen kann. Zu akademischen Ehren gelangte er dementsprechend in Erlangen als Professor für orientalische Sprachen. Rückert stellt damit aus heutiger Sicht den Heros einer inter- oder transkulturell globalisierten Literatur dar. Er war, mit den Worten eines weiteren großen fränkischen Dichters, Godehard Schramm, gesprochen, ein «Fränkischer Orientexpress».

Von daher sind die prominent vertonten und lange zu einseitig mit ihm in Verbindung gebrachten *Kindertotenlieder* beileibe nicht als sein Hauptwerk zu sehen. Friedrich Rückert steht vielmehr für Weltliteratur aus Franken. Die Welt hatte er jedoch allenfalls durch eine Italienreise kennengelernt, wo er sich in Rom eher altfränkisch gab, sein Orient aber war virtuell und im wahrsten Sinne des Wortes erlesen, nicht erreist. Daraus erwuchs ein umfängliches Œuvre aus unmittelbarer Fachliteratur und darauf aufbauender dichterischer Umsetzung.

Dieser weltliterarischen Größe steht auf der anderen Seite eine beinahe nationalistische Begeisterung für die Sache der sogenannten Befreiungskriege in seinen *Geharnischten Sonetten* gegenüber, als deren Sänger Rückert frühe Berühmtheit erlangte. Die herbeigesehnte, durchaus erlösende «Mitte» des Lebens hoffte Rückert in einem Rätselgedicht an Agnes, die Tochter des Justizamtmanns Friedrich Wilhelm Müller in Rentweinsdorf, konkret im Baunachgrund ebendort zu finden:

Deutschland in Europas Mitte
Und in Deutschlands Mitte Franken,
In des schönen Frankenlandes
Mitte liegt ein schöner Grund,
In des schönen Grundes Mitte
Liegt ein schöner, schöner Garten;
In des schönen Gartens Mitte
Liegt der Allerschönsten Haus.
Fragt ihr noch, warum ich immer
Mich um dieses Häuschen drehe,
Als um meines Vaterlandes
Allerschönsten Mittelpunkt?

Dem lange unterschätzten Rückert kommt zugute, dass er mit dem ebenfalls polyglotten Hans Wollschläger (1935–2007) einen Wahlfranken als philologischen Herausgeber fand, der sich als begeisterter Advokat Rückerts (und im Übrigen auch Karl Mays) verstand.

13.4. Gattungen und Autoren

Die Gründerzeit brachte *in litteris* einen vergleichbaren und ebenfalls industriell zu nennenden Literaturboom in Form von Jagd- und Hochlandromanen, Dorfgeschichten oder sogenannten Volksstücken, die mehr oder weniger ein klischeehaftes und bis heute virulentes Bayernbild bedienten. Hier ist in erster Linie der eigentlich aus dem Schwäbischen (Kaufbeuren und

Welden bei Augsburg) stammende Ludwig Ganghofer zu nennen; *Der Jäger von Fall* (1883), *Der Klosterjäger* (1882), *Schloß Hubertus* (1898) und *Das Schweigen im Walde* (1899) erreichten stattliche Auflagen. Verfasst waren die Werke in der Hochsprache oder einem künstlichen «gemilderten Dialekt», der auch nichtbairischen, etwa preußischen Lesern (wie Wilhelm II., der Ganghofer sehr schätzte) verständlich war.

Dem erfolgreichen Ganghofer an Berühmtheit stand Wilhelmine von Hillern (1836–1916) als Autorin der weltberühmten *Geierwally* kaum nach. Inspiriert hatte sie dazu ein Bild der Malerin Anna Stainer-Knittel (1841–1915), das zeigte, wie sie 1863 im Lechtal ein Adlerjunges aus dem Horst holte. Dieses unerhörte Ereignis wurde mit dem Schicksal einer nach Selbstbestimmung ringenden Bauerntochter namens Wally Stromminger verknüpft, die den vom Vater erwählten Bräutigam verschmäht und samt ihrem treuen Geier in den Bergen haust. In der ursprünglichen Version des Romans, der im germanenseligen Jahrhundert *Dorfbrunhild* heißen sollte, stirbt die Alpenwalküre mit ihrem Siegfried alias Joseph, dem selbstgewählten Bräutigam, einen tragischen Tod, der in Alfredo Catalanis 1892 uraufgeführter Oper *La Wally* auch auf die Bühne kam. Dagegen setzte sich der Verleger Julius Rodenberg mit seinem Wunsch nach einem Happy End und dem Romantitel *Geierwally* durch. Gleichwohl geht es darin wie in den anderen Romanen der Bestsellerautorin um Frauenemanzipation, wobei sie es dank ihrer zahlreichen Leserinnen zur stolzen Villenbesitzerin vor alpiner Kulisse brachte. Zumindest was die emanzipatorische Absicht anbelangt, wäre Wilhelmine von Hillern Marie Conrad-Ramlo (1848–1921) an die Seite zu stellen. Die in zweiter Ehe mit dem Naturalisten Michael Georg Conrad verheiratete Schriftstellerin thematisierte in ihren Romanen Befreiungsversuche von Frauen aus gesellschaftlichen und kirchlichen Zwängen. Zum Conrad-Kreis ist auch Anna Croissant-Rust (1860–1943) zu rechnen, die etwa das Schicksal der auf Kraxen Baumaterial schleppenden Münchner «Mörtelweiber» literarisch verarbeitete.

Die weniger gemäßigte oder regulierte Mundartliteratur war natürlich nicht nur bairisch wie bei dem Bestsellerautor Waldschmidt (Maximilian Schmidt) aus dem Bayerischen Wald (1832–1919). Schwäbisch dichtete der noch heute im Regierungsbezirk Schwaben überaus geschätzte Hyazinth

Wäckerle (1836–1896), Pseudonym des in Ziemetshausen geborenen Lehrers Josef Fischer, der nicht nur mit seiner (inoffiziellen) Schwabenhymne bekannt wurde:

Schwabeland

Hei! grüeß di gott Ländle,
Gott grüeß ui, ihr Leut!
Ma trifft gar nix sottigs
Und geht ma au weit;
Grad recht ist dös Ländle,
It zmager, it zfett,
So lieble, so gschmächle,
Mit oim Wort – halt nett.

[...]
Wir sind scho so zfrieda,
Wir wöllet it mehr,
Wer furt mueß aus Schwaba
Kommt bald wieder her;
Im Leba a Plätzle,
Im Sterba a Ruah
Im schwäbischa Boda, –
Dös ist für uns gnua.

Sogar der nachmalige Augsburger Bischof Maximilian von Lingg (1843–1930) verfasste in jüngeren Jahren Gedichte in Allgäuer Mundart, wie etwa seinen *Früehlingsgrueß uß de Berg*:

Voar etle Täg do hat der Schnea
Kalt vo de Berg noh blitzert,
Heut, aber funkelt dSunn so schea,
Daß alles nu grad glitzert.

Do bin i naus, und s ischt mr gwea,
Als hätten dBergla gsproche:
Eu ischt am End im Winterschnea,
Im Kummer, sHerz fascht broche.

Ihr hond seit langer, langer Zeit
Im kalte Tal do dunte
Für Uiber Herz kui reachte Freud
Kui Glück, kuin Trost meah gfunde.

Itz aber furt mit allem Schnea,
Vergesset Uibre Schmerze
Und lond de Früehling, mild und schea,
Meah nei in Uibre Herze!

[...]

Und das es gscheah drum hon i glei
Die Bleamla mit mr gnumme,
I schicks Eu jetzt und grüeß Eu fei,
Bis i wird sealber kumme.

Es ischt dös zwar a kleine Gab,
Ihr werdets kindesch finde,
Doch solls Eus Beschte, was i hab –
Allgäuer-Treu verkünde.

Franken und Nürnberg brachten im 19. Jahrhundert mit Wolfgang Weikert, Christoph Wilhelm Zuckermantel, Christian Wildner, Johann Greulein, Georg Falkner, Valentin Wehefritz, Christoph Weiß, Wilhelm Marx oder Friedrich Stettner eine stattliche Anzahl von Mundartdichtern hervor. All diese fränkischen Mundartpoeten, aber auch die Schwaben und Altbayern gaben mit ihrer Entscheidung zugunsten der Dialektdichtung (durchaus, aber nicht immer als Gegenangebot zur Hochsprache) eine Stellungnahme ab. Mit der seit dem Bismarckreich sich etablierenden norddeutschen Dominanz in der Schulpolitik bis hin zur offiziellen und einheitlichen Rechtschreibung samt norddeutscher Bühnenaussprache als Reichsnorm scheint sich angesichts föderaler Kulturtraditionen im Deutschen Reich, aber auch im zentralistischen Königreich Bayern Unbehagen breitgemacht zu haben. Literarisch und literaturpolitisch konnte aus Berlin ja keineswegs ein geistiges Zentrum wie etwa Paris für Frankreich werden, und so mag man in der (reichsweiten – man denke an Theodor Storm!) Hinwendung zum engeren heimatlichen Umkreis und der Mundart eine sensible Reaktion auf nassforschen protestantisch-preußischen Kulturhegemonialismus sehen, dessen schon längst widerlegte Behauptung von Luther als Schöpfer der Neuhochdeutschen Schriftsprache prächtig zur staatskirchenrechtlichen und kulturpolitischen Agenda der Hohenzollern passte. Damit wäre die nicht zuletzt vom Franzosenhass befeuerte kulturelle Nationalisierung – ihr ist auch der ursprünglich gegen das katholische Zentrum gerichtete Kulturkampf zuzurechnen – mit einer literarischen, föderalen Regionalisierung zu beantworten gewesen. Diese Antwort erfolgte stofflich in der sogenannten Heimatliteratur, die von kitschiger Idealisierung bis zu sozialkritischem literarischen Naturalismus reichte, und sprachlich bis hin zur Dialektdichtung. Daneben gab es auch das Phänomen, dass Heimatbezug mit Treue zum Wilhelminischen Reich einherging, wie bei Ganghofer.

Man kann jedenfalls insgesamt gesehen das 19. Jahrhundert als Hochzeit der Mundartdichtung bezeichnen. Diese war nicht nur von der Romantik inspiriert, sondern erfuhr als identitätsstiftendes Element im Königreich Bayern staatliches Wohlwollen. Tatsächlich war Mundartdichtung zunächst eher staatstragend, bis mit dem jungen Ludwig Thoma ihr subversives Moment entdeckt wurde. Staatstragend waren letztlich aber auch in der Kunststadt München der zugehörige Künstlerroman sowie der Professorenroman.

Staatskritisch und künstlerisch avantgardistisch als eines der Flaggschiffe des damals modernen Naturalismus agierte dagegen seit 1885 in München die von dem aus Franken stammenden Zola-Anhänger Michael Georg Conrad (1846–1927) gegründete Monatsschrift *Die Gesellschaft. Realistische Wochenschrift für Literatur, Kunst und öffentliches Leben*, an der Künstler wie der mit Conrad befreundete Henrik Ibsen, Detlev von Liliencron, Gerhart Hauptmann oder Max Reger mitarbeiteten. *Die Gesellschaft* definierte sich als «Organ des ganzen, freien, humanen Gedankens, des unbeirrten Wahrheitssinnes, der resolut realistischen Weltauffassung». Dementsprechend hieß es in der Vorrede zum ersten Jahrgang (1885) der sich süddeutsch verstehenden Zeitschrift:

> Unsere *Gesellschaft* bezweckt zunächst die Emanzipation der periodischen schöngeistigen Litteratur und Kritik von der Tyrannei der «höheren Töchter» und der «alten Weiber beiderlei Geschlechts»; sie will mit jener geist- und freiheitsmörderischen Verwechslung von Familie und Kinderstube aufräumen, wie solche durch den journalistischen Industrialismus, der nur auf Abonnentenfang ausgeht, zum größten Schaden unserer nationalen Litteratur und Kunst bei uns landläufig geworden. [...] Was für herzbrechend zahmes und lahmes Zeug läßt sich heute die Nation der Denker und Dichter als idealistische Weisheitsblüte auf den Familientisch legen! Was für breite Bettelsuppen läßt sie sich von den vielgepriesenen Familienblätter-Köchen anrichten! [...] Aller Anfang ist schwer. Doch werden wir, dank einer stattlichen Zahl auserlesener, opferwilliger Mitstrebender schon in den ersten Nummern unseres Organs hervorragende Arbeiten aus dem Gebiete der realistischen Novelle, des Feuilletons, des wissenschaftlichen Essays und der Kritik zu bieten im Stande sein. Eine ganz besondere Aufmerksamkeit werden wir dem schöpferischen Kulturleben der deutschen Völkerstämme des Südens widmen und die Leistungen der süddeutschen Kunst-, Theater- und Litteraturzentren München, Wien, Frankfurt u. s. w. in den Vordergrund unserer kritischen Betrachtungen stellen.

In dieser programmatischen Zeitschrift publizierte auch der aus Bad Kissingen stammende Psychiater Oskar Panizza (1853–1921), der zeitweilig als Assistent des berühmt-berüchtigten Professors Bernhard von Gudden wirkte, eines für seine Zeit aber fortschrittlichen Mediziners und Psychiaters. Jedenfalls war die klinische Psychologie eine Schlüsseldisziplin des Naturalismus. Der Herausgeber Conrad selbst war auch Gründer des Münchner Journalisten- und Schriftstellervereins und wirkte sogar als Reichstagsabgeordneter für den fränkischen Wahlkreis Ansbach-Schwabach. Mit seinem von Zola inspirierten mehrbändigen Roman *Was die Isar rauscht* (ab 1887) wurde er zum Mitbegründer des sogenannten München-Romans, während sein Freund Oskar Panizza eher durch Abgesänge auf die Isar-Metropole bekannt wurde, wie mit dem sarkastischen Dialog über die Stadt München oder pathetischer mit *Abschied von München* (1897). Sein Kampf gegen den Klerikalismus seiner Zeit («schwärzer noch als Rab und Dohle»), der ihm sogar Gefängnis einbrachte, war vielleicht auch aus schwierigen Familienverhältnissen mit dem früh verstorbenen italienisch-katholischen Vater und der protestantischen Mutter entstanden; daneben war fast allen geistig beweglicheren Zeitgenossen jene im Antimodernismus gipfelnde dumpf-katholische Mentalität namentlich in Altbayern ein Ärgernis. Im Stück *Das Liebeskonzil* rechnete Panizza jedenfalls scharf mit dem Katholizismus ab. Kurt Tucholsky rühmte ihn, er sei der «frechste, kühnste, geistreichste und revolutionärste Prophet seines Landes».

Auf dramatischem Gebiet waren daneben eher traditionelle Historiendramen noch lange gefragt. Bekannt wurde etwa der Dichter Friedrich Hermann Frey (1839–1911) unter dem Pseudonym Martin Greif mit seinen Stücken *Bayard, der Ritter ohne Furcht und Tadel, Corfiz Ulfeldt, der Reichshofmeister von Dänemark, Marino Falieri oder Die Verschwörung des Dogen von Venedig, Nero, Francesca da Rimini, Prinz Eugen, Heinrich der Löwe, Die Pfalz am Rhein, Konradin, Ludwig der Bayer, Hans Sachs* oder *Agnes Bernauer*. Angesichts solch heimischer Stoffe durften am Ende der bayerische Hofratstitel wie auch der Münchner Ehrendoktor nicht fehlen.

Daneben setzte sich auf der Bühne aber zunehmend ein kritischer Geist bezüglich der bayerischen Verhältnisse durch. Der vordergründige Glanz der sogenannten Gründerzeit erfuhr in den erfolgreichen Stücken Ludwig Thomas kritische Infragestellung. Hierher gehört aber auch der heute zu Unrecht in Thomas Schatten stehende und in München geborene Josef Ruederer, dessen gesellschaftskritische Komödie *Fahnenweihe* seit 1895 Furore machte. Subtil-elegante Gesellschaftskritik in Komödienform hatte zuvor schon bei lang anhaltender Popularität Franz von Pocci (1807–1876), Sohn eines aus Italien stammenden bayerischen Offiziers, etabliert, dessen Kasperl Larifari samt Gretl bis heute bekannt sind.

Am gesellschaftskritischsten aber waren die Naturalisten. Nicht nur mit dem umtriebigen Franken Michael Georg Conrad und seiner *Gesellschaft* wurde München ein deutsches Zentrum des literarischen Naturalismus, denn Henrik Ibsen weilte gar sechzehn Jahre (1875–1891) in München, wo Hauptwerke wie *Nora, Gespenster* oder *Hedda Gabler* entstanden, die im Langen-Verlag in Übersetzung erschienen und teilweise sogar in München uraufgeführt wurden. Auf Skandinavier schien das südliche München einen großen Reiz auszuüben, denn Knut Hamsum, der 1896 in München weilte, ließ ebendort die Erzählung *Sklaven der Liebe* spielen.

Neben der reichsweit ausstrahlenden Theaterstadt München als Kennzeichen der Epoche glänzte Bayern insgesamt in der kleinen Form. Lyrik entstand nun im Königreich Bayern verstärkt allerorten und wurde auch dementsprechend massenhaft gedruckt, so dass selbst einem Vielschreiber wie Emanuel Geibel (1815–1884) der gereimte, nicht nur auf sich selbst gemünzte Seufzer entfuhr:

Schweig, wenn dir vom Ueberflusse
Tönend nicht die Seele schwoll!
Nicht an jedem Tag zum Schusse
Seinen Bogen spannt Apoll.

[...]
Doch mit Fug wird dirs verübelt,
Wenn du Form und Reim erzwingst,
Und, was frostig ausgegrübelt,
Als begeistert Lied uns bringst.

Und der spätere Nobelpreisträger Paul Heyse (1830–1914) wehrte sich lyrisch gegen die Kritikerschar:

An die Kritiker

Nur nicht gleich das Schwert gewetzt
Und das Beil geschliffen!
Was ihr niemals überschätzt,
Habt ihr nie begriffen.

Internationalität garantierte eine rührige Übersetzungstätigkeit, für die etwa der in Franken beheimatete Reichsgraf Julius von Soden (1754–1831) steht, der die Dramen des Lope de Vega übersetzte. Die daraus sich ergebende oder sichtbar werdende Lesewut als Bibliophagie nicht nur in Bayern mag man auch als Eskapismus des Bürgertums sehen, das im langen 19. Jahrhundert Hoffnungen auf politische Freiheit meist begraben musste. Denn die sogenannten Befreiungskriege führten zu einer Restitution von Thron und Altar (auch in Bayern unter dem sich absolutistisch gebärdenden Ludwig I.). Und das Hambacher Fest in der wittelsbachischen Pfalz ließ nur kurz die Freiheitssonne leuchten. 1848 brachte mit Maximilian II. zwar wenigstens in Bayern eine fortschrittliche Regentschaft, aber die Errungenschaften in Wissenschaft und Kunst waren mit dem Bismarckreich zunichte gemacht. Die nationale Einheit mittels «Blut und Eisen» führte auch zu einer längerfristigen Entmachtung bürgerlich-liberaler Kräfte. Dagegen vermochten diese im liberalen Bayern und ganz besonders in München immerhin künstlerische und literarische Entfaltung zu finden.

Daneben führte der trotz aller bayerischen Liberalität zu beobachtende Rückzug zur Lektüre während des 19. Jahrhunderts in bürgerlichen Kreisen auch zu einer Hochzeit der Sorge um die private Kindererziehung, die auch literarisch ihr Pendant fand. Die Kinder- und Jugendliteratur erlebte einen ungeheuren Aufschwung mit internationaler Rezeption im Falle Christophs von Schmid. In den Umkreis Christophs von Schmid gehört wiederum die gleichfalls aus Schwaben (Jettingen) stammende Isabella Braun (1815–1886), die eine der einflussreichsten Kinderbuchautorinnen des gesamten Jahrhunderts war, ja man darf sie zu den erfolgreichsten Schriftstellerinnen des 19. Jahrhunderts überhaupt zählen.

14. Die Literatur des 20. Jahrhunderts

14.1. «München leuchtete» – Prinzregentenzeit und *fin de siècle*

Schon in Thomas Manns Frühwerk, seinem *Buddenbrooks*-Roman, für den der Wahlmünchner 1929 den Literaturnobelpreis bekommen sollte, spielte München eine tragende Rolle, namentlich in der Figur des Alois Permaneder, zu welcher der in München aufgewachsene jüngere Bruder Thomas Manns, Viktor Mann (1890–1949) – neben einer Karikatur im Münchner *Simplicissimus* –, sein Scherflein beitrug, wie er in seinen Erinnerungen *Wir waren fünf* nicht zu erwähnen vergaß:

> Eines Nachmittags im Wohnzimmer nahm Thomas mich auf die Seite und verlangte, ich solle mir folgende Situation vorstellen: Ein Münchener Spießbürger in den besten Jahren, dick und gemütlich, aber gelegentlich auch grob, wird in ziemlich angeheitertem Zustand nachts auf der Haustreppe von seiner ganz auf Vornehmheit eingestellten norddeutschen Frau bei einer derben Schäkerei mit dem drallen Dienstmädchen ertappt. Die empörten Vorwürfe der feinen Dame bringen ihn in Wut. Er hat das «fade Getu» schon lange satt, und als sich die Gekränkte gar anschickt, die Nacht allein zu verbringen, wünscht und sendet er sie ins Pfefferland. Er tut das aber mit Worten, die von der Vornehmen niemals verwunden oder auch nur pro forma verziehen werden können, sondern später die Scheidungsklage trotz verkaterter Reue des Ernüchterten veranlassen. «Also», sagte Ommo [Thomas] erwartungsvoll, «was hat dieser Mann seiner feinen Frau zugeschrien?» Ich rief, ohne auch nur eine Sekunde zu zögern: «Geh zum Deifi, Sauluada, dreckats!» Der große Bruder lachte hell auf und ließ sich die rohen Worte mehrmals wiederholen, ja buchstabieren. Ich war sehr stolz auf meine spontane Antwort und wäre noch viel selbstzufriedener gewesen, wenn ich geahnt hätte, wie viele hunderttausend Male dieser, mein Satz im Laufe der nächsten Jahrzehnte in allen Sprachen nachgedruckt werden sollte.

Nicht nur in den *Buddenbrooks* wird München zum literarischen Schauplatz. In der Rückschau, etwa in den *Ein verliebtes Leben* betitelten, sehr erfolgreichen Erinnerungen des Münchner Arztes und Schriftstellers Felix Schlagintweit (1868–1950), erscheinen die Münchner Jahre vor dem Ersten Weltkrieg als glanzvolle Kunstepoche. Dies war beileibe keine isolierte Sichtweise, denn ein späterer, oben schon erwähnter Münchner Literaturnobelpreisträger brachte es unnachahmlich und bis heute geradezu klassisch auf den Punkt: «München leuchtete.» So beschwört jedenfalls der Erzähler in Thomas Manns *Gladius Dei* (1902) die Prinzregentenzeit als glanzvolle Epoche, in der Kunst und Kultur gediehen, wobei die Erzählung vor allem auf die Malerei und den Renaissancekult der Zeit rekurriert; letztlich ist es kein Zufall, dass im südlichen, der Renaissance huldigenden München auch die in oder mit Italien spielenden Werke wie *Fiorenza* (1906), die zu Beginn in München situierte Novelle *Der Tod in Venedig* (1912), *Tonio Kröger* (1914) oder der *Zauberberg* (1924) mit dem italienischen Pädagogen Settembrini entstanden. Denn die antikisierende Kulisse Münchens seit Ludwig I. bot Thomas Mann wie den zahlreichen bildenden Künstlern der Prinzregentenzeit eine ebenso prächtige wie anregende Kulisse. Tatsächlich machte es sich sogar Prinzregent Luitpold zum Vergnügen, wenn er gerade nicht seiner zweiten Leidenschaft frönte und zur Jagd auf dem Land weilte, Münchner Künstler in ihren Ateliers persönlich zu besuchen oder gar zum Essen einzuladen, während Wilhelm II. lieber Manövern und Paraden beiwohnte und sich selbst in wechselnden Uniformen verschiedener Waffengattungen geckenhaft zur Schau stellte. Größer könnte der zeitgleiche Kontrast im Herrscherhabitus gar nicht gewesen sein als zwischen dem schneidigen Hohenzollern und dem (nicht ohne politische Hintergedanken) volksnahen Wittelsbacher, zumal der stets bescheiden auftretende Luitpold auch die Nähe zur ländlichen Bevölkerung suchte und in Tracht auftrat, wobei die Wittelsbacher die Trachtenbewegung schon im 19. Jahrhundert zur Integration breiter, gerade auch ärmerer und potenziell aufrührerischer Bevölkerungskreise in die Monarchie förderten.

Letztere geriet durch den bis heute umrätselten Tod Ludwigs II. in eine schwere Krise. Und (der für viele böse) Onkel Luitpold als der jüngste Sohn noch Ludwigs I. hatte als Prinzregent mit dem Ruch des Usurpators und Putschisten zu kämpfen. Durch Beharrlichkeit und Lernfähigkeit gelang es ihm aber, wieder Boden für die Monarchie gutzumachen – sowohl auf dem

Abb. 16: Thomas Mann (1885–1955)

Land in der Rolle des in Tracht umherziehenden jagenden Landesvaters, der immer eine Virginia für seine männlichen Untertanen einstecken hatte, die er leutselig verteilte, als auch im urbanen München als liberaler Förderer der Künste. Im frühen 20. Jahrhundert stand er jedenfalls auf dem Zenit seines Ansehens.

Damals florierten im kunstsinnigen und weltoffenen München viele bedeutende Zeitschriften wie *Die Jugend*, welcher der Jugendstil seinen Namen verdankt. Literaturgeschichtlich besonders hervorzuheben ist jedoch das seinerzeit erfolgreichste (und bis heute unerreichte) Satiremagazin im deutschsprachigen Raum überhaupt: der *Simplicissimus*. Namhafte und ansonsten durchaus in verschiedenen Genres beheimatete Autoren wie Ludwig Thoma, Thomas und Heinrich Mann, Jakob Wassermann, Frank Wedekind, Arthur Schnitzler, Knut Hamsun oder Hermann Hesse griffen darin zur Feder. Herausragende Illustratoren wie Thomas Theodor Heine, Eduard Thöny oder Olaf Gulbransson sicherten der wöchentlich erscheinenden Satirezeitschrift auch optisch ihren hohen Standard. Der Münchner Verleger Albert Langen setzte damit insgesamt im Deutschen Reich Zeichen, denn im preußisch-reaktionären Berlin hätte der *Simplicissimus* nie erscheinen können, während in München sogar eine gleichnamige Künstlerkneipe in der Türkenstraße zum Podium für Georg Queri, Frank Wedekind, den späteren Revolutionär Erich Mühsam oder Joachim Ringelnatz (1882–1934) wurde. Letzterer, eigentlich als Hans Bötticher in Sachsen geboren, brachte den freieren Münchner Geist auch in volkstümlicher Diktion mit dem *Schneiderhüpfl vor dem Ochsen am Spieß* ironisch auf den Punkt:

Ein Maß Bier und zwei Maß Bier
Und hundert Maß Bier und tausend Maß Bier.
So leben wir, so leben wir
An der Isar.
Und Kalbshaxn und Kalbshaxn.
Wir sind keine Preußen, wir sind keine Sachsen.
Wir sind keine Spießer.
Wir sind Genießer.
Oktoberfest im Mai, im August,
Oktober zu jeder Zeit.
Wir sind uns unserer selbst bewußt
Und jodeln aus herziger Brust:
«Immer kampfbereit!»

Wir sind urwüchsig und frei.
Wir sind international gesinnt.
Un, zwo, trois, gsuffa!
Es lebe unsere Polizei!
Wer unsere Behörden nicht liebt,
Der spinnt.
Wir sind tolerant.
Die preußischen Sauerein
Sind uns bekannt.
Kommt zum Oktoberfest!
Unterstützt unsere Brauerein!
Himmel Herrgott Sakrament!

Das im Vergleich dazu eher humorresistente offizielle Berlin – köstlich karikiert in Carl Zuckmayers *Hauptmann von Köpenick* – war es auch, das der

Münchner Zeitschrift am meisten politische Probleme bereitete, beispielsweise als sich Frank Wedekind, früh geschult an den Spöttern Schopenhauer und Nietzsche, über die Palästinareise Wilhelms II. lustig machte und 1899/1900 gar ins Gefängnis musste, was längerfristig zu einem Zerwürfnis mit dem Verleger führte. In dieser Sache provozierte die Preußen etwa, dass Kaiser Wilhelms bekanntes Faible für Uniformen von Wedekind gnadenlos verspottet wurde:

Der Menschheit Durst nach Taten läßt sich stillen,
Doch nach Bewundrung ist ihr Durst enorm.
Der du ihr beide Durste zu erfüllen
Vermagst, seis in der Tropenuniform,
Sei es in Seemannstracht, im Purpurkleide,
Im Rokoko-Kostüm aus starrer Seide,
Sei es im Jagdrock oder Sportgewand,
Willkommen, teurer Fürst, im heilgen Land!

Anstößig waren auch Wedekinds (vermeintlich) unpolitische Gedichte wie *Der Tantenmörder*:

Ich hab meine Tante geschlachtet,
Meine Tante war alt und schwach;
Ich hatte bei ihr übernachtet
Und grub in den Kisten-Kasten nach.

Da fand ich goldene Haufen,
Fand auch an Papieren gar viel
Und hörte die alte Tante schnaufen
Ohn Mitleid und Zartgefühl.

Was nutzt es, daß sie sich noch härme –
Nacht war es rings um mich her –
Ich stieß ihr den Dolch in die Därme,
Die Tante schnaufte nicht mehr.

Das Geld war schwer zu tragen,
Viel schwerer die Tante noch.

Ich faßte sie bebend am Kragen
Und stieß sie ins tiefe Kellerloch. –

Ich hab meine Tante geschlachtet,
Meine Tante war alt und schwach;
Ihr aber, o Richter, ihr trachtet
Meiner blühenden Jugend-Jugend nach.

Nicht weniger Anstoß in gutbürgerlichen und klerikal-konservativen Kreisen erregte Ludwig Thoma, der unter dem Pseudonym Peter Schlemihl im *Simplicissimus* auf satirische Weise gesellschaftlich-politische Kritik übte:

Ihr Freunde traut und wohlgeneigt,
Ich bin schon wieder angezeigt.
Der Schreiber oder Sekretär
Nimmt einen neuen Bogen her.
Der Staatsanwalt spannt schon den Hahn
Und legt die Flinte auf mich an,
Der Richter rollt sein Augenpaar,
Es sträubt sich sein Juristenhaar;
Sie haben all auf mich gebirscht;
Die Tinte spritzt, die Feder knirscht.
Der Polizeihund fletscht den Zahn
Und knurrt mich ganz abscheulich an.
Ihr Freunde, trauert nicht so fast!
Ich sitze fröhlich auf dem Ast
Und pfeife, wie der Vogel pfeift,
Ob auch Justiz den Säbel schleift.

So legte sich Thoma etwa mit den sich selbst als staatstragend empfindenden Großindustriellen an:

Wir lieben dieses Vaterland!
Doch fesselt uns ein schönres Band
Viel stärker, unvergleichlich zäh
Ans Portemonnaie!

Ludwig Thoma schrieb jedoch nicht nur für den zumindest politisch aufmüpfigen *Simplicissimus*, sondern als berufsmäßiger Jurist auch für die literarische Beilage *Der Sammler* der renommierten *Augsburger Abendzeitung*. Die Augsburger Presse war wie im 18. und 19. Jahrhundert noch immer überregional wirksam. Dennoch kamen die neuen Impulse jetzt eindeutig aus München. Nicht nur der *Simplicissimus* war eine Zeitschrift der Prinzregentenzeit, auch die *Insel*, aus der sich später der gleichnamige Verlag entwickeln sollte, wurde zu einem Forum der neuen Schriftsteller. Beteiligt waren in München die Literaten Rudolf Alexander Schröder (1878–1962), Alfred W. Heymel (1878–1914) und der vielseitige Otto Julius Bierbaum (1865–1910), wobei zu den bekannteren Beiträgern beispielsweise Frank Wedekind (1864–1918) zählte. Auch Franz Blei (1871–1942) publizierte darin, dessen erotisch gefärbte Texte Über *die galante Zeit und ihr Ende*, *Puderquaste. Ein Damenbrevier* oder *Lesebuch der Marquise* ihm den Titel eines «Pornographen» eintrugen und ebenso wie bei Wedekind die Skandalpresse und die Justiz beschäftigten. Skandalträchtig vom bürgerlichen Standpunkt aus war jedenfalls der Lebenswandel des jungen Johannes R. Becher (1891–1958), des späteren Dichters der DDR-Hymne, die in Text und Melodie einen Vergleich mit dem Deutschlandlied durchaus nicht zu scheuen braucht; Bechers literarische Anfänge führen jedenfalls in seine überaus anregende Geburts- und Heimatstadt München, von der er zeitlebens nicht wirklich loskam (vielleicht ähnlich wie Franz Kafka von Prag, dem «Mütterchen mit Krallen»):

> 60 Jahre alt
> habe ich die Stadt besucht,
> in der ich geboren war,
> ihren Namen
> vor mich hin flüsternd
> wie eine Liebkosung.

Andernorts vermerkt ein mit *München* überschriebenes Sonett Bechers:

> Du warst der Spielplatz meiner Kindheit: Stadt
> Voll Kirchen, Säulen, Gärten und Arkaden,

Und von der Großhesseloherbrücke hat
Fern das Gebirg mich zu sich eingeladen.

Du warst die Stadt der ersten Abenteuer,
Und als die erste Strophe mir gelang,
Da war es mir, als wichen die Gemäuer
Und neigten sich und wurden zu Gesang.

Das Spiel verging und der Gesang verwehte.
Still steht das Karussell, das einst sich drehte,
Drehorgelklang mit Elefant und Schwan.

Es fließt die Isar, grün und ohne Ende.
Vorbei, vorbei. Du Kindheit, bist Legende.
Die Stadt und ich, wir schaun uns staunend an.

Während Johannes R. Becher München verließ, als es nicht mehr die glanzvolle Kunststadt war, kam ein anderer in die Stadt, um nicht nur Schwabing mit seinem Werk zu adeln: Frank Wedekind (1864–1918), der Skandalautor der 1906 uraufgeführten Tragödie *Frühlingserwachen* (die 3. Auflage erschien in München 1903 als *Frühlings Erwachen. Eine Kindertragödie*), der Kabarettist und Liedermacher, der in Zeiten von finanziellen Engpässen für den mit ihm befreundeten Schweizer Industriellen Maggi flotte Werbetexte fabrizierte, war ebenso kein Urmünchner wie zahlreiche andere aus dem gesamten deutschsprachigen Raum Zugezogene, die von der Literaturstadt München mit ihrem anregenden Milieu, das sich in der Schwabinger Bohème manifestierte, angezogen wurden. Ein «Zuagroaster» war auch Otto Julius Bierbaum (1865–1910), der sogleich sein *Münchner Studentenlied* als Liebeserklärung verfasste:

Ein Geschpusi muss ich haben!
Alles wankt, doch das steht fest:
So ein liebes, kleines Mädchen,
Das sich gerne haben läßt.
Ein Geschpusi muß ich haben!

Renommierter waren natürlich die zahlreichen konservativeren Dichter im Heyse-Umkreis, zumal der Nobelpreisträger das literarische Renommee auch seiner Wahlheimat München steigerte. So zogen ins München der Prinzregentenzeit als Literaten und Schriftsteller Korfiz Holm (1872–1942), wichtig nicht zuletzt als langjähriger Leiter des Münchner Albert Langen Verlags, Eduard Graf von Keyserling (1855–1918), der aus der Danziger Gegend stammende naturalistische Dramatiker Max Halbe (1865–1944), der aus Würzburg stammende Max Dauthendey (1867–1918), Leonhard Frank (1882–1961), Heinrich Lautensack (1881–1919), aus Lübeck Heinrich (1871–1950) und Thomas Mann (1875–1955) sowie der aus Franken stammende Romancier Bernhard Kellermann (1879–1951).

Die großen Lyriker Stefan George (1868–1933), der seinen *Algabal* dem Gedächtnis Ludwigs II. widmete und *Maximin* als trauerndes Erinnerungsbuch an den Münchner Maximilian Kronberger (1888–1904) verfasste, und Rainer Maria Rilke (1875–1926) hielten in München gleichermaßen Hof; dort spielt auch Rilkes Erzählung *Ewald Tragy*. Stefan George lebte mit Unterbrechungen von 1895 bis 1914 in München. Literarische Zirkel wie jener um Karl Wolfskehl (1869–1948), den «Zeus von Schwabing», der Kreis der «Kosmiker» um Ludwig Klages (1872–1956), der düster kostümierte Franke Ludwig Derleth (1870–1948) aus Gerolzhofen – seine Sätze und Parolen wie «Wir unterwerfen die Welt, oder sie vergeht» werden bei Thomas Mann in der Erzählung *Beim Propheten* und im Roman *Doktor Faustus* karikiert und von Stefan George mit «müder kirche spät-gebornem kämpen» gerühmt und als «zu verrückt» und «zu grimmig» geschmäht – und Alfred Schuler (1865–1923) beförderten den Ruf der Literaturstadt München noch weiter.

Die meisten dieser Alt- und Neumünchner Dichter waren jedenfalls alles andere als angepasst oder bürgerlich, was für den liberalen Geist der Residenzstadt spricht. Von daher konnte hier auch der zunehmend erfolgreiche Schriftsteller Ludwig Thoma nicht nur mit seinen Romanen, sondern auch mit seinen satirischen Bühnenstücken Erfolge feiern. Auch als Mitbegründer der Zeitschrift *März. Halbmonatsschrift für deutsche Kultur* (1907), die Ludwig Thoma gemeinsam mit Hermann Hesse aus der Taufe hob, erwies sich der Sohn eines bayerischen Försters als kritischer Geist. Denn auf der Bühne hielt der in Oberammergau geborene, in diversen bayerischen Internaten, im Jurastudium und als Rechtsanwalt im ländlichen Dachau dem Glauben an die klerikal-reaktionären Obrigkeiten entfremdete und endlich im weltläufigen München und am idyllischen Tegernsee als *praeceptor Bavariae* thronende Ludwig Thoma der Gesellschaft, besonders ihren scheinheiligen Spießergestalten (ähnlich wie im *Untertan* bei Heinrich Mann) den Spiegel vor. Sogar weit über Bayern hinaus wurden Thomas vielfach in der bayerischen Provinz angesiedelte Bühnenstücke wohlwollend aufgenommen, wie *Die Localbahn* (1902) oder *Moral* (1908). Mit *Magdalena* (Erstaufführung 1912 am Münchner Residenztheater) feierte gar das bürgerliche Trauerspiel in neuem Milieu Auferstehung, eine seit dem 18. Jahrhundert recht robuste Gattung, mit der auch der Friedrich Hebbel Bühnenerfolge feierte.

Vom Stoff, von der gesellschaftskritischen Haltung und teilweise von der formalen Gestaltung her gleicht der wenig ältere Münchner Josef Ruederer (1861–1915) Ludwig Thoma. Allerdings kritisierte Thoma etwa die mangelnde Authentizität von Ruederers Bairisch und seinen Milieuschilderungen. Dagegen äußerte sich Thomas Mann sehr angetan über Ruederers Drama *Der Schmied von Kochel* (1911). Jedenfalls zeigt Ruederer bei der Beschreibung seiner selbst durchaus ironische Distanz im Thomas Mannschen Sinne:

> Im allgemeinen scheint er ja ein guter Kerl gewesen zu sein, aber zu sprunghaft, zu kapriziös. Wollte nie dieselben Geleise wandeln, ging bald links, bald rechts, kurz und gut: ein recht unsicherer Kantonist.

Die auf alle Fälle politisch links und rechts uneingeschränkt integrierende, liberale Literaturstadt München der Prinzregentenzeit kannte auch überdurchschnittlich viele Autorinnen. Schwabing beherbergte ganze Zirkel und Vereine mit schreibenden Frauenrechtlerinnen, die sich längerfristig sogar eine Dependance auf Frauenchiemsee schufen; auch literarische Salons, wie jener der Familie Bernstein (*Bernstein-Teegesellschaft*), in dem Thomas Mann und Joseph Bernhart verkehrten, verschafften zahlreichen Dichterinnen einen Entfaltungsraum. Einheimische und zugereiste Feuilletonistinnen und Schriftstellerinnen fanden an der Isar (wohl mehr als an der

Abb. 17: Lena Christ (1881–1920)

Abb. 18: Carry Brachvogel (1864–1942)

Spree) ein förderliches Milieu für ihre Kunst und ihre politischen Bestrebungen (Frauenwahlrecht!). Genannt seien hier Carry Brachvogel (1864–1942), Ricarda Huch (1864–1947), Isolde Kurz (1853–1944), Ina Seidel (1885–1974), deren Familienepos *Das Wunschkind* (1930) ein Bestseller war und die in die Bayerische Akademie der Schönen Künste aufgenommen wurde, Annette Kolb (1870–1967) etwa mit ihrem Roman *Das Exemplar* (1913), die mit Karl Kraus befreundete Romanautorin Mechtilde Fürstin Lichnowsky (1879–1958), Lena Christ (1881–1920), nicht zu vergessen Franziska zu Reventlow (1871–1918) mit ihrem autobiographischen Roman *Ellen Olestjerne* (1903) aus ihrer Schwabinger Zeit. Schwabing und München öffneten in der Prinzregentenzeit ihre Tore weit für die weibliche Literatur.

14.2. Literatur in München unter dem Eindruck des Ersten Weltkriegs

Den Ausbruch des Ersten Weltkriegs, der in angelsächsischen Ländern noch heute als «The Great War» firmiert, beschrieb Thomas Mann im *Zauberberg*, der bezeichnenderweise mit dem Kriegsbeginn endet, als «Donnerschlag». Kaum ein deutscher Dichter konnte oder wollte sich 1914 dem Waffendienst mit Worten oder – schärfer gefasst – der Kriegspropaganda entziehen.

Zu den ganz wenigen Ausnahmen gehörten der in München lebende Schwabe Joseph Bernhart, die französischstämmige und lebenslang um Ausgleich zwischen Deutschen und Franzosen bemühte Münchnerin Annette Kolb sowie der Wahlmünchner Heinrich Mann. Schon dessen Bruder Thomas wurde zum entschiedenen Kriegspropagandisten der Mittelmächte, indem er etwa in *Friedrich und die große Koalition* den Präventivangriff auf Belgien mit der Parallele des Präventivangriffs Friedrichs des Großen auf Sachsen rechtfertigte. Für den Entente-Freund Heinrich Mann war dies eine Provokation, so dass es (nicht nur deshalb) zu einem langjährigen Bruderkrieg innerhalb der Familie Mann kam.

Während im Hause Mann die politischen Fronten zwischen Hurrapatriotismus und Franzosenfreundschaft bis Kriegsende unverrückt blieben, vollzogen andere Schriftsteller wie etwa Ernst Toller (1893–1939) oder der für den *Simplicissimus* arbeitende Klabund (1890–1928) – eigentlich Alfred Henschke mit dem aus «Kla-bautermann» und «Vaga-bund» zusammengesetzten Pseudonym – eine innere Wende von der Kriegsbegeisterung hin zum Pazifismus, der in folgenden als *Deutsches Volkslied* überschriebenen Versen allerdings eher parodistisch zu spüren ist:

Es braust ein Ruf wie Donnerhall,
Daß ich so traurig bin.
Und Friede, Friede überall,
Das kommt mir nicht aus dem Sinn.

Kaiser Rotbart im Kyffhäuser saß
An der Wand entlang, an der Wand.
Wer nie sein Brot mit Tränen aß,
Bist du, mein Bayerland!

Wer reitet so spät durch Nacht und Wind?
Ich rate dir gut, mein Sohn!
Urahne, Großmutter, Mutter und Kind
Vom Roßbachbataillon.

O selig, o selig, ein Kind noch zu sein,
Von der Wiege bis zur Bahr!
Mariechen saß auf einem Stein,
Sie kämmte ihr goldenes Haar.

Sie kämmts mit goldnem Kamme,
Wie Zieten aus dem Busch.
Sonne, du klagende Flamme:
Husch! Husch!

Der liebe Gott geht durch den Wald,
Von der Etsch bis an den Belt,
Daß lustig es zum Himmel schallt:
Fahr wohl, du schöne Welt!

Der schnellste Reiter ist der Tod,
Mit Juppheidi und Juppheida.
Stolz weht die Flagge Schwarzweißrot.
Hurra, Germania!

Andere konnten sich wohl aus Pflichtgefühl gegenüber den Frontkämpfern nicht zu einem Gesinnungswandel und zur besseren Einsicht, zur Wahrnehmung der grausamen Realität des industriell geführten Kriegs durchringen. Bekannt, mehr noch berüchtigt ist der ebenso wohlmeinende wie eifrige Einsatz Ludwig Ganghofers für die Mittelmächte, dessen Rolle als Weltkriegsberichterstatter von Karl Kraus in *Die letzten Tage der Menschheit* aufs Korn genommen wurde; in den *Münchener Neuesten Nachrichten* versah Ganghofer jedenfalls regelmäßig seinen patriotischen Kriegsdienst. Leider ebenso bekannt und noch berüchtigter ist der schreibende Kriegseinsatz von Ludwig Thoma, weniger der von Lena Christ, die Erzählungen über *Unsere Bayern anno 14* verfasste. Manche zogen sogar selbst noch die Uniform an wie Ludwig Thoma, der als freiwilliger Sanitäter an der West- wie an der Ostfront Dienst tat, bis er wegen einer Ruhrerkrankung den Kriegsdienst quittieren musste und seither (mit Ausnahme seiner zeitlosen Fassung des Weihnachtsevangeliums *Heilige Nacht*) fast nur noch durchaus deutschnationale Töne von sich gab. Von all den hoffnungsvollen Dichtern und Dichterinnen des einst leuchtenden Münchens der Prinzregentenzeit waren die wenigsten Pazifisten, die Mehrheit sah sich in den finsteren Kriegszeiten in der Pflicht fürs Vaterland.

Allerdings entstanden bei diesem Waffendienst mit Worten und bei all dem zu Papier gebrachten Hass nicht nur schlichte Propagandaschriften, denn mitten im Ersten Weltkrieg, genauer im «Steckrübenwinter» 1916, schuf Ludwig Thoma auch in Erinnerung an winterliche Pirschgänge bei Eiseskälte und an die Demütigungen der kärglichen Jugendjahre sein überzeitlich gültiges bis hin zur Metrik subtil ausgefeiltes Meisterwerk in kunstvoll-bairischer Schreibart, die im winterlichen Oberland situierte *Heilige Nacht* (erschienen 1917 bei Langen in München), die in der Karikierung von Josephs geldgieriger und geiziger Verwandtschaft zur alten sozialen Schärfe und sprachlichen Prägnanz Thomas zurückfindet. Am Ende nämlich heißt es:

Es ist eine Gschicht für die Armen.
Kein Reicher war nicht dabei!

14.3. Literatur in Augsburg und München zwischen Räterepublik und NS-Diktatur

München bildete von der Monarchie bis hin zur verhängnisvollen Machtübernahme Hitlers Thomas Manns (1875–1955) Lebensmittelpunkt. Hier, im Isar-Athen, fühlte er sich auch in Kriegs- und Krisenzeiten wohl – die Idylle *Herr und Hund* präsentierte einen Rückzugsort der Ruhe in schönster Isarlandschaft –, während gleichzeitig die alte Welt aus den Fugen geriet. Innerster Kern von Thomas Manns kreativem Zentrum war freilich sein Arbeitszimmer in der Poschingerstraße, in das keine Störungen dringen sollten, wie der älteste Sohn Klaus Mann (1906–1949) in *Der Wendepunkt* festhielt:

> Von neun Uhr morgens bis zwölf Uhr mittags muß man sich still verhalten, weil der Vater arbeitet, und von vier bis fünf Uhr nachmittags hat es im Hause auch wieder leise zu sein: es ist die Stunde der Siesta. Sein Arbeitszimmer zu betreten, während er dort mysteriös beschäftigt ist, wäre die gräßlichste Blasphemie. Keines von uns Kindern hätte sich dergleichen je in den Sinn kommen lassen.

Dennoch war Thomas Mann immer wieder gezwungen, dieses Epizentrum seines Schaffens zu verlassen und politisch Stellung zu nehmen, etwa für die Mittelmächte im Ersten Weltkrieg, gegen die Räterepublik und später für die Weimarer Republik und gegen Hitler. Gleichwohl entlasteten entsprechende Reden und Essays etwa den *Zauberberg*, an dem Thomas Mann parallel zu den unruhigen Zeiten arbeitete, wenngleich auch den Debatten zwischen Naphtha und Settembrini noch viel Tagespolitik aufgebürdet wurde.

Unter den Anhängern des Thomas Mann anfangs verhassten antimonarchischen Umsturzes und der Räterepulik – der aus Berlin stammende Kurt Eisner war sogar selbst Germanist – befanden sich nicht wenige Dichter und Literaten. Zu ihnen gehörte in Augsburg Bertolt Brecht, der bis zum Exil immer wieder seine Heimatstadt aufsuchte und dessen politische Wandlungen in seiner lyrischen *Hauspostille* (1927) etwa mit der den preußischen Militarismus demaskierenden *Legende vom toten Soldaten* und im expressionistisch, aber auch von Karl Valentin beeinflussten Heimkehrerstück *Trommeln in der Nacht* auszumachen sind, das 1922 unter der Regie von Otto Falckenberg an den Münchner Kammerspielen uraufgeführt wurde; in München standen besonders Erich Mühsam (1878–1934), Ernst Toller (1893–1939), der in seinen expressionistischen Werken wie *Die Wandlung* oder (orientiert an Büchners *Woyzeck*) *Der deutsche Hinkemann* (1923) die grausamen Kriegsfolgen zu verarbeiten suchte, für die Sache der radikalen Umstürzler. Heinrich Mann hielt 1919 im Odeon gar die Gedenkrede auf den erschossenen Kurt Eisner, Berliner Fabrikantensohn und Journalist, der seit 1910 in München lebte. Seine Gesinnung fasste Eisner im heute pathetisch erscheinenden Revolutionsgedicht *Gesang der Völker* auch in Verse:

Wir werben im Sterben
Um ferne Gestirne.
Sie blinken im Sinken
Und stürzen in Nacht.
Es wollen die Massen
Nicht das Leben hassen.
Die Freiheit ruft empor,
Von den Sternen bekränzt.

Die Zeiten entgleiten.
Die Erde erbebte.
Es krallte das Alte
Ins Herz junger Zeit.
Da mußten die Bleichen
Den Schreitenden weichen.
Du Volk wurdest erweckt,
Der Tod war besiegt.

Wir schwören zu hören
Den Rufern der Freiheit.
Wir schirmen in Stürmen
Die heiligen Höhn.
Die Menschheit gesunde
In schaffendem Bunde,
Das neue Reich ersteht.
O Welt werde froh!
Welt werde froh!

Nach Kriegsende, nach dem Sturz der Monarchie und der Niederschlagung der Räterepublik konnte sich allmählich etwas politisch Neues, eine wirklich demokratische Republik in Bayern etablieren; überdies erlitten die Anhänger der Revolution, namentlich die Unabhängige Sozialdemokratische Partei Deutschlands (USPD), bei den freien, gleichen und geheimen Landtagswahlen eine krachende Niederlage. Kurt Eisner, der konsequenterweise deswegen zurücktreten wollte, wurde kurz darauf auf offener Straße ermordet. Die auch von Thomas Mann beklagten chaotischen Umstände dieser Zeit mündeten letztlich doch in eine neue Ordnung: Aus dem «Volksstaat» – mit dieser Bezeichnung hatte man kurzerhand die alten Briefmarken der Monarchie überdruckt – wurde der «Freistaat», wobei Letzterer eigentlich nur *terminus technicus* für Republik ist, in deren ersten freien Wahlen die radikalen Kräfte um Eisner allerdings eine herbe Niederlage erlebten, denn Schwabing mit seiner revolutionären Bohème war nicht München, und München selbst stand nicht für ganz Bayern, das insgesamt, besonders in den katholischen Gegenden, konservativ blieb. Die Dichter und Literaten ergriffen angesichts dieser Gemengelage politisch ganz unterschiedlich Partei. Dies zeigen beispielsweise die sehr gegensätzlichen Schwaben Brecht und Bernhart.

Der aus wohlhabenden, bürgerlichen Verhältnissen stammende Augsburger Bert (Eugen Berthold) Brecht (1898–1956), der früh einen treuen Kreis von Jüngern wie den späteren Bühnenbildner Caspar Neher oder den Arzt und Lyriker Hanns Otto Münsterer (1900–1974) um sich scharte, wandelte sich rasch zum Kriegsgegner und (im Manchester Bayerns) entschiedenen Arbeiterfreund, der den revolutionären Umsturz begrüßte; sein Vater, der in leitender Position bei der Haindlschen Papierfabrik arbeitete, unterstützte ebenso tatkräftig wie anrührend die literarische Karriere seines Sohnes, auch wenn er weltanschaulich mitunter andere Positionen vertrat.

Der aus dem ländlichen Schwaben (Ursberg und Türkheim) stammende, aber weitgehend in München lebende Joseph Bernhart, der schon vor 1914 kein besonderer Anhänger der Wittelsbacher gewesen war, rief nach Kriegsende die Intellektuellen öffentlich zum «Umlernen» auf und tat sich etwa als Redner bei der Frauenorganisation der liberalen Deutschen Volkspartei hervor.

Dieses Umlernen dauerte jedoch beim Wahlmünchner Thomas Mann besonders lange, der sich noch 1918 in seinen *Betrachtungen eines Unpolitischen* als Entente-Gegner gerierte und westliche Zivilisation gegen deutsche und teilweise auch russische Kultur ausspielte, allerdings wie Joseph Bernhart auch politisch und weltanschaulich der Monarchie keine Träne nachweinte (wie man überhaupt Monarchisten vom Schlag eines Joseph Roth, der lebenslang im Bann des «Alten von Schönbrunn» stand und auch Otto von Habsburg sehr zugetan war, unter den Literaten in Bayern eher selten findet). Gleichwohl dachte Thomas Mann damals noch entschieden reaktionär. Und den ententefreundlichen «Zivilisationsliteraten» als Feindbild verkörperten in Thomas Manns Augen sowohl sein Bruder Heinrich Mann als auch die literarische Figur des Ludovico Settembrini. Dieser überlebt im noch vor dem Großen Krieg begonnenen, aber erst in der Weimarer Republik (in München und Bad Tölz) vollendeten «Zeitroman» *Der Zauberberg* zwar den (am ungarischen Literaten und revolutionären Politiker Georg Lukács orientierten) Revolutionär Leo Naphta, wird aber nach dem «Donnerschlag» ebenfalls als fanatischer Hurrapatriot und Verfechter der Brennergrenze demaskiert. Freilich hatte Thomas Mann sich schon vor Erscheinen des *Zauberbergs* zum Vernunftrepublikaner, ja zum entschiedenen Demokraten, später sogar Sozialdemokraten gewandelt, was sich im großen Essay *Von deutscher Republik* (1922) niederschlug und nach 1933 im kalifornischen Exil seine berühmten Rundfunkreden («Deutsche Hörer») bestimmte.

Einen derartigen Wandel zum Demokraten, ja Sozialdemokraten konnte man bei Ludwig Thoma nicht mehr erleben, der in politischer Verbitterung starb. War er in der Monarchie Kritiker der sozialen und politischen Verhältnisse gewesen, der sogar Haft in Kauf nahm, so verstörten ihn der antimonarchische Umsturz und namentlich die Räterepublik zutiefst. Als Anonymus und «Cato von Miesbach» geißelte er im *Miesbacher Anzeiger* die neuen Verhältnisse und verstieg sich zu antisemitischer Agitation, die seiner tiefen persönlichen Zuneigung zur Gefährtin seiner letzten Jahre, der aus jüdischer Familie stammenden Maidi von Liebermann, widersprach, ein Widerspruch, dessen er sich sogar bewusst war und den er in Briefen an Maidi von Liebermann artikulierte und zu entkräften suchte. Ludwig Thoma als notorischer Oppositionsmann und Querkopf eignete sich nie zum Sänger bestehender Verhältnisse, und die extremen Zeitläufte nach 1918 gebaren selten differenzierte Äußerungen. Eine ihm angetragene Mitgliedschaft in der NSDAP nahm er übrigens nicht wahr. Man versteht ihn – ohne die Ausfälle entschuldigen zu wollen – am ehesten, wenn man seine schon früh geäußerte Bewunderung für Friedrich den Großen ernst nimmt. Diese war wohl gegen das durch Österreich repräsentierte Katholische allgemein gerichtet, das ihm auf diversen Internaten verhasst und vom Schriftsteller noch in der Gestalt des Religionslehrers und Geistlichen Kindlein in den *Lausbubengeschichten* literarisch verarbeitet wurde. Ludwig Thomas gewaltiger Groll gegen die «Schwarzen» folgte einer Bismarckschen Kulturkampfrhetorik – und man darf nicht vergessen, dass auch in Bayern von Seiten des wittelsbachischen Herrscherhauses und besonders liberaler Kabinette in diesem Sinne verfahren wurde, nicht zuletzt im Gefolge des Ersten Vatikanischen Konzils. Im Grunde war Ludwig Thomas politische Haltung im ausgehenden 19. Jahrhundert stehen geblieben, und er bekämpfte den Berliner Kurt Eisner – obwohl er ja sonst den Preußen Friedrich II. als Speerspitze gegen das Katholische in Stellung brachte und Bismarck durchaus verehrte – ebenso als Nichtbayern, wie er kurz vor dem Ersten Weltkrieg in den Prozessen und Auseinandersetzugen um Georg Queris Buch *Kraftbayrisch* die einheimischen katholischen Geistlichen als vom Ausland gesteuert und daher unbayerisch abkanzelte. So ging Ludwig Thoma in der Zeitschrift *März* die klerikalen Gegner scharf an:

> Wie kommen die schwarzen Mistamseln dazu, ihr Geschrei gegen ein Werk zu erheben, dessen Bedeutung einem Ultramontanen niemals klar werden kann?

Schon 1905 hatte Ludwig Thoma in gleicher Tonart seine *Eröffnungshymne* erklingen lassen:

> Was ist schwärzer als die Kohle?
> Als die Tinte? Als der Ruß?
> Schwärzer noch als Rab und Dohle
> Und des Negers Vorderfuß?
> Sag mir doch, wer dieses kennt!
> – Bayerns neues Parlament.

Selbst in der Mundartlyrik, etwa im Gedicht *Sonnwendfeuer*, konnte Ludwig Thoma seinen Hass gegen die klerikale Reaktion nicht zügeln:

Druntn is Nacht,
Alle Liachta ausgmacht,
finsta und schwarz überalln.
Buama, laß mas uns gfalln?
Schaugts umanand!
Herrgott, wia schö is dös Land!
Müaß mas de Schwarzn verschreibn?
Daß uns de Freud außi treibn?

Bezeichnenderweise schloss sich Ludwig Thoma politisch später keineswegs den «Schwarzen» an, die den Umsturz nicht weniger hassten als er, sondern den Deutschnationalen. Ludwig Thoma bleibt somit eine eher *ex negativo* politisch denkende Gestalt voller Ambivalenzen, die zu früh starb, um im Untergehen des Alten die Chancen des Neuen zu erkennen, wie das die republikanische Wende des gleichfalls in Bayern lebenden Thomas Mann zeigte. Ludwig Thomas bedrückender Antisemitismus – nachweislich schon früh artikuliert gegen all das, was ihm kulturell und literarisch (vermeintlich) «galizisch» vorkam – war wohl schon vor 1900 deutlich ausgebildet, radikalisierte und artikulierte sich jedoch nach 1918 noch lauter als Reaktion auf die Räterepublik. Dabei kann man nicht einmal behaupten, dass Ludwig Thoma in dieser Hinsicht provinziell und damit in seiner Haltung entschuldbar gewesen wäre, weil er eben nie über seinen altbayerischen Tellerrand hinausgeblickt und auf heimattümelnder Grundlage einem dumpfen Antisemitismus gehuldigt habe. Denn der bis heute als Inbegriff des bayerischen Volksschriftstellers Geltende hatte sogar teilweise auf dem Fahrrad ausgiebig das französisch kontrollierte Nordafrika bereist. Dass der in Oberammergau geborene Ludwig Thoma solchermaßen die außereuropäische Welt im wahrsten Sinne des Wortes erfuhr und rezipierte, ein Literat, der von seiner Belesenheit und den Freundschaften mit der künstlerischen Avantgarde seiner Zeit her gerade nicht als provinziell einzuschätzen war, im *Miesbacher Anzeiger* rhetorisch perfide antisemitisch hetzte, beweist nur umso deutlicher eine gewisse geistesscharfe Kälte, ja Kaltblütigkeit.

Zum (literaturgeschichtlichen) Schlüsselroman dieser unruhigen Epoche in München wurde freilich *Erfolg* von Lion Feuchtwanger (1884–1958).

Schonungslos demaskiert der zwischen 1927 und 1930 entstandene Roman eine üble Gemengelage aus Revanchismus, Reaktion und Korruption bayerischer Spielart, insbesondere der Jahre 1921 bis 1924, was dem Autor den sicheren Hass eben dieser reaktionären Kreise eintrug. Gut erkennbar und doch verfremdet tauchen Gustav von Kahr, Adolf Hitler (als Rupert Kutzner) und Bert Brecht, aber auch arrivierte bayerische Schriftstellerkollegen wie Ludwig Ganghofer und Ludwig Thoma im Romanpersonal auf. Während Ganghofer alias Dr. Josef Pfisterer, Verfasser der Autobiographie *Lebenslauf eines Optimisten* alias *Ein sonniger Lebenslauf*, der sich zeitlebens gegen jeglichen Antisemitismus verwahrte, aufs Romanganze gerechnet durchaus sympathisch erscheint, ist das Bild, das Feuchtwanger von dem sich tatsächlich gerne mit «Herr Doktor» ansprechen lassenden Ludwig Thoma alias Dr. Lorenz Matthäi zeichnete, wenig vorteilhaft:

> Der Schriftsteller Dr. Lorenz Matthäi besuchte den Schriftsteller Dr. Josef Pfisterer. Der hatte einen Schlaganfall erlitten, siechte hin, es war unwahrscheinlich, daß er das Jahr überleben werde. Der Dr. Matthäi, auf dem Weg, grübelte darüber, wie wenig widerstandsfähig im Grund seine kräftigen Bayern waren. […] Er fand den Pfisterer in einem alten, großen Ohrenstuhl, trotz der Hitze eine Kamelhaardecke um die Beine; der rötlich melierte Bart, die dicken Locken sahen grau und schmutzig aus. Der Dr. Matthäi bemühte sich, sein bissiges Mopsgesicht, seine grobe Stimme teilnahmsvoll zu sänftigen. Die runde, betuliche Frau Pfisterer ging auf und ab, schwatzte, heischte Stärkung ihrer Hoffnung, Mitleid. Dem Pfisterer paßte diese gedämpfte Krankenstubenstimmung nicht. […] Hielt sich Matthäi sanftmütig zurück, so wurde im Gegensatz zu seinen gesunden Tagen der Pfisterer aggressiv. Er verbitte sich die Kamillentee-Atmosphäre, polterte er mit etwas brüchiger Stimme. Er lasse sich nicht in Watte legen. Er hatte den Vormittag über geschrieben, diktiert. Er arbeitete an seinen Erinnerungen, betitelt ‹Ein sonniger Lebenslauf› […] Der Dr. Matthäi, als er den andern so kräftig daherreden sah, tat sich keinen Zwang mehr an, legte die widerwärtige, feierliche Sanftmut ab. Bald wieder waren die Männer in dem gewohnten klobigen Geschimpfe. Der Dr. Matthäi meinte, der ‹Sonnige Lebenslauf› werde vermutlich ebensolcher Dreck werden wie Pfisterers übriger lackierter Mist. […] Dr. Matthäi hingegen, als er den Kollegen verlassen hatte, fühlte sich angenehm aufgefrischt. Es tat gut, sich einmal wieder auszuschleimen, sich das Herz frei zu schimpfen.

Der Roman illustriert zugleich die politisch aufgeheizte, ja reaktionär vergiftete Stimmung in München nach dem Fall der Monarchie, die den avantgardistischen Künsten, namentlich der modernen Literatur, nicht günstig war. Deren Protagonisten und missliebige Anhänger der Münchner und Augsburger Räterepublik wurden im schwäbischen Niederschönenfeld interniert, wo sich ein revolutionärer literarischer Zirkel um Erich Mühsam (1878–1934), Ernst Toller (1893–1939) und Ernst Niekisch (1889–1967) bildete. Erich Mühsam wurde 1924 sogar aus Bayern ausgewiesen. So fanden die fortschrittlichen Literaten zunehmend eine Heimstatt in Berlin, wie der Träger des Kleist-Preises (1922) Bert Brecht (kurze Zeit nach der Münchner Uraufführung von *Trommeln in der Nacht*) und nach einem kurzen München-Intermezzo ebenso Carl Zuckmayer, aber auch Lion Feuchtwanger und der im zunehmend reaktionären München ein Fremdkörper bleibende Heinrich Mann, der seinen Bruder Thomas an Berühmtheit zeitweilig überflügelte; 1928 verließ Heinrich Mann München in Richtung Berlin. Und die kritischen Volksstücke Marieluise Fleißers und des häufig bayerisch gewandeten Ödön von Horváth (1901–1938) – die berühmtesten wie *Geschichten aus dem Wienerwald* oder *Kasimir und Karoline* entstanden hauptsächlich in Murnau – feierten gerade im damals fortschrittlicheren Berlin Triumphe. Dabei gehört die 1901 in Ingolstadt geborene und dort auch 1974 verstorbene Marieluise Fleißer zur Speerspitze kritischer Dramatik in Deutschland, wobei ihre Wurzeln im Süden unverkennbar sind, wie sie mit Blick auf die Entstehung ihrer *Pioniere* festhält:

> In Ingolstadt gabs nach dem Krieg keine Soldaten. 1926 kamen die Pioniere aus Küstrin zu Flußübungen in unser Gelände; sie bauten eine Brücke [...]. Das war wie eine Invasion. Ich erzählte Brecht davon auf einem Spaziergang am Augsburger Stadtgraben [...] Brecht wollte sofort, daß ich eine solche militärische Invasion in einer kleinen Stadt mit ihren Auswirkungen auf die Bevölkerung beobachte und aus eigener Anschauung ein Stück darüber mache [...] ich habe ein Stück über Soldaten und Mädchen geschrieben.

Das mehrfach überarbeitete Skandalstück fand im Augsburger Jugendfreund Bert Brechts, Caspar Neher, den kongenialen Bühnenbildner für die Aufführung 1929 am Berliner Theater am Schiffbauerdamm. Ihre drei Ingolstadtstücke *Fegefeuer in Ingolstadt*, *Pioniere in Ingolstadt* und *Der starke Stamm* erlebten in den 1970er Jahren auf deutschen und internationalen Bühnen eine Renaissance. Der seit 1981 verliehene Marieluise-Fleißer-Preis zeigt, dass die Stadt ihren Frieden mit der anfangs verfemten Dichterin gemacht hat, deren Prosawerk es literaturgeschichtlich erst noch zu entdecken gilt. Ihr Verhältnis zu Brecht ist dabei von gegenseitiger Inspiration gekennzeichnet.

Noch in München arbeitete Bert Brecht eng mit Karl Valentin (1882–1948), der zusammen mit Liesl Karlstadt (1892–1960) ein bis heute unsterbliches Künstlerpaar bildete. Der Typus des sogenannten Volkssängers, den auch der Weiß Ferdl (1883–1949) verkörperte, war im republikanischen München ein künstlerisches Erfolgsmodell, das zeitweise wider den Zeitgeist ansang, wie Weiß Ferdl im «Platzl», wo er den rechten Mythos von der «Ordnungszelle» Bayern derbleckte: «Wir sind Deutschlands Gesundungsquelle, die königlich bairische Republik.» Noch heute berühmt ist allerdings seine höchstselbst intonierte Hymne auf die Münchner Trambahn, die gleichwohl auch die Entfremdung des modernen Menschen in der Großstadt beschreibt:

Ein Wagen von der Linie Acht,
Weiß-blau, fährt ratternd durch die Stadt,
Kling kling, bim bam.
So fährt der Wagen schnell dahin,
Die Menschen, die im Wagen drin,
Die schauen gar grantig, niemand lacht
Da drin, im Wagen der Linie Acht.

Ähnlich belebend wirkte im kulturellen Leben Münchens die jugendlich-generationenbewusste Clique um Erika und Klaus Mann, die etwa zusammen mit Pamela Wedekind und Gustaf Gründgens 1927 in den Kammerspielen Klaus Manns *Revue zu Vieren* aufführten. Die nach 1933 zerbrochene Beziehung zu Gustaf Gründgens verarbeitete Klaus Mann im weltberühmten Roman *Mephisto*, der in der Nachkriegszeit die Gerichte beschäftigen sollte. Vor 1933 waren die Mann-Kinder in München jedenfalls glanzvolles Zentrum einer literarischen *jeunesse dorée*. Zu diesem Kreis hoffnungsvoller Literaten gehörte auch Wilhelm Emanuel Süskind (1901–1970), der später mit seinem *Wörterbuch des Unmenschen* berühmt werden sollte. Sie bildeten den modernen, ja mondänen Kontrapunkt zum dumpfen, reaktionären bis nationalistischen München als «Hauptstadt der Bewegung». Dabei war besonders bei Erika Mann eine tiefe Verwurzelung mit ihrer bayerischen Heimat unverkennbar, denn in ihrer *Liebeserklärung an Bayern* von 1930 bekennt sie bei aller ironischen Abgeklärtheit:

> Bayern scheint einen Schutzgeist zu haben [...]. Man ist als Kind oft trotzig gewesen, weil man so sehr viele Aufsätze schreiben musste. Die hießen dann «Naturschönheiten der Schwäbisch-Bayerischen Hochebene», «Die Bedeutung des Ludwigs-Donau-Main-Kanals» und «Der Heimatgau mit seinen Bodenschätzen» (wobei Penz- und Peißenberg eine entscheidende und unausrottbare Rolle spielten). Man beschloß bei sich, das Ganze als eine häßliche Puschel der Schule aufzufassen, fand den Heimatgau nicht schön, liebte das Meer mit einem Akzent, der sich unbedingt gegen das Schwäbisch-Bayerische richtete, und flocht, ließ es sich irgend machen, Einschränkendes über die Qualität der Holzkohlen in die Aufsätze ein. [...] Heute weiß ich nichts Hübscheres als, von der Reise kommend, irgendwoher, wo es kahl und großartig war, allmählich bayerische Landschaft auftauchen zu sehen, – das Weite, Hügelhafte, Großzügige, Liebliche, Anspruchslose; die Farben dieser Sumpfwiesen, die Wälder, hinter denen man die Berge weiß, das bebaute Feld und die Dörfer, von denen man schon wieder vergessen hatte, wie bezaubernd sie waren. Hatte man nicht geglaubt, man habe Einzigartiges gesehen, unterwegs, Unübertreffliches? Aber dies hier kann es aufnehmen damit, so viel ist sicher. Und wo gab es die Harmonie der Landschaft mit Bauten, Menschen, Trachten in einem so reinen Grade? Wo war sie so unverwüstlich? Es ist sonderbar: Aber Bayern scheint einen Schutzgeist zu haben, irgendeinen guten Engel. Nicht Amerikaner, nicht Radio-Apparate, nicht der eigene Spaß am Gewinn können dieses Land verderben. Oberammergau bleibt schön, – Tegernsee ist nicht umzubringen.

In gewohnt geschwisterlicher Nähe beschwört auch Klaus Mann noch 1937 mit *Vergittertes Fenster. Novelle um den Tod des König Ludwig II. von Bayern* ein längst vergangenes Bayern. Und mehr noch: Erika und Klaus Mann artikulierten hellsichtiger als ihr Vater, vor allem aber auch frühzeitig und entschieden ihre Gegnerschaft zur NSDAP mitten in der sogenannten Hauptstadt der Bewegung. Dazu gehörte zusammen mit der als Schauspielerin bis heute unvergessenen Therese Giehse am 1. Januar 1933 die Gründung des Münchner Kabaretts *Die Pfeffermühle*, das sich dezidiert der Gegnerschaft zum Nationalsozialismus verschrieben hatte und sogar noch am Abend des Reichstagsbrands spielte, jedoch schon bald nach Zürich ins Exil verlegt werden musste. Denn die 1933 auch in Bayern erfolgende «Gleichschaltung» führte zu einem erneuten Exodus der literarischen Elite aus München. Während einige buchstäblich und vergleichsweise geordnet aus München fortzogen, widerfuhr dem Autor des *Zauberberg* der improvisierte Abschied von seinem geliebten München im Ausland: Der Literaturnobelpreisträger (1929) Thomas Mann kehrte von einer Vortragsreise über Richard Wagner nicht mehr nach München zurück. Sein im Münchner Haus in der Poschingerstraße verbliebenes Manuskript der Josephs-Romane sowie die Tagebücher konnten nur unter abenteuerlichen Umständen gerettet werden, wobei Golo Mann hierbei eine heldenhafte Rolle spielte.

Der geistige Aderlass in München und Bayern war erheblich, denn die besten Dichter verließen Bayern, wie der aus der Starnberger Gegend stammende Oskar Maria Graf (1894–1967), berühmt durch sein *Bayrisches Dekameron*; er suchte Zuflucht in Wien, von wo er als Reaktion auf die Bücherverbrennung der neu-mittelalterlichen Barbarei sein trotziges *Verbrennt mich!* entgegenschleuderte:

Verbrennt mich! Protest anläßlich der deutschen Bücherverbrennungen 1933

[…] Das ‹Dritte Reich› hat fast das ganze deutsche Schrifttum von Bedeutung ausgestoßen, hat sich losgesagt von der wirklichen deutschen Dichtung, hat die größte Zahl ihrer wesentlichsten Schriftsteller ins Exil gejagt und das Erscheinen ihrer Werke in Deutschland unmöglich gemacht. Die Ahnungslosigkeit einiger wichtigtuerischer Konjunkturschreiber und der hemmungslose Vandalismus der augenblicklich herrschenden Gewalthaber versuchen all das, was von unserer Dichtung und Kunst Weltgeltung hat, auszurotten und den Begriff ‹deutsch› durch engstirnigsten Nationalismus zu ersetzen. Ein Nationalismus, auf dessen Eingebung selbst die geringste freiheitliche Regung unterdrückt wird, ein Nationalismus, auf dessen Befehl alle meine aufrechten sozialistischen Freunde verfolgt, eingekerkert, gefoltert, ermordet oder aus Verzweiflung in den Freitod getrieben werden. Und die Vertreter dieses barbarischen Nationalismus, der mit Deutschsein nichts, aber auch rein gar nichts zu tun hat, unterstehen sich, mich als einen ihrer ‹Geistigen› zu beanspruchen, mich

> auf ihre sogenannte ‹weiße Liste› zu setzen, die vor dem Weltgewissen nur eine ‹schwarze› Liste sein kann! Diese Unehre habe ich nicht verdient. Nach meinem ganzen Leben und nach meinem ganzen Schreiben habe ich das Recht, zu verlangen, daß meine Bücher der reinen Flamme des Scheiterhaufens überantwortet werden und nicht in die blutigen Hände und die verdorbenen Hirne der braunen Mordbande gelangen. Verbrennt die Werke des deutschen Geistes! Er selber wird unauslöschlich sein wie eure Schmach.

Zuvor hatten die Nationalsozialisten nämlich versucht, den sozialkritischen, an Tolstoi geschulten Dichter wegen seiner bayerischen Sujets als eine Art Bauernschriftsteller in der Nachfolge Ludwig Thomas im Sinne der Blut- und Bodenliteratur zu vereinnahmen. Aber insgesamt gesehen war der Nationalsozialismus an bayerischer Kultur, geschweige denn Eigenstaatlichkeit ohnehin nicht interessiert, sondern es ging ihm nur darum, im zentralistischen Reich allenfalls ein wenig Bayern-Folklore zu konzedieren, wofür man eben Dichter wie Graf brauchte. Als aber Oskar Maria Graf dies verweigerte, bekam er schließlich gemäß eigener Aufforderung doch noch die für ihn ehrenrettende Sonderverbrennung seiner Bücher. Und an seiner Gegnerschaft zum NS-Regime wie an seinem bayerischen Patriotismus hielt Oskar Maria Graf unbeirrt fest. Auch im späteren New Yorker Exil – wo er übrigens Ludwig Thoma zeitlebens als seinen Heros hochhielt – gehörte die Lederhose als Dingsymbol des Exilanten wie als vom Verleger geschätztes Marketingmittel zum öffentlichen Habitus, sogar bei einem München-Besuch 1958 im Cuvilliés-Theater, was er provokativ kommentierte: «Sie meinen wohl, mich absolut als ‹Heimatdichter› abzutun, ich wills ihnen demnach auch lederhosenmäßig demonstrieren und vorlesungsmäßig verderben. Das macht mir ja auch wieder Spaß.»

Und es waren die Besten, die von den Nazis ins Exil getrieben wurden: Lion Feuchtwanger gelangte nach einer dramatischen und strapaziösen Flucht nach Kalifornien, wo er schließlich auch in Hollywood Fuß fassen konnte. Dort traf er die ebenfalls einst in Bayern beheimateten Schriftsteller Bert Brecht – erst nach langen Irrfahrten, etwa nach Nordeuropa, wo die Erzählung *Der Augsburger Kreidekreis* entstand, in die rettende USA gelangt – und Thomas Mann, die einander freilich, obwohl sie eigentlich nun Nachbarn waren, gar nicht ausstehen konnten. Man muss sogar sagen, dass sich Thomas Mann und Bert Brecht geradezu wechselseitig verabscheuten. Das gilt in puncto Brecht *cum grano salis* auch für Oskar Maria Graf, der mit Brecht trotz ähnlicher politischer Anschauungen «komischerweise gar nichts anfangen» konnte.

Dennoch bewog die Hysterie der McCarthy-Ära Brecht und Mann gleichermaßen zur Rückkehr nach Europa, wobei Thomas Mann die inquisitorischen Befragungen vor dem berüchtigten Ausschuss für unamerikanische Umtriebe erspart blieben, während Bert Brecht sich in deutlich augsburgisch gefärbtem Englisch in der Befragung wacker und schlagfertig aus der Affäre ziehen konnte, wobei er pointensicher mitunter sogar die Lacher auf seiner Seite hatte.

Diesen Emigranten – dann auch Remigranten – standen nach 1945 die Vertreter der sogenannten «Inneren Emigration» gegenüber. Letztere mussten sich vom Ruch befreien, mit den Nationalsozialisten paktiert zu haben. Ihr Argument war, dass sie es viel schwerer gehabt hätten als die Emigranten, die sich der unmittelbaren Bedrohung entziehen konnten, während in Bayern das Unrechtsregime die verbliebenen anständigen Schriftsteller mit Verfolgung bedrohte. Auch in der bayerischen Presse entspann sich eine heftige Auseinandersetzung zwischen Thomas und Klaus Mann einerseits und Walter von Molo (1880–1958), Frank Thieß sowie Wilhelm Hausenstein (1882–1957) auf der anderen Seite.

Ungeachtet dieser Auseinandersetzungen zwischen bedeutenden Autoren, die zumindest ihre grundsätzliche Gegnerschaft zum Nationalsozialismus einte, bleibt auch unbestreitbar, dass ihre gemeinsamen Gegner auf literarischem Feld, Angehörige einer völkischen Literatur, heute literaturgeschichtlich – zu Recht – als irrelevant gelten. Denn schon zwischen 1933 und 1945 erwiesen sich sogenannte Thingspiele als ästhetisch unzureichend und beim Publikum durchaus unbeliebter als der von manchen NS-Ideologen geschmähte, etablierte bürgerliche Theaterbetrieb. Joseph Goebbels etwa lenkte die Literatur- und Kulturpolitik in bildungsbürgerliche Bahnen. Dazu gehört auch, dass die eigentlich katholischen, aber eben weltweit geschätzten Oberammergauer Passionsspiele den Nimbus «reichswichtig» erhielten, weil nicht zuletzt Adolf Hitler von einer Oberammergauer Aufführung ausgesprochen angetan war. Die solchermaßen durchgeführte Umsteuerung im Kulturbetrieb weg von einer völkischen (germanentümelnden) Pseudokunst und hin zum bereits vor 1933 Etablierten und Bewährten grub der ohnehin nie sehr populären völkischen oder NS-Literatur weiter das Wasser ab. So spielte Dietrich Eckart (1868–1923) aus Neumarkt in der Oberpfalz und seit 1915 in München, wo er Mitglied der Thulegesellschaft wurde, allenfalls eine historische Rolle als geistiger Mentor des nicht sehr literaturaffinen Hitler – der eigentlich nur an Richard Wagner wirklich interessiert war – und am Rande als Autor eines NSDAP-Kampflieds, dessen Schlusszeile mit «Deutschland erwache!» endet, was zum Kampfruf der Partei wurde.

Wie Dietrich Eckart war auch der aus einer bürgerlichen Augsburger Familie stammende Kampfflieger im Ersten Weltkrieg und spätere Berufspilot Richard Euringer (1891–1953) ein früher Vertreter dieser Art von NS-Literatur. Sein Werk mäandert zwischen soldatischer Memoirenliteratur und Nationalismus bis hin zur Parteiagitation. In *Fliegerschule 4* (1929) beschreibt er romanhaft heroisierend die Frühzeit der Luftwaffe im Lager Lechfeld bei Augsburg. In seinem Thingspiel *Totentanz* (1934) geht es um eine Bewältigung von Erstem Weltkrieg und Fronterlebnis. Auch mit *Dietrich Eckart* und besonders mit der zunächst erfolgreichen *Deutschen Passion 1933. Hörwerk in 6 Sätzen* wurde er zu einem entschiedenen Propagandisten des Regimes, wobei er sich an einer Mischung aus (vermeintlich urdeutschem, in Wirklichkeit auf lateinischer und christlich-mittelalterlicher Bildungstradition gründendem und mit Marlowe durchaus europäischem) Fauststoff und Passionsstoff versuchte. Längerfristig vermochte sich ein derartiges nationalsozialistisches oder völkisches Kunstwerk oder Kunstverständnis nicht durchzusetzen. Dieses schätzte (auch in Gestalt Adolf Hitlers) besonders Hanns Johsts (1890–1978) Bühnenwerk *Schlageter* über einen während der französischen Besetzung des Ruhrgebiets Erschossenen, der zum Märtyrer der Nationalsozialisten mutierte. Johst, der zeitweilig in München studierte und später am Starnberger See lebte, war nach expressionistischen Anfängen, etwa mit dem Stück *Der Einsame*, das Brecht zum *Baal* mit anregte, immer mehr ins Völkische abgeglitten. 1933 schlug er Himmler gar die Internierung Thomas Manns in Dachau vor, um damit dessen Sohns Klaus, der sich in der Emigrantenpresse hervortat, habhaft zu werden. Johst selbst beerbte Heinrich Mann in der Sektion Dichtkunst der Berliner Akademie der Künste.

Geistigen Widerstand gegen solch nationalsozialistische Literatur- und Kulturpolitik leistete in Bayern und namentlich in München in erster Linie der *Hochland*-Kreis. Diesen muss man letztlich zur inneren Emigration zählen. Die Außensicht der Emigration vertrat hingegen Bertolt Brecht in seinem Exilgedicht von 1943 angesichts der Bombardierung Augsburgs:

Die Vaterstadt, wie find ich sie doch?
Folgend den Bomberschwärmen
Komm ich nach Haus.
Wo denn liegt sie? Wo die ungeheueren
Gebirge von Rauch stehn.
Das in den Feuern dort
Ist sie.

Die Vaterstadt, wie empfängt sie mich wohl?
Vor mir kommen die Bomber. Tödliche Schwärme
Melden euch meine Rückkehr. Feuersbrünste
Gehen dem Sohn voraus.

14.4. Renouveau Catholique als europäische Bewegung in Schwaben

Die Wurzeln des Renouveau Catholique in Schwaben liegen eigentlich in Berlin und reichen bis ins 19. Jahrhundert zurück. Denn der von Reichskanzler Bismarck eingefädelte sogenannte Kulturkampf, der zur Bekämpfung der Zentrumspartei und des polnischen politischen Katholizismus diente, ließ bei katholischen Intellektuellen die Befürchtung aufkommen, im Bismarck-Reich nicht nur politisch, sondern auch kulturell marginalisiert zu werden. Zur Bedrohung aus Berlin kam eine allem Modernen zutiefst abholde Haltung in Rom. Überdies sorgte die römische Kurie dafür, dass gerade die fortschrittlicheren Katholiken sich der von Rom ausgehenden Verfolgung einer liberalen und fortschrittsoffenen, den Wissenschaften verpflichteten Gesinnung ausgesetzt sahen. Der Kampfbegriff des «Modernismus litterarius» betraf gerade die ambitionierteren und weltoffenen katholischen Schriftsteller. Dem sollte die Zeitschrift *Hochland* als Publikationsorgan dieser fortschrittlichen katholischen Intellektuellen Abhilfe schaffen, die 1903 von Carl Muth (1867–1944) gegründet wurde und bis 1971 existierte. Zu den frühen Mitarbeitern gehörte Konrad Weiß (1880–1940), der mit dem Gedichtband *Tantum dic verbo* bekannt wurde und ab 1905 in München als Kunstreferent für *Hochland* tätig war. Die Zeitschrift wurde schließlich zu einem Forum für den deutschen Zweig der europäischen Bewegung des Renouveau Catholique, die ihr geistiges Zentrum in Frankreich hatte. Internationale Ausrichtung nach Westen und Süden kennzeichneten demnach den Renouveau Catholique, ganz im Gegensatz zu Franzosenhass (Sedan-Feiern) und nationaler Selbstgenügsamkeit des wilhelminischen Zeitgeists im Kulturkampf.

Zu den produktivsten Vertretern ist der lange in München lebende, aber aus Schwaben stammende Peter Dörfler (1878–1955) zu rechnen, der einst durchaus als Erfolgsschriftsteller gelten konnte. Bekannt wurde er unter anderem mit *Als Mutter noch lebte* (1912) oder mit *Die Papstfahrt durch Schwaben* (1923). Bis in die Zeit des Wirtschaftswunders hinein war auch sein Künstlerroman *Die Wessobrunner* ein Verkaufserfolg, der dem epochalen Höhepunkt bayerischen Kirchenbaus im «Pfaffenwinkel» des 18. Jahrhunderts ein literarisches Denkmal setzte:

> Es war tief im Herbst, als Dominik Zimmermann die Arbeit an der kleinen Landsberger Johanniskirche verließ, um lechaufwärts nach Steingaden zur Hochzeit des Hans Michel Merck zu wandern. In den letzten Jahren war so wenig Gedeihen gewesen, nichts was ihn erfüllte, außer diesem einen Wiesplan, der nicht vorankam, denn nur das Volk wollte die Wallfahrtskirche, und das Volk ist in diesen räuberischen Kriegszeiten wieder arm geworden, diesseits und jenseits des Lechs; alles hat gelitten. In Augsburg der Geistliche Rat zögert, seine Zweifel an den Zeichen und Wundern um den gegeißelten Heiland in der Wies zurückzustellen, und der Abt von Steingaden, was er auch selber glauben mag, kommt von seinen Bedenken nicht los, ob der Strom der Pilger anhalten werde. Es ist da und dort vorgekommen, daß er jäh verebbte, und dann saß man mit einem Haufen Schulden da in Verlegenheit und Not. Und nun erst eine große, abgelegene Kirche, einsam am Moor und Wald und hinter aller Welt, was soll mit ihr werden, wenn nur noch Hirsche und Rehe ihre Gäste sind?

Ähnlich erfolgreich wie Dörfler war auch Joseph Bernhart (1881–1969) mit seinem autobiographisch inspirierten Roman *Der Kaplan*, dessen Protagonist in seiner Mischung aus Literaturbegeisterung und Fortschrittsoffenheit geradezu idealtypisch dem Programm des Renouveau Catholique entsprach. Aus der Fülle der damals modischen Kaplansromane sticht er durch besondere literarische Ambition deutlich hervor. Dies gilt auch für die erst noch zu entdeckenden Gedichte Joseph Bernharts, der zudem als Pionier der katholischen Mystikforschung gelten kann und dessen Augustinus-Übersetzung noch heute ein Klassiker ist. Jedenfalls fand er im *Hochland*-Kreis Gleichgesinnte. Zu diesem Kreis um Carl Muths Zeitschrift *Hochland* gehörten aber auch Schriftstellerinnen wie Ruth Schaumann (1899–1975), Verfasserin unter anderem von Gedichten und Mysterienspielen, sowie Regina Ullmann (1884–1961).

Ein widerständiger Geist äußerte sich bei Joseph Bernhart in den quer zum Hurrapatriotismus des Ersten Weltkriegs stehenden historischen Romanen *Rudolf von Schlüsselberg* und *Thomas Morus*, wobei Thomas Morus als Patron des Gewissens gegen staatliche Willkür auch im gleichnamigen Schauspiel des in Gestapohaft ermordeten, aus alter bayerischer Künstlerfamilie stammenden Albrecht Haushofer (1903–1945) auf die Bühne tritt. Dessen berühmte *Moabiter Sonette* konnten vor der Gestapo versteckt und der Nachwelt überliefert werden, wie etwa *Qui resurrexit*:

In tausend Bildern hab ich Ihn gesehn.
Als Weltenrichter, zornig und erhaben,
als Dorngekrönten, als Madonnenknaben, –
doch keines wollte ganz in mir bestehn.

Jetzt fühl ich, daß nur eines gültig ist:
Wie sich dem Meister Mathis Er gezeigt –
doch nicht der Fahle, der zum Tod sich neigt –
der Lichtumflossne: dieser ist der Christ.

Nicht Menschenkunst allein hat so gemalt.
Dem Grabesdunkel schwerelos entschwebend,
das Haupt mit goldnem Leuchten rings umwebend.

Von allen Farben geisterhaft umstrahlt,
noch immer Wesen, dennoch grenzenlos,
fährt Gottes Sohn empor zu Gottes Schoß.

Aus ähnlichem Geist wurde der Nationalsozialismus von Joseph Bernhart ebenso frühzeitig wie entschieden publizistisch bekämpft. Dieser hatte sich Alfred Rosenberg zum Feind gemacht. Einer Verhaftung entging Bernhart nur, weil sich Mussolini für den international renommierten Autor von *Der Vatikan als Weltmacht* einsetzte. Vor allem gegen Kriegsende – 1941 hatte er Schreib- und Redeverbot erhalten – zog Bernhart es deshalb vor, aus der Schusslinie des NS-Regimes zu gelangen, indem er sich aus München ins ländliche Schwaben, seine eigentliche Heimat, und ins Allgäu zurückzog.

Joseph Bernhart publizierte vor diesem Rückzug in der dem völkischen und neuheidnischen Geist auf katholischer Grundlage entgegenstehenden Zeitschrift *Hochland*, wie auch die bekannte (1971 in ihrem späten Wohnort Oberstdorf verstorbene) Dichterin Gertrud von Le Fort oder der in der Nachkriegszeit vielgelesene Werner Bergengruen (1892–1964); auch der sich zuletzt im schwäbischen Ustersbach aufhaltende Theodor Haecker (1879–1945) ist als *Hochland*-Autor wie als entschiedener Gegner des Nationalsozialismus zu nennen. Nachdem die Zeitschrift vom NS-Regime eingestellt worden war, konnte sie erst ab 1946 unter Franz Josef Schöningh und Karl Schaezler in München wiedererscheinen. In Augsburg kam als Pendant ab 1946 unter der Leitung von Johann Wilhelm Naumann die katholisch orientierte Zeitschrift *Neues Abendland* heraus, die – als Lehre aus dem Zusammenbruch 1945 – der bis dahin geltenden «verpreußten» Geschichtsauffassung ein Bayern gemäßes «föderalistisch-universalistisches» Geschichtsverständnis gegenüberstellen wollte.

Da die Vertreter des Renouveau Catholique die Diktatur vergleichsweise unbelastet, ja nicht selten als Opfer überlebt hatten, konnten sie nach 1945 auch im Literaturbetrieb wieder Fuß fassen. Oft wurden sie in einem geistig-moralischen Vakuum mit Ehrenämtern und dergleichen geradezu überhäuft, wie etwa Joseph Bernhart, der in die Bayerische Akademie der Schönen Künste aufgenommen wurde. Gleiches gilt für den bereits erwähnten Werner Bergengruen, der mit seinem *Römischen Erinnerungsbuch* (1949) auch stofflich den Weg von der germanophilen Hybris zurück zum katholischen Abendland wies. Jedenfalls konnten die Vertreter des Renouveau Catholique nicht nur als (weitestgehend) Nazigegner, sondern auch mit ihrer weltanschaulich-kulturellen europäischen Süd- und Westorientierung, die seit jeher literarisch und kulturell für Bayern bestimmend war, in der politisch-geographisch nach 1945 vergleichbar ausgerichteten bayerischen Kulturpolitik auf Förderung hoffen, was sich etwa in einem Ehrendoktorat der Münchner Ludwig-Maximilians-Universität für Werner Bergengruen (1958) zeigte. Träger des Literaturpreises der Stadt München waren bezeichnenderweise 1945 der Schwabe Peter Dörfler und 1947 die Wahlallgäuerin Gertrud von Le Fort, deren Roman *Das Schweißtuch der Veronica* als Klassiker des deutschsprachigen Renouveau Catholique gelten darf und die noch von Hermann Hesse für den Nobelpreis vorgeschlagen worden war.

Dass den Vertretern des Renouveau Catholique sogar innovatives Potenzial zukommt, erweist sich in einer letztlich schöpfungstheologisch begründeten, damals aber völlig neuartigen Sichtweise, die man bei Reinhold Schneider ebenso findet wie erstaunlich früh bei Joseph Bernhart, dem man mit seinen Essays *Die unbeweinte Kreatur. Reflexionen über das Tier* (1961) oder *Heilige und Tiere* eine seiner Zeit weit vorauseilende ökologische Denkweise attestieren kann, die vor dem Hintergrund damaliger Technikgläubigkeit geradezu revolutionär anmutet. Vielleicht wären von daher auch Linien zum Bayern Carl Amery zu ziehen, den man ebenfalls als literarischen Heros der Ökologiebewegung bezeichnen muss.

14.5. Die Gruppe 47 am Allgäuer Bannwaldsee

Die vielbeschworene «Stunde Null» gab es nicht wirklich, denn mit dem Verstummen der radikalen Parteigänger des NS-Regimes in der Literatur und im Verlagswesen meldeten sich wieder die im Lande gebliebenen Vertreter der sogenannten «Inneren Emigration» zu Wort, ebenso kehrten manche Exilanten – früher oder später – nach Bayern zurück. Dementsprechend schon früh, 1946, schrieb der in Bayern gebliebene, ins ländliche Fischbachau emigrierte Münchner Schriftsteller Gottfried Kölwel (1889–1958) mit seinen *Münchner Elegien* einen lyrischen Aufschrei gegen die Zerstörung Münchens, wo er vor 1933 in engem Kontakt zu Thomas Mann gestanden hatte.

Die großen Vertreter der Vorkriegsliteratur, der Wahlmünchner Thomas Mann und der immer noch an Augsburg hängende Bert Brecht, fanden allerdings (mit Umwegen) ihre Nachkriegswirkungsstätten in Zürich beziehungsweise in Ostberlin. Brecht publizierte in der seit 1946 in München erscheinenden Zeitschrift *Der Ruf*, die zum Forum niveauvoller (später berühmter) Nachkriegsliteraten wie Alfred Andersch oder Günter Eich wurde und ursprünglich aus einer Zeitschrift für deutsche Kriegsgefangene in den USA entstanden war.

Ein wichtiger Schritt, um die vom NS-Regime hinterlassene kulturelle Leere staatlicherseits zu füllen, war die 1948 in München erfolgte Gründung einer Bayerischen Akademie der Schönen Künste, der zeitweise auch durchaus populärere Schriftsteller wie etwa Peter Dörfler angehörten.

Literaturgeschichtlich besonders bedeutsam und überaus folgenreich aber war die eher informelle Gründung der Gruppe 47 am Bannwaldsee bei Füssen mit Blick auf Schloss Neuschwanstein. Dieses Treffen im namengebenden Jahr 1947 kann man als Geburtsstunde nicht nur der bayerischen, sondern der westdeutschen Nachkriegsliteratur moderner Prägung überhaupt bezeichnen, bei der es auch um eine ehrliche Aufarbeitung der NS-Diktatur ging. Konkret entstand die erste Versammlung pragmatisch aus dem Versuch einer Zeitschriftengründung durch ehemalige Mitarbeiter der Münchner Zeitschrift *Der Ruf*. Man verabredete ein Treffen bei der Schriftstellerin Ilse Schneider-Lengyel (1903–1972) bei Füssen.

Prägend war die Gruppe 47 vor allem für ihren *Spiritus Rector*, den in München ansässigen Hans Werner Richter (1908–1993), ebenso für Wolfgang Bächler, Alfred Andersch (1914–1980), der Richter von der gemeinsamen Arbeit an der Kriegsgefangenenzeitschrift *Der Ruf* kannte, Rudolf Hartung, Martin Walser, Walter Höllerer, (dem mit Franken und Schwaben biographisch vielfach verflochtenen) Hans Magnus Enzensberger, Peter Hamm, Carl Amery, Gisela Elsner, Klaus Stiller, Günter Eich, Ilse Aichinger, Ingeborg Bachmann, Wolfgang Hildesheimer, Joachim Kaiser, um nur die herausragenden Größen auch bundesrepublikanischer Literatur zu nennen. Im Laufe ihrer vielen Jahrestagungen – Bayern blieb dafür ein bevorzugter

Ort – wurde die Gruppe 47 auch zum Karrieresprungbrett für die Nobelpreisträger Heinrich Böll und Günter Grass, dessen *Blechtrommel* in der Tradition des Schelmenromans die Jahre von 1933 bis 1945 spiegelte; dieser Jahrhundertroman wurde bei einem Treffen der Gruppe 47 im Gasthof Adler in Großholzleute im Allgäu erstmals präsentiert.

Manchem Teilnehmer gelang die Karriere auch trotz des Verdikts der Gruppe 47. Luise Rinser (1911–2002), bei einem Treffen der Gruppe am Ammersee 1949 mit ihrem vorgelesenen Text durchgefallen, wurde zu einer (auch international) äußerst erfolgreichen Romanautorin. Zentral ist hierbei ihr perspektivenreich erzählter, bereits 1950 erschienener Frauenroman *Mitte des Lebens*. Auch ihr Abaelard-Roman, der den Blickwinkel des vergessenen, ja abgeschobenen Sohns aus Abaelards Liebesaffäre mit Heloïse hereinholt, und ihre Autobiographie *Den Wolf umarmen* machten Furore, ebenso ihre tagespolitischen Stellungnahmen. Eher mit Böll als mit Grass vergleichbar war ihr politisches Engagement zwischen Linkskatholizismus, Friedensbewegung und Ökologie, das sogar so weit ging, dass sie 1984 als Kandidatin der Grünen für das Amt der Bundespräsidentin gegen Richard von Weizsäcker antrat. Auch wenn die politische Einstellung der jungen Luise Rinser vor ihrer Inhaftierung 1944 umstritten ist, wurde Bayerns bedeutendste moderne Romanautorin im Laufe der Zeit immer mehr zu einer moralischen Instanz und zur wichtigen Repräsentantin der Nachkriegsliteratur in Bayern.

Ebenfalls längerfristig mehr Dissident als Parteigänger der Gruppe 47 war trotz anfänglich großen Engagements Alfred Andersch. Der in München von Erich Kästner geförderte, aus der Gefangenschaft in den USA zurückgekehrte Andersch, der mit Hans Werner Richter auch um die programmatische Ausrichtung der Gruppe 47 rang, entwickelte sich zum gefragten, an Thomas Mann, Ernest Hemingway und Jean-Paul Sartre geschulten Erzähler, dessen multiperspektivischer Roman *Sansibar oder der letzte Grund* eigene Erlebnisse in der NS-Zeit verarbeitete und lange Zeit gefragte Gymnasiallektüre in Bayern war. Aufsehen erregte der in München aufgewachsene Alfred Andersch zuletzt mit seinem Spätwerk (das er allerdings als Schweizer Staatsbürger in der Schweiz verfasste), einer Schülergeschichte in der Tradition von Hesse und Musil (auch der arme Hanno Buddenbrook stand Pate), die Anderschs eigene Münchner Schulbiographie – was manche Kritiker vergaßen – literarisch vielfach gebrochen verarbeitete. Denn *Vater eines Mörders* hatte keinen Geringeren als den Vater des Reichsführers SS, Heinrich Himmler, zum Protagonisten. Diesen Altphilologen und Oberstudiendirektor Himmler in München, kein Antisemit wie sein Sohn (und in seiner Vaterrolle von Otto Gritschneder energisch in Schutz genommen), nimmt der späte Andersch zum Anlass für beinahe verzweifelte Fragen im Nachwort:

> Angemerkt sei nur noch, wie des Nachdenkens würdig es doch ist, daß Heinrich Himmler, – und dafür liefert meine Erinnerung den Beweis –, nicht, wie der Mensch, dessen Hypnose er erlag, im Lumpenproletariat aufgewachsen ist, sondern in einer Familie aus altem, humanistisch fein gebildeten Bürgertum. Schützt Humanismus denn vor gar nichts? Die Frage ist geeignet, einen in Verzweiflung zu stürzen.

Alfred Andersch hat sich jedoch – wie die anderen Großen – bald von der Gruppe 47 emanzipiert. Daneben gab es in München auch andere Gruppen, Zirkel und Vereinigungen, die zumindest für die Landeshauptstadt und teilweise auch für ganz Bayern einflussreich und politisch eher konservativ eingestellt waren. Parallel zur Gruppe 47 und stärker auf Bayern bezogen war der Tukan-Kreis. Gegründet wurde er schon viel früher, nämlich 1930 in der Münchner Wohnung des Literaten Friedrich Reck-Malleczewen (1884–1945). Dieser kann zwischen konservativer Revolution und Renouveau Catholique verortet werden und starb als NS-Gegner im Konzentrationslager Dachau. Auftritte im Tukan-Kreis hatten unter anderem der in Franken geborene Verleger Ernst Heimeran (1902–1955), selbst Verfasser auflagenstarker humoristischer Bücher, Luise Rinser (1911–2002), der aus dem Baltikum stammende Siegfried von Vegesack (1888–1974), Horst Lange, Leonhard Frank, der Wahlmünchner Erich Kästner (1899–1974) mit seinen weltberühmten Kinderbüchern *Emil und die Detektive*, *Das fliegende Klassenzimmer* und *Das doppelte Lottchen*, aber auch mit *Kleiner Liebesbrief an München*, der aus Nürnberg stammende und später in die Emigration gezwungene Hermann Kesten (1900–1996), der sich nach seiner Rückkehr wieder stolz als «Nürnberger Autor» bezeichnete, der in und für Bayern moderne Klassiker Oskar Maria Graf, Eugen Roth, Ernst Hoferichter und Karl Ude (1906–1997), Herausgeber von *Hier schreibt München* und *Geistiges München* sowie Träger der Medaillen «Patrona Bavariae» und «München leuchtet». Der bekannte Schwabinger Literat Peter Paul Althaus (1882–1965) wurde gar zum «Ehrentukan» ernannt.

14.6. Die Münchner Turmschreiber

Die literaturpolitisch einflussreiche Schriftstellervereinigung der Münchner Turmschreiber, die Romanautoren, Erzähler, Lyriker, Dramatiker, Satiriker, Historiker, Ethnologen, Journalisten und Filmleute umfasst, wurde 1959 im linken Turm des Isartors gegründet, wobei die damals anwesenden acht Autoren sich nach dem Gründungsort benannten. Dort findet sich bis heute auch das Valentin-Musäum. Programm ist die Pflege bayerischer Literatur in den unterschiedlichsten Gattungen und Formaten.

Zu den Mitgliedern zählten der Weltreisende Ernst Hoferichter (1895–1966), Autor von *Das bayerische Panoptikum*, zu dessen Ehren seit 1975 ein Literaturpreis vergeben wird, Kurt Wilhelm (1923–2009), der Nachfahre Kobells, der den *Brandner Kaspar* überaus erfolgreich für Bühne und Fernsehen bearbeitete, Georg Lohmeier, Josef Maria Lutz (1893–1972), der neben bedeutenden Erzählungen ebenfalls aus Kobells *Brandner Kaspar* einen Bühnenerfolg machte, der viel gelesene Franz Ringseis alias Anton Neuhäusler (1919–1997) und Eugen Roth (1895–1976). Besondere Popularität erlangte der nur vordergründig volkstümliche Georg Lohmeier mit seinem auch verfilmten *Königlich Bayerischen Amtsgericht*. Dabei war dem Hochgebildeten, der über eine profunde Kenntnis bayerischer Tradition verfügte, eine allzu plakative Bayerntümelei zutiefst zuwider, was er in den Ausruf kleidete: «I ko koane Verserl mehr hörn!»

Ein seit Jahrzehnten anhaltender Bühnenerfolg ist die von Kurt Wilhelm erarbeitete Dramenfassung des *Brandner Kaspar*, wobei der Bearbeiter (wie schon erwähnt) sogar Nachfahre des eigentlichen Erfinders Kobell ist. Die bei Franz von Kobell kurze Novelle wird mit ebenso komischen wie kenntnisreichen Details aus der bayerischen Geschichte bühnenwirksam erweitert, etwa der Revision der Heiligsprechung Kaiser Karls des Großen zugunsten des abgesetzten Herzogs Tassilo III., der bei Wilhelm zum bayerischen Märtyrer mutiert. Ähnlich bekannt wie der *Brandner Kaspar* ist auch Carl Oskar Renners Roman *Der Müllner Peter von Sachrang*, der 1972 veröffentlicht wurde. Helmut Zöpfl reüssierte mit der Gedichtsammlung *Geh weiter Zeit, bleib steh* (1970). 1975 wurde der altbayerische Erzähler Hans Hösl (1896–1987) aufgenommen, dessen Erzählung *Die Kindstauf* literarische Aufmerksamkeit erregte. Nicht zu vergessen ist auch der Hang zur Literaturpolitik, der den Turmschreibern eignet, so etwa in der Vergabe des Bayerischen Poetentalers, beispielsweise 1968 an Friedrich Schnack (1888–1977) – nicht zu verwechseln mit seinem gleichfalls literarisch tätigen jüngeren Bruder Anton Schnack (1892–1973) – oder an Karl Spengler (1901–1976), Münchens erzählenden Chronisten; ausgezeichnet wurde auch Paul Friedl (1902–1989), der «Baumsteftenlenz», als Dichter des Bayerischen Walds. Gegen die – nur vordergründig! – idyllische Welt der Turmschreiber machte der Brehm-Kreis (Friedl Brehm stilisierte sich in der Öffentlichkeit zeitweilig als Hippie oder Mundartrocker) mit seiner dezidiert sozialkritischen Mundartliteratur Front, für die etwa der Lyriker Harald Grill (beispielsweise mit dem Band *Eigfrorne Gmiatlichkeit* von 1980) oder der Satiriker Helmut Eckl und der vielseitige Josef Wittmann, der «unser scheene koide hoamat» beschwört, stehen.

14.7. Widerständige Renaissance des Ostfränkischen und Mittelbairischen

1976 initiierte Martin Gregor-Dellin zusammen mit Volker Schlöndorff die sozial-liberale Aktion «Das andere Bayern». Namhafte Autoren wie Herbert Achternbusch, Carl Amery, Bernt Engelmann (dessen *Schwarzbuch* zu Franz Josef Strauß wohl mehr Aufsehen erregte als seine sonstigen Werke) oder Dieter Lattmann (Schriftsteller und SPD-Politiker im Bonner Bundestag) unterschrieben diesen Aufruf, der Bayern als liberales Land präsentieren wollte. Das (ambitionierte) Konzept erschien gleichzeitig 1976 als *Das andere Bayern. Lesebuch zu einem Freistaat* in Buchform in der Nymphenburger Verlagsanstalt. Parallel dazu entwickelte sich bezeichnenderweise in der

Abb. 19: Fitzgerald Kusz, 2004

Mundart eine widerständige Literatur, welche die lange totgesagte Dialektdichtung als überaus lebendig erwies.

Diese darf durchaus als gesamtbayerisches Phänomen und nicht ohne Traditionen betrachtet werden. So wäre eine Traditionslinie von Karl Valentins *Der Firmling* und Brechts *Die Kleinbürgerhochzeit* zu *Schweig Bub!* (1976) von Fitzgerald Kusz zu ziehen. Dessen sozialkritisches Bühnenstück – auf den Punkt gebracht mit Dialektik im Dialekt – ist auf vielen Bühnen zu einem Klassiker fränkischer Dramatik geworden und wurde sogar in verschiedene Sprachen jenseits des (nürnbergischen) Ostfränkischen übersetzt. Diese reduzierte oder gemäßigte Mundart findet auch in den Stücken von Kerstin Specht ein Pendant, wie etwa in *Glühend Männla* (1989).

An weiteren Stücken von Fitzgerald (eigentlich Rüdiger, aber dem großen Vorbild F. Scott Fitzgerald als Namensgeber geschuldet) Kusz sind *Burning Love*, *Let it be*, *Schlammschlacht* oder *Fränggischer Jedermoo* zu nennen. Auch in der Lyrik reüssierte er mit den Gedichtbänden *Hobb*, *Lichdi nei und schlouf*, *Haikus*, *Wouhii* oder *Muggn*. Dabei hat der in Nürnberg geborene Germanist und Anglist das als Literatursprache zuvor eher weniger bekannte Ostfränkische nürnbergischer Ausprägung mit seinem Bühnenklassiker deutschlandweit bekannt gemacht. Neben dem Drama ist insbesondere Kusz qualitätvolles lyrisches Werk in Mundart hervorzuheben, das bisweilen mit sozialkritischem Anspruch die Absurditäten des Alltags lakonisch beschreibt:

rentnerin

am samdooch gemmä
in di schdadd
nou iss dä samdooch
aa widdä rumm
am sunndooch foämä
ä weng ins grüne
nou iss dä sunndooch
a widdä rumm
su moochis gern!

Ostfränkisch, genauer Bambergisch, ist auch die Dichtersprache von Gerhard C. Krischker. Vor allem in seiner Lyrik zeigt er sich als Anwalt der kleinen Leute und eines differenzierten Heimatbegriffs jenseits jeglicher Tümelei. Vom sprachwissenschaftlichen Standpunkt sind seine phonetisch exakten Schreibweisen der Stadtmundart beachtlich, die den Hintersinn des Dichters lautlich genau transkribieren:

wänn bai uns dähamm
äs woädd dichdung gfalln is
hodd immä dä honä gädrobfd

Die phonetische Präzision kann man auch bei Lothar Kleinlein (eigentlich Hauke Stroszeck) und Helmut Haberkamm sowie bei Klaus Schamberger beobachten, wenn Letzterer etwa den «Frankenschnellweg» als «Frankenkriechweg» karikiert:

Kenner Sie irchndwou aff der Weld nu an zweischburichn Bargbladz vo sechzich Kilomeeder Läng, deilweise sugoor ohne Geschwindichkeizbegrenzung, mid Amblreglung! Iich nedd! […] Bekanndlich kenner ja die Erlanger die Närm-

> bercher nedd leidn, und die Närmbercher die Färdder nedd. Und blouß durch den Frankenschnellweech homers gschaffd, dass einem Färdder die Einreise nach Närmberch für immer verwehrd bleibd.

Auffällig ist allerdings die in der Summe größere Menge an subversiver Mundartliteratur in Altbayern im Vergleich mit Franken oder Schwaben. Vielleicht sollte man dies nicht auf den vermeintlich wilderen Charakter der Altbayern im Gegensatz zu den friedfertigeren Neubayern, worunter hier auch die Schwaben fielen, zurückführen. Eher dürfte dieses Faktum mit der schon länger eher statusträchtigen Verschriftlichung des Bairischen im Vergleich zum Fränkischen (und auch Schwäbischen) zusammenhängen, denn geradezu manische und systematische Sammler von Mundartliteratur wie Kiem Pauli oder Kurt Huber (heute bekannter als akademischer Mentor und Märtyrer der «Weißen Rose») – um nur die berühmteren zu nennen – findet man in Neubayern eher weniger. Dialektliteratur ist schon im 19. Jahrhundert, was die schiere Quantität anbelangt, vornehmlich eben im Bairischen gedruckt worden. So kann es nicht verwundern, dass sich die sozial und politisch kritische bayerische Mundartliteratur seit den 1970er Jahren vornehmlich in Altbayern ausbreitet.

Kürzere Bühnenstücke oder auch Revuen und kabarettistische Nummern in mittelbairischer Mundart (zumindest mit starken Mundartanteilen) als scharfe politische Kritik lieferten der in seinem Antiklerikalismus an Ludwig Thoma erinnernde Passauer Sigi Zimmerschied (*Kleinstadtbrevier*, 1979; *Passauereien*, 1982; *Für Frieden und Freiheit. Ein Holzweg in 14 Stationen*, 1986; *Ausschwitzn. Eine deutsche Tugend*, 1990) und besonders die Gruppe um Gerhard Polt und Gisela Schneeberger, wobei Hanns Christian Müller neben Polt weitgehend die Texte verfasste. Frei nach Thomas Manns Diktum, nur in deutlich satirischerer Tonart, bot *München leuchtet* 1984 reichlich politischen Zündstoff. Hierher gehören, nicht nur weil sie mit dem Sprachvirtuosen Polt, selbst Experte für skandinavische Sprachen und auch Autor mit dem Vorbild Karl Valentin, vielfach gemeinsam auf der Bühne standen, auch die herausragenden Vertreter einer neuen, kritischen Volksmusik. Die Biermösl Blosn und ihre kongenialen Schwestern, die Wellküren, auch im wirklichen Leben Geschwister, markierten geradezu einen Paradigmenwechsel. Das Genre der lange einseitig verharmlosend wahrgenommenen Stubenmusi wird bei den Angehörigen der Musikerfamilie Well zum Transportmittel politischer Kritik. In mittelbairischer Mundart macht sich die Biermösl Blosn zum Anwalt der in ihren Augen wahren (alt-)bayerischen Patrioten (wie dem bayerischen Hiasl) bis hin zur seinerzeit skandalisierten Persiflage der Bayernhymne: «Gott mit Dir, Du Land der Baywa!» Die solchermaßen satirische Wortmächtigkeit der Well-Sippe ist selbstredend geschlechterübergreifend, wie Bayern ja überhaupt an Kabarettistinnen nicht arm ist. So ließen sich hier neben den Wellküren mit Maria Peschek, Lisa Fitz oder Martina Schwarzmann noch weitere Vertreterinnen dieses Genres nennen.

Ebenfalls satirisch-musikalisch, aber eher im Sinne eines Liedermachers oder Chansoniers ist Konstantin Wecker zu fassen, der bairische Mundart gezielt für die Vermittlung von bayerischer Authentizität einsetzt. Nicht weniger politisch und bairisch singt die gleichfalls in der Regel solistisch auftretende Liedermacherin Lisa Fitz. Weniger politische Schärfe, dafür niveauvolle Bluesrezeption bietet der mitreißende Isar-Indianer Willy Michl, während bei Fredl Fesl das Politische zugunsten einer eher absurden Weltsicht und einer Sprachakrobatik à la Karl Valentin zurücktritt. Fredl Fesl an die Seite zu stellen ist unbedingt noch Willy Astor.

Insgesamt fällt auf, dass das Bairische, auch in der Kombination mit Musik, eine Reihe von bundesweit bekannten Kabarettisten und Chansoniers hervorgebracht hat. In anderen Sprachlandschaften sucht man diese Fülle vergebens. Vielleicht hängt dies auch mit widerständigen Traditionen der bairischen Volksmusik zusammen, die sich in zahlreichen, gegen die Obrigkeit gerichteten Wilderer- oder Hiasl-Liedern Luft machten.

14.8. Interkulturelle Literatur in Bayern

Zu den erfolgreichen Mundartkabarettisten zählt auch der Niederbayer Django Asül (bürgerlich Uğur Bağışlayıcı) aus Hengersberg bei Deggendorf, der geschickt eine inter- bis transkulturelle Klaviatur bedient, die von seiner türkischen Abstammung bis zum Bairischen unter scharfsichtiger Reflexion der Tagespolitik reicht. Auf kabarettistischem Terrain steht er für die Generation der Gastarbeiterkinder. Deren Väter, die einst, vornehmlich in den 1960er Jahren, kamen und eigentlich bald wieder gehen wollten (oder sollten), sind geblieben, haben geheiratet und Kinder bekommen. Mit ihren Traditionen aus der Türkei, aus Italien oder dem ehemaligen Jugoslawien – um die für den Freistaat Bayern wichtigsten Herkunftsländer zu nennen – haben die sogenannten Gastarbeiter Bayern aufs Beste bereichert, einen mitteleuropäischen Staat, der traditionell über Jahrhunderte seit dem Imperium Romanum vor allem aus dem Süden, nicht nur über Jesuiten und Barockkünstler, immer wieder eine geistige Auffrischung erfuhr. Waren diese Einwanderer der 1960er Jahre und ihre Kinder sowie Enkel lange stumm, so erheben sie seit dem ausgehenden 20. Jahrhundert zunehmend auch ihre literarische Stimme, die ihre Situation als Migranten, aber auch ihre neue bayerische Heimat reflektiert. Als Pionier ist hier Gino (Carmine) Chiellino anzusehen. Der Süditaliener wirkte dabei in einer Pionierrolle als Lyriker wie als Literaturwissenschaftler an der Universität Augsburg. Im Sinne einer Graswurzelbewegung entstand und entsteht darüber hinaus vielerorts eine neue Literatur mit Migrationshintergrund, für die etwa auch Fikret Yakaboylu in Augsburg stehen kann. Für die bayerische Literatur insgesamt dürfte diese Art von Dichtung im 21. Jahrhundert zu einer wichtigen Impulsgeberin werden.

14.9. Gattungen und Autoren

Sieht man von der erst noch zu entdeckenden und von Ludwig Thoma geförderten Dora Stieler (1875–1957) oder dem schillernden Gusto Gräser (1879–1958) – Vorbild für Hermann Hesses Demian-Gestalt – ebenso ab wie von den Vertretern des Expressionismus wie dem Regensburger Georg Britting (1891–1964) und seiner Zeitschrift *Die Sichel*, in der auch die in Schweinfurt geborene Maria Luise Weissmann ihre Gedichte publizierte, von Frühformen des Dadaismus bei Klabund und Marietta di Monaco (1893–1981) oder stilistisch eher eigenständigen Lyrikern wie Brecht vor seiner Berliner Zeit oder Hans Carossa beziehungsweise Georg von der Vring (1889–1968), so ist die Anzahl der herausragenden Lyriker im Sinne der ganz großen Namen oder Neuerer in Bayern recht überschaubar. Natürlich dichteten George und Rilke zeitweilig in München, aber eben nicht nur dort, auch wenn Stefan George rühmte: «Heimat deucht uns erst, wo Unserer Frauen Türme ragen.»

Bemerkenswert ist eine Gefängnisliteratur der nach der niedergeschlagenen Räterepublik internierten Revolutionäre, für die der Lyrikband *Gedichte der Gefangenen* steht, der 1921 bei Kurt Wolff in München erschien. Hierher gehört auch *Brennende Erde. Verse eines Kämpfers* von Erich Mühsam (1878–1934). Dieser ging in seiner Dichtkunst aber zeitlebens nicht in revolutionärem Pathos auf, sondern blieb feinsinniger Dichter mit leiser Ironie, der sich etwa über die eher staatstreuen Sozialdemokraten lustig machen konnte, wie im Gedicht *Der Revoluzzer*, das im Untertitel «Der deutschen Sozialdemokratie gewidmet» ist. Darin spottet er:

War einmal ein Revoluzzer,
Im Zivilstand Lampenputzer;
Ging im Revoluzzerschritt
Mit den Revoluzzern mit.

Und er schrie: «Ich revolüzze!»
Und die Revoluzzermütze
Schob er auf das linke Ohr,
Kam sich höchst gefährlich vor.

Doch die Revoluzzer schritten
Mitten in der Straßen Mitten,
Wo er sonsten unverdrutzt
Alle Gaslaternen putzt.

Sie vom Boden zu entfernen,
Rupfte man die Gaslaternen
Aus dem Straßenpflaster aus,
Zwecks des Barrikadenbaus.

Aber unser Revoluzzer
Schrie: «Ich bin der Lampenputzer
Dieses guten Leuchtelichts.
Bitte, bitte, tut ihm nichts!»

[…]
Doch die Revoluzzer lachten,
Und die Gaslaternen krachten,
Und der Lampenputzer schlich
Fort und weinte bitterlich.

Dann ist er zuhaus geblieben
Und hat dort ein Buch geschrieben:
Nämlich, wie man revoluzzt
Und dabei noch Lampen putzt.

Bemerkenswert ist eine dezidierte Arbeiterlyrik des Franken Karl Bröger (1886–1944), beispielsweise sein *Lied der Arbeit*:

Ungezählte Hände sind bereit,
stützen, heben, tragen unsre Zeit.
Jeder Arm, der seinen Amboß schlägt,
ist ein Atlas, der die Erde trägt.

Was da surrt und schnurrt und klirrt und stampft,
aus den Essen glühend loht und dampft,
Räderrasseln und Maschinenklang,
ist der Arbeit mächtiger Gesang.

Tausend Räder müssen sausend gehn,
tausend Spindeln sich im Kreise drehn,
Hämmer dröhnend fallen, Schlag um Schlag,
daß die Welt nur erst bestehen mag.

Tausend Schläfen müssen fiebernd glühn,
abertausend Hirne Funken sprühn,
daß die ewge Flamme sich erhält,
Licht und Wärme spendend aller Welt.

Der nürnbergischen Berühmtheit, um nicht zu sagen: Legende, Bröger wäre für München und weit darüber hinaus Eugen Roth (1895–1976) an die Seite zu stellen, in der Isarstadt geboren und auch gestorben. Seine hintersinnigironischen «Mensch»-Gedichte machten ihn schon zu Lebzeiten legendär, wie etwa *Wachet und betet!*:

Ein Mensch lebt brav als Mensch und Christ
In dieser Welt voll Teufelslist.
Der Christ in ihm schläft langsam ein. –
Wird er da lang ein Mensch noch sein?

Daneben freilich zeigt sich in der Lyrik Bayerns eine respektable Teilhabe an den wichtigen Strömungen im deutschsprachigen Raum. In der zweiten Jahrhunderthälfte sind es aber letztlich «Importe» wie Ernst R. Hauschka (1926–2012), Heinz Piontek (1925–2003) oder Reiner Kunze, nicht zu vergessen der Verleger und Lyriker Michael Krüger, die für die lyrische Moderne stehen. Dagegen kann der avantgardistische Großlyriker, Büchner-Preisträger und ansonsten äußerst vielseitige Literat und *Kursbuch*-Gründer Hans Magnus Enzensberger durchaus als Allgäuer gelten. Bereits mit der frühen Lyrik-Sammlung *Verteidigung der Wölfe* (1957) machte er Furore. Wie Enzensberger durchaus schwerpunktmäßig der Lyrik zuzuordnen ist Helga Unger mit ihren Gedichtbänden *Gegenlicht* (1987), *Stimmen und Stein* (1993) oder *Die Augen der Bilder* (1999). Der Franke Godehard Schramm errang vor allem als Lyriker europaweit Renommee. Genannt seien hier seine wichtigsten Bände: *Lieber rot als rot* (1970); *Nürnberger Bilderbuch. Gedichte, mit Bildern von Michael Mathias Prechtl* (1970); *Meine Lust ist größer als mein Schmerz* (1975).

Nach 1945 verhalf Günter Eich (1907–1972) der Lyrik in Deutschland insgesamt zu einem Quantensprung im Sinne eines Modernisierungsschubs. Dabei bildete Bayern durchaus seinen Lebensmittelpunkt und wurde auch im Werk thematisiert, wie etwa im Gedicht *D-Zug München–Frankfurt*:

Die Donaubrücke von Ingolstadt,
das Altmühltal, Schiefer bei Solnhofen,
in Treuchtlingen Anschlußzüge –

Dazwischen
Wälder, worin der Herbst verbrannt wird,
Landstraßen in den Schmerz,

Gewölk, das an Gespräche erinnert,
flüchtige Dörfer, von meinem Wunsch erbaut,
in der Nähe deiner Stimme zu altern.

Zwischen den Ziffern der Abfahrtszeiten
breiten sich die Besitztümer unserer Liebe aus.
Ungetrennt
bleiben darin die Orte der Welt,
nicht vermessen und auffindbar.

Der Zug aber
treibt an Gunzenhausen und Ansbach
und an Mondlandschaften der Erinnerung
– der sommerlich gewesene Gesang
der Frösche von Ornbau –
vorbei.

Und in ‹Herrenchiemsee› wird noch einmal ironisch der Märchenkönig beschworen:

All ihr herbstlich Fliegenden
Vogelwind, Vogelblätter –
Weinlese ist gehalten,
in den Bergen fällt Schnee.

Ludwig wollte nicht, daß man ihn essen sah.
Zu unsichtbaren Kerkern gerinnt der Föhn,
wie leicht aber erklärte sich alles
aus den Wirbeln des fallenden Eschenblatts!

Vom Wald her beginnt der Regen,
der zur Tafel des Königs kommt,
vom Rohr her die Glocke der weidenden Kühe,
daß er die Ohren mit Wachs verstopft.
Hinter den Schlüssellöchern lachen die Diener.

All ihr herbstlich Fliegenden,
schwarze Blätter zur Dämmerung,

wenn die ersten Fenster hell werden
mit verzweifeltem Licht,
wenn ich mein Kind lachen höre
und die Augen hinter den Händen verberge.

Neben Günter Eich ist auch die sogenannte Konkrete Poesie zur modernen Lyrik zu rechnen, als deren wichtigster Vertreter in Franken Eugen Gomringer gelten kann, der 1967 bis 1985 die Kulturarbeit der oberfränkischen Rosenthal AG leitete. Einer eher hermetischen lyrischen Sprache befleißigt sich Gerhard Falkner in seinen Sammlungen *Wehmut* (1989) oder *Endogene Gedichte* (2000). Auch die sogenannte Pop-Literatur gibt es in Bayern, wozu in der Lyrik Anton G. Leitner gehört, Vertreter einer vergleichsweise jüngeren Generation, ebenso wie der in mehrere Fremdsprachen übersetzte Ludwig Steinherr.

Zu den bekannteren Lyrikern in Bayern zählt etwa der Mergentheimer Gottlob Haag mit seinen Gedichtbänden *Mondacker* (1966), *Schonzeiten für Windmühlen* (1969) oder *Unter dem Glockenstuhl* (1971). In Franken, konkret in Erlangen, offenkundig einem wahren Eldorado für Gedichtschreiber, wirkten als Lyriker Inge Meidinger-Geise (1923–2007) und Peter Horst Neumann (1936–2009) sowie der 1951 in der Türkei geborene Habib Bektas als deutsch-türkischer Grenzgänger, während Wolf Peter Schnetz dort von 1973 bis 2000 gar als Kulturdezernent fungierte und für «krummfränkische Gedichte» bekannt ist.

Was für die neuere Lyrik in Bayern charakteristisch ist – damit folgt man freilich einem internationalen Trend –, ist eine Entwicklung hin zum Performativen. Der Autor selbst wird in Lesungen wie in (vermeintlich) modernen Formaten, etwa den Poetry Slams, zum Entertainer, wobei Poetry Slams bereits in den Dichterfehden der Minnesänger und Sangspruchdichter sowie in den Singschulen der Meistersinger gerade in Bayern präfiguriert wurden; erinnert sei insbesondere an die Meistersinger von Memmingen, Augsburg oder Nürnberg.

Einen gattungsmäßigen Sonderfall stellt der aus Irsee im Allgäu stammende Josef Guggenmos (1922–2003) als ungemein produktiver Autor von Kinderlyrik dar, der dieses Genre im 20. Jahrhundert neben James Krüss im

Grunde wieder literaturfähig gemacht hat, wobei hier auf Isabella Braun als große Vorläuferin zu verweisen wäre.

Eher konventionelle Mundartlyrik in der Tradition eines Franz von Kobell oder eines Karl Stieler präsentierte Max Dingler (1883–1961) mit seinem Band *Das Bairisch Herz.* Dergleichen reiht sich in die für das 20. Jahrhundert kaum mehr zu überblickende Fülle bairischer Mundartdichtung ein. Impulse der Wiener Artmann-Schule wirkten auf eine unverstaubte und anspruchsvolle Dialektlyrik in Bayern befruchtend ein. Für Franken sind hier etwa Wilhelm Staudacher (1928–1995) im Rothenburgischen und Willy R. Reichert (1924–1982) im Würzburger Unterfränkisch sowie Engelbert Bach (1929–1999) im Kitzinger Unterfränkisch anzuführen. Auch der Kitzinger Alfred Buchner (1868–1942) mit seinem lyrischen *Lob der unnerfränkischa Sproch* ist hier zu nennen:

> I meen, dia schänsta Sproch war halt
> Un aller feinsta auf dr Walt
> Dia unnerfrankisch ganz allee.
> Sogt salwer, lauts niet wunderschä
> A grod, wia wenn a Harfn klingat
> A Chor von Engali wos singat,
> Wenn draus an Land dia Bäura fräigt
> Obs debbas wist und nacherts säigt
> «I ho an Bottr, Kas un Spack
> Un frischa Är, to har dein Sack
> Heut kriagst a orndlis Trogat mit
> Un Gald dervür nahm i fei niet
> Mir hoemm ja salwer gnueg dervou»
> No hört si des nit prachti ou?
> Drüm, as it Wahret, wenn i sog:
> «Mir hoemm dia allerschästa Sproch.»

Auf höherem lyrischen Niveau hat H.C. Artmann zusammen mit Ernst Jandl auf den Ingolstädter Carl-Ludwig Reichert eingewirkt:

> innenbolidik
> unsa ganz lem

lang
hommas ia (eam)
imma guat gmoant
& jez
gez (geda)
mid de nega
ned ums farecka
vaschdena mia des

ausnbolidik
itakasau
katzlmacha
kimetüak
breisnzipfe
balkanschliffe
schdudent
&
ole midanand woins
nix ois wia
unsara weiwa schdessn

Der Roman kann insgesamt gesehen als Leitgattung des 20. Jahrhunderts gelten. Auch Bayern ist nicht arm an großen Romanautoren.

Manche der bayerischen Romanciers durften breite Rezeption weit über die Landesgrenzen hinaus beanspruchen und gelten heute als «Klassiker» des 20. Jahrhunderts. Einer der produktivsten war der aus Fürth stammende Jakob Wassermann (1873–1934) – nicht nur mit seinen Romanen mit fränkischem Stoff wie (noch vor 1900) *Die Juden von Zirndorf* oder *Caspar Hauser* und dem Künstlerroman *Das Gänsemännchen* (1915) sowie *Der Fall Maurizius* (1928) –, der zeitweilig auch in München lebte und für den *Simplicissimus* arbeitete. Über seine Geburtsstadt Fürth schrieb Wassermann 1921 in *Mein Weg als Deutscher und Jude*:

Erstickend in ihrer Engigkeit und Öde die gartenlose Stadt, Stadt des Rußes, der tausend Schlöte, des Maschinen- und Hämmergestampfes, der Bierwirtschaften, der verbissenen Betriebs- und Erwerbsgier, des Dichtbeieinander kleiner und kleinlicher Leute, der Luft der Armut und Lieblosigkeit im väterlichen Haus. Im Umkreis dürre Sandebenen, schmutzige Fabrikwässer, der trübe, träge Fluß, der geradlinige Kanal, schüttere Wälder, triste Dörfer, häßliche Steinbrüche, Staub, Lehm, Ginster. Eine Wegstunde nach Osten: Nürnberg, Denkmal großer Geschichte. Mit uralten Häusern, Höfen, Gassen, Domen, Brücken, Brunnen und Mauern, für mich dennoch nie Kulisse oder Gepränge, oder leerer, romantischer Schauplatz, sondern durch vielfache Beziehung in das persönliche Schicksal verflochten, in der Kindheit schon und später gewichtiger noch.

Auch der noch heute bekannte Hans Carossa (1878–1956), Nachfahre von nach Bayern eingewanderten Italienern, wurde zu Lebzeiten in ganz Deutschland viel gelesen. Ästhetisch gehört er der Vorkriegszeit an, jener Epoche, für die in München Thomas Mann als Repräsentant steht, vor allem mit dem monumentalen *Zauberberg*.

Der Nachkriegsroman fand mit dem nach München gezogenen Wolfgang Koeppen (1906–1996), insbesondere seiner Trilogie aus *Tauben im Gras* (1951), *Das Treibhaus* (1953) und *Der Tod in Rom* (1954), einen für die gesamte deutschsprachige Literatur bedeutenden Höhepunkt. München schien jetzt irgendwie wieder zu leuchten, wenn Wolfgang Koeppen über seinen Entschluss, 1946 in München zu bleiben, launig räsonierte:

Vielleicht war es der Föhn, der mich antrieb, der vielbesungene bayerische Himmel, in dessen Licht ich durch das Siegestor ging, vielleicht der Schnee, durch den ich Albertus Magnus wandern sah, der selbst als Bischof von Regensburg mehr den Vaganten, den Chaoten von einst, zugeneigt war als der satten Selbstzufriedenheit in den Mauern.

In der Nachkriegszeit etablierten sich insgesamt in Bayern Romanautoren mit der Neigung zu zeitgeschichtlichen Themen im weiteren Sinne wie Hans Werner Richter (zugleich Gründer der Gruppe 47), Dieter Lattmann (zugleich einflussreicher Kulturpolitiker und einer der Väter der Künstlersozialversicherung) und Carl Amery, der kritische Begleiter des Nachkriegskatholizismus und ökologische Visionär, eine Art bayerischer Patriot von links.

Ähnlich wurde Wolf Klaußner (1930–2005) zum Kritiker der fränkischen

Provinz. In Wildbad Kreuth entstand der Roman *Bericht über Bruno* (1962) von Joseph Breitbach (1903–1980), der in deutscher wie französischer Sprache sehr erfolgreich war. Gleiches gilt für die stark politischen Romane des in Schwabing lebenden Udo Steinke (1942–1999). Sogar erhebliche Furore machte die aus Nürnberg stammende Gisela Elsner (1937–1992) mit ihrer Abrechnung *Die Riesenzwerge* (1964). Die linke Studentenbewegung hatte auch München erfasst und ihr Chronist im Roman wurde der aus Hamburg stammende, seit 1963 in München lebende Uwe Timm. Auf der anderen Seite zogen München und Bayern auch ehemalige DDR-Bürger oder Dissidenten an wie Horst Bienek, der an der Akademie der Schönen Künste zu München wirkte.

Keine kleine literaturgeschichtliche Rolle, besonders in der ersten Jahrhunderthälfte, spielte der Heimatroman. Dessen wichtigster Vertreter war ohne Zweifel der Lieblingsautor Wilhelms II. (und deshalb von Josef Ruederer als «Hofganger» verspottet), der in Kaufbeuren geborene Ludwig Ganghofer (1855–1920). Besonders erfolgreich waren seine Heimatromane, die Millionenauflagen erreichten. Mit dem sich trotzig als «Optimist» gebenden Ludwig Ganghofer eng befreundet war der – ebenfalls der Jagdleidenschaft frönende – schwermütigere und dabei (jedenfalls vor 1914) politisch viel kritischere Ludwig Thoma, der mit seinen Bauernromanen *Andreas Vöst*, *Der Wittiber* oder *Der Ruepp* das Genre Heimatroman auf eine höhere Ebene hob. Dazu ist auch seine sich durchaus selbst so sehende Schülerin Lena Christ (1881–1920) mit ihrer *Rumpelhanni* oder *Madam Bäurin* sowie *Mathias Bichler* zu zählen, die dem von ihr verehrten Ludwig Thoma auch mit ihren *Lausdirndlgeschichten* (1913) analog zu dessen *Lausbubengeschichten* folgte.

Zum anspruchsvollen Heimatroman à la Thoma trug auch der Naturalist Michael Georg Conrad bei, der im ausgehenden 19. Jahrhundert München maßgeblich zum Zentrum dieser literarischen Bewegung gemacht hatte und dem Thomas Mann in einem Nachruf attestierte, er habe «eine literarische Lufterneuerung durch den Naturalismus» geschaffen und damit eine «Atmosphäre» kreiert, «in der wir Jüngeren atmen sollten»; danach publizierte Conrad in München im Sinne des Naturalismus, wenn auch insgesamt auf anderer gattungspoetischer Basis, etwa dezidiert im Bayern-Genre.

Hier wären sein Ludwig-Roman *Majestät* (1902) zu nennen oder sein Schwenk zum Heimatroman mit seinem *Herrgott vom Grenzstein* (1904), als er sich ins unterfränkische Gnodstadt bei Marktbreit zurückzog, aus dem er ursprünglich stammte. Zur Gattung Heimatroman, der dann ins Völkische abgleitet, gehört das zu Lebzeiten erfolgreiche Romanwerk der aus dem fränkischen Burgkunstadt stammenden Kuni Tremel-Eggert (1889–1957), etwa mit *Barb. Der Roman einer deutschen Frau* (1934), die am Ende eine Hakenkreuzfahne näht. Diese soll in den Augen der Autorin in erster Linie über dem ländlichen und kleinstädtischen Franken wehen, wo – nebenbei bemerkt – die NSDAP in den protestantischen Gebieten schon in der Weimarer Republik vergleichsweise stark war, anders als etwa im katholischen ländlichen Altbayern.

Dort erfreuten sich als Untergattung der Heimatromane sogenannte Wildererromane großer Beliebtheit. Zu nennen ist hier etwa Georg Stöger-Ostin (1874–1965) mit *Georg Jennerwein, der Wildschütz* (1929). Das Thema entfaltete (flankiert von einer Fülle an Wildererliedern) jedenfalls in Bayern durchaus Prominenz bei der Leserschaft, wie auch das Buch *Kneißl. Bayerns Kriminalfall der Jahrhundertwende* (1958) aus der Feder von Wilhelm Lukas Kristl (1903–1985) zeigt, das 1966 mit dem Tukan-Preis ausgezeichnet wurde.

Nach 1945 gelang in der Gattung Heimatroman – man sollte besser vom sozialkritischen Heimatroman sprechen – ein Neuanfang, für den Ruth Rehmann mit ihren Bauernromanen *Die Leute im Tal* oder *Die Schwaigerin* steht. Hier wäre auch das Romanwerk der fränkischen Bauerntochter Elisabeth Engelhardt (1925–1978) zu nennen. Zu den jüngeren Vertretern eines im weiteren Sinne kritischen Heimatromans ist Gerd Holzheimer zu rechnen.

Eine urbane Unterart des Heimatromans bildeten die zahlreichen sich eher mondän gebenden München- oder Schwabing-Romane, wie *Das dritte Geschlecht* aus der Feder Ernsts von Wolzogen (1855–1934) oder der Schlüsselroman *Herrn Dames Aufzeichnungen oder Begebenheiten aus einem merkwürdigen Stadtteil* (1913) der (aus Holstein stammenden) Gräfin Franziska zu Reventlow (1871–1918), die ihrerseits noch 1995 von der bayerischen Romanautorin Franziska Sperr literarisch thematisiert wurde. Hierher gehört auch der sonst als Dramatiker bekannte Josef Ruederer (1861–1915) mit seinem München-Roman *Das Erwachen* (1916). Nach 1945 wurde der München-Roman – abgesehen von Wolfgang Koeppen – vor allem mit Siegfried Sommers (1914–1996) *Und keiner weint mir nach* (1953) weitergeführt, dessen Autor als «Blasius der Spaziergänger» Kultstatus genoss. Mehrere München-Romane im Arbeitermilieu verfasste August Kühn. Auch Heinz Piontek und Martin Gregor-Dellin sowie Paul Wühr mit *Gegenmünchen* (1970) wären hier zu nennen, sogar der Gründer der Gruppe 47, Hans-Werner Richter, mit *Linus Fleck* (1958) sowie Bernhard Setzwein als Vertreter einer jüngeren Generation.

Im Vergleich zur Metropole München spielen andere Städte wie Nürnberg – in Jakob Wassermanns *Das Gänsemännchen* oder in Elmar Tannerts Roman *Der Stadtvermesser* (1998), auch bei Godehard Schramm, dort freilich durchaus prominent – oder Würzburg (in Leonhard Franks *Die Räuberbande*) oder gar Erlangen – bei Ernst Penzoldt (1882–1955) mit seinem Schelmenroman *Die Powenzbande* –, aber auch Hof (bei Claus Henneberg) oder Fürth (in Michael Zellers *Mein Traum vom Dulden* von 1991) keine vergleichbare Rolle als Roman-Sujet. Dennoch zeigt sich hier, dass auch das vergleichsweise ländliche, vor 1945 kaum urbane Bayern an einer Leitgattung des 20. Jahrhunderts, dem Großstadtroman (für den exemplarisch *Berlin Alexanderplatz* von Alfred Döblin steht), partizipiert.

Sind die eben genannten Romane – gleichgültig ob urbaner oder provinzieller Provenienz – weitgehend der bayerischen Heimat gewidmet oder arbeiten sich an ihr ab, so gibt es auch den Typus des exotischen Romans oder gar des Ausgreifens in weit entfernte Gefilde, wie es etwa das umfängliche Œuvre des in Würzburg geborenen Max Dauthendey (1867–1918) verkörpert, der neben seiner ostfränkischen Heimat vor allem Japan oder Südostasien zum Schauplatz seiner Prosa machte. Tragischerweise wurde dieser Ferne Osten zu seinem Sterbeort, als er dort 1918 nach Ausbruch des Ersten Weltkriegs in Ostasien interniert starb. Erst 1930 gelang die Rückführung seiner Gebeine nach Würzburg und deren Bestattung im Würzburger Lusamgärtlein, wo schon Walther von der Vogelweide begraben sein soll.

In der ersten Jahrhunderthälfte erfreute sich der historische Roman besonderer Beliebtheit, weil er – gattungskonform – der eigenen Epoche den

Spiegel der Vergangenheit zur (letztlich politischen) Belehrung durchaus unterhaltsam vorhält. Ein Meister dieser Gattung war der bis 1925 in München lebende Lion Feuchtwanger mit seinem Welterfolg *Jud Süß* (als Drama 1917, als Roman 1922 beendet und 1925 erschienen); die Epoche Ludwigs des Bayern thematisiert *Die häßliche Herzogin Margarete Maultasch* (1923). Noch im Exil wird mit *Der falsche Nero* der Rückgriff auf ein antikes Sujet zum Schlüsselroman über die plutokratische NS-Herrschaft, in dem beispielsweise Göring und Goebbels einerseits antik verhüllt und andererseits schonungslos demaskiert werden. Als Schülerin Feuchtwangers bezeichnet sich übrigens die aus Bamberg stammende Bestsellerautorin Tanja Kinkel, die über ihr Vorbild auch promoviert hat und nun in ihren historischen Romanen vor allem Frauen zu Protagonistinnen macht, wie in *Die Löwin von Aquitanien* (1991), *Die Puppenspieler* (1993), *Mondlaub* (1995) oder *Die Schatten von La Rochelle* (1996); damit wird das in jenen Jahren besonders virulente Frauenthema im Gewand des historischen Romans transportiert, was als Verfahren grundsätzlich so bei Feuchtwanger zu beobachten ist. Überhaupt erfreuen sich historische Romane bei jüngeren bayerischen Autoren großer Beliebtheit, wie etwa bei Norbert Göttler.

Bei Carl Amery wird der historische Roman hingegen zum Ausgangspunkt einer alternativen Geschichte. Im Roman *An den Feuern der Leyermark* (1979) lässt Amery die Bayern 1866 über die Preußen siegen. Ein ähnliches Spiel mit der nun ganz anders verlaufenden Geschichte – der Verfasser ist freilich nicht Historiker, sondern im Brotberuf Jurist – lässt sich auch in Herbert Rosendorfers Roman *Deutsche Suite* von 1972 beobachten, der allerdings mit vielen phantastischen bis grotesk-verfremdenden Episoden und Motiven durchwoben ist. Insgesamt partizipiert die moderne bayerische Romanliteratur hier an einem international virulenten Muster, das sich etwa besonders gelungen bei Philip Roth in *The Plot against America* manifestiert.

Der phantastische Roman kann mit dem *Golem* sein Urbild für Bayern reklamieren. Gustav Meyrink (1868–1932) lebte schon seit Kindertagen wiederholt in München, seit 1911 in Starnberg und war mit der Erzählsammlung *Des deutschen Spießers Wunderhorn* (1913) und seinem Roman *Der Golem* (1915) erfolgreich, musste aber auch langwierige juristische Auseinandersetzungen mit Verlegern erdulden. Ob man zu dieser Gattung auch den internationalen Best- und Longseller *Das Parfum* von Patrick Süskind, Sohn des zu Lebzeiten bekannten Münchner Schriftstellers Wilhelm E. Süskind, rechnen soll, sei dahingestellt. Hierher gehört zum Teil auch Carl Amery. So wird er mit seinen Romanen *Das Königsprojekt* (1974) oder *Der Untergang der Stadt Passau* (1975) zu einem wichtigen deutschen Science-Fiction-Autor. Zu diesem Genre darf man vielleicht auch den frühen Welterfolg *Der Tunnel* des fränkischen Autors Bernhard Kellermann zählen, in dem schon 1913 ein Eisenbahntunnel zwischen Europa und Amerika gegraben wird.

Als Vertreter des modernen, an James Joyce geschulten Romans kann Hermann Kinder gelten, dessen Debütroman *Der Schleiftrog* (1977) reichlich im Fränkischen fundiert ist. Eine für Bayern noch seltenere Untergattung des Romans erlangte vor allem durch das Fernsehen rezeptive Breite: Denn der moderne Tierroman findet vielleicht eher als Kinder- und Jugendbuch in Waldemar Bonsels (1880–1952) *Biene Maja* sein Urbild. Das auflagenstarke und in viele Sprachen übersetzte Werk machte seinen Verfasser, der in Bayern auch als Verleger wirkte und ein viel umfänglicheres, heute weitgehend vergessenes Werk hinterließ, weltberühmt.

In München lebte viele Jahre der von Helgoland stammende James Krüss, dessen *Timm Thaler oder Das verkaufte Lachen* sogar verfilmt wurde. In München entstanden auch viele der berühmten Werke von Janosch (eigentlich Horst Eckert) und 1962 der Pumuckl von Ellis Kaut. Geradezu klassische Figuren schuf der bei Rosenheim lebende, freilich nicht aus Bayern stammende Otfried Preußler, dessen Bücher Millionenauflagen erreichten, mit *Räuber Hotzenplotz* (1962) oder *Das kleine Gespenst*. Gleiches gilt für die Gestalten Urmel und Don Blech des in Donauwörth und München schreibenden Kinderbuchautors Max Kruse (1921–2015). Weltliterarisches Format erreichte in diesem Genre (allerdings mit einer Leserschaft in allen Altersstufen) der in Bayern in anregendem Künstlermilieu aufgewachsene Michael Ende (1929–1995) mit *Jim Knopf*, der durch die Produktionen der Augsburger Puppenkiste mindestens deutschlandweit populär wurde. Seine Romane *Momo* und *Die unendliche Geschichte* machten ihn tatsächlich weltberühmt, wozu die ambitionierten, mittlerweile geradezu klassischen Verfilmungen beitrugen. Berühmtheit zumindest im deutschsprachigen Raum darf der fränkische Kinder- und Jugendbuchautor Paul Maar aus Schweinfurt für sich reklamieren, dessen Sams-Figur Kinder wie Erwachsene für sich einnimmt. Von den jüngeren Vertretern dieses Genres sind der in Altomünster geborene, äußerst produktive Alfons Schweiggert sowie der aus Wasserburg am Inn stammende Rudolf Herfurtner zu nennen, ebenso Helmut Eckl mit *Da Bibe Atzinger* (1978) und Manfred Böckl, der sich an den bayerischen Räuber- und Wilderergestalten abarbeitet. Insgesamt darf Bayern als blühende Literaturlandschaft des erfolgreichen Kinder- und Jugendbuchs gelten.

Eine Mischform zwischen Roman und Autobiographie (zu der gattungsmäßig etwa *Alphabet meines Lebens* von Albert von Schirnding zu zählen wäre), die vorzugsweise das Leben armer Leute auf dem Lande beschreibt, war bei in Bayern geborenen und aufgewachsenen Romanciers und zu nicht geringem Teil Schriftstellerinnen besonders beliebt und findet bis heute als (vermeintliches) Ego-Dokument zahlreiche Leser, wie Anna Wimschneiders (1919–1993) erfolgreich verfilmtes *Herbstmilch. Lebenserinnerungen einer Bäuerin*. Dazu gehören, literarisch weit stärker stilisiert, *Als Mutter noch lebte. Eine Kindheit* von Peter Dörfler oder die *Erinnerungen einer Überflüssigen* von Lena Christ. Ihnen wären in jüngerer Zeit das beeindruckende Œuvre der von Martin Walser geförderten Alemannin Maria Beig zur Seite zu stellen – und natürlich die in diesem Genre meisterliche und klassische Darstellung *Das Leben meiner Mutter* von Oskar Maria Graf (erstmals noch 1940 im New Yorker Exil veröffentlicht). Nicht vergessen werden dürfen hier die autobiographisch gefärbten Erzählwerke der Münchnerin Maria Zierer-Steinmüller (1895–1975) und natürlich *Josefa Halbinger, Jahrgang 1900. Lebensgeschichte eines Münchner Arbeiterkindes*, die ihre Tochter, die Schriftstellerin Carla Maria Heim (1932–1984), 1980 herausbrachte. Bemerkenswert aufgrund der Recherchemethode des investigativen Journalismus ist das autobiographische Buch von Paula Schlier (1899–1977) mit dem Titel *Petras Aufzeichnungen oder Konzept einer Jugend nach dem Diktat der Zeit*, in dem es auch um die Erfahrungen als Lazarettkrankenschwester im Ersten Weltkrieg und als Stenotypistin beim *Völkischen Beobachter* geht. Zeitgeschichtlich und autobiographisch sowie am angelsächsischen Roman orientiert ist das Romanwerk der oberbayerischen Autorin Isabella Nadolny

(1917–2004). Die Nachkriegszeit porträtiert der autobiographische Roman *Kalte Jahre* (1982) von Elisabeth Obalski-Hüfner, ansonsten Verfasserin bairischer Lyrik.

Ausgesprochene Frauenromane sind in Bayern aber eher selten, eine Ausnahme bilden Luise Rinser und neuerdings Asta Scheib, etwa mit *Beschütz mein Herz vor Liebe* (1992) oder mit *Eine Zierde in ihrem Haus* (1998). Dagegen spielen politische Untertöne häufiger eine Rolle, wie bei Leonhard Franks *Links wo das Herz ist* (1952), einem eher städtisch geprägten Werk als politisch kritische Autobiographie eines Künstlers, der mit dem expressionistischen Novellenzyklus *Der Mensch ist gut* schon 1918 den Militarismus bekämpfte. Über seine Heimat Würzburg heißt es: «So eine Stadt bringt Böse hervor, die schon als siebenjährige Kinder Sünden beichten mußten, Verblödete, religiös Irrsinnige, Ehrgeizige, bucklig Geborene, heimliche Mörder, Krüppel, Asketen, Kinderschänder.» Die eigenen Exilerfahrungen in den USA verarbeitete der Würzburger Autor in seiner *Deutschen Novelle* (1954), die teilweise in Rothenburg ob der Tauber spielt.

Die Kriegs- und Nachkriegserfahrungen spiegeln sich im Romanwerk von Grete Weil (1906–1999), die den «Morbus Auschwitz» als ihre Lebenskrankheit diagnostizierte, und auch in *Weihnachten. Als wir Kinder den Krieg verloren* (1980), worin der Augsburger Klaus Stiller die amerikanische Besatzung aus Kinderperspektive schildert. Der aus Bayreuth stammende Bergarbeiter und Schriftsteller Max von der Grün, der zu den Gründungsmitgliedern der Gruppe 61, welche sich der Arbeiterliteratur verschrieben hatte, zählte und auch schon einmal als «Goethe des Reviers» apostrophiert worden war, beschrieb mit seiner Autobiographie *Wie war das eigentlich?* (1979) seine Kindheit und Jugend im Dritten Reich. Mit dieser Thematik setzt sich auch das Romanwerk von Günter Herburger auseinander. Zu diesen politisch links orientierten Autoren ist auch die in Nürnberg beheimatete Gisela Elsner (1937–1992) zu rechnen mit ihrem stattlichen Romanwerk, das ihr 1991 den Nürnberger Kulturpreis einbrachte. Horst Krüger (1919–1999) thematisiert 1966 in *Das zerbrochene Haus*, wie die kleinbürgerliche Denkweise seiner Eltern Hitler ermöglicht habe: Gleichwohl stimmt er 1978 mit *Wo Bayern beginnt* ein «Loblied auf Mainfranken» an. Mehr der deutsch-deutschen Thematik, aber auch der Zeitsatire allgemein

Abb. 20: Franz Xaver Kroetz, 1999

ist das Werk des in München lebenden Joseph von Westphalen gewidmet.

Teilweise der Arbeiterliteratur zuzurechnen ist auch Franz Xaver Kroetz. Er, der phasenweise die DKP unterstützte, propagierte zeitweilig den kritischen Volksroman. Zu dieser Art von Arbeiterliteratur zählt teilweise das (freilich vielseitigere) Romanwerk des aus Franken stammenden Ludwig Fels. Das nur vordergründig idyllische Allgäu ist im Genre der problemorientierten Romane durch Gerhard Köpf vertreten. Köpf, 1948 in Pfronten im Allgäu geboren, war nach langer Lehrtätigkeit im Ausland deutscher Universitätsprofessor; 1999 hatte er die renommierte Tübinger Poetikdozentur inne. Schon mit seinem ersten Roman *Innerfern* fand Köpf bei Kritik und Leserschaft ein lebhaftes Echo; es folgten *Die Erbengemeinschaft* und *Eulensehen*. Sein Roman *Die Strecke* diente gar als Vorlage für Christian Wagners mittlerweile klassisch gewordenen Film *Wallers letzter Gang*, der mit dem Bayerischen Filmpreis und dem Bundesfilmpreis ausgezeichnet wurde.

Bei Köpf wird das Allgäu zur Literaturlandschaft. Dies trifft auch für das Genre des Regionalkrimis zu, wenn die Kluftinger-Romane, die weitgehend in der Kemptener Gegend spielen, zunehmend Kultstatus erlangen. Das findige Autorenduo Volker Klüpfel und Michael Kobr konstruiert Allgäu-Krimis, welche weniger von der eigentlichen Aufklärung des Verbrechens bestimmt sind, sondern von der satirischen Darstellung gesellschaftlicher Zustände. Das Genre schreit geradezu nach Verfilmung, was im Falle Kluftinger mit Herbert Knaup auch kongenial gelang. Um beim Medium Film zu bleiben, findet sich eine vergleichbare Kombination von Regionalkrimi mit zum Teil deftiger Politsatire beim *Bullen von Tölz,* den Ottfried Fischer letztlich aus seinen kabarettistischen Auftritten her entwickelt hat. Jedenfalls blüht die Gattung des Regionalkrimis besonders mit bayerischen Schauplätzen, wobei der Erfolg bundesweit zu beobachten ist. Umgekehrt gibt es wohl keine andere deutsche Literaturlandschaft, die in diesem Genre so breitenwirksam wie Bayern ist. Dabei gehen die Autoren in der Regel augenzwinkernd bis satirisch mit gängigen Bayernklischees um. Allerdings ist es weniger der fränkische Norden, sondern meist der alpine Süden vom Chiemgau bis Kempten mit starkem Fokus auf Oberbayern, der als Schauplatz gewählt wird.

Schon früher aber war insbesondere Oberbayern mit München Schauplatz von Bestsellerromanen der Nachkriegszeit oder bot ihren Autoren Heimat, wie im Falle von Josef Martin Bauer (1901–1970) mit seinem Roman *So weit die Füße tragen* (1955) über einen Flüchtling aus sibirischer Kriegsgefangenschaft, für den er die Berichte eines deutschen Oberleutnants literarisch verarbeitete und auch auf eigene Kriegserlebnisse im Kaukasus zurückgreifen konnte; weitere Bücher wie der Roman *Der Kranich mit dem Stein* (1958) oder auch eines seiner letzten Bücher *Auf gut bayerisch* (1969) vermochten mit dem Kriegsroman erfolgsmäßig nicht gleichzuziehen. Hans Hellmut Kirst, der sich nach dem Krieg in Feldafing niedergelassen hatte – ebenso wie Lothar Günther Buchheim (1918–2007) mit seinem Welterfolg *Das Boot* –, wurde mit seiner ‹08/15›-Trilogie bekannt und verfasste mit *Keiner kommt davon* (1957) eine düstere Atomkriegsvision, die auch in Bayern spielt, sowie mehrere Kriminalromane. Auch Johannes Mario Simmel machte München zu einem der Schauplätze von *Es muss nicht immer Kaviar sein.* All diese Bestseller (vornehmlich der 1970er Jahre) befassten sich mehr oder weniger mit der damals jüngsten Vergangenheit, als dieses Thema etwa an den Schulen noch teilweise tabuisiert war. Die fiktionale Literatur stieß hier in ein Vakuum teilweiser Verdrängung, auch wenn ihre Lösungsangebote oder ihr Aufklärungsgrad, aber auch die teilweise reißerische Aufmachung Fragen offenließen.

Ebenfalls hart an der Grenze der Trivialliteratur stehen Vertreter sogenannter Heimatliteratur wie Joseph Weigert (1870–1946), der als Pfarrer, Bauer und Schriftsteller zunächst mit Sachbüchern zum ländlichen Leben Erfolg hatte, obwohl er eigentlich aus einer Handwerkerfamilie in Kelheim stammte und erst qua Amt zum geistlichen Ökonomen in Mockersdorf wurde. In Kurzgeschichten und Anekdoten gab er dem ländlichen Lebensraum und dem Landvolk, das er auch bilden wollte, eine Stimme. Nicht weniger ein Meister der kurzen Prosa war der bayerische Jurist Wilhelm Diess (1884–1957). Er wurde vom Verleger Ernst Heimeran als Schriftsteller der *Stegreif-Geschichten* entdeckt und verdichtete mit seiner 1954 erschienenen *Madelaine Winkelholzerin. Schicksal eines liebenden Herzens* Zeitgeschichte im Angesicht zweier Weltkriege biographisch und zugleich interkulturell.

Auch das Drama in Bayern hatte mit Ludwig Thoma, wenigstens zu dessen Lebzeiten, einen der meistgespielten Autoren im gesamten deutschsprachigen Raum aufzuweisen. Auffällig ist dabei ein starker Zug zum Sozialkritischen und Antiobrigkeitlichen wie im Stück *Die Localbahn* (1910 uraufgeführt im Münchner Residenztheater und auch am Wiener Burgtheater reüssierend), ein Zug, der sich nicht nur bei Ludwig Thoma, sondern auch bei Josef Ruederer und Heinrich Lautensack mit seinem Stück *Die Pfarrhauskomödie. Carmen Sacerdotale* zeigt und der durchaus Franz Xaver Kroetz präfiguriert.

Dem angesprochenen Kroetzschen Typus des kritischen Volksstücks und seiner frühen Vorläufer wären auch Brechts *Die Kleinbürgerhochzeit* und Marieluise Fleißers Dramen zuzuordnen. Die Fleißer, anfangs beeinflusst von Lion Feuchtwanger und besonders Bert Brecht, der sie als Dramenautorin mit ihren Stücken *Fegefeuer in Ingolstadt* (ursprünglich *Die Fußwaschung*, 1926 am Deutschen Theater in Berlin uraufgeführt) und *Pioniere in Ingolstadt*, skandalträchtig aufgeführt im Berliner Theater am Schiffbauerdamm, förderte, wird ihrerseits später zum Vorbild, ja zur Mentorin von Martin Sperr («Ich habe von der Fleißer viel gelernt, ohne das Bedürfnis zu haben, sie zu kopieren»), Franz Xaver Kroetz sowie Rainer Werner Fassbinder (1945–1982), der neben über 40 Filmen in seinem kurzen Leben auch 15, teilweise (bundesweit) skandalträchtige Theaterstücke schrieb (und zeitweilig in Augsburg zur Schule gegangen war). Das Stück und der Film mit dem Titel *Katzelmacher* trugen zu Fassbinders Durchbruch bei. Der unter dem Motto «Schlafen kann ich, wenn ich tot bin» rastlos für die Bühne und den Film Schaffende hinterließ ein Œuvre, dessen ästhetischer Einfluss noch im 21. Jahrhundert deutlich spürbar ist, wobei die seinerzeitigen Skandale allmählich zugunsten Fassbinders Klassizität verblassen.

Die seinerzeit nicht weniger skandalträchtigen *Jagdszenen aus Niederbayern* von Martin Sperr (1944–2002), in denen es um die Bewältigung der NS-Zeit, aber auch um Homosexualität geht, wurden ein bundesweiter Bühnenerfolg. Ein geradezu klassisches altbayerisches Thema verarbeitete Sperr in seinem Drehbuch *Der Räuber Mathias Kneißl* (1971), denn subversive und obrigkeitskritische Wildererlieder (jenseits harmloser Folklore) waren gerade im frühen 20. Jahrhundert äußerst populär, wie die Sammlung des Kiem Pauli eindrucksvoll unter Beweis stellt. Mehr Ruhm noch aber erlangte mit seinen kritischen Volksstücken Franz Xaver Kroetz; er brachte es zeitweilig zum meistgespielten Autor auf westdeutschen Bühnen. Geradezu berühmt-berüchtigt wurde Herbert Achternbusch bundesweit weniger durch seine kritischen Volksstücke wie *Gust* (1984 uraufgeführt), sondern durch seinen Film *Das Gespenst*, den man nicht als bloße Blasphemie, sondern vielmehr (in der Tradition der *Coena Cypriani*, einer mittelalterlichen Bibel- und Kirchensatire) als Passionsspielparodie deuten sollte. Bei Achternbusch findet sich auch viel traditionell altbayerische Anarchie, getreu dem von ihm selbst propagierten Motto: «Es gibt keine Chance, aber nutze sie.»

In den 1970er und 1980er Jahren bildeten somit die Altbayern Achternbusch, Kroetz und Co. durchaus eine literarische Avantgarde für die gesamte Bundesrepublik, was weniger zufällig erscheinen mag, wenn man bedenkt, dass München zu Beginn des 20. Jahrhunderts durchaus ein Zentrum für avantgardistisches Theater war, aber vor dem Hintergrund zunehmend reaktionärer bis völkischer Gegenstimmen schon bald ein Exodus von Brecht und anderen (wie Zuckmayer, der München als «Weißwurst-Sparta» schmähte) in das der neuen Kunst gegenüber aufgeschlossenere Berlin einsetzte.

Den kritischen Volksstücken, dem gesellschaftskritischen Theater allgemein, steht das in Produktion und Rezeption mächtigere unpolitische, vielleicht sogar eskapistische Volksstück gegenüber, als dessen Urbild man Ludwig Ganghofers riesigen Bühnenerfolg *Der Herrgottschnitzer von Oberammergau* bezeichnen kann. Unzählige Produktionen von eher harmlosen Stücken in bairischer Mundart, im Regelfall Komödien, prägen das Bayernbild nicht zuletzt auch in Restdeutschland. Hohes Niveau zeigen dabei die Komödien von Alois Johannes Lippl (1903–1957), der aus Niederbayern stammte, aber in der Münchner Gegend wirkte und dessen Stücke *Die Pfingstorgel*, *Passauer Wolf* und besonders *Holledauer Schimmel* zu Bühnenklassikern (auch im Bayerischen Rundfunk) avancierten. Neben dem *Komödienstadel* ist hier auch das schauspielerisch auf hohem Niveau agierende *Chiemgauer Volkstheater* um Mona Freiberg und Bernd Helfrich zu nennen. Klassiker dieses Genres sind auch *Die drei Eisbären* von Maximilian Vitus (1897–1968). Der überaus erfolgreiche Meister des bayerischen Lustspiels hieß mit bürgerlichem Namen eigentlich Maximilian Ertl.

Vom Volksstück zum völkischen Theater beziehungsweise zum Missbrauch durch die nationalsozialistische Rezeption war es nicht immer weit, wobei es auf der Bühne ein breites Spektrum gab. Hierher gehört etwa der aus dem Innviertel stammende und von Hugo von Hofmannsthal geförderte Richard Billinger (1890–1965), der in München und später in Berlin mit seinen preisgekrönten Dramen *Das Perchtenspiel* oder *Die Rauhnacht* (1931 in München von Otto Falckenberg mit Therese Giehse inszeniert) große Bühnenerfolge feierte. Jedenfalls bedeutet das Mäandern zwischen romantischem Märchen, Sage, Mythos und Katholizismuskritik zumindest auf der Bühne eher eine ästhetische Sackgasse.

Anteil an der dramatischen Moderne – abgesehen von der in München entstandenen expressionistischen Komödie *Die Hose* (1911) von Carl Sternheim (1878–1942) oder dem Dramatiker Ernst Toller (1893–1939) beziehungsweise dem frühen Brecht vor seinem Weggang nach Berlin –, genauer dem Dokumentartheater hat Bayern mit Tankred Dorst (*Toller* – ein Stoff aus der Münchner Räterepublik) und Heinar Kipphardt (*Bruder Eichmann*), der unter anderem an den Kammerspielen wirkte und 1982 in München starb. Wie Kipphardt setzt sich auch Gert Heidenreich, Träger des Marieluise-Fleißer-Preises (1998), in seinen Bühnenstücken mit der jüngeren deutschen Vergangenheit auseinander. In jüngster Zeit kann der 1967 in München geborene Albert Ostermaier als einer der führenden Dramatiker des deutschsprachigen Raums überhaupt gelten. Zu den Bühnenautoren mit provokativem oder zeitkritischem Anspruch gehören der vielfach ausgezeichnete Rainald Goetz, der sich 1983 beim Klagenfurter Bachmann-Wettbewerb während seiner Lesung mit einer Rasierklinge die Stirn ritzte, oder auch der produktive Theaterdichter Werner Fritsch, der zwischen den prägenden Polen Oberpfalz und Berlin pendelt.

Das dem 19. Jahrhundert entstammende dramatische «Gesamtkunstwerk» Richard Wagners fand nun in Bayreuth eine dauerhafte Pflegestätte, hinter die die Wagner-Stadt München an Bedeutung zurücktrat, auch wenn sie 1933 mit dem (aus heutiger Perspektive nicht gerade ruhmträchtigen) Protest gegen Thomas Manns berühmten Wagner-Vortrag auf sich aufmerksam machte. In München wie in Bayreuth war freilich eine bedenkliche nationalistische, germanentümelnde bis völkische Wagner-Wahrnehmung und Wagner-Pflege zur Herrschaft gelangt. Die *Villa Wahnfried* beherbergte je länger je mehr den schon beim Antisemiten Richard Wagner beobachtbaren Wahn des Rassismus, wozu die in die Wagner-Dynastie einheiratenden Engländer Houston Stewart Chamberlain und Winifred Wagner nicht wenig beitrugen. Das von Bayreuth ausgehende Schrifttum huldigte so dem völkischen Zeitgeist, und erst die Neuinszenierungen Wieland Wagners nach 1945 öffneten einem liberaleren Denken die Pforten. Gleiches leisteten die Forschungen von Martin Gregor-Dellin. Im besten Sinne entmythologisierend wirkte gegen den Wagner-Wahn Tankred Dorsts *Merlin oder das wüste Land*, wobei der Parzival-Stoff mit Wolfram von Eschenbach letztlich ebenso ins fränkische Bayern gehört wie der Überbühnenvater Wagner mit Bayreuth.

Vielleicht sollte man in dieser Tradition des «Gesamtkunstwerks» neben Ludwig Derleths über Jahrzehnte hinweg entstandenem Gattungshybrid, dem *Fränkischen Koran* in Tausenden von Versen, auch Carl Orff (1895–1982) sehen, der mit seinen *Carmina Burana* die weitgehend stummen Texte des hochmittelalterlichen Codex Buranus zum Klingen bringen wollte – die Deutung der hochmittelalterlichen Musiknotation auf Pergament darin ist ebenso umstritten wie im Ergebnis nicht wirklich klangvoll –, wobei Carl Orff aus bayerischer Vergangenheit schöpfend ein dem 20. Jahrhundert gemäßes Kunstwerk schaffen wollte. Ähnlich griff er in der *Bernauerin* mit einem mittelalterlichen Empörerstoff und einer volkstümlichen Tragödie auf bayerisch-schwäbische Geschichte und literarisch stilisierte Mundart zurück. Auch gesprochene Bühnensprache wurde bei ihm metrisch-rhythmisch zelebriert, wobei er gerne auf alte Gattungen wie etwa das Weihnachtsspiel zurückgriff. Auch die seit 1976 immer wieder erweiterte und öffentlich inszenierte *Sauwaldprosa* von Uwe Dick sprengt die üblichen Gattungskonventionen im Sinne eines bayerischen Anarchen.

Neue Kunstformen aus alter Tradition brechen im 20. Jahrhundert spätestens mit dem Ende der Monarchie hervor. Dazu zählt das Schattenspiel, das uralte asiatische Ahnen hat und von zwei Schwaben wieder literaturfähig gemacht wurde. Denn 1902 kam Alexander von Bernus (1880–1965) als Student nach München, wo er die *Schwabinger Schattenspiele* begründete und etwa den alten Don-Juan-Stoff satirisch aufs Korn nahm. Der Schwabe Arthur Maximilian Miller wiederum bediente sich für sein fruchtbares Schattenspiel-Œuvre aller nur denkbaren Stoffe quer durch die Epochen. Seine Inszenierungen im kleinen Kreis in Kornau bei Oberstdorf galten als Geheimtip.

An Mundartdichtung hat im 20. Jahrhundert ebenfalls Ludwig Thoma, nicht zuletzt mit seiner *Heiligen Nacht*, Maßstäbe gesetzt. Thomas Schriftbairisch gilt bis heute als mustergültige bairische Schreibsprache, durchaus im Sinne einer Hochsprache. Demgegenüber steht das sogenannte «Kraftbairische» nicht nur im juristisch verfolgten Wörterbuch *Kraftbayrisch*, sondern wurde auch von dem mit Thoma befreundeten Georg Queri (1879–1919) beispielsweise in den *Schnurren des Rochus Mang, Baders, Meßners und Leichenbeschauers zu Fröttmannsau* (1916) literarisch geadelt. Der vielseitige Queri, der darüber hinaus auch als streng philologischer Editor des ältesten Oberammergauer Passionsspiels hervortrat, wurde von Thoma, mit dem zusammen er die Anthologie *Bayernbuch* herausgab, gerühmt:

> Wo Queri war, saß Altbayern mit seinem breiten Lachen und seinem schlagfertigen Witze am Tische, und er war nicht bloß der Lobredner, er war vor allem selber das Beispiel der Unverwüstlichkeit unseres Stammes. [...] Als Altbayer trug er das Seriöse nicht zur Schau, sondern versteckte es hinter einem fröhlichen Leichtsinn, den manche, die ihn nicht genauer kannten, sehr irrtümlich für den Grundzug seines Charakters nahmen.

Berühmt-berüchtigt aber wurde Queri mit seinen erotischen Versen, mitunter durchsetzt mit antiklerikaler Stoßrichtung:

> Wann der Hirsch in der Brunft is,
> na macht er a Gschrei,
> aba unser Herr Pfarrer,
> der bet dLitanei!
> Und sFensterln is sündhaft,
> und i wers nimma toa,
> und boi dKöchin in da Stodt is,
> schlafft da Pfarra alloa!

Angesichts des Booms an Mundartliteratur unterschiedlichster Qualität galt es, manchen Auswüchsen zu begegnen, wie dies etwa der begnadete Spötter Hanns von Gumppenberg (1866–1928) gegen ein falschtönendes (hyperkorrektes) Pseudobairisch tat:

> Das Oadlwoaß
> O Berg – euch liab ich allezoat,
> Ja selbscht im Winta, wenn es schnoat!
> Ich grüaß den roanen Sunnenschoan,
> Und stoag ins stoale Gwänd hinoan;
> Da wern mir wohl die Woadel hoaß,
> Doch grüaßt mich zletzt
> Oan Oadlwoaß, oan Oadlwoaß!

Erst noch wiederzuentdecken (nicht nur in ihrer Mundartdichtung) ist die aus Niederbayern stammende und später in den USA (Chicago) lebende Emerenz Meier (1874–1928), auch wenn ihr der altbayerische Theatermacher und Dichter Joseph Berlinger sein Stück *Emerenz oder Die Reise ins Ame-*

rika, das 1982 in Ingolstadt uraufgeführt wurde, widmete. Emerenz Meier stilisierte sich selbst als «des freien Waldes freies Kind» und antizipierte in *Wödaschwüln* eine expressionistische Formensprache in Mundart:

Mi würgt der Wind, mi druckt der Tag –
Hü, meine Öchsl, hü!
Der Acker hat an hirtn Bodn,
Der Mähnt koan Gang, der Pfluag an Schodn –
Hü, meine Öchsl, hü!

Mi würgt der Wind, mi brennt der Tag!
Hott, meine Öchsl, hott!
Und daß mis Mensch iatzt nimmer mag? –
Hott, meine Öchsl, hott!
Es hat – i moan – sein guatn Grund,
Und wann ihn net derstich, den Hund,
Den schlechtn, straf mi Gott!

Mei Mensch is schö, drum gfallts eahm guat.
Wüah, meine Öchsl, wüah!
A Messer und fünf Stich gibt Bluat.
Wüah, meine Öchsl, wüah!
Zua bis aufs Heft und ummadraht,
Verfluachter Lump, wia wohl dös taat!
Wüah, meine Öchsl, wüah!

Und bist so schö, du schwarze Dirn,
Zauf, meine Öchsl, zauf!
Und hast so krauste Haar ums Hirn,
Zauf, meine Öchsl, zauf!
Und lachst so süaß und schaust so fei,
Und kannst so falsch und elend sei!
Zauf, meine Öchsl, zauf!

Mi würgt der Wind, mi brennt der Tag!
Aoh, meine Öchsl, aoh!
Muaßs sein, daß i dös ewi trag?
Aoh, meine Öchsln, aoh!

Der Dunner kracht, es blitzt und brennt,
Schlag, Herrgott, ein und mach an End! –
Aoh, meine Öchsl, aoh!

Anders als Emerenz Meier, der zu Lebzeiten kein anhaltender literarischer Ruhm vergönnt war, erging es dem promovierten Altphilologen Eduard Stemplinger (1870–1964) mit seinem *Horaz in der Lederhosn* (1905) oder dem auf Ovids *Ars amatoria* fußenden Lyrikband *Vom Dirndel- und Buabnfang* (1922). Dergleichen war wohl nicht ohne Vorbilder entstanden, denn der in München geborene Christian Morgenstern veröffentlichte 1896 in der Zeitschrift *Jugend* den auf die Starkbierfreuden auf dem Nockherberg abzielenden Beitrag *Der alte Horaz in neuer Verdeutschung*. Ebenso war er Autor von Versen in bairischer Mundart.

Besonders in Altbayern gibt es eine kaum zu überschauende Fülle an bairischer Mundartliteratur, zu der Max Peinkofer (1891–1963) aus dem Bayerischen Wald Erhebliches beitrug, auch als Biograph der Emerenz Meier. Sehr erfolgreich war Michl Ehbauer aus Amberg (1899–1964) mit *Baierische Weltgschicht* oder gar *Faust in der Krachledern*. Ebenfalls in die Oberpfalz weist der Gedichtband von Eugen Oker *So wos schüins mou ma soucha* (1978). Bekannt wurde auch der Münchner Lyriker und Mundartdichter Josef Marx (1901–1997) mit seinen Bänden *Ja, so san's* (1959), *Boarische Köpf* (1967), *Das goldene Münchner Herz* (1971), *Boarischa Totntanz* (1973) oder *Rundumadum* (1975). Keineswegs vergessen werden darf die Mundartdichterin Gustl Laxganger (1902–1987) aus Wasserburg am Inn, die später in München und Rosenheim lebte. In ihrem reichhaltigen Œuvre sind der Band *Das Lausdirndl* (1968) sowie *Allerhand Viecher und Leut* besonders hervorzuheben. Eine jüngere Generation der Mundartdichter vertritt die Oberbayerin Monika Pauderer mit ihren Bänden *Windfahndl* (1983), *Spinnawebn* (1988) oder *Am End vom Regenbogen* (1990).

Der Mundart der Oberpfalz, Heimat des von ihr verehrten Johann Andreas Schmeller, widmet Margret Hölle, deren erster Gedichtband aus dem Jahr 1976 den Titel *A wenig wos is aa vüi* trug, ihr lyrisches Œuvre. Es ist also nicht nur München oder das Oberland, das sich dichterisch-dialektal Gehör verschafft. Mehrheitlich (aber nicht ausnahmslos!) kommt diese

Mundartliteratur traditionell und gesellschaftlich sowie politisch eher unkritisch daher – bis hin zum (vermeintlich) Idyllischen. Dies betrifft im Wesentlichen auch die anderen Sprachlandschaften in Bayern, wie das Ostfränkische und Schwäbische. Für Letzteres lässt sich vom 19. auf das 20. Jahrhundert ein Wandel in der Autorschaft vom Pfarrer – Urbild war hier natürlich der geniale Sprachkünstler Sebastian Sailer – zum Lehrer beobachten. Herausragende Autoren schwäbischer Mundartliteratur finden sich in der Anthologie *Biera ond Zelta* (1977). Zu nennen sind hier Arthur Maximilian Miller, der die etwa noch heute in Asien blühende Scherenschnittkunst samt zugehörigen Stücken, den sogenannten Schattenspielen, wiederbelebte und dessen *Schwäbische Weihnacht* östlich des Lechs bis heute Kultstatus hat, Robert Naegele (1925–2016) oder Wilhelm Wörle (1886–1959) und für Kempten Alfred Weitnauer (1904–1974). Werke in bewusster (sogenannter) Allgäuer Mundart finden sich beim Komponisten und Moderator Hans Breinlinger (1912–1985), der aus Sonthofen stammte. Den wiederholt aufgeführten, prägnant und treffend formulierten *Schwäbischen Jedermann* schuf der Memminger Unternehmer Hermann Pfeifer. Er gründete auf dem Meisterwerk Hugo von Hofmannsthals, der damit seinerseits einen europäischen Stoff, eben den *Everyman*, aufgegriffen hatte, der auch als *Bayerischer Jedermann* von Oskar Weber (1913–2001) auf die Bühne kam. Jedenfalls darf Pfeifers *Schwäbischer Jedermann* zu den gelungensten Neufassungen des mittelalterlichen Mysterienspiels gezählt werden. Das Schwäbische als Literatursprache erwies sich damit seit den Anfängen bei Sebastian Sailer (aber schon beim alemannisch geprägten Mittelhochdeutschen der Stauferzeit) als wirkmächtig. Seit dem ausgehenden 20. Jahrhundert erfährt deshalb die schwäbisch-alemannische Literatur in Bayerisch-Schwaben systematische Sammlung, Erforschung und Pflege durch das Archiv und die Forschungsstelle für Literatur aus Schwaben, angesiedelt an der Universität Augsburg, sowie durch den Verein Literaturschloss Edelstetten, übrigens Bayerns einziges Literaturschloss. In diesem Sinne ist in Schwaben zur Renaissance der Mundart, die sich im ausgehenden 20. Jahrhundert abzeichnete, auch der stärker werdende Fokus auf die regionale Literaturgeschichte zu zählen, wozu auch deren Dokumentation in literarischen Jahrbüchern wie dem *Schwabenspiegel* gehört, den Hans Wellmann (1936–2012) an der Universität Augsburg begründete.

Die Mundart blühte indes besonders in der politischen Sphäre, denn Satire und Kabarett hatten in Bayern unter anderem mit Ludwig Thomas *Filser-Briefen* (fiktiven bairischen Briefen eines Zentrumsabgeordneten im Landtag: «Ich bin fon meinem Beruf Oegonohm und durch das Ferdrauen des Folkes barlamendarischer Abgeorneter»), den *Lausbubengeschichten*, *Tante Frieda* oder *Assessor Karlchen* nicht zuletzt in der Münchner Bohème Popularität erfahren; in der Keimzelle Schwabing erwuchs eine niveauvolle kabarettistische Tradition, und Bayern brachte auch einige prominente Kabarettisten hervor, die weit über Bayern hinaus reüssierten. Zu nennen sind in Schwabing die *11 Scharfrichter* und das Überbrettl mit prominenten Akteuren wie Frank Wedekind, dem (wie Sigi Zimmerschied) aus Passau stammenden Heinrich Lautensack und Hanns von Gumppenberg (1866–1928), Spross eines altbayerischen Adelsgeschlechts mit Stammsitz in Pöttmes im Aichacher Land. Fred Endrikat (1890–1942) war dagegen kein gebürtiger Bayer, aber mit seinem *Endrikatechismus* und als Kabarettist in München erfolgreich. Der in München geborene Christian Morgenstern (1871–1914) trat erfolgreich im Berliner Überbrettl auf. Dazu gehört (als eine Facette seines breitgestreuten Künstlertums) auch Karl Valentin (1882–1948), wobei er gerade in seiner raffinierten Sprachkritik durchaus als bayerischer Vertreter des absurden Theaters zu sehen wäre; seine Kooperation mit Bert Brecht, der Valentin verehrte, adelt ihn ohnehin im Sinne der sogenannten Höhenkammliteratur. Andererseits kann von Valentin durchaus eine Traditionslinie zu Gerhard Polt und Hanns Christian Müller gezogen werden. Innovativ ist auf jeden Fall sein bewusster Medieneinsatz, die gekonnte Indienstnahme von Tonträger (damals die Schallplatte) und Film. Man hat seinen Habitus mit Charly Chaplin verglichen, vielleicht ist aber ein Vergleich mit Laurel und Hardy – gleichfalls Zeitgenossen – zutreffender, denn erst mit der kongenialen Lebens- und Bühnenpartnerin Liesl Karlstadt (1892–1960) entwickelte sich Karl Valentin zu einer Marke auf der Bühne. Die in Schwabing als Elisabeth Wellano geborene Bäckerstochter war Co-Autorin vieler berühmter Valentin-Bühnenstücke wie etwa *Der Firmling*.

Während Valentin nach 1945 in München nicht mehr recht Fuß fassen konnte, wurde die Stadt wieder zu einem bedeutenden Schauplatz politischen Kabaretts. Die *Münchner Lach- und Schießgesellschaft* eroberte in der

Nachkriegszeit – auch durch das Medium Fernsehen – die Position des bedeutendsten bundesrepublikanischen Kabaretts. Sammy Drechsel und Dieter Hildebrandt verbanden politische Schärfe mit subtilem Sprachbewusstsein. Während der herkunftsmäßig nicht bairisch sprechende Hildebrandt hochsprachlich agierte, setzten sich seit den 1980er Jahren zunehmend bewusst das Bairische kultivierende Kabarettisten in Szene, wie der aus Passau stammende Bruno Jonas oder auch die Kreise um Polt samt Biermösl Blosn, die in der berühmten Uraufführung von *München leuchtet* 1984 in den elitären Kammerspielen mit dem Urgestein Hildebrandt kongenial kooperierten. Hier entstand – auch unter Anknüpfung an die Strömung des kritischen Volksstücks, an das Derblecken der «Großkopfaten», an die Gstanzlsänger im Stile des Roider Jackl, aber auch an das alte europäische Improvisationstheater der Commedia dell'arte, das der italienische Literaturnobelpreisträger Dario Fò aufgriff – eine neue Kunstform, die man außerhalb Bayerns vergeblich sucht. Vermutlich erzeugten gerade die dauerhafte absolute Mehrheit der CSU und die übermächtige Persönlichkeit eines Franz Josef Strauß derart kreatives kabarettistisches bis literarisches Potenzial, wobei Franken mit Urban Priol oder Frank-Markus Barwasser alias Erwin Pelzig vom Sprachniveau her locker mit den Altbayern mithält.

Eine nach 1945 zur Blüte gelangte – im ausgehenden 20. Jahrhundert allerdings beinahe verstummte – Gattung war das Hörspiel, das vom lange in Bayern lebenden Günter Eich zu einem Höhepunkt geführt wurde. Der Rundfunk wurde so zu einem neuartigen Medium der Poesie. Literaturgeschichtlich ist diese Art der Performanz von Literatur freilich uralt und reicht in Bayern als Vortragsdichtung, nicht als Lesedichtung, bis weit ins Mittelalter zurück.

Film und Fernsehen dürfen für das 20. Jahrhundert in keiner Literaturgeschichte fehlen. Hier geht es weniger um Literaturverfilmungen bayerischer Autoren, also etwa um Filme nach Ganghofer oder Thoma. Vielmehr geht es um genuin für das Medium Film geschriebene, mittlerweile beinahe legendäre Werke, die interessanterweise nur mit weitgehend bairischen (also nicht etwa ostfränkischen oder schwäbischen) Dialogen aufwarten, ein sprachliches Phänomen, das mit den seit Jahrzehnten stabilen Beliebtheitsumfragen bezüglich deutscher Dialekte übereinstimmt. Das mag man als

München-Fixierung kritisieren, freilich können die Autoren am stilsichersten nur in dem Dialekt schreiben, mit dem sie aufgewachsen sind. Dabei bieten die von Helmut Dietl geschaffenen Produktionen wie *Münchner Gschichten* oder *Kir Royal*, nicht zuletzt aber auch Franz Xaver Bogners im Landkreis Ebersberg angesiedelte Achtundsechzigerchronik *Irgendwie und Sowieso* ironisch gebrochene Zeitgeschichte auf hohem literarischen Niveau mit Kultstatus. Darin wird Bairisch zur ungekünstelten Abbildung von diversen sozialen Milieus geadelt. Demgegenüber kann keine andere deutsche Sprachlandschaft eine solche Breitenwirkung in Film und Fernsehen (und zwar durchaus mit künstlerischem Anspruch) aufweisen. Hinzu kommt die Filmstadt München selbst als Standort cineastischer Kreativität, die Größen von Hollywood-Format wie Doris Dörrie oder Bernd Eichinger hervorbrachte.

15. Tendenzen der bayerischen Literaturgeschichte

Der Gang durch 13 Jahrhunderte Bayerischer Literaturgeschichte lässt in der Summe hoffentlich die Berechtigung dieses Unternehmens erkennen. Natürlich geht es dabei kaum um Teleologie oder einen Darwinschen Entwicklungsprozess, den man bei manchen Deutschen Literaturgeschichten – etwa als Teleologie zur Weimarer Klassik oder zur Nationalstaatlichkeit des 19. Jahrhunderts hin – durchaus bemerkt, vielmehr soll bei aller gebotenen darstellerischen Kürze der Nachweis möglich sein, dass sich Bayern literaturgeschichtlich auf Augenhöhe mindestens mit Österreich oder der Schweiz befindet. Die hier vorgelegte Literaturgeschichte wollte und will auch gar nicht enzyklopädisch sein, sondern nur exemplarisch. Vollständigkeit an Namen und Werken werden künftig Online-Angebote etwa der Bayerischen Staatsbibliothek (wie das *Literaturportal Bayern*) bieten können, wobei – die Prophezeiung sei gewagt – künftige Forschung erst noch den hohen Anteil weiblicher Autorschaft, der schreibenden Schwestern der Bavaria, vielfach erst aus den Archiven zu heben hat. Hier versuchte jedenfalls die vorliegende Literaturgeschichte erste Akzente zu setzen. So zeigt sich quer durch die Epochen, dass Heuristik in Kombination mit dem Gegen- und Querlesen geläufiger Literaturgeschichten herausragende Schriftstellerinnen zutage fördern kann.

Meine für manche Leser vielleicht allzu kurze Bayerische Literaturgeschichte kann freilich jetzt schon bei chronologischer, aber auch bei kursorischer Lektüre (etwa zu einzelnen Jahrhunderten) erste Orientierung bieten. Wenn dabei exemplarisch einzelne Autoren sowie Autorinnen und deren Werke nur in Auswahl hervorgehoben werden, ist dies nicht als Herabwürdigung der Ungenannten zu verstehen. Es geht vielmehr jahrhundertweise darum zu zeigen, was das Spezifikum für Bayern ist, auch und gerade im Vergleich zum literarischen Leben im sonstigen deutschsprachigen Raum, für Kenner der Komparatistik gerne auch in Mitteleuropa, wo Bayern als einer der ältesten Staaten ja angesiedelt ist. Und selbstredend bedingt die europäische Mittellage seit den Anfängen der Eigenstaatlichkeit und über Jahrhunderte hinweg zahlreiche literarische Einflüsse, namentlich aus Italien. Der italienische Einfluss, weniger stark der französische und spanische, ist überhaupt ein Kennzeichen über Jahrhunderte hinweg für die Literatur in Altbayern und Schwaben. Selbstredend ist dieser romanische Literaturtransfer, der selbst der räumlichen Nähe und Nachbarschaft zur Romania nicht unwesentlich geschuldet ist, eingebettet in einen größeren Kulturtransfer, welcher auch Musik und bildende Kunst umfasst. Einerseits ist dabei Bayern im Regelfall der nehmende Part, andererseits aber sind dadurch insbesondere Altbayern und Schwaben im Vergleich zu anderen deutschen Literaturlandschaften wesentlich internationaler und europäischer geprägt.

Je länger je mehr zeigt sich, dass das Territorium selbst, die Jahrtausende alte Kulturlandschaft nördlich und südlich der Donau (bis heute!) verschiedene Ethnien zu einem staatlich-kulturellen, bei aller Heterogenität auch sprachlichen beziehungsweise mundartlichen und literarischen Miteinander verschweißt, einer im weiteren Sinne oberdeutschen Literaturlandschaft. Dabei zeigte der Gang durch die mittelalterliche und frühneuzeitliche Literaturgeschichte, dass es schon vor dem Königreich vielfältige Literaturbeziehungen zwischen Alt- und Neubayern gab, welche nicht selten auch mit gewachsenen kulturellen und sozioökonomischen Traditionen sowie uralten Verkehrswegen zusammenhingen. Dies bedeutet aber, dass der bisweilen betonte, vorgeblich schroffe Gegensatz zwischen Alt- und Neubayern zumindest literaturgeschichtlich nicht haltbar ist. Schon das Bewusstsein um nicht unerheblichen wittelsbachischen Streubesitz in Schwaben hätte vor der Konstruktion solcher Dichotomien warnen müssen. Räumliche Nachbarschaft führt nicht nur in Bayern zum kulturellen und damit auch literarischen Austausch. Dies sieht man neuerdings gerade auch in der Dialektologie, wo einst markant hervorgehobene Dialektgrenzen heute vielfach im Sinne von Übergangsräumen umgedeutet werden, wie etwa am schwäbisch-bairischen Übergangsraum diesseits und jenseits des Lechs deutlich wird. Hinzu kommt noch eine räumliche und mehr noch geistige Mobilität im literarischen Leben, welche schon immer Verbindungen zwischen Alt- und Neubayern schufen. Auch von daher hat das Projekt einer Bayerischen Literaturgeschichte seine Berechtigung im Sinne eines jahrhundertelang kontinuierlich gewachsenen organischen Ganzen.

In der Summe könnte man es unter Anknüpfung an mittlerweile geflügelte Buchtitel bezüglich der Berechtigung einer Bayerischen Literaturgeschichte auf den Punkt bringen: *Bayern kann* und konnte es auch allein, wobei *das andere Bayern* als gesellschaftskritische literarische Potenz immer schon präsent war.

Literaturhinweise

Bekh, Wolfgang Johannes: *Vom Glück der Erinnerung. Dichter aus Bayern.* München 2000.

Bergmann, Rolf / Götz, Ursula: *Altbairisch = Altalemannisch? Zur Auswertung der* ältesten Glossenüberlieferung. In: *Deutsche Sprache in Raum und Zeit. Festschrift für Peter Wiesinger zum 60. Geburtstag.* Herausgegeben von Peter Ernst und Franz Patocka. Wien 1998, S. 445–461.

Brandmüller, Walter (Hrsg.): *Handbuch der Bayerischen Kirchengeschichte.* 3 Bände. Sankt Ottilien 1991 ff.

Ernst, Oliver: *Die Griffelglossierung in Freisinger Handschriften des frühen 9. Jahrhunderts.* Heidelberg 2007.

Fiedler, Teja: *Mia san mia. Die andere Geschichte Bayerns.* München 2017.

Glaser, Elvira: *Frühe Griffelglossierung aus Freising. Ein Beitrag zu den Anfängen althochdeutscher Schriftlichkeit.* Göttingen 1996.

Glaser, Hermann: *Franken. Eine deutsche Literaturlandschaft. Epochen – Dichter – Werke.* Gunzenhausen 2015.

Gregor-Dellin, Martin [u. a.] (Hrsg.): *Das andere Bayern. Lesebuch zu einem Freistaat.* München 1976.

Haubrichs, Wolfgang: *Geschichte der deutschen Literatur von den Anfängen bis zum Beginn der Neuzeit.* Band 1, 1: *Die Anfänge: Versuche volkssprachiger Schriftlichkeit im frühen Mittelalter (ca. 700–1050/60).* Tübingen 1995.

Haustein, Jens / Tervooren, Helmut (Hrsg.): *Regionale Literaturgeschichtsschreibung. Aufgaben, Analysen und Perspektiven.* Berlin 2003.

Heinzle, Joachim: *Geschichte der deutschen Literatur von den Anfängen bis zum Beginn der Neuzeit.* Band II: *Vom hohen zum späten Mittelalter.* Teil 2: *Wandlungen und Neuansätze im 13. Jahrhundert (1220/30–1280/90).* 2., durchgesehene Auflage. Tübingen 1994.

Hubensteiner, Benno: *Bayerische Geschichte. Staat und Volk. Kunst und Kultur.* 9., durchgesehene Auflage. München 1981.

Knapp, Fritz Peter: *Geschichte der Literatur in Österreich.* Herausgegeben von Herbert Zeman. Band I: *Die Literatur des Früh- und Hochmittelalters.* Graz 1994.

Knapp, Fritz Peter: *Geschichte der Literatur in Österreich von den Anfängen bis zur Gegenwart.* Herausgegeben von Herbert Zeman. Band II: *Die Literatur des Spät-*

mittelalters in den Ländern Österreich, Steiermark, Kärnten, Salzburg und Tirol von 1273 bis 1439. 1. Halbband: *Die Literatur in der Zeit der frühen Habsburger bis zum Tod Albrechts II. 1358.* 2. Halbband: *Die Literatur zur Zeit der habsburgischen Herzöge von Rudolf IV. bis Albrecht V. (1358–1439).* Graz 1999, 2004.

König, Werner / Renn, Manfred: *Kleiner Sprachatlas von Bayerisch-Schwaben.* Augsburg 2007.

König, Werner / Schwarz, Brigitte: *Dialektwörterbuch von Bayerisch-Schwaben. Vom Allgäu bis zum Ries.* Augsburg 2013

Körner, Hans-Michael: *Die Wittelsbacher. Vom Mittelalter bis zur Gegenwart.* 2. Auflage. München 2009.

Koopmann, Helmut: *Thomas Mann – Heinrich Mann. Die ungleichen Brüder.* München 2005.

Kratzer, Hans: *Ausgesprochen Bairisch. Von Mongdratzerln, Tschamsterern und anderen sprachlichen Kostbarkeiten.* München 2012.

Liebhart, Wilhelm: *Bayerns Könige. Königtum und Politik in Bayern.* 2., verbesserte, erweiterte Auflage. Frankfurt am Main [u. a.] 1997.

Nadler, Josef: *Literaturgeschichte der deutschen Stämme und Landschaften.* 5 Bände. Regensburg 1912 ff.

Pörnbacher, Hans: *Schwäbische Literaturgeschichte. Tausend Jahre Literatur aus Bayerisch Schwaben.* Weißenhorn 2002.

Pörnbacher, Hans / Hubensteiner, Benno (Hrsg.): *Bayerische Bibliothek.* 5 Bände. München 1978 ff.

Renn, Manfred / König, Werner: *Kleiner Bayerischer Sprachatlas.* 3., korrigierte und überarbeitete Auflage. München 2009.

Queri, Georg: *Kraftbayrisch. Ein Wörterbuch der erotischen und skatologischen Redensarten der Altbayern. Mit Belegen aus dem Volkslied und dem Volkswitz.* Herausgegeben und mit einem Nachwort von Michael Stephan. 2. Auflage. München 2010.

Richardsen, Ingvild (Hrsg.): *Carry Brachvogel: Schwertzauber. Text der Erstausgabe von 1917.* München 2014.

Scharnagl, Wilfried: *Bayern kann es auch allein. Plädoyer für den eigenen Staat.* Berlin 2012.

Schmeller, Johann Andreas: *Bayerisches Wörterbuch. Jubiläumsausgabe.* 2 Bände. München 2002.

Schmid, Hans Ulrich: *Bairisch. Das Wichtigste in Kürze.* München 2012.

Schweiggert, Alfons / Macher, Hannes S. (Hrsg.): *Autoren und Autorinnen in Bayern. 20. Jahrhundert.* Dachau 2004.

Spindler, Max / Kraus, Andreas (Hrsg.): *Handbuch der bayerischen Geschichte.* Gesamtwerk in 4 Bänden. München 1981 ff.

Störmer, Wilhelm: *Die Baiuwaren. Von der Völkerwanderung bis Tassilo III.* 2., durchgesehene und aktualisierte Auflage. München 2007.

Volkert, Wilhelm: *Geschichte Bayerns.* 5., aktualisierte und durchgesehene Auflage. München 2017.

Weber, Albrecht (Hrsg.): *Handbuch der Literatur in Bayern. Vom Frühmittelalter bis zur Gegenwart. Geschichte und Interpretationen.* Regensburg 1987.

Wolf, Klaus: *Astronomie für Laien? Neue Überlegungen zu den Primärrezipienten der Deutschen Sphaera Konrads von Megenberg.* In: Edith Feistner (Hrsg.): *Konrad von Megenberg (1309–1374). Ein spätmittelalterlicher ‹Enzyklopädist› im europäischen Kontext.* Wiesbaden 2011, S. 313–325.

Wolf, Klaus: *Dietmar von Aist. Kommentierte Ausgabe nach Codex Manesse mit den Fassungsvarianten der Parallelüberlieferung.* In: *Leuvense Bijdragen* 96 (2007–2010), S. 79–119.

Wolf, Klaus (Hrsg.): *Editio Bavarica. Erst- und Neueditionen bairischer oder in Bayern entstandener und überlieferter Texte.* Regensburg 2015 ff.

Wolf, Klaus: *Gab es eine Literaturpolitik der Agilolfinger? Ein Beitrag zur regionalen Literaturgeschichtsschreibung.* In: *Archiv für das Studium der neueren Sprachen und Literaturen* 161 (2009), S. 283–292.

Wolf, Klaus: *Joseph Bernhart als widerständiger Dichter im Ersten und Zweiten Weltkrieg.* In: *Jahrbuch des Vereins für Augsburger Bistumsgeschichte* 50 (2016), S. 75–84.

Wolf, Klaus: *Kruzitürken! Das Türkenthema in der vormodernen schwäbischen Literatur nebst methodischen Überlegungen zur schwäbischen Literaturgeschichtsschreibung.* In: *Zeitschrift des Historischen Vereins für Schwaben* 107 (2015). Mit einer Festgabe für Georg Kreuzer zum 75. Geburtstag, S. 109–121.

Wolf, Klaus: *Literarisches Leben um Ludwig den Bayern – Literarische Gattungen zwischen Tradition und Innovation im Dienst von Netzwerken und Gegnern.* In: *Ludwig der Bayer. Wir sind Kaiser! Katalog zur Bayerischen Landesausstellung 2014.* Herausgegeben von Peter Wolf, Evamaria Brockhoff, Elisabeth Handle-Schubert [u. a.]. Augsburg 2014, S. 69–72.

Wolf, Klaus: *Mittelbairisch – Ostschwäbisch – Mittelbairisch. Oder: Wanderung einer Passionsspieltradition zwischen Wien, Augsburg und Oberammergau.* In: *Grenzüberschreitungen zwischen Altbayern und Schwaben. Geschichte, Politik und Kunst zu beiden Seiten des Lechs. Festschrift für Wilhelm Liebhart zum 65. Geburtstag.* Herausgegeben von Markus Würmseher und René Brugger. Regensburg 2016, S. 345–349, mit zwei gesonderten Abbildungen.

Wolf, Klaus (Hrsg.). *Schwabenspiegel. Jahrbuch für Literatur, Sprache und Spiel.* Augsburg 2013 ff.

Wolf, Klaus: *Theater im mittelalterlichen Augsburg. Ein Beitrag zur schwäbischen Literaturgeschichtsschreibung.* In: *Zeitschrift des Historischen Vereins für Schwaben* 101 (2007), S. 35–45.

Wolf, Klaus / Groll, Thomas (Hrsg.): *Perspektiven bayerisch-schwäbischer Literaturgeschichtsschreibung.* Lindenberg im Allgäu 2015.

Zeman, Herbert (Hrsg.): Geschichte der Literatur in Österreich. Von den Anfängen bis zur Gegenwart. Graz 1994 ff.

Bildnachweis

Karte 1: © Peter Palm, Berlin
Karte 2: Aus Hans-Michael Körner, Geschichte des Königreichs Bayern, München 2006, S. 210
Karte 3: Aus Werner König/Manfred Renn, Kleiner Sprachatlas von Bayerisch-Schwaben, Augsburg 2007, S. 18
Abb. 1, 11, 15: akg-images
Abb. 2: akg-images/De Agostini Picture Lib./G. Dagli Orti
Abb. 3: Universitätsbibliothek der LMU München, Cim. 7
Abb. 4: http://glossenwiki.phil.uni-augsburg.de/wiki/index.php?title=Datei:Grgll_augsburg_hs10_97r.jpg
Abb. 5: Codex Sangallensis 911, fol. 1
Abb. 6: Budapester Fragment, Budapest, Nationalbibliothek, Cod. Germ. 92
Abb. 7: akg-images/Erich Lessing
Abb. 8: Wikimedia Commons, Hundeshagenscher Kodex
Abb. 9: Augsburg, SuStB, 4 Cod. H 27, Cim. 33
Abb. 10, 12, 13: bpk
Abb. 14: ullstein bild/Franz von Hanfstaengl
Abb. 16: © Granger/bridgeman
Abb. 17: Süddeutsche Zeitung Photo
Abb. 18: ullstein bild
Abb. 19: © Brigitte Friedrich/Süddeutsche Zeitung Photo
Abb. 20: © Regina Schmeken/Süddeutsche Zeitung Photo

Register